# 凍

*Frost*
Thomas Bernhard

トーマス・ベルンハルト
池田信雄❖訳

河出書房新社

目次

凡例

訳者の注は〔 〕で記した。

原文のイタリックには傍点を付した。

# 凍《いて》

「みんなは私のことを何て言ってる」と彼は尋ねた「愚か者と言っているのかね。みんなは何て言っているんだ」。

# 第一日

研修医の仕事は、面倒な腸の手術を参観したり腹膜を切開したり肺葉を縫合したり足をノコギリで切断したりすることでは尽きない。実際それは死者の目を閉じてやることや赤ん坊をこの世に引っ張り出すことでは終わらない。研修医の職務は、切り落とした一本あるいは半本の足や腕を肩越しに琺瑯引きのバケツに投げ入れることではすまない。だがまた常時主任医師や下級医や下級医の助手の後をついて回ることや彼らの巡回に金魚の糞よろしくぶらさがることでも尽くされない。誤った事実をまことしやかに取り繕って見せることだけが研修医の仕事ではないし、「膿は問題なくそっくりあなたの血液に吸収されますから、大丈夫すぐ元気になりますよ」と告げることだけが研修医の仕事ではない。そしてそれ以外の嘘八百を並べることだけが職務ではない。また絶対に治る見込みのない患者に「よくなりますとも！」と声を掛けることだけがその仕事ではない。研修医の仕事は、切開と縫合、結紮《けっさつ》と忍耐の修練だけからなるのでもない。研修医は職務上、肉体の外なる事象とその存在可能性を承認せざるをえなくなることもあるのだ。ぼくに課された画家シュトラウホを観察するという任務は、まさにそうした肉の外なる事象や可能性と渡り合うことをぼくに強いる。究めがたいことを究めること、すなわち究めがたいことを、もろもろの可能性が驚嘆すべき度合いに達するところまで追い詰めたりあばきたてたりすることを強いる。そして、この肉の外なるもの、ぼくはそれを魂と呼ぶつもりはないが、つまり肉の外にありながら魂ではないもの、ぼくは魂についていては、それが存在するかどうかも分からず、しかしそれが存在すること、そしてこの数千年来の推測が数千年来の真理であることを期待しているのだが、この肉の外なる、細胞を持たぬものこそが、ありとあらゆる存在者のよってきたる大本であって、その逆ではなく、また任意の存在でもないということは大いにありうることである。

## 第二日

ぼくは、始発に乗った。四時半の列車だ。岩壁を縫って進む。左も右も漆黒だった。乗り込んだときは、寒かった。その後だんだん暖かくなった。夜勤空けの男女の労務者の話し声が加わった。その声にすぐ共感を覚えた。老若の、だがすっかり息の合った女たちと男たち、みな頭のてっぺんから乳房ないし睾丸を経てつま先に至る全身に徹夜の疲労を湛えている。男たちは灰色の縁なし帽を、女たちは赤い頭巾を被っている。彼らの脚にはローデン地のぼろが巻かれていたが、それしか寒さの専横を抑える手段はなかった。途中のズルツァウで乗りこんできた彼らが雪掻き労務者の一団だということはすぐ分かった。車内は雌牛の腹の中のように暖まってきていて、まるで強力な心筋のピストン作用によりたえず人間の体内から吐き出される空気が、すぐさま同じ人間の体内へ吸い込まれていっているようだった。深く考えることは禁物だ。ぼくは背中を車両の壁に押しつけた。一晩中まんじりともしなかったせいで、ついうとうとした。目が覚めるとまた、山塊に何度も流れを阻まれる地図に描かれた谷川よろしく不規則に車両の床を伝い、非常ブレーキ直下の窓枠と窓の間で終わっている血痕が目に入った。それは突如ものすごい勢いで跳ね上がるように閉まった窓に胴体の中央をぺしゃんこに押し潰された鳥から流れ出たものだった。たぶん何日か前の出来事だったのだろう。窓はぴったり閉じられ、すき間風も入ってこなかった。楽しみのかけらもない職務を遂行中に通りがかった車掌は、死んだ鳥には目もくれなかった。しかし彼がそれを見なかったはずはない。ぼくには分かっていた。突然、猛吹雪に鼻をふさがれて窒息死した線路工夫についての噂話が聞こえてきた。話の締めくくりは「彼はすべてに投げやりな人間だった」というものだった。みなが目を向ける先に現れるぼくの外見のせいか、ぼくの内なる思いのせいか、それともぼくの考えから、とはすなわちぼくの中で力強く準備が始まっているぼくの任務から発するなにものかに気圧されるせいか、空席がだんだん少なくなってきていたのに、ぼくの周りにはだれも座ろうとしなかった。

列車は谷筋をあえぎながら進んだ。ぼくは頭の中で少しだけ実家に戻った。そこを出るとかつて一度歩いたことのある大都市に回った。それからぼくは左袖に小さな埃がついているのに気づき、右腕でぬぐい取ろうと試みた。労務者たちはナイフを取り出して、パンを切った。大きくて分厚いパンの塊を飲み下すのだが、それに添えて肉とソーセージを食べた。テーブルではだれもそんなものは食べない。膝の上専用食だ。みなは冷え切ったビールを飲んでいたが、見るからに衰弱していて、自分たちを滑稽だと感じていても、笑うこともできずにいた。彼らの疲れはひどいもので、ズボンの前ボタンを閉めることにも口の端を拭うことにも思いが及ばないほどだった。ぼくは、彼らは列車を降りたらすぐベッドに倒れ込む、そして世間が普通に仕事を終える午後五時に仕事を再開するのだ、と考えた。列車はがたごと音を立てながら、傍らの川と同じように急斜面を転げ落ちるようにして走った。

外はどんどん暗くなった。

部屋はシュヴァルツァッハの研修医室同様狭くて居心地が悪い。あそこは川の瀬音が耐え難かったのだが、ここは耐え難いほどの静けさだ。女将《おかみ》はぼくの頼みに応えてカーテンを全部はずしてくれた（いつものことだが、部屋にカーテンが掛かっているのが我慢できない）。女将を見ると吐き気がする。子供の頃屠畜場の開け放たれた扉の前で戻したときと同じ吐き気だ。彼女が死人だったら、今日彼女に吐き気をもよおすことはなかっただろう――解剖死体が生きている人間の体を思い起こさせることはない――しかし彼女は生きている、それも古びた台所の腐ったような臭気の中で生きているのだ。どうやら女将はぼくが気に入ったらしく、トランクを運び上げてくれただけでなく、朝食を部屋に運ぶなどとんでもないという彼女の原則にもとることではあるが朝食を毎朝部屋に運ぼうかと申し出たのだ。「あの絵描きさんは例外」と彼女は言った。彼も常連客であり、常連客は特別扱いされるとのこと。でも旅館にとって常連客は「利益より不利益となることの方が多い」。ぼくが彼女の旅館にやってきたのはどういう風の吹き回しか。「偶然です」とぼくは言った。早く疲れをとって、し残した仕事の山が待っている家に戻りたい、と。女将は理解を示した。ぼくは彼女に姓名を告げ、パスポートを渡した。

ぼくはいままで女将以外のだれの姿も見ていないが、旅館の中はいっときとても騒がしくなった。ぼくが部屋で過ごした昼食時のことだ。ぼくが画家のことを尋ねると、森に行っている、と女将は答えた。「だいたいいつも森にいるわ」と彼女は答えた。夕食前には帰ってこない。あなた絵描きさんの知り合い、と彼女は尋ねた。「いいえ」とぼくは言った。黙って敷居の上に立った女将が、女だけが瞬時に男に尋ねることのできるあることを尋ねたようだった。不意打ちだ。誤解の余地はなかった。ぼくは彼女の申し出を、ひと言も発せず、突然の吐き気に襲われることもなく、はねつけた。

ヴェングは、ぼくがこれまでに目にしたいちばん陰気な村だ。下級医が説明したよりもはるかに陰気だ。友人が辿らなければならない危険な道のりについてはだれしもほのめかす程度にとどめたくなるものだが、ドクター・シュトラウホもここについてはほのめかしただけだった。下級医が口にしたすべてがほのめかしだった。彼がぼくに与えた任務にぼくをつなぎ止めるのに用いた目に見えない縄は刻々きつく締まってきて、彼とぼくの間にほとんど耐え難い緊張を生んだのだが、ぼくは彼が情け容赦なく押しつけてくる議論をまるで脳内に打ち込まれる釘だと感じていた。彼はしかしぼくをいらだたせることは避けた。そして立ち入るのはぼくが絶対に守らなければならないいくつかの点だけだった。実際、このあたりの土地と、それ以上に、驚くほど背が低く猫背で、知的障害者と断定して間違いのない住民ばかりのこの集落はぼくを驚愕させてやまない。平均して身長が一メートル四〇にもみたない住民たちが壁と壁のすき間や小路をよろけるように歩き回る。したたかな酔いのさなかにはらまれた者たち。こうした人間たちがこの谷筋の典型なのだと思う。

ヴェングは高いところにあるとはいえ、峡谷の中ではまだ低いところに位置する。岩壁を越えるのは不可能だ。谷底を走る鉄道だけが何とか逃げ道を確保してくれている。ここの風景はその途方もない醜さゆえに、凡百の美しい無性格な風景にない性格を有する。住民はみな大酒で磨きあげた高音のCまで出る子供の声を持っていて、そばを通りかかる者をその声で刺し貫く。一刺し。物陰からの一刺しと言わざるをえないが、実はこれまでぼくは人間の影、貧困と怒りで全身が震えるほどの鬱屈に囚われた人間の影しか目にしていないからだ。そして物陰から刃のように突き出される声に、初めぼくはうろたえ、あたふた先を急ぐしかなかった。しかし比較的冷静に状況を把握していたので、破壊的影響は受けずにすんだ。実際のところぼくには何もかもが途方もなく不愉快で、煩わしかった。あまつさえぼくは厚紙製のトランクを引きずるように運ばなければならず、中では中身があちこちにぶつかる騒がしい音が続いていた。近くに工場があり大きな発電所が建設中の谷底の鉄道駅からヴェングに上る道は、歩くよりほか方法がなかった。とくにこの季節には近道のしようのない五キロの道のりだ。至るところで犬が鳴きたて吠えかかる。ぼくがヴェングへの道すがらとヴェングに着いてから目にしたことをたえず目にしている住民は、労働か娯楽か女遊びか信心か酒浸りかあるいはそのすべてを同時にやって気を紛らさないかぎり、遠からず頭がおかしくなると容易に想像がつく。いったい何が画家シュトラウホのような人間をこんな場所へ、彼を真っ向から打ち据えずにいないこのような場所へこんな季節にやってこさせたのか。

ぼくの任務は極秘であり、深謀熟慮の挙げ句にある日突然のごとくぼくに託されたのだった。下級医はきっとだいぶ前に、ぼくに彼の弟を観察させることを考えついたのだと思う。なぜぼくなのか。なぜ並みいるぼくの研修医仲間のだれかでなかったのか。ぼくが難題をかかえてしょっちゅう彼を訪ねたのに、ほかの研修医たちはそうしなかったからか。彼はぼくに向かって、絶対画家シュトラウホに、兄の外科医シュトラウホとぼくが何かの形でつながっているのではないかと疑わせてはならないと説いた。もしだれかに尋ねられたら、相手の関心を完全に医学からそらすため法科の学生だと答えるようにしろと言うのだった。下級医は旅費と滞在費を持ってくれた。そしてぼくに彼が十分と考える金額を手渡した。彼が要求したのは、自分の弟を精確に観察すること、それのみだった。彼の行動と彼の一日の過ごし方の記述、そして彼の考え、もくろみ、発言、判断についての情報。画家の一挙手一投足の報告。彼のみごなし、いきり立つ仕方、「人間のはねつけ方」について。ステッキの扱い方について。「弟の手に握られたステッキの役割を観察してくれたまえ。この上なく精確な観察結果がほしいのだ。」

外科医は画家にもう二〇年会っていない。一二年前からは音信も途絶えたままだ。画家は彼らふたりの仲をおおっぴらに敵同士と称していた。「それでも私は医者としてある実験を試みたいのだ」と下級医は言った。そのためにぼくの協力が必要で、ぼくがする観察は彼がすでに手がけたすべての試みより役に立つ。「私の弟は」と彼は言った「私同様独身だ。いわゆる頭でっかち。だが救いようのないほど混乱している。悪徳と羞恥と畏怖と非難と内なる審問に付きまとわれている。――弟は散歩の好きなタイプだが、それは不安にとりつかれた人間だということだ。粗暴だ。それに人間嫌いでもある」。

この任務は下級医の個人的な指示によるものだが、彼はぼくの研修先であるシュヴァルツァッハの病院の上司だ。ぼくが人間の観察を仕事と見なすのはこれが初めてだ。

ぼくが当初考えたのは、昂進した脳の働き（刺激状態）と、低下した働き（麻痺状態）についての二部からなるクロッツの脳疾患の本を携行することだったのだが、それは置いていくことにした。その代わり、シュヴァルツァッハでもぼくの気晴らしとなってくれたヘンリー・ジェームズの著作を持ってきた。

ぼくは四時に宿を出た。突然投げ込まれた荒々しい静寂の中で、ぼくは全身の関節の震えではすまないくらい激しい動揺に襲われた。ぼくは、拘束着のように着せられた宿の部屋を、何としてもすぐに脱ぎ捨てなければならないと感じたのだ。ぼくは食堂へ降りた。何度声をかけても、だれも出てこなかったので、外へ出た。氷の塊にけつまずいてよろけたが、すぐに体勢を立て直し、数十メートル先の木の切り株を目標に定めた。その切り株の前でぼくは立ち止まった。すると同じような切り株ばかりが、まるで砲撃でなぎ倒されたばかりのように、数十本、また数十本と雪の中から突き出ているのが目に留まった。二時間以上もベッドに腰掛けたまま眠ってしまったことに気づいた。到着と新しい環境がぼくの疲れの原因だった。フェーンだな、とぼくは考えた。このときぼくからほんの百メートルも離れていない森の中からひとりの男が歩み出てくるのが見えたが、それはまぎれもなく画家シュトラウホだった。ぼくには彼の上体しか見えず、彼の脚は巨大な雪の堆積の向こうに隠れていた。彼の大きな黒い帽子が目に留まった。ぼくにはそう見えたのだが、画家は不承不承切り株から切り株へと歩を運んでいた。ステッキで身を支えたかと思うと次はステッキで先へ進んだ。まるで牛追いと杖と牛を一身で体現しているかのようだ。しかしその印象は一瞬にしてかき消え、残ったのは、どうやったら彼にできるかぎり早くもっとも首尾よく近づくことができるかという問いであった。どうやって自己紹介したらよいだろう、とぼくは考えた。彼のところへ行って、何かを尋ねる、時間か場所を尋ねるというありきたりの方法を用いるべきか。そうするか。しないか。するか。そんな風な行ったりきたりが続いた。そうしよう。ぼくは彼の行く手を遮ることに決めた。

「旅館の場所が分からなくなって」とぼくは言った。そしてすべては順調に運んだ。ぼくの突然の出現が彼にとって信頼の念を起こさせるものであるよりも、不気味なものであったから、彼はぼくをじろじろ眺めたが、その後でぼくを道連れにした。自分はあの旅館にずっと泊まっている、と彼は言った。ヴェングに止宿するとは、よほどの気紛れか、誤解によるんだろう。ここで休養するつもりです。いかに若いからといって、それがばかげたことだと分からないわけはないだろうに。「こんな場所でかね。」そんな突拍子もないことを思いつくのは愚か者だけだ。「そうでなければ自殺をもくろんでいるのかな。」ぼくは何者で、大学では何を専攻しているのか、だってきみは大学に籍を置き「まだ何か」勉強しているんだろう、と彼は訊き、ぼくはこの世のもっとも自明なことを口にするように「法学です」と言った。それで彼は得心がいった。「かまわんから先を行きたまえ。私はもう老人だ」と彼は言った。それにしても彼の外見ときたら、初めて彼を見たとき、度肝を抜かれたぼくは、しばらく身をすくめているしかなかったが、それほど救いようのない姿だった。

「私がステッキで指しているこの方向に歩いていけば、ある谷に行き着くが、そこでならきみは何の心配もなく、何時間でも行ったり来たりしていられる」と彼は言った「きみはだれかに見つかるなんて心配は全然しなくていい。きみの身には何ひとつおきない。完全に人気《ひとけ》のない場所だ。鉱脈も、穀物も、何もない。あれこれの時代の痕跡は見つかる。石材や壁の積石や、だれも何なのか正体の分からない印などだ。太陽と何らかの秘密の関わりがあるようだ。白樺の幹。崩れ落ちた教会。骸骨。闖入してきた野獣の痕跡らしきもの。四、五日間の孤独と沈黙」と彼は言った。「人間に全然痛めつけられていない自然。あちこちに散らばる滝。人間に適合する以前の千年の時間の中をさまよい歩いているようなのだ。」

ここでは夜が、雷の一撃のように、出し抜けにやってくる。命令一下、世界の半分をほかの半分から隔てる鉄製の巨大なカーテンが降ろされるかのようだ。いずれにせよ、夜は足を二歩運ぶ間にやってくる。救いのないくすんだ色がすべて消えてなくなる。なにもかもが消えうせる。移りゆくのではない。闇の中だというのに全然寒くないのは、フェーンのなせる技だ。ここの空気は心筋の動きを止めはしないにせよ、制限する。どの病院もフェーン時の気流については言いたいことが山ほどあるはずだ。過剰なくらい医療技術を注ぎ込まれた結果希望がつながり、ついに恢復したと信じられていた患者たちがつぎつぎに意識を失い、いかに人智を尽くしても命を取りとめることはかなわなくなる。塞栓症《そくせんしょう》の発症を促す気象でもある。どこか遠くで謎めいた雲の組み合わせが生じる。犬たちが意味もなく道や中庭を走り回り、人間にも襲いかかる。川が流れの全体から腐臭を放つ。脳髄の形状をしていて頭突きを喰らわすことすらできそうな山々は、昼は見えすぎるほどくっきり見えているのに、夜になると完全にかき消える。見知らぬ者同士が突然四つ辻で話をはじめ、質問しあい、訊かれてもいないことに答える。一瞬みなが肉親のように睦みあい、醜い者と美しい者、向こう見ずな者と弱い者が互いに近づく。時鐘の音が墓地の上に、そして階段状に連なる屋根の上に降りそそぐ。死がたくみに生の中へ紛れこむ。子供たちも急激な衰弱状態におちいる。泣き叫びもせずに旅客列車に身投げする。旅館や滝の近くの駅では男女が関係を持つが長続きせず、友情は結ばれても花開く前に断たれてしまう。隔てのない相手が殺害の意図を疑わせるほどの激しい虐待を加えられ、やがて卑劣な仕方であっさり息の根を止められる。

　ヴェングは巨大な氷塊に何百万年もかけてえぐられた窪地の中にある。どの道端もふしだらな行為へと誘っている。

## 第三日

「私は画家ではない」と今日彼は言った「せいぜいペンキ屋といったところだ」。

彼とぼくの間にはいまある緊張があって、それがぼくたちの足下にも頭上にもぼくたちならではの緊張関係を生んだ。ぼくたちは森の中にいた。無言でだ。しかしその間中何キロもの重量で足にのしかかる湿った雪が、理解しがたい何かをとぎれなく語っていた。しじまの中へ。考えてみればそこに存在したのに、やはり非在だった耳に聞こえない言葉の中へ。彼はぼくを何度も先に歩かせようとする。ぼくが不安なのだ。話や経験から、若者は背後から襲いかかって、身ぐるみをはぐものと心得ているらしい。人相はしばしば凶器や盗賊の七つ道具への警戒を怠らせる。「あらゆる規範」をかいくぐる放浪者のことを、いったんその存在を信じて受け入れた者は魂と名付けたくなるものだが、そのいわゆる魂がすぐに跡をくらますのに、不信と恐怖と邪推からなる分別は後に残って、陥穽《かんせい》にはまるのを防いでくれる。ぼくが全然土地勘がないと言っているにもかかわらず、彼はぼくを先に立てる。ときどき「左」あるいは「右」という指令が発せられるたびに、彼は頭の中でどこかとんでもない遠くへ行ってしまっているにちがいない、というぼくの推測は無効化される。ぼくは真っ暗闇の中を手探りしながら、いらいらとその指令を実行する。不思議なことに、方向を定めるのに役立つ灯りはどこにも見つからなかった。それは頭の中で船の櫨を漕ぎ進めているようなもので、バランスはどこでもとれている一方で、どこでも崩れているのだった。ぼくはいまひとりだったら何をしているだろう。それは突然降って湧いた考えだった。画家はぼくの後ろをぼくの神経系の法外なバラストであるかのように歩いていて、ぼくの背後でたえず何か結論を引き出しているようであった。すると今度はまた喘ぎはじめ、ぼくに立ち止まるように言った。「この道は毎日歩いている」と彼は言った「もう何十年も歩いてる。眠りながらでも歩けるくらいだ」。ぼくは、彼がいまなぜヴェングにいるのか、そのくわしい理由を訊きだすよう努めた。「持病もあるし、そのほかすべての理由が重なってな」と彼は言った。ぼくもそれ以上詳しい説明は期待していなかった。ぼくは彼に、明るい要素やだがまた少々悲劇的要素も加えたできるかぎり簡潔な言葉で、ぼくの来歴について、いかにしてぼくが、自分の見るところでは、いまのぼくになったかについて——自分がいま実際は何者であるかという点についてはひと言も漏らすことなく——自分でも驚くくらいの率直さで説明した。しかしそれは彼の興味を引かなかった。彼は自分にしか関心がないのだ。

「きみは、私の実年齢を知ったら驚くだろう」と彼は言った。「きみは、若者のならいで、私を老人だと思っているだろう。だが、とんでもないしっぺ返しを喰らうかもしれんよ。」彼の表情が、絶望の度合いを数度加えてかき曇ったように見えた。「自然は残酷だ。その自然がいちばん残酷なのは、もっとも素晴らしくもっとも驚嘆すべき、自然自らが選《え》り抜いた才能の持ち主に対してだ。自然は彼らを眉ひとつひそめることもせずに踏みつぶす。」

彼は母親とは馬が合わず、父親とはもっと疎遠だったが、兄妹も時とともにどうでもよい存在になってゆき、兄妹の方でも彼のことにはずっと無関心を通してきた、と彼は思っている。彼がそう語る口振りから、彼がいかに母親を愛し、父親と兄妹を愛していたかは、疑いようがなかった。いかに彼らに執着していることか。「私の人生はつねに何もかも黒一色に塗られていたのだ」と彼は言った。ぼくは彼をしばしぼく自身の少年時代へといざなった。対する彼の言葉はこうだった、「少年時代はどれも同じだ。ただある少年時代は平凡な、第二のそれは穏やかな、第三のそれはおどろおどろしい光を浴びて現れるだけのことだ」。

旅館では、ぼくには、みなが彼にしかるべき尊敬を抱いて接しているように見える。だが彼の背後に回ると、全員がしかめつらになる。

「ここの人間が放埒なのは分かっている。彼らの性は臭う。私にはここの人間が何を考え、何をもくろんでいるかが分かり、彼らの心がたえず禁断の思いに膨らむのを感じる。彼らのベッドは窓の下かドアの背後に置かれるが、問題はベッドではない。彼らはベッドの中で恐ろしいことを何度もやりあうのだ……男たちは女をよく叩いたステーキ肉のように扱うが、女たちもしかりで、どちらも相手を自分より下等な愚か者とみなしているのだ。これらはすべて重罪だととられかねない。こうした未開人のごとき振る舞いはここでは当たり前なのだ。申し合わせてことに及ぶ者もいるし、生まれつき何もかも承知という者もいる……きつすぎるズボンとスカートが荒々しい欲情へ駆り立てる。夜はいつ果てるともなくつづくが、そうもいかない！　数回中へ、外へ、そっちへ、こっちへ、凍えずにすむにはそれしかない……口は閉ざされていても、別の方は猛り狂う一方だ……だが朝日が白々と顔に当たると、上下の区別もつけられなくなっている。性は、何もかもを滅ぼす。性はその本性からしてすべてを麻痺させる病だ。遅かれ早かれ、どんなに緊密な結びつきをも破壊し……一方を他方に、善を悪に、そこをかしこに、上を下に変えてしまう。〈真っ先に〉破滅をもたらすのだから、罰当たりというしかない……道徳は非道徳に、かつて滅びたすべてのものの原型に変わる。自然は二枚舌を使う、と言ってよい。このあたりに出没する労務者はみんな」と彼は言った「大多数の人間、否すべての人間と同様、性のみにすがって生きている。……つまり最期を迎えるまで延々と続く恥と時間に抗う荒々しいプロセスを生きるか、その反対の破滅を引き受けるかだ。時間は彼らに痛棒を喰らわすが、そのときから彼らの歩む道は性的放埒の舗石で埋め尽くされる。それを抑圧したり、隠したりすることに長けた者もいるが、そうでない者もいる。器用な者は真っ先にそうするが、そんなことをしても無駄だ。いつだってすべて無駄なのだ。人間はみんな人生ではなく性を生きているのだ」。

きみはいつまでヴェングにいるつもりか、と彼は尋ねた。春に受けなければならない試験の準備があるので、もうすぐ引き上げなければならない、とぼくは答えた。「きみは法学を専攻しているのだから」と彼は言った「職探しは難しいことではないだろう。法学部の卒業生はいつでも好きなところに就職できるからな。私には法学部出身の甥がいたのだが、彼は書類の山のせいで頭がおかしくなって、公職を放棄する羽目になってしまった。彼はシュタインホーフで人生を終えたよ。ところでシュタインホーフが何か、分かるかね」。シュタインホーフ病院の名前なら知っているとぼくは言った。「それなら、私の甥がどんな最期を迎えたか、見当がつくだろう」と彼は言った。

難しいケースだろうとは覚悟してきたが、絶望的ケースになるのは想定外だった。ぼくはずいぶん前に読んだ本の中の「死へと至らしめる強靭な性格」という言葉を思い出したが、午後画家という人間について思いを巡らせたとき、ぼくの考えを導いたのはその言葉だった。彼の関心が自殺にしか向かわないのはなぜか。自殺がある人間のいわば秘められた快楽となり、ほしいままにその人間につきまとうことがあっていいものか。そもそも自殺とは何なのか。自らを消去すること。それは正当なのか、正当でないのか。正当だとしたらいかなる正当性があるのか。正当でないとしたら、なぜか。ぼくの思考はすべて、自殺は許されるか、という問いへの答えのありどころに向かっているようだった。ぼくには答えは見つけられなかった。どこにも。というのも人間は答えではない。ぼくは自殺するとき、ぼくにはありえないからだ。生きている者すべて、そして死者すらが答えではないし、答えではありえない責任のない何かを滅ぼす。ぼくの手に託されたものを、と言うべきか。だれからいつ託されたのか。ぼくは当時、こんなことが起こったと知っていたのか。知らなかった。だが聞き逃しようのない声が、ぼくに自殺は罪だ、と告げる。罪だって。そんなに単純なことか。大罪だって。大罪のように単純なことなのか。それはすべてを崩壊させるものだ、とその声は告げる。すべてだと。「すべて」とは何なのだ。画家が寝ても覚めても放さない符丁が、自殺の一語である。その語に囚われ、彼は息を詰まらせる。彼はつぎつぎに窓を塗り込めてゆく。まもなく彼は自分を塗り込めてしまうだろう。そして呼吸ができなくなり目に何も映らなくなったとき、彼は説得力を獲得する。なぜなら彼は死んでいるからだ。ぼくは自分が、自分に近い考えの歩み、すなわち画家の、そして彼の自殺についての考えの歩みが投げる影の中に立っているような気がする。

「脳髄は国家組織だ」と画家は言った「なので突然無政府状態におちいる」。わたしは彼の部屋の中で、彼が靴を履き終えるのを待っていた。「思考に潜む大いなる襲撃者とちっぽけな襲撃者は」、人間の場合同様、しばしば結託するが、その同盟関係はいつ壊れるか分からない。そして「理解されていると思うことも理解されたいと思うことも欺瞞でしかない。両性の間に横たわるあらゆる誤解がもとだ」。あらゆる対立が、いわば永遠に続く夜の中で、動いていると「見せかけている」にすぎない昼を支配している。「いいかね色彩こそがすべてなのだ。ということは陰影がすべてだということでもある。対立は大きな色価を持っている。」多くの人間にあっては、買って一、二度袖を通しただけの服を脱ぐともう二度と着ずに、せいぜい古着として売るか人にあげないときは箱にしまったままにするのとよく似た話だ。それらは屋根裏か地下室送りの運命と決まっている。「朝の価値は夜になって定まるものだが」と彼は言った「翌日の朝はつねに不意打ちを喰らわす」。厳密な意味では、経験は存在しない。「だから調和などあるはずがない。」しかし意のままに操られる救いのない状態を逃れる可能性は存在している。「だが私はただの一度もその可能性を手にしなかった。」あっというまに人生にとってかけがえのないものが意味を失ってしまう。「力を振り絞って幻滅の縁をよじのぼるのだ」と彼は言った。ある出来事が輝かしくとも、つぎの出来事は目を覆いたくなるもので、先立つ出来事を凄惨さの度合いではるかに上回る。「頂点に立った者には、頂点など存在しないことが明らかになる。きみくらい若かったころ、私は努力に値するものなど何ひとつ存在しないと知ったことで長いこと脅えていた。そしていままた同じことが私を脅やかす。こうして脅えているうちに、私は方向感覚を失ってしまった。」彼は自分のその状況を、「孤独の原始林の探険」と呼んでいた。「まるで鞭を手にしたいくつかの瞬間に追いたてられた結果、何千年もの時間の中をさまよわなければならなくされたかのようだ」と彼は言った。耐乏生活が堪えたことはない。他人に食い物にされるのを避けたことはなく、また避けようもなかった。「私は、人間は私を裏切ると分かっていて、私を殺そうと狙っているととっくに承知しているいまでもまだ、人間に賭けることを諦めていない。」彼はいまでは自分しか頼るものがない。「腐っていると分かっていても木である以上すがってしまう一本の木と同じだ。」そして背景へと押しやられた理性と心情は、彼のもとから姿を消した。

村には一度もこの谷から外へ出たことのない者たちがいる。たとえばパンの配達婦、彼女は四歳でパンの配達を始めてから、七〇歳になる今日までパンの配達をやめなかった。牛乳集配人。このふたりは外からしか列車を見たことがない。そしてパン配達婦の姉と教会の寺男。ポンガウが彼らにはほかの者にとってのアフリカのようなのだ。靴職人もそう。彼らは実入りのある場所から動こうとせず、ほかの何にも関心がない。外へ踏み出すのが怖いのかもしれない。「ある友人から宿の住所をもらったんです」とぼくは言った。どうしてそんな嘘がつけたのだろう。まるで嘘をつくより簡単なことはないかのように、簡単だった。そしてどんどん嘘が口をついて出てきた。「知らない場所や土地に行ってみるのが好きなので」とぼくは言った「渡りに船でした」。——「ここの空気の成分にはぞっとさせられる」と画家は言った「きみはつぎつぎに行動の自由を奪う状況の不意打ちを喰らうだろう」。ぼくはなぜほかのもっとましな旅館でなくこの旅館を宿舎に選んだのか、旅館だって民宿だっていくつかあるのに、と彼は尋ねた。「下の谷にもある。ただしみなただ泊まるだけの短期旅行者向きの宿だがね。」みな友人の気紛れのせいだ、と嘘を言った。住所をいくつかもらうとすぐに出発したのだ、と。「旅の途中で予期せぬ出来事に遭わなかったのかね」と彼は尋ねた。ぼくは途上で出くわした予期せぬ出来事を思い出せなかった。「いいかね」と彼は言った「私が旅をすると、いつも予期せぬ出来事ばかり起こるんだよ」。村と宿へ引き返す道すがら、彼は言った「何か読むものか、仕事を持ってこずにいられないものだが、きみは何を持ってきたのかね」。「ヘンリー・ジェームズの本を持ってきました」とぼくは言った。「ヘンリー・ジェームズかね」と彼は尋ねた。「私は」と彼は言った「本はわざと家においてきたんだ。とはいえ、何冊か小さな本だけは持ってきた。すべて枕頭の書のパスカルだが」。彼はそのやりとりの間中ぼくには目もくれず、ひどく背を丸めて歩いた。「というのも私は戸を閉ざしたからだ」と彼は言った「最後の客が店を出た後に、店の戸を閉じるように、戸を閉ざしたのだ」。それから「きみはここで好きなだけ観察をすることができるが、やがてその作業はうそ寒いものに、そしてついには自己嫌悪に変わるのだ。きみが望むなら、人のいるどこででも、観察を始められる。とりわけ彼らの命取りとなる、彼らの無為が恰好の観察対象だ」とも。ここには「脱帽したくなるようなもの」は何ひとつ存在しない。すべては底なしの醜さなのに、こちらの足下につけこんではふんだくろうとする。「女将がきみの気にいらなくてよかった」と彼は言った。「そうこなくては。」だがそれ以上の詳しい説明はなかった。同情はせず、いつも嫌悪感を働かせ、嫌悪感に目標を達成させること、それが多くの場合、分別の鑑だと言ってよい。「女将は人非人《にんぴにん》だ」と彼は言った。「ここできみはたくさんの人非人と知り合うことだろう。とくにこの旅館で。」はたしてぼくに、人間と人間を比較して値踏みする能力、「知性とはまったく関係はないがごく選ばれた者しか持っていない」能力があるのか。ふたりの人間の間に第三の人間等々の性格を構成してみせること、彼にはそれがよい時間つぶしなのだ。「でもいまはもうやらない。きみは夜中に目を覚ますことが」と彼は言った「あるかもしれないが、心配にはおよばない。女将のところに夜這いにきた事情に疎い男が逃げ出すところかもしれない。あるいはどうやら夜盲症らしい皮剝人ということもありうる。皮剝人は、ありとあらゆる骨折や捻挫を繰り返したいまも、女将のベッドへ忍び込むのをやめないのだ」。女将は彼以外のみなをひいきするのに、彼すなわち画家だけは別だ。たとえばどの部屋も四、五日おきにシーツを交換するのに、彼の部屋だけは換えない。彼のグラスだけ注ぎが悪く、だれかに彼のことを訊かれると、破廉恥な嘘を並べ立てる。しかし彼はその証拠を握っているわけではないので、談判のしようがない。ぼくは、女将が彼の悪口を広めているとは思えない、と言った。「ところがそうなのだ」と彼は言った「私のことをまるで犬のように言う。私が寝小便をするとまで言っているらしい。私の後ろに回ると、自分の頭を人差し指でつついてみせる。私は気が狂《ふ》れていると言いたいのだ。鏡があることは忘れている。鏡の存在はほとんどみなが忘れてしまうものなんだ」。彼女は彼の牛乳を薄める。「私の牛乳だけではない。」彼が思うに、女将は煮込みに犬や馬の肉を使っているが、それには触れずにおく。「あの女は何年か前自分の子供たちに私のことを、子供を喰らう鬼だと言った。それからというもの女将の子供たちは私を見ると逃げるようになった。」彼女は彼のところへ来た葉書をいつだって読んできたし、彼宛の手紙まで鍋の湯気で開封して文面を頭に入れてしまうのだった。「女将が、私が話した覚えのないことを知っていたのは一度や二度ではない。」いまはもう彼のところに郵便はこない。「金輪際来ることはない。」彼は言った、「女将が私の勘定を二倍ないし三倍に付けることは言わずにおこう。彼女は、私を金持ちだと思っている」。ここの住民がみなそう思っているのと同じだ。神父までが誤ってそう信じ込み、たえず献金しろと言ってくる。「私がそんな風な金持ちに見えるかね。」「田舎の人間には」とぼくは言った「都会から来た者はみな搾り取ってもいいだけの金を持っていると映るんじゃないですか。とくに、教養ある人は金持ちに見えるんでしょう」。「私が教養人に見えるのかね」と彼は尋ねた。「女将は私が手に取った覚えのないものの請求書をよこす。そしてある失業者の一週間分の食費を払ってやってくれとせがむのだ。もちろん私はいやと言わない。ほんとうはいやと言うべきなんだが。なぜ私はいやと言わないのだろう。彼女はつねにペテンをたくらんでいる。私を騙すだけじゃない。みなを騙すのだ。だれかれかまわず騙す。自分の子供たちまでもだ。」ペテンは人間の行動の原動力になりうるらしい。「原動力に」と画家は言った。

「私が初めてヴェングにやってきたとき、女将はまだ一六歳だった。私には彼女が扉の向こうで聞き耳を立てているのが分かる。急にドアを開けたら、彼女の頭を痛打するだろう。そんなことはしないがね。」彼女はろくに洗濯ができない。畳んだタオルにテントウムシの糞がついていたり、テントウムシそのものが挟まっていたりするし、毛虫が入っていることもある。このあたりでシュレーゲルといっているビール酵母入り生地ケーキを彼女は金曜の夜から土曜の朝にかけて、ふたりの男との情事の合間に焼くのだが、「ふたりとも女将にへとへとにさせられる。皮剥人は、女将が階下の部屋で同じ卑猥きわまりない姿勢をとりながら乳房の下に客の男を押しひしいでいるのを知らずにいる」。彼女が持っているのは口伝のレシピだ。「女将は危険きわまりなく堕落しきっているが、その分料理には秀でている。」地下室と屋根裏の彼女の食料貯蔵庫には、食品や粉袋や砂糖袋やタマネギの束やジャガイモの山とリンゴの山の間に、腐敗とネズミが食い荒らした男物のパンツのような彼女のふしだらさの証拠品が放置されている。「そういう汚い証拠品の一見に値するコレクションが頭上にも足下にもばらまかれているのだ。男旱《ひでり》が続くときには折を見てそれらの証拠品を順番に手にとって、そのかつての持ち主を思い出すのが彼女の特別の慰みだった。それらの貴重品が保管されている地下室と屋根裏の鍵を、女将はすでに何年も肌身離さず持ち歩いているのだが、私以外に女将がその鍵で開けることができるのは何か知っている者はいない。」

　口角からたえず唾を垂らす老人のように、画家シュトラウホは彼の言葉を押し出すのだった。ぼくが再び彼に会ったのは夕食時だった。ぼくはそれまで食堂に腰を下ろして、みなが食事をとるのを眺めていた。画家は女将にとって遅すぎる刻限、つまり八時過ぎになって姿を見せたが、もうそのときは常連席に大酒飲みが残っているだけだった。汗とビールと労働着のむっとする臭いが、食堂に立ちこめていた。画家は入り口に現れたとき、首を伸ばすようにして座る席を探していたが、ぼくを見つけると、ぼくをめがけてやってきて、前の席に腰を下ろした。彼は女将に、煮込み料理はいらない、と言った。ミートローフを一切れとローストポテトを注文した。スープはやめておく。もう何日も食欲の減退に苦しめられていたのだが、今日はお腹が空いたのだそうだ。「寒さが堪える。」気温は低いどころかその逆だが、「フェーンのせいだ。分かるだろう。いいかね、身体の内部が冷えきってる。身体の芯が凍えているのだ」。

彼の食べ方は、動物のようでも労務者のようでもない、とはつまり本能に発した食べ方ではないのだ。ひとかじりひとかじりが、自分に向けられた嘲笑だとでもいうかのようだ。彼は目の前のミートローフは「死体の一部だ」と言った。その言葉を発しながら、ぼくをみつめた。ぼくは、彼の期待に反して、その言葉に嫌悪感を催さなかった。ぼくはたえず死体の肉を相手に仕事をしているので、何に対しても嫌悪感を催さなくなっている。そのことを画家は知るよしもない。「人間が口にするものはすべて死体の一部だ」と彼は言った。彼ががっかりしているのが分かった。子供じみた失望から彼の顔には苦しげで落ち着きのない表情が浮かんだ。「人間の中で」と彼は言った「待ち伏せていて、合図とともに飛びかかり引き裂きにかかる、猛獣の前足になぞらえられる獣性は、私たちが何百人の人間と道路を横断するときに観察できる獣性でもあるのだが、分かるかね……」彼は口の中のものを噛みながら言った「私には自分が何を言いたいのか分からなくなった。しかしそれがたちの悪い何かだったのは分かる。言いたかったすべてのことのうち、何かたちの悪いことを口にしたかったという思いだけが残ることはよくある。」

## 第四日

「すると画家は言った「どこでもいいが、だれか初めてやってきた者が、ある土地になじむとしよう」と画家は言った「するとそこで彼がすぐに受け入れるひとつひとつの対象はそのままそっくり、彼にとっては歴史の幕開けを告げるものとなるのだ。年をとるにつれ、かつて新しく知った後に究明し、やがてそれにけりをつけたものごとの脈絡はたいした意味を持たなくなる。テーブルも雌牛も空も小川も石も木もすべて探求しつくされている。後は処理を待つだけだ。なのにどの対象も、フィクション間の調和もまるで不可解ときている……もはや枝分かれや凹凸《おうとつ》や微妙な陰影はどうでもいい。大きな脈絡だけに関心が向かう。突然、宇宙の大建築に目が向けられ、唯一無二の普遍的空間装飾が発見される。極小の比率と極大の複写から発見されるのは——われわれはつねに救いのない状況におかれているという事実だ。年をとると、思考は表層に触れるだけでおしまいの苦痛のメカニズムに変わってしまう。ほめられるようなものではない。私が木と言うとき、私の目には巨大な森が映っている。私が川と言うとき、私の目には全河川が映っている。私が家と言うとき、私の目には都会の家屋の海が映っている。だから私が雪と言えば、それは大洋なのだ。ひとつの考えがついにはあらゆる連鎖反応の引き金となる。大いなるものの中であれ小さなものの中であれ、均衡を崩すことなく、思考しつづけることこそ高度な芸術の根幹だ……」。

不確実性こそ、人間を偉大な仕事へ駆り立てる原動力であり、そのおかげがあってこそ本来無きに等しい存在である人間にも万事をこなすことができるのだ。英雄とは不確実性つまり不安と恐怖と絶望の淵から身を起こした者たちである。「芸術の創造だけは例外だが。」確実性ではなく、精神薄弱と無能が、非凡ではなく凡庸が支配している。彼がこういうコメントを発したのは、昼食時のことである。彼は自分で注文したにもかかわらず牛肉を突き返し、燻製肉を持ってくるように言う。女将は彼の牛肉を下げて姿を消す。ぼくたちはひとつのテーブルを占有しているが、食堂のほかの席はいっぱいである。もうこれ以上はだれも入れないだろう、とぼくは考える。ふだんは台所においてある椅子までが運び込まれて並べられ、大きなベンチが窓の下からずらされ二メートルほど伸ばされる。最後には床の上にひっくり返して並べた桶に渡した箱板の上に腰掛ける者も出てくる。金曜日か、とぼくは考えた。ついにひとつも空いた席がなくなると、ぼくたちのテーブルにも人がやってくる。皮剝人と、土木技師を先頭に、工夫たちが画家の席に割り込むように続く。画家に燻製肉を運んできた女将は、画家が工夫たちに押しつぶされそうに座っているのを小気味よさげに見ている。彼女は画家の背後に回ると彼の方へ、またぼくが画家と結託したと突き止めた気でいるので、ぼくの方へも顔をしかめてみせる。こうしてぼくも彼女にとってうさんくさい存在になったわけだ。彼女はぼくを彼の一統と見ている。彼女は彼を忌み嫌っているので、ぼくをも忌み嫌うのだ。

皮剝人は背が高く黒い髪の男だが、土木技師は彼より頭ひとつ背が低い褐色の髪の話し好きの男で、皮剝人とはまったくタイプが異なっている。「仕事は順調だよ」と土木技師は言う。下の谷で進められている発電所建設の一環の橋の建設工事のことだ。いまはコンクリート打ちには最悪の季節なのだけれど、それでもやらないわけにいかない。「残業をしても追いつかない」と彼は言う。彼は、言うところの、「何を考えているのか分からない」人間だ。自分の部下の工夫たちはよく掌握している。対等に話をする。酒も同じように飲む。工夫たちが彼の立場であればそうするであろうように、何事も即決で片づける。彼は食堂の中でしきりに工夫たちの名前を口にする。どの名前にも翌日の仕事の指示を結びつける。どうやら土木技師の頭にはなにもかもが納まっているらしい。数字も搬出する土の量も支柱や横桁の数もまだ安全が確保されていない掘削現場等々も。彼は立て続けに煙草を吸い、腹をテーブルの板に押しつけるようにして笑うのだった。皮剝人は寡黙だ。土木技師は恐ろしいほどの力で恐ろしいものに立ち向かっているように見える。工夫たちは彼に一目おいている。彼は工夫たちに包み隠すことなく何でも話す。「軌道を引き込まなければ」と彼は言うが、ぼくと画家以外はみな、それが何のことか、何を意味するか知っている。画家はぼくに別れを告げることなしに、席を立ち、姿を消す。ぼくはもうしばらくここにいて、部屋の中を眺めていればいいだけのことだ。

旅館は、必要に迫られた者が一度だけ一夜を過ごす宿のひとつだった。ただし画家は繰り返しここに引きつけられてきた。長所ではなく、欠点が彼には魅力なのだった。戦時中この旅館が彼と妹の疎開先だったという事情もある。彼はずっと困窮と空腹トレーニングから、そして質素とつましさから縁を切らずにきた。「私はこの建物内のどんなかすかな物音にも通じている」と画家は言った。彼は闇の中でも、昔からわずかな特徴まで身に染みこんでいる壁の凹凸を手のひらで探って歩くことができる。「もうここのすべての部屋に泊まった」と彼は言った。「一度この旅館を買おうと思えば買えたこともあった。そのときは資金もあった。だがその後すべてを失ったのだ、分かるかね。」何もかもに嫌気がさすたびに、ここへやって来た。「壁に口がきけるものなら語り出しているだろう」と彼は言った「どの部屋もとてつもない出来事の記憶を秘めている。戦争はこの旅館にも入り込んできたのだ。たとえばきみが泊まっている部屋だが……」。彼は言った「しかしどうやら黙っている方がよさそうだ。きみの部屋で、ある人間が下した決定の話だ。だれにも理解できなかった。神も仏もあったものか」。思考の方法にはいろいろあり、そのいずれもが古い知恵の結晶だ。そして人間の思考の歩みはときとして時勢に遅れをとることがあっても、きわめて革命的な結果を生むことがある。この旅館にはしばしばひどい寒気が流れ込むが、そういうとき窓を閉めるのを忘れたら、みなひとたまりもなく凍え死ぬ。「夢の表象すら凍え死ぬのだ。すべてが寒さに変わる。空想も、何もかもが。」彼はこの宿にいるとき、いわゆる「高尚な」ことを考えたことはない。そんな考えはもともと疎遠だし、それに接近しようと思うことすら猥りがわしい。だから彼はそんな考えは退ける。「ある人間が抱く考えの流儀を決定するのは、その人間だ。」「信頼して近づいたものに、ときとしていかにすげない扱いを受けるか」びっくりさせられることが多い。この宿での暮らしは「ひどい虐待の水準に近い」ものだが、彼は自分からそれを求めているのだ。自分で自分を痛めつけるのは、子供の頃からのならいだ。「まずは十分に試す。それから火を握る。」年とともに、彼は痛みの程度を狂気すれすれの段階まで高めてきた。「この宿はつまるところ私のすべての思いと、私の辿ってきたすべての状況の重要証人なのだ。すべてが『これがお前だ』と語っている……もはやモラルも素朴さもない。あらゆる想像を絶する不毛さが広がっているだけだ。」

「私の時は過ぎ去った。手元にとどめようと思わない時は過ぎ去るのだ。そうだ、私は一度も自分の時を所有しようと思わなかった。病は、私が時に無関心だった結果だ。無関心と無職と不満の結果だ。病が発症したのは、まさに何もかもなくなったときだった……私の探求が停止したとき、自分にはこの壁を乗り越えることはできないと悟ったのだ。まさに、まだ自分が歩んだことのない道を見つけださなければならなかった……眠れない、鈍い灰色の夜がつづき……私は何度か飛び起きた。そして思いついたすべてが次第に偽物に変わり、意味を失うのを見ていた。すべてがつぎつぎに首尾一貫して、いいかね、意味と目的を失っていった……そして私は、周りのだれも何かを解明してもらいたいなどと思っていないことに気づいたのだ。」

## 第五日

「家族、両親、そのほか、私が頼れたはずの、そして私が頼ろうとしていた世界が、私にとっては早い時期に闇の中へ溶け、一夜にして闇に没し、私の視界から消えていった。それとも、私の方が彼らから遠ざかり闇にまぎれて姿をくらましたのだったか。いまではもう知るよしもない。いずれにせよ私は早くにひとりにされた。たぶん最初からずっとひとりぼっちだったのだろう。ひとりでいること、思い出せるかぎり、それが私の思考を独占するテーマだった。孤立という概念もそうだ。自分の中に閉じこめられてあること。本来私は、もしかしてそんな風にひとりきりになるなど、思いもよらない人間だった。それはなかなか私の頭に入ってこなかった。私はそれを自分の頭に入れたわけではないのに、今度はそれを追い出せなかった。」彼は言った「私は何度もそこへ立ち戻った。途方に暮れてたたずんでいた。脈絡もなくそこに。そこで目を覚ました。私の気持ちに従うなら目を覚ますのは、そこではなかったはずなのだが。私の幼少年期と青年期は、私の老年期の恐ろしい孤立状態に劣らぬ、身の毛のよだつような孤立状態だった。自然は、たえず私を押しのけ、自分だけにかまけさせ、私自身の内部に潜りこませ、万事から遠ざけ、かと思うと万事を限界まで私に押しつける権利を持っているかのように振る舞う。私の言ってることが分かるだろうか。自分に向ける非難で耳ががんがんいっている。歌声だと、作曲されたあるいは未開の楽曲だと思うと、それは間違いだ。孤絶状態のたてる音でしかないんだよ。森の小鳥や、膝にぶつかる海の波にも惑わされてはならない。どうすれば自力で切り抜けられるか分からずにきたが、いまがいちばん分からなくなっている。普通ではないと思うが、違うかね。人間だれしも、私が思うに、つねにひとりきりでいるからこそ、自分はひとりきりではないというかのように振る舞うのではないだろうか。人間が集団の中に埋もれてしまうのを見ると、団体や協会や宗教や大都市というのは限りない孤独を裏付けるものではないのか。いいかね、このようにいつも考えることは同じなのだ。不自然だ、たぶん。つじつま合わせはうんざりだ。たぶん、ばかげてる。衒《てら》いかもしれない。ひとりきりの状態にある程度有益な自立性が付け加わるなら」と彼は言った「まだ耐えられもしようが、私には自立性のかけらもないのだ。私は、何から手を着ければいいか、分かったためしがない。私のところへ押し寄せてくる影響や環境や自我といったものから、私はいつまでも手が切れずにいる。私の中に一度入ってきて出て行かぬものからだ。そうなのだ。いいかね」。彼は言った「ひとりの新しい人間を作りだそうとする者たちは、恐ろしい責任を引き受けることになる。すべて実現不可能だ。絶望的だ。不幸になること、少なくともいつか一度不幸になることが分かっている人間を作るのは、大いなる犯罪だ。不幸は一瞬でも生じれば、それは絶対的不幸なのだ。もはやひとりきりでいる気がないのに孤立状態を作り出すとしたら、それは犯罪的所業だ」。

彼は言った「自然の原動力は犯罪的なものであって、自然をよりどころにするなどというのは言い逃れにすぎない。人間の手が触れると何もかもが言い逃れの種になってしまう」。

彼はぼくたちの前に広がる集落の方を振り返った。「ここの人間たちは優等とは言えない」と彼は言った。「みんな比較的背が低い。赤ん坊が泣き叫ばないように、赤ん坊の口に強い蒸留酒《シュナップス》を含ませる。生まれつきの奇形も多く見られる。無脳症はここの風土病だ。可愛い子供たちでなく、子供の群がいるだけだ。夏には子供たちは日射病にかかる。なぜなら彼らのひよわな身体は、容赦なく照りつける日差しに耐えられないからだ。冬には、前にも言ったが、通学路で凍える。アルコールが母乳を排除した。みなが高いしゃがれ声を発する。多くの者が生まれつき何らかの不具をかかえている。みな酔いのさ中にはらまれた者たちなのだ。大部分が犯罪者の素質を持つ。かなり高い比率で、若者が刑務所に入っている。重大な傷害か性的犯罪、自然にもとる性的行動は、ここでは日常茶飯事だ。児童虐待、殺人、日曜の午後に多発する事件……まだ家畜の方がましな目に遭っている。豚はほしがられるが、子供は邪魔者でしかないのだ。学校の水準は最低だし、どこでも軽蔑の対象にされる教師たちはみな陰険だ。多くの教師が胃潰瘍の犠牲になる。結核は教師たちを顔色のさえない鬱状態の人間に変えてしまうが、そうなるともう恢復する者はでてこない。ゆっくりとだが農家の倅たちが労務者の群へと落ちぶれていっている。このあたりではまだ一度も美しい人間を見かけたことがない。そして私はここの人間の中で何が進行しているかについて何ひとつ分からずにいる。ときどき彼らの職業や人品から、彼らが見舞われる苦悩や彼らの中に蔓延するものからげっそりさせられるだけだ。実にげっそりすることが多い。」

彼は子供のとき祖父母の家で、かなりほったらかしで育った。だが冬の間は厳しいしつけを受けた。何日も口を閉じたまま座らされ、語のつながりを暗記させられた。学校に上がったときは、教師より物知りだった。ニーダーエスターライヒ州の寒村にある学校の教室は「今日まで何ひとつ変わっていない」。突然思い立って最近そこへ行ってきた。子供の彼をいつもとまどわせたのとまったく同じ臭い、大量のタールと便所と穀物とリンゴからたちのぼる臭いがしていた。その臭いとのどかな春の日の匂いをたっぷり吸い込んできたのはついこの間のことだ。彼は不意に思い立つと、何が何でも自分の中にその匂いを生みだし嗅いでみずにいられなくなる。そしてたいがいその試みに成功するのだ。まるでときどき傑作絵画を完成させる巨匠のように。彼の少年時代はさまざまな匂いから構成されていたというか、さまざまな匂いが集まって彼の少年時代を形作っていた。その時代は死んではおらず、たえず生動している。それは言葉遊びとボール遊びから、害虫や野獣や暗い夜道や激流や飢えや未来への恐怖から構成されていた。彼は少年時代に害虫と飢えと野獣と激流を知ったのだ。未来と嫌悪もだ。戦争は彼に、戦争を知らない人間には絶対目にできないものを見ることを可能にした。大都市が彼の人生の中で幾度も田舎に取って替わった。というのも彼の祖父は、彼が移り気なのとまったく同じくらい移り気な人間だったからだ。祖母は才気にみち、恰幅がよく、普通の人間には容易に近寄れないところがあった。祖父は孫である彼をいろいろな土地や、談話の席や、暗闇の中へ連れて行った。「祖父母には自分たちは並外れた人間だという意識があった」と彼は言った。祖父母を失ったことが彼にとって最大の喪失だった。両親はほとんど彼の面倒はみてくれず、一歳年上の兄をずっとだいじにし、彼に期待したことのないいっさい、きちんとした将来、将来のすべてを兄に期待していた。兄にはいつも彼より多くの愛情が注がれ、彼より多くの小遣いが与えられた。彼が両親を幻滅させるとき、兄がそうすることは絶えてなかった。妹とは本来そうありえたよりもはるかに弱い絆でしかつながっていない。ずいぶん後になってふたりは海をまたぐ絆を結び直し、ヨーロッパからメキシコへ、メキシコからヨーロッパへ手紙を出し合って、互いの好意を兄妹愛だと信じる努力をしたが、そういう依存関係を演出することにたぶん成功をおさめもしたのだと思う。「妹は私に年に二、三度手紙をよこし、私も同じだけ手紙を送っている」と彼は言った。孤立状態の中から、そして深い孤立状態の中で、多くの考えが生じたが、どれもどんどん陰鬱さを増していった。祖父母の死とともに、「もはや晴れることはないであろう深い闇」が降りてきた。

それから父も亡くなり、その一年後に父親を追うようにして母親が逝った。兄が我が道を行き、一段一段キャリアの階段を上って、次第にいま占めている外科医の座に近づいていっている一方で、弟の方は自分の思考世界の迷路に迷いこんでいった。あるときはこちら、あるときはあちらで逃げ口がふさがった。あるときはこちら、あるときはあちらで破滅の淵の前に立たされた。外からは全然気取《けど》られないようにしていたし、表に出るときはきちんとした服装をくずさなかった。だが家の自分の部屋では、だんだん眠れなくなっただけでなく、学問でも芸術観察でも貧困との戦いでも実に悲惨な状況に陥っていた。貧困が進む度合いに応じて、彼はますます閉じこもりがちになっていった。彼の「芸術上の試行」は思うような成果をあげなかった。彼の目には、自分がさんざん苦労して描きあげたものも、人を感嘆させたり、まして歓声をあげさせたりするにはほど遠い駄作であることが、まざまざと見えていた。自分の生み出したものが月並みとしか思えなかった。すべてがぼろぼろ崩壊していった。にもかかわらず「純然たる思い違い」でしかない僥倖、親切のおこぼれがいつも彼に何らかの生きる糧を贈ってくれるのだった。どこからだったのか。「小旅行がまるで春風のようにまいこんで」彼をドナウ河畔の小さな町やヴァルトフィアテル［ニーダーエスターライヒ州の北西部の地域］の村やときには国境を越えてハンガリーまで連れ出した。ハンガリーの「憂愁の大平原」はずっと見ていても見飽きることはなかった。しかし彼の少年時代は、両親の背後にもはや祖父母が控えていてくれることのなくなったあの日、彼に対してもっとも残酷な牙を剝いた。まったくのひとりぼっちで、よその家の石段に腰を下ろしていた彼を、激しい吐き気が襲い、彼はそのまま死んでしまうのだろうと思った。何日も外をうろついてだれ彼の見境なく話しかける彼は、人々から頭のおかしな、しつけの悪い、いまいましい子供だと思われた。田舎でも同じような目に遭った。何日もの間野原も畑も見えないことがあった。涙がつぎつぎにあふれだし、何もかもがかすんで見えたからだ。彼は方々へ行かされ、その都度費用は家が出した。しかし滞在費用が滞ったり、生活費がつきたりすると、彼の状況は前にもましてひどいものになった。彼は友達を求めたが、友達は見つからなかった。突然ひとりの友達が現れたと思いこむ瞬間がなかったわけではないが、やがてそれは錯覚だったと分かり、彼はおずおずとその錯覚から身を引き離す。だが向かう先はもっとひどい混乱、もっと激しい何もかも投げ出したいという願望、もっとひどい不明瞭さの中なのだった。そこへ性の破壊と誘惑が加わり、禁じられた光景への接近と自分ひとりきりで処理しなければならない病気が彼の混乱に輪を掛けた。両親の家で暮らすことと「そこでとっくりと生活を楽しむことを許された」兄妹たちはなんと異なる道を歩んだことか。彼の中で何もかもが大混乱に陥ったため、進学の計画を投げだした彼にある日残された道は、とある事務所に雇われることだけになっていたが、そこを彼は唯一大げんかによって抜け出して、芸術大学に入ることができたのだった。彼は奨学金も認められ、修了に必要なすべての課目の試験も終えた。「しかし私は成功はできなかった」と彼は言った。彼の青春はそれ以前にまして苦しいものとなった。おそらく同世代の同じような思考を持つ者たちとの付き合いは増えていたが、「すべてはかなり軽率に運ばれた。」少年時代も青春も彼には容易なものではなかった。多くの点で彼の少年時代と青春はぼくのそれを想起させる。ぼくも悲しい思いを味わった。にもかかわらず彼の記憶の中の少年時代と青春は唯一かけがえのないものであって、「そこから身をもぎ離すことなどとてもできそうにない」。

　彼は今日自分の描いた絵はすべて燃やしてしまったと告白した。「私は、自分が何者でもないということを日々目の前に突きつけてくるものから手を切る必要があった。」それらは潰瘍のように毎日ぱっくり口を開いて、彼を黙り込ませていたことだろう。「私はあっさり片付けることにしたのだ。ある日私は自分が何者にもならないことに気づいた。しかし私は、人間ならみなそうだろうが、それを信じたくなかったので、その恐ろしい作業を何年も先延ばしにした。だが私が旅に出る前のある日、私はものすごい勢いで頭をどやされたのだ。」

「自分がこれほど分別を失って自分自身にかまけることがあろうとは信じられもしない時期があった」と画家は言った。彼は立ち止まり、息をついて言った「私はいま上機嫌かもしれない。なぜ私が上機嫌でないことがあるだろう。退屈していないし、不安もない。痛みもない。いらいらすることもない。まるでいま自分が別人のようだ。それがまた、痛みが始まって、いらいらしてくる。そう、私は私だ。いいかね、一生こうなのだ！　……私は一度も羽目を外したことがない。ただの一度も。うれしいと感じたことも！　仕合わせと呼ばれる状態になったこともない！　いつも尋常ならざるもの、風変わりなもの、常軌を逸したもの、一度限りのもの、手の届かぬものへの病的欲求が、精神的拷問といってもよいが、至るところで私に関わるすべてをぶち壊してきたからだ。私のすべてがまるで一枚の紙のように引き裂かれたのだ！　私の不安は考え抜かれ、分析され、すり減らされ、細部へと分解された不安であって、下劣な不安ではない。私はたえず自分を試しているが、そう、そのせいだ！　私はいつも自分の跡をつけているのだ！　自分を一冊の本のように開くと、中が誤植だらけなのを発見しなければならず、つぎつぎに誤植が見つかり、どのページも誤植だらけだとしたら、どうなるか、きみにも想像はできるだろう。だがすべてはそうした幾百幾千の誤植の山にもかかわらず傑作なのだ！　傑作に次ぐ傑作の連続だと言ってよい！　……痛みが下から這い上がり、上から降りてきて、人類の苦痛となる。私は至るところで私を取り巻いている壁にぶちあたる。私はすでにして純然たる殺人鬼だ。しかしときどきは笑いでごまかしてなんとか自分をおしとどめてきたというのが実情だ！

私にいま何が聞こえているか分かるかね。聞こえるのは偉大な思想に対する告発の声だ。途方もない法廷が偉大な思想を裁くために開設された。私には、すべての偉大な思想への訴訟がゆっくり始まるのが聞こえる。ますます多くの偉大な思想が逮捕され、監獄に放り込まれている。偉大な思想が恐ろしい罰を宣告されているのが、私には分かる！　私はそれを聞いているのだ！　偉大な思想は国境で逮捕される！　多くは逃げるが、しかし追いつかれて、懲らしめを受け、投獄される！　終身刑、と私は言っておくが監獄の中へ終生閉じ込められるのが、偉大な思想が受けるもっとも軽い刑なのだ。偉大な思想には弁護士はつかない！　ものの役に立たない官選弁護人さえつかないのだ！　私には検事たちが偉大な思想を厳しく糾弾する声が聞こえる。警察が偉大な思想を警棒で打ち据える音も聞こえる！　いつだって警察は偉大な思想をぶちのめしてきた！　そして偉大な思想を豚箱に放り込んだのだ！　まもなくすべての偉大な思想がぶち込まれることになるだろう！　ただひとつの偉大な思想もはや自由の身ではいられなくなるのだ！　聞いてごらん！　見てごらん！　すべての偉大な思想は原則としてはつねに頭を叩き割られてきたのだ！　聞いてごらん！」画家は、ぼくに先を行けと言い、ぼくは先を歩くが、すると彼はステッキでぼくを窪地へと駆り立てる。

ぼくが待ち合わせていた下の切り通しの中でなく、落葉松林《からまつ》にさしかかる手前の箇所で画家と出会ったのは意表外な展開だった。ぼくは落葉松林までもうあと二〇歩か三〇歩というところまできたとき、彼はもうてっきり切り通しに着いているものと思っていたのだが、あに図らんや彼は落葉松林の手前のところで、突然一本の木の背後から突然飛び出してくると、愛用のステッキをまるでぼくの行く手を遮るかのようにぬっと突き出したのだ。村を出たときからずっと歌を歌っていて、旋律が何に由来するか分からぬまま、次から次へ口ずさんでいたぼくに、画家が言った「歌が歌えるんじゃないか！　なぜひとりでいるときにしか、歌わないのかね。私がきみといっしょのときには、まだ一度も歌ったことがないじゃないか。不思議な声をしているが、不愉快な声じゃない」。私は当惑し、何を言えばいいか分からなくなった。彼は私の腕を抱えて、苦しそうに息をしながら、私を落葉松林の中へ連れていった。「また歌ってくれないか。何も恥ずかしがらなくていいじゃないか。実にいい声だ。」しかしぼくはもう歌わなかった。たとえ歌う気になったとしても、もう喉から音は出てこなかっただろう。彼は落葉松林の手前でぼくを待つことに決めていた、「なぜなら切り通しの中はきっとひどく寒いだろうから」。ぼくたちはかなりの早足で歩いた。彼はしかしすでに疲れていたようで、たえず立ち止まっていた。「空想は無秩序の表現だ」と彼は言った「そうでしかありえない。秩序の中には空想は存在しえない。秩序は空想を許容しないし、秩序はそもそも空想を知らないのだ。ここへ来る道すがら私は、空想とは何かを自分に尋ねていた。私は、空想とは病だと、確信している。ずっと持っているのだから、新たにかかることはない病。すべての、だがとりわけ滑稽と悪意の原因となっている病だ。きみは空想を理解できるかね。空想とは何なのだ、と私は自分に問い、同時に空想は理解可能かとも問うてきた。しかし空想は理解不可能なのだ」。彼は自分のステッキで一本の重い枝を引っ張ったので、雪がぼくたちの頭上に落ちてきた。ぼくは雪を払わなければならなかった。「何も知らない人間が存在しうるだろうか」と彼は尋ねた。「何ひとつ知ったためしのない人間が。」

ぼくたちが下の駅に着いたときには、五時になっていた。そこにはいつもより多くの人がたむろしていたが、画家は彼らの間を通って、レストランへ向かおうとした。彼は片手を突き出し、みなは彼のステッキをよけて後ずさった。ぼくは彼の二メートルほど後をついていった。レストランで彼は最初ホームが見晴らせ、列車が出たり入ったりするのが見えるいちばん端の席に座った。だがそこは彼には寒すぎた――「ひどく風が入ってくる！」――そこでぼくたちは暖炉のそばの席に移った。めいめいグラス二杯のスリヴォヴィッツ酒を飲んでから、新聞スタンドで目当ての新聞を探した。新聞の山――それを私は画家が読み終えた後で自分の部屋へ持っていき隅々まで目を通すつもりだった――を抱えたぼくたちは、できれば七時前に旅館に戻ろうと考えていた。旅館の前で靴に着いた雪を落としていると、画家が言った。「空想は人間の死だ……私は今日夢を見たが、どこが舞台だったかもう覚えていない。しかし慣れ親しんだ風景だったのだが、どこの風景だったかもう思い出せない。妙な夢で、私がいつも見ている絶望的な夢ではなかった。その夢の舞台だった、おそらく一瞬しか持続しなかった風景は、あるときは白、あるときは緑、あるときは灰色、あるときは漆黒だった。どれも人間の意表をつく色ばかりだった。たとえば空は緑で、雪は黒く、木々は青……牧場は雪のように白かった……それは私に現代のある種の油彩画を思い出させたが、その画家たちはそれほど首尾一貫していなかった。そう、彼らは私の夢ほど、私がかつて見たもっとも首尾一貫した夢のひとつほど首尾一貫した態度を取ってはいない。その風景の中ではすべてが徹底的で、木々は高く、無限の中へそびえ立ち、牧場はひどく硬く、草はひどく硬く、風がその上をかすめると、大きな音量の音楽が生まれた。あらゆる時代の音楽から合成された音楽だった。私は突然その風景の中のある牧場にいた。奇妙なことに、人間はみな風景の色を帯びていた。私も牧場の色、次に空の色、それから木の色、最後に山々の色に染まっていた。そしてつねにすべての色を同時に帯びるのだった。私の笑いはこの風景の中にとんでもない騒ぎを引き起こしたのだが、私にはさっぱりその理由が分からなかった。このかなり雑然とした景色は、いいかね、私がこれまで目にしたことがないほど活気に満ちていた。たぶん人間の風景なのだろう。いまきみは私に、人間たちはその風景の中でどういう風に見えていたか尋ねたいと思っているだろう。人間たちは、私もそうだが、みな風景の色を帯びていたから、声でしか区別がつかなかったし、彼らには私も声でしか私だということが分からなかった。さまざまなニュアンスに富んだ声、いいかね、信じられないくらい細分化された声なのだ！　だが突然身の毛のよだつようなことが起こった。私の頭がむくむく膨れあがったのだが、それによって風景がずいぶん暗くなったため、人々が嘆きの声を発しはじめたのだが、それは私がいままで耳にしたことのないような恐ろしい声だった。その風景に似つかわしい嘆き声だったといえる。なぜかは分からないが。私の頭は急にひどく大きく重くなって、私の立っていた丘から白い牧場の上、黒い雪の上を転げ落ち始め――その風景の中ではすべての季節が同時に存在していた！　――そして青い木々と人間たちの多くを押しつぶした。

それを私は聞いたのだ。突然私は、私の背後で何もかもが死んだことに気づいた。死んだ、死滅だ。私の大きな頭が死の国の中に転がっていた。暗闇の中に。首は私が目覚めるまで暗闇の中に転がっていたのだ。あの夢がこんなに恐ろしい終わり方をしたのはなぜだろう、と私は自問した。」画家は彼のパスカルを上着の左ポケットから取り出し、それを右ポケットに突っ込んだ。「不気味だ」と彼は言った。

ぼくたちはシュナップス醸造家の店に立ち寄った。まずは切り通しを完全に通り抜けてから、ずっと森の中奥深くへ入っていくのだが、ぼくはまだそこに足を踏み入れたことはなかった。ぼくの連れはしょっちゅう立ち止まっては言うのだった「ほらいいかね！　いいかね、自然が押し黙っている！ほらいいかね！　いいかね！」。画家はぼくが一度ウィーンのフローリッツドルフ区の三叉路アム・シュピッツで見かけた背中に大きなこぶのある男のように足を引きずって歩いていた。ぼくたちの足は雪玉だった。何度も彼は「自然はあきらめている！」という言葉を発しては立ち止まった。「いいかね、自然は押し黙っている！」そうだ、自然は黙っていた。「自然は静止していない。自然は静止している。自然は静止していない……分かるかね。」思考は同時に上昇し下降した、と彼は言った。彼は私に野獣の足跡を教えてくれた。「アカシカだ、いいかね！　ウサギだ、いいかね！　ノロジカだ、いいかね！　それは狐だ！　あれはオオカミではないかな」。彼はときどき雪に膝まで埋もれてしまい、ぼくが彼のステッキを使って彼を引っ張り上げなくてはならないというので、恥ずかしがった。「あわれなものだ」とそういうとき彼は言った。彼は星座をひとつひとつ指して言った「カシオペア、大熊座、オリオン」。彼は姿を消したかと思うとまた現れた。私が遅れると、自分の前を歩くよう命じた。「つねに表層と深みだ」と彼は言った「表層と深み」。木の幹は「大いなる審問官たちの幻」だ。画家は言った「彼らは大いなる判決を下す！　あの恐ろしい判決をだ！」。シュナップス醸造家はいつでも画家の行動予定表に載っている。彼についてはいつも、もう一年は生き延びられないだろうと言われている。「今度の冬は越せないだろうと。でも私はここへ来るたびに、彼に会っているのだ。」画家はシュナップス醸造家について、自分がいままでに出会ったもっとも寡黙な人間だ、と言った。シュナップス醸造家は実際ひと言も口をきかなかった。画家はずっと、もっと速く歩けと言い続けたが、ぼくたちが先へ進めないのは、もっぱら彼のせいだった。しかしそのすぐ後、シュナップス醸造家がぼくたちの前に立っていた。そこの洞窟のような家の中に、彼はふたりの娘といっしょに住んでいる。「彼は娘たちを抑圧し、彼女たちにおいてけぼりを喰らうのではないかと恐れているが、彼女たちも父親を怖がっている。まもなく娘たちの結婚適齢期は過ぎ去る。」彼はたえず娘たちを見張り、娘たちに「ベーコン！　パン！　スープ！　ミルク！」という号令を発する。それ以外彼は一日中ひと言も発しないそうだ。彼女たちはまるで未成年者であるかのように従順に従っている。「彼は娘たちがいやでたまらなくなると、屋根裏に閉じ込め、彼女たちはそこで亜麻糸を紡がなければならなくなる。分かるかね。糸紡ぎが終わったら降りてきてもいいが、それまではだめだ。」ふたりは腕に手錠をはめられている、「目に見えない手錠だが、ちぎることはできない」。

画家がドアをノックすると、背の高い、材木のように痩せた男が立っていた。彼は「ああ」と言っただけだった。ぼくたちを中に連れて入った娘たちが、椅子を二脚こちらへ動かし、食料貯蔵室へ飛んで入り、ベーコンとシュナップスを持って戻ってきた。そしてテーブルの支度をした。ぼくたちはシュナップス醸造家といっしょに食べて飲んだ。ぼくたちが食べ終わるか、飲み終わるかすると、彼は「ベーコン」または「パン」または「シュナップス」と言い、娘たちが食料貯蔵室へ飛んでいくのだった。ぼくたちは二時間とどまった。それから席を立ったのだが、ぼくたちが玄関を出ると、シュナップス醸造家は「ああ」と言い、また閉じこもった。ぼくたちが旅館に戻ったのは、夕食時だった。

「ほら」と散歩を終えたとき画家が突然言った「ほら、犬の吠え声だ！」ぼくたちは足を止めた。「犬は見えないが、吠え声は聞こえる。ここの犬たちは私を不安にする。たぶん不安というのは正しい表現ではないだろうが、この犬たちは人を殺すのだ。この犬たちは何もかもを殺す。このうなり声！　この吠え声！　この鳴き声！　聞いてごらん！」と彼は言った「ここは犬の縄張りなのだ」。

## 第六日

「夏だったら、きみはここで無慮何百万もの蚊の軍勢を相手に戦いつづけなくてはならないところだ。湿地帯のせいだ。やがて頭がおかしくなったきみは森の真ん中へ駆り立てられることになるが、蚊の大群は眠りの中まできみを追ってくる。きみは走り出すのだが、もちろんどこにも逃げ場はない。私はいつでも蚊の刺し傷で満身創痍だ。私の妹の苦しみといったらなかった。いいかね、妹は甘い体臭のせいで、危うく蚊の餌食になるところだったのだ。きみは初めて刺されるとベッドの中を転げ回るが、そうして無言の責め苦をますます耐え難いものにしてしまう……翌朝目覚めたきみはすっかり老け込んでいる。蚊の毒で熱も出る……恐ろしい衰弱を脱したきみは、蚊の季節がまたやってきたことを思い知るのだ。私が誇張していると思わないほうがいい。きみも気づいているだろうが、私は誇張癖とは無縁の人間だ。しかしきみがここへの旅の計画を立てるのなら、蚊の出る季節に重ならないようにすることだ……ここへはもう二度と来ないだろうが……その時期にきみが出会う人間はみな、きみも知っておいた方がいいが、ひどく苛々していて、とても話しかけられるような状態じゃない。私自身、すでに言ったと思うが、あちこち動いて逃げ場を探す。その上に致命的な暑さが加わるから、どこもがらがらだ。空は蚊の大群でかき曇る。おそらくほとんど水が干上がった川と」と彼は言った「沼地が原因だろう」。彼は今日、赤いビロードのいわゆる「アーチスト・ジャケット」を着ていた。彼が画家らしい恰好をしたのは初めてだが、常軌を逸していた！　ぼくが朝食堂に座っていると、彼が外から姿を現し窓ガラスに顔を押しつけた。そして窓の木枠を叩いて、合図をするのだった。だんだん黄色みを増す大きな染みに見えた。彼は朝の四時半にはもう、「まだそこらをうろついている死霊をとらえる」ために外出したのだそうだ。

彼は中へ入ってくるなり、「身の毛がよだった」と言った。女将が、彼が外に出られるように玄関の閂《かんぬき》を抜いておいてくれた。「五シリング」払うと言ったのだが、彼女は受け取ろうとしなかった。彼は言った「川の音がこの上まで聞こえていた。機械の音はしなかった。物音はしない。もちろん鳥も鳴かない。物音はしない。ものみなが張りつめた氷の下で死に絶えたかのようだった」。彼も「ほぼ同じ状況」に身を置いていた。ステッキで雪と氷の怪物どもをどやしつけた。手足を広げ白いまっさらな雪の上に仰向けに倒れた。「子供のように。」いまにも凍え死ぬと思えてくるまでそうやって大の字になっていた。「凍ては全能だ」と彼は言った。それから腰かけた。彼は言った「私には自分が朝食をとること以上に不可解なことはない」。早起きをして外へ出さえすれば、苛酷かつ堂々たる凍てを賛嘆できる。「凍てにはすべてが備わっているという発見は、さほど驚くようなものではない。」世界は早起きをする者にみずからの驚嘆すべき実相をまざまざと顕す。「凍ての苛酷な世界」はだが早起きをする者たちに有無を言わせず、彼らに従順であることを強いる。寝の足りた早起き者たちは、世界が「狂気におちいる心配はない」と感じる。アーチスト・ジャケットはいますぐ脱ぐ、と彼は言った、自分がこれを着たのは、今朝までに果たさなければならなかった自分の身を苛む苦行のためだ、と。「この世界にとっては、当然私がこの上着を着るという行為は脱線だった」と彼は言った。「私がかつての自分のように振る舞うのも同じだ。いまの私は、一千年後の人間同様、かつての私とはまったくの別人だ。たぶん。ありとあらゆる錯誤の結果だ。」女将がコーヒーとミルクを運んできたが、反対側の隅のテーブルに座っている若い客のところへは、画家によれば「山のような食事」を運んで行った。「品の良さそうな人間だ。ここに何の用があるんだろう。ひょっとして土木技師の縁者かもしれない。」女将がその新来の客に時刻表を渡すと、彼はそれをぱらぱらめくった。駅へは近道をゆく方がいいか、と彼は女将に尋ねた。近道の方がいいけれど、冬は無理だ、という答えだった。彼は立ち上がり、勘定を済ませて、出て行った。「私のアーチスト・ジャケットは」と画家は言った「破産の印だ。私がこれを脱ぐということは、私の破産を脱ぎ捨てることだ」。このアーチスト・ジャケットに袖を通すのは今日が最後だ、と彼は言った。

ぼくは自分が今日二三歳になることを思い出した。しかし、だれひとりそれを覚えている者はいない。もしかして覚えている者がいても、ぼくがどこにいるかは知らない。下級医以外に、ぼくがどこにいるか知っている者はいないのだ。

「痛みの中心が存在し、その痛みの中心からすべてが派生している」と彼は言った「痛みの中心は自然の中心に位置する。自然はたくさんの中心の上に築きあげられているのだが、主たる土台は痛みの中心だ。その痛みの中心が、過度の痛みの上、そう言ってよければ、記念碑的痛みの上に載っている。いいかね」と画家は言った「私はまっすぐ立っていることができてもいいはずなのに、それができない。私の背中は平均以上に丸まっている、そうだろう。こんなに背中が丸くて、申し訳ない。たぶん見るも哀れな姿だろう。だが私が感じているこの途方もない痛みは想像もつかないだろう。私の中で痛みと苦しみが入り交じると、手足はどんなに抵抗しても、何の罪もないのにどんどんその犠牲になっていく。その上に、この湿った雪、このおびただしい量の雪の堆積ときている。ときどき自分の頭を肩の上に載せておくことができなくなるときがある。いかに力を振り絞らなければならないことか。普通の人間が十人かかっても、よほど修練を積んでいないかぎり、私の頭を持ち上げることはできない。考えてみてくれ。私がときどき自分の頭を持ち上げることができるということは、私には修練を積んだ筋肉質の人間十人分の力があるということだ。私がこの力を自分のために発揮できていたら。いいかね、私は私の力を無意味なことに浪費してきたのだ。この私の頭のようなものを持ち上げる以上に無意味なことがほかにあるかね。この力のたとえ百分の一でも私のために投資できていたら、意味のあることに使えていたら……私はあらゆる規則とあらゆる認識を転覆させていただろう。精神的世界のあらゆる名声をこの一身に集めていただろう。この力の百分の一、それで私は第二の創造主のようなものになれていたのだ。私に反論することのできる人間などいなかっただろう。私は、瞬く間に数千年の時間を巻き戻し、別のよりよき方向へ向かって展開させていただろう。しかし私の持てる力はそっくり私の頭と私の頭痛に向けられることになり、すべての意味を失ったのだ。私の頭は、きみにも知っておいてもらわなければならないが、何の役にも立たない。この頭のまん中ではぎこちない動きをする地球が赤々と燃え、何もかもが引き裂かれた和音に満たされている。」

「記憶は病を作る。ある言葉が浮かび、街区の一部が立ち現れる。ひどい建築だ。集まった人の群をのぞき込む。接近しようと試みても無駄だ！　昼がかき消えた。」百人のうち九八人が強迫観念を抱いていて、強迫観念とともに眠り、強迫観念とともに目を覚ます。「人間はみな思考の深淵の中を歩いている。ある者は下の方を、別の者はさらにずっと下の方を歩く。やがて闇が、彼らには希望はないことを教える。午後の静けさと囚人たちの眠りと体臭に満たされた留置場……ある者の頭をよぎることが、もうひとりの頭をよぎる。何週間、いや何年も前の大交通事故でグシャグシャになった犠牲者の遺体。向こうでは麦畑が、方位や空を映すものに逆らって回転しているが、森や牧場や街道や年の市の場景は空想によって断片に切り分けられ、行く手を阻まれた川がゴボゴボという音を立て、職人が文なしの貧乏人の脳中枢を長いナイフで切り裂く。」「単純な人間向けの法学」とでも呼ぶべき文字通り古めかしい夢が存在する。すべては繰り返されるが同時に反復不可能であるという法則。一と全は永遠の反転であり、あらゆる概念の終わりなき溶解である。喜びは喜びを、悪徳は悪徳を、見栄は見栄を、愛は愛を呼び寄せる。「私を私につないでいるものが、私からもっとも遠く離れたところに行ってしまった」。そして「時間は、時間という問題に取り組むための手段ではない」。そして「私は私の理論の犠牲者だが、同時にその支配者でもある」。

画家が自分に問いかけるのは、記憶、すなわちもはや理解不可能となっている不思議なものの断片とは何かということだ。記憶は事後もとどまって、記憶がまだ記憶になる前に置き去りにされたときと寸分たがわぬ振る舞いをいつまでもつづける。人間たちはまるで舞台の登場人物のように退場してゆく。どうやらいつも同じ局面での退場であるようだ。彼が安息できる場所はどうやら永遠という舞台を見下ろす簀の子天井の上にあるらしい。そして。耳に届く音はだんだん弱まってゆき、ついには「目が、そこから視線をそむけなければならないものから受ける印象も次第にかすんでいく。年とともにすべてが空無と化す」。やがて、たまにだが、ある形姿が流れの中から浮かびあがり、こちらの望みを絶つものが纏うのと同じ絢爛たる色彩に包まれた正体を現す。過ぎ去ったものたち、すなわち少年時代、青年時代、とっくに死んだのにまだ死んでいない苦痛、春のかけら、冬のかけら、夏の――だがどの夏だ――かけら、自分にとってもっともかけがえのなかったものの断片が。いくつもの砂利道といくつもの街道が交差する。親類や愛する人たちの墓。女用の棺を担ぐ男たちの影であたりが暗くなる。樽を積んだ馬車、ビール醸造所の雇い人、チーズ工場の労働者、両親の家の前の折れた大枝、湖の中へ引きずり込もうとする恐怖。いくつもの偶然の重なりが、いまのいままで健康の極みだったものを病という汲み尽くすことのできぬものに変える。「この地上のすべては一なるものの化身にすぎない。」空想的存在である人間を牛耳ってその能力を発揮させるのは難しいことではない。記憶とは偏愛にすぎない。「もしそうでなかったら、記憶はすべてを滅ぼし、人間の中のもっとも強固なものをも破壊してしまう。」狂気、喜び、満足、反抗と無知、信仰と不信仰はいつでも記憶のいうなりだ。「死をも退かせる唯一の享楽が記憶だ。」記憶に対しては、一時《いっとき》別れるけれどもその後何度も前にもまして大きな愛と決意を抱いて自宅へ招じ入れる相手であるかのように接することが、「記憶と記憶を育む者双方のためになる」。記憶には、実行されないままの計画が先行する。非常に多くの計画が。記憶の立場で後から考えるなら、記憶には施し物をする余裕があるのだが、いつも進んでそうするわけではない。記憶は思いもかけない誕生日の贈り物をすることも、文書改竄をやってのけることもある。記憶はしばしば葬式をも穏やかに幕を閉じる午後の儀式に作り変えてしまう。記憶は、耳の聞こえない世界同様耳が聞こえないふりをし、妹思いの兄が妹の消息を尋ねるかのように我知らず荒っぽい口を利くことがある。記憶は、理論と人間ないし性格の感情の間《はざま》で自らを磨いた結果、「少なくとも見たところはちょうどいい折に来合わせるようになっている」。嘘はけっしてつかない。計算はする。精神にあらずだ。節制とは無縁。人間が沈黙したまま近づいてこようが、記憶から派生したもの以外に何の関心も示さずにいようが、記憶は自らの持てる能力の奥深くに沈潜したままだ。記憶はたえず「思考を強制し、即座に悲しみを引き起こす」が、それだけにとどまらず、日々の曖昧さと日々の絶えざる絶望を増大させるのだ。

「今日の痛みはひどい」と彼は言った「ほとんど身動きもならない。一歩一歩が苦痛だ。きみにも分かるはずだ。この巨大な頭とこのひ弱な痩せこけた脚……この脚でもって頭の重圧に耐えなければならない。上方にこの巨大な頭、ずっと下方にこの弱くてすぐにも折れてしまいそうな脚。自分の頭の中に煮えたぎる湯が入っていて、それが一瞬にして鉛のように固まり、うなりをあげて頭蓋骨にぶつかってくるところを想像してみてくれ。いま私が感じるのは、この頭にはどこにも居場所がない、ましてここにあるはずがない、ということだ。痛みだけ。闇だけだ。きみの発する言葉と、きみの足が立てる音で、私は見当がつけられる。いつか、この頭がパカッと開く日が来るのは分かっている。いろいろな終わり方についていろいろ想像してみている」と画家は言った。「自然な終わり方ができればそれにこしたことはないが、私には自然な終わり方はありえない。自殺、自然の根源をなすもの、言うまでもなくもっとも苛酷にしてもっとも断固たるもの、虚無……そこに至る全過程を探求一本に絞る。一種の予備折衝用の部屋に幾世代もが盤踞している。私の頭の中の痛みは、科学では把握できない耐えがたさに達している……わが身を実験台に自分の受容限度を試してみようと思っている。極度の鈍感と極度の敏感への痛みの往還道を辿るうちに痛みの測定器の目盛りは間歇的にだが確実に上ってゆく……熱は千度を超える……私の上に載っているのは、中で天地がひっくり返った頭なのだ。きみにひとつでもいいからただの暗示でない暗示を与えられればいいのだが……私には老人しか持てない魔力だけが頼りだが、それがあるからなんとかこの苦痛と折り合いをつけて生きていられるのだ。そこに刺さっている棒杭だが」と画家は言った「あれを一本残らずこの頭蓋に打ち込みたいくらいだ！　足も痛い、関節が痛い。全部がだ。私の身体の中に痛くないところはない。誇張のしすぎと思うかもしれない。でも実際どうなのか、きみには想像できまい。突然すべてが腫れ上がり膨れ上がって、激しくズキンズキン疼く。いつもいつも同じ道」と彼は言った「これでは頭がおかしくなる。自由意思により強制される苦痛がこれに加わる。それは私が自分に課すものだ。不手際のなせる業でもあり、計算ずくの結果でもある。うかつさの結果でもあり、しったかぶりのなせる業でもある。肝心なところで手抜きをすると、凍え死ぬのか……それから果てしない数の検討を加えていない例の案件が頭をよぎる、旅に関わることだったり、仕事に関わることだったり、宗教的な制御不可能な陰謀に関わることだったりするのだが。分かるだろうが、すべては分かちあえる！　だが同様に、分かちあえるものなど何ひとつありはしない！　そして苦痛だけがどんどん煽られて強くなってゆく。苦痛の跳びはね方はますます突拍子のないものになる。途方もない曲芸を演じたと思うと、苦痛は猛獣のように襲いかかってくるのだ。聞こえているかね」と画家は言った「聞こえるかね」。私が聞いていたのは犬の吠える声だった。

## 第七日

皮剝人は画家に切り通しの中で出くわした。画家は切り株の上に腰を下ろしていた。彼がそばを通り過ぎるとき、一度も顔を上げなかった。その様子が不気味で皮剝人は総身が怖気立った。彼は後ろを振り返って画家に声をかけた。「ある問題を考えているところだ」と画家は言ったそうだ。そこで皮剝人は再度向きを変え、画家を座ったまま後に残した。だが画家は「ひどく寒い」という言葉で彼を引き戻した。「私はやれることは全部やったが」と画家は言ったそうだ「どの試みもすべて失敗だった」。皮剝人はそれから画家に向かいあって腰を下ろし、話しかけた。立ち上がって宿に戻り、女将に熱いお茶を淹れてもらった方がいい。きっともうあんたの身体の隅々まで巣くっているにちがいない風邪をやっつけるには、プラムのシュナップスを二、三杯ひっかけるにこしたことはない。画家は、皮剝人が「絵描きさん、絶望からやけを起こすのはやめにしてくれよ」と言うと、目に涙を浮かべたという。

彼が画家に何度も、腰を上げた方がいいと言うと、しまいには彼も、そこにそうやって腰を下ろしているのは無意味だし、やがて痛みに襲われるだけと悟ったらしい。それから彼はこうしていても何にもならないと言って、立ち上がった。それからふたりはいっしょに切り通しを上って、落葉松林に入った。「彼は歩いているというより、這っているようだった」と皮剝人は言った。彼は、皮剝人にも自分のステッキの先を握らせ、宿まで引っ張っていかせた。「ずっと前から、絵描きの調子がよくないのは分かっていた。」皮剝人はまったく感情を込めずにそう言ったが、そのせいでかえって心のこもった言葉になった。「それじゃ自殺を企てているのと同じなのでは」と皮剝人は画家に言ったそうだ。皮剝人が、以前は「よく笑ったし、とくに妹といっしょだとそうだった」画家がいまはすっかり別人になってしまったことに初めて気づいたのは、画家が前回ここに滞在したときだった。「彼は去年の晩秋ちょっとだけやってきたのだ。」

以前はあんなに打ち解けない人間ではなかったし、人付き合いを避けることもなかった。それどころか、何もかもいっしょにやり、村の住人と同じようであろう、彼らの中に溶け込もうと努めていたくらいだ。みなといっしょに酒場をはしごしてまわり、地元の多くの者より酒が強かった。「公現祭の夜の酒宴はいつもいっしょだった。」彼はいつもみなと同じくらいしこたま飲んだが、宿へ引っ張って行かれなければならないほど酔ったことはなかった。「絵描きは血入りソーセージが大の好物だ」と皮剝人は言った。画家はゴルデックの湖上でカーリング大会が開かれるときは、そこの酒場ブロイガストホーフに顔を出したが、そこでは「生娘たちがまるで整理ダンスの扉みたいにつぎつぎに開かれてゆく」。画家は皮剝人の目にはいつも「難しい顔はしているが、親切なタイプ」に映っていた。切り通しの中の出来事にはびっくりした。彼は女将に、絵描きの部屋のストーブにふだんよりたくさん薪をくべるように言った。「できるだけ身体を温めてやらなければ」と。皮剝人は、もし自分が出会っていなかったら、画家はあそこに座りつづけ、生きて戻って来ることはなかった、と感じていた。「二つの考えのはざまで」凍死に見舞われていただろう。凍死は知らぬ間にやってくる。二度と覚めることのない夢の中へ連れ込まれるのだ。画家は悪い病気にかかっているようだ、と皮剝人は言った。

「何かが問題だ、と言っていた。だがどんな問題なのか私には見当がつかない。」皮剝人は、画家とはずっと理解し合ってきた。彼が戦争から持ち帰った物語を、画家はつねに満足して聞いていた。

画家は足が痛む。その足の痛みのせいで、ふだんのような思い通りの歩き方ができずにいる。「たぶん私の頭痛とこの足の痛みは密《ひそ》かに関連しているんだろう」と彼は言った。あるものと別のものがつながっているというのはよくある話だ。「いまだになぜなのかは不明なのだが。身体の部分同士にも同じことが言える。身体のここやあそこがほかの部分と関連しているのだ。」しかし彼の頭と彼の左足の間にはまったく特別な関連がある。彼が足に感じている、今朝になって急に生じた痛みは、彼の頭の痛みと同類だ。「両者は同じ痛みだという気がする。」二つの異なる、しかも遠く離れた身体の部分に同じ痛み、「寸分違わぬ痛み」を感じることがある。ある種の魂の痛みを（彼はときどき「魂」という言葉を使った！）身体の特定の部分で感じることがあるのと同じだ。そして魂も身体の痛みを感じるのだ！　いま彼は自分の左足が恐ろしくてならない。（実は、左足内側のくるぶし下の粘液囊が炎症を起こしているにすぎない。）彼は真っ暗になる前に、階段で私に自分の腫れ物を見せた。家鴨《あひる》の卵大の腫れ物だ。「この腫れ物、気味が悪いだろう」と彼は言った。「私の頭の病気が一夜にして足に出た。薄気味悪いったらない。」何十年も前から、彼は毎日せっせと歩き回っている。「だから足に負担がかかりすぎたせいであるはずがない。足とは何の関係もない。頭から来ている。脳からだ。」腫れ物は、病がもう全身に回っていることの証拠なのだ。「まもなく全身腫れ物だらけになるだろう」と彼は言った。私はすぐに、それが昨日の切り通しでの強行軍から来たごく普通の粘液囊の炎症にすぎないと分かったから、その腫れ物は危険なものじゃないし、頭痛とも頭とも全然関係がない、と言ってやった。医学的には取るに足りない。私もそういう腫れ物ができたことがある、と。危うく口を滑らせるところだった。口にするつもりでいた専門用語を使っていたら、それまでずっと我慢強く隠し通していた医学部研修生の正体をあらわしてしまうところだった。しかしそうならずにすんだので、私は言った「そういう腫れ物ができるのは珍しいことじゃないです」。彼は私の言葉を信じなかった。「そんなことを言うのは、私にとどめを刺すまいと、完全なとどめは刺すまいと思ってのことなんだろう」と彼は言った。「なぜほんとうのことを言わない。この腫れ物は気味が悪い、と。気味が悪いだろう、私のこの腫れ物は。」――「二日たてば、できたときと同じくらい早く、消えてなくなってますよ」と私は言った。「きみは、医者の兄とそっくりの嘘をつく」と画家は言った。それを言ったときの彼の目には嫌悪が浮かんでいた。両の目が、とても手のでないほど高価な宝石のように光っていた。「きみがなぜ嘘を言うのか分からん。きみの顔には、私がいままでに見破ったよりもっと多くの嘘が浮かんでいる。」

彼はぼくをじろじろ眺めたが、その様子は、すっかり忘れていたがいま突然思い出した昔の鬼教師にそっくりだった。「まるでペスト腺腫だ」と彼は言った。彼は自分の腫れ物に触れてから、ぼくにも同じことをしろ、つまり腫れ物に触って見ろと言った。ぼくはすでに幾百の、中にはたちの悪いものも混じっている腫瘍を触診したように、それを押してみた。彼はまだペスト腺腫を見たことがないのだ、とぼくは考えた。彼の腫れ物とペスト腺腫はまったくの別物で何の関係もない。しかしぼくはもう口をきかなかった。彼が靴下をまた引っ張り上げ、固定するのを見守っていた。まるで女性の肌だ、というのがぼくの観察結果だった。足も顔もうなじもだ。虚弱体質を連想させたが、なぜかは分からなかった。白っぽいというよりグレーがかった色合いだ。細胞が透けて見えるようだ。壊死が数箇所見られる。周縁部が青くなった黄色いしみ。彼の肌は、収穫されずに放置された熟れすぎのカボチャの皮の表面構造を連想させた。すでに腐敗が進行しはじめている。

「足の痛みは」と彼は言った「その強さからすれば頭の痛みとは比べものにならない。だが出所はいっしょだ。こういう病には打つ手がない。この二つの痛み、すなわち足と頭の痛みが組み合わさって、ひとつのしぶとい病になっている」。

医学を専攻しようというぼくの決心が深い見識にもとづいていたと言うことはできない、それは深い見識にもとづいてなどおらず、むしろ専攻することが深い喜びとなるような学問が何も思い浮かばなかっただけの話で、何かに根拠が求められるとすれば、ドクター・マルヴェッツに出会ったという偶然だけであり、彼はいまも、ぼくがいつか彼の診療所の後継者になることを期待している。ぼくは今日もなお、医学を学ぶことが喜びになるとか、医学がぼくの喜びだなどと言えないし、これから先もけっしてそうは言えないだろうと思う。しかしぼくは引き返さなかった――だいいちどの方向へ向かえばよかったのだ――というのもぼくはすべての試験をきちんと乗り越えてこられたからだ。特別頑張ったわけではない。それどころか、すべてがあたかも眠りの中にいるかのように進んできたのだ。試験にはいつも準備なしで臨んだのだが、無心でいればいるほど結果はよく、ときには表彰されることさえあった。いまはこれまでより難しい試験を控えているのだが、今度もきっとなんとかなるだろうと思っている。なぜかは分からないが。ぼくは一度も試験を恐ろしいと感じたことがない。そしてシュヴァルツァッハでの研修医生活はぼくにとって楽しくもある。数人の同僚と仲良くなれたこともその理由だ。彼らから必要とされていると感じていることもそうだ。ドクター・シュトラウホともとてもうまく行っている。彼はできればぼくを手放したくない。彼は、主任医師が退任した後を襲うつもりでいる。二年後だ。そしてぼくを採用する。ぼくは、みなが医学を学ぶのは人助けをしたいからかどうか、考えたこともなかった。手術が成功し、ある人間によかれと思ってすることがうまく行くのは素晴らしいことだ。ばかにすべきことではない。だれだってことがうまく運べば上機嫌でいられる。それからまた喫茶店に座っている下級医の姿が見えてくる。ぼくに医学の道を歩ませたのは想像力の欠如のなせる業だと、ぼくの兄は言っている。そうかもしれない。でもほんとうのところはどうなのか。画家シュトラウホを観察することがぼくに影響を及ぼすとして、この仕事はぼくにどう関わってくるのか。ぼくはこの仕事にどう関わるか。見も知らない男の所へ出かけてゆき、自己紹介をしてから、彼につきまとって、その言うことを聞き取り、そのすることを観察し、考えもくろんでいることを引き出す、これ以上変な話があるだろうか。下級医は弟の性格を的確に描写したが、やはりそれは上っ面でしかなかった。だがいま画家について何か言えと言われても、何を言えばいいか分からない。ばかげている。訊かれたら、どこから始めればいいのか。下級医に手紙を送るなど、ナンセンスだ。ぼくはいつだって手紙を書くことが苦手だったが、そんな手紙はなおさらだ。医学部で勉学が始まるとぼくはすぐさま医学の世界へ投げ込まれたので、手紙を書くことが不得手だったことはすっかり忘れていた。みなから「進歩が早い」と言われている。両親も、ぼくがひとかどの人間になるのを楽しみにしている。でも自分がどんなひとかどの人間になるのか見当がつかない。医者になるというのは、あまり気味のいい話ではない。

ぼくはすっかり暗くなってから、駅の構内を行ったりきたりし、一度は「鉄道員宿舎」という看板の掛かった一階建てのバラック風の建物のところまで行った。そこでぼくは上半身裸の男たちが汚れた洗い場に身を屈め、灰色になったタオルで身体をごしごし拭き、それから鏡を覗きこんで髭を剃ると、パンツ姿で寝床に座り、夜食をかきこむのを見ていた。壁の棚に黒い線路工夫の帽子が並べられ、ドアに打たれた釘に外套とジャケットと鞄が掛かっていて、鞄からは紙の束がはみ出していた。ナイフが大きなパンの塊の間で光り、ずらっと並んだビール瓶が流し台に映っていた。

ぼくは人目を引かないですむように、少し行ったりきたりしたが、そうしながらも灯りのともっている場所を覗き込んでいた。もしおまえが彼らの一員で、あの鏡の前に立ち、彼らと話を交わしているとしたら、そしておまえがおまえであることが、彼らの一員なのだから、少しも彼らの注意を引かないとしたらどうだろう。そしておまえが、そういう人生を送っていて、それがおまえにとって当然だと思えるとしたらどうだろう。ぼくがもしそうなったとしたら、ぼくはぼくでなくなっているのだろうか、どうやらぼくの考えはその一点へと向かっていくようだった。ぼくは二編成の貨物列車のすき間を駅の構内が尽きるところまで車輪の数を数えながら歩き、そこから引き返してきたのだが、その間、車両をつなぐ緩衝器に押しつぶされた自分が、だれからも注目されない新聞の終わりから二ページ目の死亡欄に掲載される空想にふけっていた。それから空想は例の男たちのところへ戻る。彼らはすでに、軍隊でのみ見られるような蚕棚型ベッドの上段に横になっている。窓はすべて耐寒式で、凍死を防ぐためにしっかり閉じられている。目覚まし時計が置かれ、朝四時にすさまじい音で鳴りだすようにセットされている。それが鳴りはじめると、彼らはベッドから這いだし、足先からズボンに飛び込む。ありえないほどの凍てようなのだ。そしてすぐ列車に乗り込み、格子扉がすべて閉じられているか点検しなくてはならない。前方の客車にはもう早出の生徒たちが座っているが、まだ眠たそうで不安気だ。というのも彼らには、学校で自分たちを待っているのが、恐ろしいことでないかどうか分からないからだ。

ぼくはひとりで駅まで降りて来たのだが、駆け足でほんの一五分か二〇分しかかからなかった。画家に新聞を買ってきてあげると約束したのに、駅に着いたときにはもうキオスクは閉まっていた。その日もまたほとんど列車が走っておらず、ぼくが下に降りている間には、何本か貨物列車が轟音を立てて通過しただけで、ほかには一本も列車は通らなかった。鉄道員宿舎の向かいには急峻な岸壁がそそり立ち、そこに樅の木が聳え、唐檜の林と藪が繁茂しているのだが、それは闇に包まれていて見えなかった。川が轟音を立てて流れ、すべてを水音が包み込んでいた。その川の岸に沿って建つ家々から最初は笑い声が、次には言い争う声が聞こえてきたが、それ以上ひどくなることはなく、だんだん静かになってゆき、やがて響きやんだ。そこここで寝室の灯が消えてゆき、最後にはただひとつの部屋にだけ灯がともっているだけとなり、その部屋に中年の男が座っているのが見えた。男は入れ墨をした腕を持ち上げて、灯を消した。凍えるように寒くなってきたのでぼくはできるかぎりの早足で橋を渡り、宿への上り道を辿った。

「私にはここの石くれのひとつひとつに人間の歴史が刻みこまれているのが感じられる」と画家は言った。「いいかね。私はこの村の虜になったのだ。ここではあらゆるものに、臭いのひとつひとつにまで、犯罪や虐待や戦争などいまわしい暴力の記憶が結びついている……すべてが雪に覆われても消えることはない」と彼は言った。「数百、数千の潰瘍がたえず口を開く。いくつもの声が叫びつづける。きみはそんなに若く、何の経験も積んでいないも同然であることを仕合わせだと感じてよい。きみが物心つく前に、戦争は終わっていた。きみは戦争について何も知らない。きみは何も知らない。ところが全員がもっとも低い段階上、性格のもっとも低い段階上にいるここの人間たちは、ひとり残らずあの大きな犯罪の重要証人なのだ。その上、この絶壁にみんながあらゆる展望を潰えさせられるときている。この谷はあらゆる性格の持ち主にも死をもたらさずにいない。」それから彼は言った「分かるかね。私はいらいらしているんだが、これはもうずっと私の習い性になっている。私はきみをいらいらさせるだろう。もうずっとみんなが私にいらいらしてきたように、きみもいらいらしているんだろう。傷つけられたと思っているんじゃないか。私には分かっている。きみはときどきわたしのあてこすりに息の詰まる思いがしているはずだ……ここにいると生けるもののすべて、確固たるもののすべてが融解していくような気がする、というかあらゆる観念と法則が溶ける匂いを嗅いでいる気がするのだ……そしていいかね、ここであの連中と交わす話を考えてみてくれ。肉屋と、神父と、駐在所の警官と、そしてあの毛糸帽を被った、典型的なミルク飲みの、あらかじめ自分の発言内容をゆがめてしまう鬱病の教師と交わす話を……彼らは全員が劣等感の持ち主だ。それは子供のときの寝小便癖、あるいは初めて目を見開いたときに見た子供部屋の壁紙の模様と関係しているのかもしれない。この国ではどこへ行こうが」と彼は言った「出会うのは萎縮させられた頭の持ち主ばかりだ。あの教師は私に代用教員時代を思い起こさせ、それだけでも胸くそが悪い。私が冷淡だって、そう、年とともにいろんなものが徹底的にそぎ落とされ、美辞麗句は消えて、どんどん荒削りになり、冷静さが表に出てくるのは当然だ……そしてもっぱら戦争の体験だ。いいかね。ここの連中の話はすべて戦争に関わるものだ……」。

なにもかもに「ぞっとさせられる」。「生が退いてゆき、死が、黒く急峻で近づきがたい山のように迫《せ》り出してくる。」彼はその気になれば有名になっていただろうし、名声を得ていただろうが、そうなることに関心がなかった。「私の才能は世界的名声を博するに十分だった」と彼は言った。「ときどきほんのちっぽけな才能を鳴り物入りのかかしに張り付けて有名になる者がいる。ずるがしこいというしかない。かかしだ。膨れ上がったかかしだ。私はひとりでありつづけ、かかしがどういうものか、膨れ上がったかかしの正体がどういうものかを観察した。それゆえ有名にはならなかった。話し始めたことだから言っておくと、戦争とは根絶やしにできない遺伝性の病だ。戦争こそ本来の意味での第三の性なのだ。分かるかね。」彼はできるだけ早く下の駅へ行って新聞を取ってきたい、と言った。「これらの匂い」と彼は言った「人間の名に値しない人間たちから立ち上る匂い、いいかね、自堕落と、無宿と、広大な世間の匂い、見捨てられる匂いとだれからも相手にされない状態の匂い、到着の匂いとさらに旅を続けなければならないことへの絶望の匂い、人間に飢えて旅立つことへの憧れの匂い、私はずっとこれらの匂いに引きつけられてきたのだ」。

ぼくは少し駐在所の警官といっしょに歩いた。彼はすぐにぼくと話を始めた。彼はいまから勤務に就かなければならないのだが、仕事がいつ空けるか見当がつかない。毎日そんな調子だ。昇進があれば俸給表で一段階上へ上がれるところなのだが、そうなったにしても、仕事は千篇一律で何が変わるわけでもない。最初は大学進学を志した。両親は彼を進学系の中学へ行かせ、その後二年だけギムナージウムへ通わせたところで、そこから連れ戻した。父親が、彼がギムナージウムで役立たずになることを恐れたからだった。「父はぼくがギムナージウムに入ったことがいやでたまらなかったんだ」

と彼は言った。家具職人のもとでの見習い仕事がラテン語による精神的高揚に、かんな台がギリシア語に取って代わった。それは彼の不幸だった。ギムナージウムの門を出、もう二度とここに戻ることはないと意識した瞬間は、彼にとって落ち目の始まりだった。お前はもう二度とこれまでよりましな人生を生きることはない、と言われたに等しかった。すべての展望を絶たれて町の真ん中からそそり立つ山の上で過ごした灰色の果てしなく暗鬱な一日は自殺の想念で満たされ、彼はその山上から飛び降りることばかり考えていた。しかし家具職人の親方の面談へと漕ぎ着けることになった。その翌日にはもう彼は作業着を身につけていて、それから四年間それを脱ぐことはなかった。それ以前彼の目をかすませたのがラテン語の語彙であり、リヴィウスとホラティウスとオヴィディウスであったなら、この日以後はかんなくずとおがくずと親方のけんつくだった。しかし彼は職人の試験に合格しさらに一年そこに残った。その後新聞に載った地方警察官募集広告がきっかけで、「何もかもから逃れたい一心で」家具職をおっぽりだし、警察官に任官したのだ。彼はすぐに制服を着ると、自分と同じ行動をとった三二人の同僚といっしょに大きな寝室で寝起きを始めた。その後試験を終えた彼は、山岳地帯での勤務を志願した。最初の任地はゴリングだった。その次がヴェング。一年前に敗血症で亡くなった四〇代の前任者の跡を継いだ。「彼は尖った子鹿の骨で傷を負ったんだ。」——医学を学ぶこと、それが自分の進むべき道だったと思う。医者になることが。彼のその奇妙な言葉が、稲妻のようにぼくを貫き、ぼくは頭の中が燃えるように熱くなった。「医学を学ぶことがだって」とぼくは訊いた。「そう、医学を学ぶことが」と警官は言った。彼は肩からカービン銃を吊していた。パリパリ鳴る明るい色の革帯のついた真新しいカービン銃だった。駐在の警官ってどういうものなんだろう。「毎日同じことの繰り返しだよ」と彼は言った。「どんなことだって同じことの繰り返しなのでは」とぼくは言った。「いやいやそうじゃない」と彼は言った。彼は、警官の毎日は変化に富んでいて、たくさんの逮捕や拘禁や見張りが付き物だと考えていた。「そうでないわけではないけれど、毎日が同じことの繰り返しなんだ。」でも健康な生活ではあるのでは、とぼくは訊いた。「そう、たしかに健康ではある。」村の飲み屋の殴り合いを考えただけでも、変化にだって富んでいるのでは。宿の亭主が関わった殴殺事件が思い浮かんだが、それについては口に出さなかった。「大きな町へ移りたいところだ」と彼は言った。「そうか、大きな町へね」とぼくは言った。大きな町では起こることが全然違う。そこでは田舎では想像もつかない犯罪が起きる。大きな犯罪は田舎でも起きるが、もっとずっと大きくて、興味深い、「頭を使った」犯罪は大きな町でしか起こらない。「でも地方警察は都市警察ではないから」と彼は言った「地方警察官であるぼくは田舎にいるしかないんだ」。——「なるほど」とぼくは言った。

今日、落葉松林から戻ってくるとき、郵便配達人から、女将宛の郵便を預かった。三通の手紙で、中の一通は彼女の夫からのものだった。ぼくはその封筒に書かれた文字を見たとき、すぐに亭主の手紙ではと考えたのだが、間違っていなかった。女将は手紙を受け取ると「あっそう。あの人から！」と言って、その三通の手紙——残りの二通は役所から送られてきた請求書だったと思う——をみなエプロンの中にしまった。昼食時に、ぼくは女将と女将を手伝って生ビールを注いでいた皮剝人の交わしていた話から、それがほんとうに彼女の夫からの手紙だったことを知った。亭主は、妻に食べ物を購入するための金を送るよう求めていた。刑務所の食事はいま、新聞が囚人の方が外の人間よりいい待遇を受けていると書き立てたために、ひどいものになっていて、あらゆる処置がそれ以来厳格化されている。金は刑務所の事務局のなにがし宛てに送ってくれ、そうしたらその人物が彼の委託に応えて動いてくれる、とあった。ぼくはカウンターのすぐ近くに座っていたから、その話をひと言洩らさず聞くことができたのだ。

皮剝人は、女将に夫の希望を「いますぐ」叶えてやらなければならない、と言い、たぶん亭主からの手紙の中に記されていると思われるある金額を口にしたが、女将は、あの人には何も送らない、と言った。どうして皮剝人によけいな差し出口を挿まれなければならないのか。女将が亭主に金を送るかどうかは、女将が決めることだ。皮剝人は、金を送るのが当たり前だ、と言った。それに、村人がことの次第を耳にしたなら、亭主が帰ってきたとき、女将が使えるのはすべて「亭主の金」であり、亭主の財産であるにもかかわらず、亭主に何も送らなかった、とあちこちで言いふらすのは目に見えている。自分の夫をこんな状況下で見捨てるべきでない。彼女は、愛人である皮剝人の咎め立てに長いこと抵抗していたが、その後ついに折れたものの、口に出した金額は、とても亭主の希望に添ったものとは言えなかった。彼女は言った、夫は勝手放題な生き方で彼女を「絶望の淵まで」追い詰め、彼女と娘たちのことなどほったらかしだった。それなのにいま刑務所に入っている彼に金を送らなければいけないのか。ほかの囚人たちも刑務所まで金を送ってもらいはしないだろう。刑務所というのは、そこでひもじい思いを味わい懲らしめてもらうためにあるんだろう。労働と水とパンだけの環境で考えなおすために、そこに入れられるんだろう。「でもあの人はけっして変わりっこない」と彼女は言った。彼女が彼と結婚したのは、すでに子供を身ごもってしまったからで、ほかには何の理由もない。この宿など眼中になかった。「子供だけ」と彼女は言った。皮剝人は激昂していた。女将が空のビールジョッキを持って戻ってくるたびに、新たな非難が始まった。女将はいつだって亭主を頼っていたではないか。それに亭主は何度も「いいところを見せた」。それにそもそも亭主が逮捕され裁判にかけられ刑務所に収容されるという悲惨な結末に至ったのは、女将が何としてもそうあれかしと願って持っていった結果ではないか。亭主に殴り殺された客は事故で落命したということを少しでも疑う者はいなかったのだ。彼女自身が働きかけなければ、警察は、客の発電所建設工事労務者が頭に負った傷は、転倒によるものでなく、彼女の夫が加えたビールジョッキの一撃によるものだとは知る由もなかったのだ。裁判の過程で異論の余地なく明らかになったことだが、亭主の行為は正当防衛だったため、判決はわずか懲役二年だけだった。「しかし彼は入らずに済んでいたんだ」と皮剝人は言った「今日ここをいつもどおり歩き回っていられたんだ」。女将はそれを聞いていった「よりによってあんたがそれを言うのかい。あんたのためを思うからこそあの人を突き出したっていうのに」。皮剝人はそれに対しては何も答えなかった。「あの人を家から遠ざけようと思ったからじゃないの」と彼女は言った「あたしたちふたりともあの人をこの家から遠ざけようと思ったからじゃないの」。皮剝人は、女将が彼を訴えたのは早計に過ぎた、と言った。村人たちはみな女将のことをよく思っていない、というのもみな、警察へ走って行って訴えたのは女将だということをよく知っているからだ。殴り殺された男はもう何週間も前に埋葬されていたのだ。もう事件のことなど思い出すものはいなかった。女将の働きかけで男の遺体が掘り起こされ、徹底的な検屍が行われ、亭主を被告とするあの大がかりな裁判が始まるまでは。もしあれが正当防衛だったということが異論の余地なく裏付けられていなかったならば――裁判では、真実が勝利できないどころか、抑圧されることがいかに多いことか！　――亭主は一生を刑務所で過ごすことになっていたところだ。少しも良心が疼くことはないのか、と皮剝人が女将に尋ねた。あんたに答える気はない、と彼女は言った。守ってもらいたくなんかない。いずれにせよあたしは何も間違ってない。「すべて正しい道を踏んだんだ」と彼女は言った。女将は、亭主の不幸に責任があることがはっきりしたいまでも、もっとましな食事、あるいはもっと量のある食事をとることを可能にするため、わずかばかりの金を送って欲しいという彼の望みを叶えてやる気がないってわけか。「じゃあいいわ」と彼女は言った「あの人に送金することにするわ」。皮剝人は、女将にいますぐその金を渡すよう求めた。彼が自分でその金を送るから、と。彼女は、財布はカウンターの引きだしの中に入っている、と言った。彼女の目の前で皮剝人は紙幣を数枚取り出し、封筒に入れるとすぐそれに宛名書きした。

食堂を満たしていた人いきれと、それ以外にそこに立ちこめていたたばこの煙とキッチンの湯気のおかげで、ふたりはぼくがそこにいることに全然気づかなかった。ぼくは折を見て立ち上がり、窓のそばに座っていた画家のテーブルに移った。「ここの亭主はどういう人間なんですか」とぼくは彼に尋ねた。画家は長考することなく言った「哀れな男と言うしかない。あの殴殺事件にとどめを刺されたのだ。彼の不幸はひとえに女将のせいだ。彼が出所してこの宿へ戻ってきたら、恐ろしいことが起こるだろう。当然女将はそれを恐れている」。その通り、彼女はそれを恐れているのだ。

皮剝人は墓掘人でもある。その姿はあちこちで見かけられる。彼は犬や牛や豚の死骸を掘った穴に埋めなければならないのだが、人間の死体も同じように埋めるのである。彼が軍服を脱ぐとすぐ、村の役場はだれもやり手のないその仕事を彼に委ねた。何の職も身につけていなかった彼にとって、それはまさに渡りに舟の好機到来だった。戦争が終わってから木こりを始めることは彼には無理だったし、セルロース工場に勤める気はなく、鉄道で働くには年を取りすぎていて、郵便局は天から彼を相手にしなかったから、彼にはほかに生きる手立ては残されていなかったのだ。彼はかなりたっぷり自由な時間が持てるので、彼はほとんどいつも新鮮な空気の中で過ごしている。二週間に一度町に出ることにしている彼はここの住民のだれも知らない世界をあちこち見聞しているたったひとりの人間である。彼は墓を掘り、その掘った墓を埋める。花輪が腐ったら、取り除かねばならないが、ときどき墓地から出る堆肥を農家に売ってなにがしか稼ぐことができた。墓を掘り返すときに装身具が手にはいることもまれではないが、すると彼はそれを売りさばきに町へ持っていくのだそうだ。夏も冬も彼の着ているものは同じで、革のジャケットに革のズボン姿の一張羅だが、そのズボンは下の方、踝の上のところを紐で絞っている。葬儀が行われている間は墓地の塀に凭れるようにして立ち、儀式が終わるのを待っている。そして最後の参列者のすぐ後について作業にかかり、たちまちのうちにシャベルで墓穴を埋め、へこんだ箇所があれば黒い土を盛り、芝生タイルを切り分けて、きれいに盛り上がるよう貼りあわせる。そういう墓作りの謝礼として、彼はしばしばリュックサックいっぱいの肉とバターとソーセージをもらい、数週間にわたり卵を無料で受け取り、それを女将に売る、というより、女将が帳面につけておき月末に彼の払い分からそれらの代金をさっぴくことになっている。

しばしば彼は墓地の中を、芝生タイルや水準器や採寸用に用いる大量の細い板を引きずりながら何時間も這いずり回っている。墓は規定に従うなら二メートル二〇センチ掘り下げなければならないので、彼はしょっちゅう膝まで水につかっていなければならないということを隠そうとはしない。だがだれも実際に自分の目で見るまで、彼の言うことが本当だと信じない。墓地が砂利のたくさん混じった粘土質であることももうだいぶ前から彼の機嫌を損ねることはなかった。朝の九時に彼はそこへ行ってしゃがみ込み、気に入りのビールを一本飲み干した。彼は四時四五分に死体安置室の戸締まりをしなければならないので、墓地を後にして村へ下りて行くのは五時になるが、そのときはいつも口笛を吹いている。彼は語りながら話を作ることもあるが、そういう作り話も含めて、みな彼の話を聞くのが好きだ。彼がある話をしているときどうやって次の話を思いつくか、どうやってだれも予期できない展開に何度も至り着くのか、それはまさに見ものである。

「皮剝人であると同時に墓掘人でもあるとなると、その辺の有象無象と同等に扱うことのできない重要人物だ」と画家は言った。彼がリュックサックに入れているのはときには列車にひかれた犬の死骸だったりするが、またときにはどこかの屋根裏で見つけてきた珍妙なもので、たとえば昨日は二体の木彫りの天使だったが、彼はそれをテーブルの真ん中に並べて酒の肴にしていた。

ぼくがお湯をもらいに行ったとき、女将は台所に立っていた。彼女はジャガイモの皮を剝いていて、ふたりの娘はコンロの上の鍋をかき回したり、薪部屋に走って行って薪を取ってきたり、服を手に持ってブラシを掛けたりしていた。女将はぼくに亭主の冬の外套を貸してあげると言った。「あんたしょっちゅう凍えているじゃないの」と彼女は言った「あんたがいつも着ているのはレインコートだよ。それじゃ寒気を防げるわけがないよ」。いつも毛糸のチョッキを着ているから寒くないと、ぼくは言った。「強がりを言ってもだめ」と彼女は言った。「寒くないんだ」とぼくは言った。「いつも絵描きさんといっしょに外を走り回っているのにかい」と女将は言った。「そう、いつも彼といっしょに走り回っていてもね」とぼくは言った。彼女は自分の娘たちを地下室へ行かせた。「あんた、あとどのくらいここにいるつもり。」ぼくにもそれは分からない。ふだんはいつも満室になるのに「今年はそうじゃない。こんなにうるさきゃ、敬遠されて当然だわ。発電所の工事は騒音がひどすぎる」。でも常連客からだけじゃたいしたあがりにならない。「ふっかけるわけにいかないし……食事も出さなきゃいけない……量だって少なすぎないように、味もそこそこじゃないと……でも工夫たちはけっこうお金を落としてくれるわ。」彼女はぼくに椅子に座れと言った。そして椅子をよこした。この旅館がせめてほかの場所にあったら、と彼女は言った「こんな穴ん中みたいなところじゃなくて！」

女将がジャガイモの皮を剝いていると、祖父母の家を思い出す。どれもドアがわずかに開かれていた部屋、特有の匂い、いつもそこいらをうろついていた猫、ときどき牛乳が腐ったこと、チクタク時を刻む時計などを。女将は言った「学生さんも容易じゃないわねえ」。口からのでまかせだ。彼女は一度ウィーンに行って、何着か服を買ったそうだ。「また汽車に乗れたのがうれしかった。」それから「でもいまは町へ行きたい、首都じゃなくて、町へ」と言った。彼女の脚は農婦の脚、女道路工夫の脚、洗濯女の脚だ。脂肪がつき、ぶよぶよで、青い血管が浮いている。旅館の暖房費は、今年は昨年の二倍になる。「肉の値段は三倍」と彼女は言った。それから彼女は、ぼくの気持ちをすっかりそらして、ぼくの思いを遠くの湖と森と平地のとある建物へさらっていくことを話した。冬の営業も夏の営業もまったく変わりはない。いま彼女は建物を修理し、モルタルを塗り直し、部屋も全部塗装して、古くさくなったものは新品と取り替え、「たとえば戸棚も全部とっぱらう」と言った「そして客室のテーブルを新しくし、カーテンも新調し、新しい階段につけ替え、窓は十分大きくなければならないから、たっぷり光が入るようできるだけ開口部を大きくしようと思う」。それを聞いてからぼくは水差しに湯を汲んだ。女将は言った「だけどうちの人はいっさい耳を貸そうとはしないと思うわ。うちの人が戻ってきたら、そうどっちみち何もかもおしまい。あの人が帰ってきたら……」。彼女がそれを言うときの様子たるや。彼女がそれを言うときの様子をぼくは二度と頭の中から追い払うことができなかった。「もしうちの人が帰ってきたら……」

ビール配達人が来ると、女将は玄関口に立って、彼らを見守る。彼らのひとりをそのうち自分のベッドに引きずり込むことができたら、というようなことを考えているのかもしれない。ビール配達人は午後の三時にやってくるが、彼女は午前中からかなりそわそわしていてあっちへ行ったりこっちへ来たりし、そこの戸棚を片付けるかと思えばあそこの戸棚を整理し、スプーンをフォークと間違えたりフォークをスプーンと間違えたり、昼食の際にたびたびごたごたをひきおこす。彼女は娘たちを家の前に立たせて、ビール配達人がまだ近づいてきていないかどうか見張らせる。しかし彼らはいつも時間に正確だったから、三時前にやってきたことはまだ一度もなかった。「ビール配達人が来るかどうか、見てておくれ！」と彼女は命令する。彼女は頭を突き出すことができるように台所の窓を開けるが、小さな丘がビール配達人のやってくるはずの道を隠しているため何も見ることができない。そのことを女将は最初の日から知っているのに、何度も外を覗く。何でそんなにそわそわしているのかと問われると、彼女は答える「なによ。そわそわしてなんかいないわよ！」女将は玄関扉を早くも一時前に開け、塀に取り付けた大きなハーケンを使って、とはつまり扉に留めてある環状ロープを塀のハーケンに掛けて、開けっ放しにしておく。「新鮮な空気を入れないと！」と彼女は言う「ほんとに息が詰まる。建物の中の臭いことったら！」そしてビール配達人が到着すると、彼女は表へ跳びだしてゆき、瓶を何箱、樽を何本欲しいか告げる。あまり騒音を立てないようにしてほしい、いま宿に病気ですぐに取り乱す人が泊まっているから、と彼女は言う。彼女は、配達人が樽と箱を降ろし、樽を転がし、箱を担いで運び込むのを眺める。彼らは大きくて分厚く光沢があって首から膝まで達する皮のエプロンを掛け、緑の縁なし帽を被り冬でも仕事着の上の方のボタンを掛けずにおく。女将は最初の樽をカウンターまで運びホースにつなぐように頼むと、カウンターの上に並べたビールジョッキ三個、四個、八個、九個、そして全部に、にょきにょき生えるキノコさながら縁を越えて注いだ泡を配達人のために別のジョッキに注ぎ集め、ソーセージとパンとバターも添えてテーブルに運ぶ。女将はその席にいっしょに座り、彼らを質問攻めにする。「下の方じゃ何が起こってるの」と彼女は尋ねる。

配達人は、自分たちの知っていること、ある事故やある洗礼や共産党の集会での殴り合いやある死産や「大きすぎて橋の下をくぐることができなかった筏」の話を女将に語って聞かせる。山道を車で上って来るのがどんどん難しくなっているから、ここらで本格的な除雪をする必要があるということも。「しかし除雪をする者がいないんだ」と彼らは言う。彼らはたらふく食べると、立ち上がり、口を仕事着の袖で拭って、外へ出、トラックに乗り込んで、帰っていく。するともう女将には、開いたままのトラックの窓に突いた配達人のひとりのがっしりした腕が見えるだけだ。「なんて気楽な人たちなんだろう」と彼女は客室に入ってきて言う。

女将は、凡庸の域を脱しようとはつゆ思わず、年とともに鼻持ちならぬ存在になることだけを心がけているのだが、そうなるには努力は要らないどころか、時の流れに身を委ねておけばよい。そういうわけだから女将は努力と無縁な人間の典型例なのだ。彼女は、彼、すなわち画家の想像の中で、あるときはベッドの前に、まるで無意識の中から浮かび上がるイメージさながら、半ばは夢半ばはうつつに属する、我慢のならない、いっときも平静でいさせてくれない存在のように、眠れないでいるときや、「下の食堂から」がやがやいう音が聞こえてくるとき、またしばしば道を歩いているさなかや、森の中で立ち現れるのだが、とくに森の中だとそのイメージは女将と彼自身の双方に対し苛烈なくらい敵対的になる。女将のイメージは画家にとって密かな敵になったが、その点は、彼と人生のどこかですれ違い、そして彼のことおよび彼らが彼のものだった一瞬のことももとっくに忘れさった人間たちのイメージも同じだ。その本性からすれば女将は彼女と同類の幾千の女たち同様孤独な存在だ。彼女たち同様あれこれ秀でたところもあるだろう。しかし女将がいかにも腹黒そうに、だが彼女の所有欲をたえず刺激する不安に満ちたまなざしで画家の方をのろのろ振り向くと、幾千の女たちも同じように彼の方を振り向くのだ。女将は「途方もない高みへ到達する能力を授かっていながら」たえず息苦しい目に遭わされている結果、暗がりの中で自分の体感を確かめるため、自分自身と隠れん坊を演じながら、脂肪と三つないし四つの単純な常套句だけに頼って生きるはめになっているのだ。

女将には自分のしていることが分かっている。いや、やはり分かっていない。「女将にかかるとすべての物事の裏面があからさまになる……意志は強固だが、品性が卑しいので強くなれない。」画家は、その言葉を、まるでがらくたを投げ捨てるかのように口にした。放り投げるように。「女将の知識は、知的とはとても言えたものでない低次元の幻想が下敷きになっている。犬や猫と同等だ。ただしもっと柔《やわ》で、従属性が強い。」それから彼は、皮剝師が女将から高額の金を巻き上げる現場に居合わせたときのことを手短に語った。「建物の裏でだった。まずはトイレの中、それから外の木の下へ行った。」四百シリングだったか、五百シリングだったか。「高額の紙幣だった。でも千シリング札ということはありえないから、百シリング札だったはずだ。私が顔を出したとき、彼はそれを慌ててズボンのポケットに突っ込んだ。」女将は言ったそうだ「それは返してくれなくていいよ。うちの人はそれについちゃ何も知ってないからね」。あんたの亭主はいつ刑務所から戻ってくるのか、と皮剝人は尋ねたそうだ。「二度と戻ってこないほうがいいんだ。あんな人いらないよ」というのが彼女の口から出た言葉だった。幾夜も徹してふたりはいっしょだ。「情熱のかけらもないのだから」と画家は言った「恥知らずだけがその理由だ」。彼でなく彼女が推進力だが、それはすべてを何度でも振り出しへ連れ戻し、一から始めさせる力だ。「女将は、彼女の類いの女がひとしなみにそうであるように、無思慮かつ盲目だ。」女将は、亭主が豚箱行きになるのを待ちきれずにいた。結婚後一年たった一七歳のときにはもう相手に嫌気を催していた。そのときから彼を裏切っていたのだ。彼女が認めてもかまわないぎりぎりのことまで、あけっぴろげに認めてきたのは、何ひとつ隠し立てをしないたちだからだ。「女将の最大の武器はつねに、何ひとつ隠し立てをしないことだった。彼女が気晴らしに事欠くことはなかった」と画家は言った。「女将が村の広場からどの小径へでもいいが、折れたとしよう。そこはもう恥ずべき行為の現場だ」と画家は言った。「早朝、彼女は山を上って戻ってくる。朝まだきだ。全然疲れていないどころか、ぴんぴんしてる。私はよく彼女の帰ってくるところを目撃した。というのも私にも朝三時に起きて宿を出ると、ぐるっとひと回りしてくる時期があったからだ。女将を見かけると、私は姿を隠した。ここには至るところ隠れることのできる場所がある。彼女が帰ってきたとき、亭主はまだ家に戻っていないことが多かった。彼女にはそれが好都合だった。それからまだ長いこと寝ていられたからだ。ふたりは外へ行っているとき何をしているのか、早朝になって戻ってくるときどこへ行っていたのか、何年も互いに尋ねようとしなかった。娘たちはすべてを知っていた。」画家は言った「女将は亭主を刑務所にぶち込むため、S市の検察庁まで出かけていった。亭主の事件はもう少しで時効になるところだった」。亭主が警察にしょっ引かれた日の夜、女将は皮剝人を部屋に入れた。「皮剝人はその前から木に登って様子を窺っていた」と画家は言った。「皮剝人の姿が全然見えなくなるときもあった。すると宿の中を、身を刺すような静けさが支配する。」そういうときは、女将が娘たちを村へやり、彼を呼んでこさせたのだそうだ。彼を連れてくることができなかったときには、娘たちは母親から殴られた。「足蹴と殴打だ」と画家は言った。だがもともと女将は「殴られ役で、這いつくばって殴られるが、その後は何事もなかったかのようにけろっとしている」。

この数年間画家は、家政婦以外のだれとも関係を持たなかった。家政婦は彼のいわゆる「肉体の欲求」も満たした。ほかの女たちはその欲求を絶え間なしに「厚かましい仕方で利用した」のだが、画家がほかの女たちと関係することはだんだん少なくなっていった。「彼女だけはそういうことに無知だった」と彼は言った。彼女は家政婦に見合うだけの知性を持った女で、きちんとした服を着、言葉に出さずとも、こちらが下がってほしいと思うと、さっさと姿を消す。彼女は彼の知る大多数の家政婦と違って、彼を雇い主としか見ていない。週のうち二日が彼女の日だった。彼にはそれがうるさい制約に感じられた。彼女は寂しがり屋だった。暇な時間を持てあました。彼は普通以上の賃金を払い、ときどきは彼女のために何かの催し物の入場券を手に入れてやったが、すると彼女は下着の洗濯やアイロン掛けをとくに入念にしたり、台所仕事を熱心にこなしたりすることで報いるのだった。彼女は田舎の出だが、家政婦はいつだって田舎出身者がいちばん優れている。彼は彼女をそんなに長く雇っていたわけではなく、二、三年にすぎない。それ以前は彼に家政婦を雇うゆとりはなかった。いま彼女はT村の両親の家にいる。彼が彼女に暇を出した次の日に、彼女はそこへ戻っていった。「四五歳の娘だ」と彼は言った。彼女が客を部屋に通したり外へ送り出したりする手際は、最良の数学者が彼らの学問をこなすのを見ているようだった。「といっても私はめったに客を呼びはしなかったのだが！」画家がどんな趣味の持ち主か、「私の好みが何か」を彼女は二、三日で察知した。彼は多くを彼女のなすがままにまかせた。「彼女は私の乱雑な生活に秩序をもたらした」と彼は言った。「芸術に関しても彼女は「疎《うと》い」どころか、芸術の話となるとまるで水を得た魚のようだった。彼女は芸術に無知だったからこそ、芸術に関して最高の判断を下せたのだ。」彼女は「靴磨き、音を立てずにカーテンを閉める技、葉巻をたしなむこと、そして誇大妄想的な芸術家たちを非難すること」を心得ていた……「私は彼女を雇って初めて、金持ちの何たるかを悟った。突然、裕福さと行動の自由の意味が閃いたのだ」。彼女は自分に相応しくないと感じたことは、いままでに画家が出会っただれよりも強い説得力と影響力のある好ましい言い方で、はっきりそう口に出した。「彼女はいつも場所さえあれば花を飾ろうとしたが、私はそれを禁じた。」——「何でもかんでも清潔であればいいというものじゃない！」と画家は彼女に言って聞かせた。彼女はその言葉に従った。彼のためにドアを開け、彼のためにドアを閉めた。本と壁の埃をぬぐったが、彼に有無を言わせない手際のよさだった。彼の郵便を出した。彼のために買い物をした。彼に代わって必要な役所を回った。彼ひとりだったら決して知りえなかったであろうニュースを伝えた。

「彼女は私に罨法《あんぽう》を施すと、私が寝室の自分のベッドに寝ているのに、私は旅に出ていて不在だと何度も言って回るのだった。」ある朝、彼は自分が死病にかかっていることを悟ったが、その直後にすべての部屋に鍵をかけ、最後に家政婦も閉め出した。「彼女は泣いた」と彼は言った。「もう私は家には戻らない。がらくたの山に入っていくのと同じことだろう。たとえ戻りたくても、戻れるはずがない。私はもう終わったのだ。」彼は言った「実際私には私の家政婦以外だれもいなかった。彼女以外のすべての人間にとって私はとっくに死んでいるのだ」。

子供はみなシラミにたかられ、大人はみな淋病か、ときに神経を完全に麻痺させる梅毒に侵されている。「ここの住民は医者に行かない」と画家は言った。「彼らに、医者は犬と同じくらい必要だ、と納得させるのは困難だ。本能に従って生きる人間は」と彼は言った「干渉されることを嫌う。当然だ」。ときどき嵐で木の枝が折れ、下を歩いている人間を直撃して命を奪う。「だれひとり守られていない。いつでも、どこでもそうだ。」死は眠っていても、野原にいても、牧場にいても突然襲いかかってくる。「低俗な」会話と「高尚な」会話の合間に住民は命を失う。「彼らの根源状況へと回帰するのだ。」彼らはたいていそのための、とはつまり「死ぬための」、容易に見つからない場所を探す。「村の外に。」獣も死期が近いことを覚ると、群れから遠く離れたところへ逃れる。「ここでは人間も獣も変わりがない……異質な命のかけらが」しばしば屍となって彼の足下に投げ出される。そのたびに心底ぎょっとする。森の中の開けた場所や橋の上や「闇が牛耳る」森の奥深くで、それは起きる。彼はしばしば後ろから呼ばれた気がして——これはぼくにもよく起こることだ——立ち止まり、振り向くが、そこには何の姿もない。彼は藪や池や岩や、「その深み同様いつ牙を剝くか知れたものでない」池の中に住む生き物を精査する。彼は森の中をくまなく歩いて回るためのさまざまな方法を持っている。たとえば、背中に手を当てたり、上着のポケットに手を突っ込んだり、手で頭を保護するように抱え込んだりする方法だ。しばしば自分に追いつくために駆け出すかと思えば、足踏みをしておいてから自分を追いかけて走りもする。「突然不幸の極みに取り残された様子の子供たちがするひとり遊びのように、この世の者でない学者たちと話し込んでいるかのごとく」森の木を相手に話に耽る。彼の発明の才は「深淵な意味を盛った驚くべき新語創造」の域に達していて、彼はそれを森や野原や牧草地から、また深い雪の中から見つけてくる。彼が好んで潜り込む切り通しの中も効果的な場所のひとつだ。たとえば現実軽視修士とか脱法操作技師とかいった言葉がその成果にあたる。その偏執的情熱はある夏に始まって、ずっと継続してきたが、あるとき彼は人心黙殺者を彼自身が長靴のかかとで氷に開けた穴を使って池に沈めたのだった。「われわれとは何の関わりもないように見える何かがわれわれを支配している」のだが、その何かに彼はしばしば邪険な扱いを受けるのだそうだ。笑い飛ばしてもいいのかもしれない。だがそれは実は「命に関わる」一大事なのだ。彼は上に立つ者に対してはつねに、「彼の目の前から姿を消すまで」執拗な抵抗を続けた。「抵抗は何らかの結果を生むはずのものだ」と彼は言った。彼の抵抗はだがもはや何の結果も生みはしない。彼が出会う人の中に、ときどきたいへんな才能を持って生まれた者がいる、無尽蔵の才能だ、そんなすごい才能は自分だって持ちあわせていない。彼は言った「そういうものを目にしたときに突然太鼓の強打のように始まる胸の鼓動は、収まるまで何時間も耐えていなければならない。いつまでも我慢できるようなものではない」。ここの人間にはそんな才能は皆無だ、たとえあったにせよ、それを利用する力が欠けているから、「宝の持ち腐れにしかならない」。ここは「人間の可能性を帳消しにする」場所だ。ここでは醜さが、「男旱の村の」女たちのように、至るところでなれなれしく言い寄ってくる。地区全体が「さまざまな病のぬかるみ状態」に陥っている。ここは、腐敗が「難聴者のための言語」を操る谷間なのだ。ほかの場所でなら目的を達する寸前まで隠れ潜んでいるはずの病も、ここでは遠慮なしだ。「住民たちの額には結核が貼り付けてある。戸外へも彼らは恥知らずにもそれを持ち運ぶから、氷河颪《おろし》の烈風は菌を落ち葉のように吹き散らすことができるのだ。」

「学校へ通う生徒の中には」と画家は言った「両親の家から山道を三時間以上かけて下っていかなければならない者がいる。生徒たちは四時頃家を出る前に台所仕事を片付けなければならないことが多い。一二歳の子供が雌牛に餌をやり乳を搾らなければならない。さもないと、母親は死んでいるか病で床に伏せっているし、弟はずっと年下、父親は飲み屋のつけが払えずに刑務所に収容中だから、だれも仕事を片付ける者がいないのだ。子供たちは大きな黒パンの塊を兵糧に、寒さを衝いてつらい山道を降りていく。ここには進歩の痕跡は何ひとつ見られない。何の前触れもなく嵐が襲いかかる。叫んでも無駄だ。だれにも聞こえやしない。すでに多くの小学校が谷のどん詰まりに建てられはしたのだが、子供たちはいまでも、痴呆状態を脱したいなら、ひどく長い通学路という苦行を乗り越えなくてはならない。切り通しの中で二、三人のグループが見つかったことが何度もある、石のように硬くなった塊で、もはや手の施しようのない状態だ。ここで出会う子供たちはみな早熟だ。ずるがしこく、O脚で、水頭症の兆しが見られる。女の子たちは顔色が悪く痩せていて、ピアスの穴を開けた後の膿症に苦しめられている。男の子は金髪特有のひ弱さを示し、手が大きく、額の骨が平たい」。

跳び上がり、駆け出し、またじっと座っている、彼の少年時代は実のところその繰り返しに尽きるといってよい。死者たちの臭いの立ちこめた部屋もそこにはあった。しつらえると、死者の臭いが立ちのぼるベッドがあった。いくつもの廊下をずかずか通ってやってくる言葉があった。「だめ」がたとえばそのひとつ、もうひとつは「学校」、ひとつは「死」、もうひとつは「葬式」だった。これらの言葉は何年も彼に付きまとい、彼をいらだたせ、「恐ろしい状態へと引きずり込んだ」。その後それらの言葉は彼の耳底に不気味にもひとりでにわき起こる歌声のように焼き付き、中でも「葬式」という言葉は墓地を抜け出して、すべての墓地を見下ろすはるかな高みで、永遠、より正確には人間が永遠について抱く観念と合体した。「私の永遠の観念は私がつとに三歳児のとき、あるいはそれ以前に抱いたものと寸分変わらない。永遠は、目の働きが止むところで始まる。すべてが終わるところで。だが永遠はついに始まらない。」彼の少年時代のやってき方は「ひとりの人間が、考えられ感じられ耐えられる限度を越えて恐ろしい古物語を携えて家の中へ乱入してくるかのようだった。その物語はいつも聞いているがゆえに、一度も聞いたことのないものである。まだ一度も」。彼にとっては、子供時代は通りの左側で始まり、そのまま険しい坂道を上っていく。「そのとき以来私はたえず墜落について考えるようになった。墜落の可能性について。それを望むようになり、その方向の試みもいろいろするようになった……だがそんな試みはしてはならない。それは根本的な誤りだ。」伯母たちは醜く長い腕で彼を墓地の霊安室へ引っ張って行き、彼が棺の底まで覗き込めるように金箔を被せた手すりの上へ抱き上げた。伯母たちは死者に手向ける花を彼の手に握らせたが、彼はいつもその匂いを嗅がなくてはならず、伯母たちが繰り返すのを聞かなければならなかった「彼はなんていい人だったの。彼女のなんてきれいなこと。彼の死装束の見事なこと。よく見ておくんだよ。」伯母たちは彼を「容赦なく腐敗の海の中に」沈めた。列車に乗ると彼には自分が「出発進行」と言っている声が聞こえる。長い夜々彼は、まだ光が点り、話が交わされ、読書がなされている祖父母の部屋のドアにすき間が空いているのをこよなく愛した。祖父母がふたりで寝ているのを見て楽しんだ。「羊がいっしょに寝ているみたいだ」と感じた。ふたりの呼吸がふたりをひとつに結び合わせていた。朝日は麦畑の向こうから上った。湖の向こうから。川の向こうから。森の向こうから。そして丘を越えて上ってきた。爽やかな朝風の吹き通う中、鳥たちがさえずる。夕日は葦の中、沈黙の中へ没したが、彼はその沈黙に向けて最初の祈りをささやいた。馬のいななきが夜の闇を引き裂く。酔っ払いと御者と蝙蝠が彼を恐れさせた。同じ学校の生徒が三人路上で死んだ。ボートが転覆し、手が舟べりに届かなかった男が溺死した。助けを呼ぶ叫び。巨大なチーズの塊には彼を押しつぶす力がある。彼はビール醸造所の蔵の中に身を潜め、恐怖に震えている。墓石の間で行われるのは、数字札を投げ合う遊びだ。髑髏が日を浴びてきらきら光る。いくつものドアが開いたり閉じたりする。牧師館は食事中だ。台所は料理中。パン屋はパン焼き中。屠畜場では牛や豚が屠畜中。靴屋の仕事場では靴の修理中。学校では窓を開けっぱなしての授業中なので恐ろしくてたまらない。いくつもの行列ではさまざまな顔が見られる。洗礼を受ける幼児たちが痴呆じみた目で見つめる。ひとりの司教の音頭で全員が万歳を叫ぶ。鉄道の土手で鉄道員の制帽の取り違えが起こり、作業ズボン以外何も身につけていない男たちの爆笑を引き起こす。列車の数々。それらの列車の灯り。足のない虫と甲虫。ブラスバンド。それから大きな通りを歩く背の高い人間たち。世界を震動させる列車。狩りの一行が彼を連れ出す。彼は撃たれた山鶉と死んだ羚羊と仕留められた鹿の数を数える。ダマジカ、アカジカ、何と区別の難しいことか。大型の猟獣に小型の猟獣。すべての上に降り積む雪。八歳の願望と、一三歳の願望。ベッドのシーツをぐしょぐしょに濡らすほどの絶望。理解不可能事に抗ってほとばしる涙の激湍！　まだ六歳にも満たぬのにこれほどの非情を味わうとは！

自らを発明してくれた人たちに突然牙を剝く都市。

「少年時代とは、いまもあいかわらず後をつけてくるが、突然死んでいなくなるのを防ぐためには、手厚く世話をし、添え木をしてやり、ありとあらゆる薬を与えなければならない、かつて陽気な伴侶だった小型犬のようなものだ。道は川に沿い、山峡を下る。夕刻は、こちらが手助けすれば、もっとも高級で念のいった嘘を拵えてくれる。しかし痛みと憤怒から守ってはくれない。」隠れ場所で飛びかかる獲物を待っている猫たちがどす黒い想念の横やりを入れてきた。画家もぼくも、蕁麻《いらくさ》によってしばし邪悪な猥褻行為に誘われた。彼もぼくも、ラズベリーとグズベリーといっしょに不安を摘み取った。カラスの群れがたちまちのうちに死の前触れと化した。雨が湿気と絶望を招き寄せた。喜びがスカンポの花冠からこぼれ落ちた。「雪の掛け布団が、子供を包むかのように、やさしく大地に覆い被さった。」恋に夢中になることも、滑稽に振る舞うことも、犠牲になることもなかった。「学校の教室ではいくつもの単純な考えがいつ果てるともなく組み合わされた。」次に来たのが肉の匂いの染みついた町での仕事だった。ファサードと壁、ファサードと壁以外何もない、と思うとまたそこを出はずれたところで田舎が始まったが、その変化はときに驚くほど唐突で一夜にしてがらりと様子が変わった。そこではふたたび黄色と緑の牧草地がはじまり、褐色の畑と黒々とした森も広がった。少年時代はといえば、一本の木から振り落とされた数多くの時無しの果実のようだ。彼の少年時代の秘密は彼ひとりだけの内にある。馬がいて鳥がいて牛乳と蜂蜜がふんだんにとれる場所で自由奔放に育った。だがその後でまた、その未開状態から連れ出され、彼の知らないところで決められた計画に縛りつけられる。彼についての計画だ。無数に開けていた可能性が、泣いて過ごす午後の時間へと縮まってゆく。三つないし四つの確定事項へ。変更不可能な事項へ。三つないし四つの原則へ。輪郭にすぎないものへと圧縮される。「嫌悪とはなんと早くに形成されうるものか。その子は口には出さずとも、つとにすべてを手に入れたがっている。だが何ひとつ手に入れられない。」子供の方が大人よりはるかに得体がしれない。「物語延長屋。破廉恥漢。物語叱責屋。敗北呼び寄せ人。唯一無二の向こう見ず。」その子はハンカチで鼻がかめるようになる前から、周りの者の命を脅かしかねない存在だ。彼は、ぼくもそうなのだが、子供のときに味わい、すっかり忘れていた感覚がある匂いやある色をきっかけに蘇ると、激しいショックを受ける。「そういう瞬間だ、恐ろしい孤独の淵に沈むのは。」

彼は「劣悪極まりない、考えられる限り最悪の教育を受けた」。だれからもかまわれないのがメリットだというのは、後から「とんでもない錯覚」だったことが分かった。そもそもの最初からだれも彼のことなど考えていなかった。「考慮の外に置かれたら子供は育たない。みなの考えが及んだのは、私の学校のことであって、私の心ではなかった。私の食事であって、私の魂ではなかった。後になると、といってもまだ一三歳だったから早すぎたのだが、自分には食事や学校などどうでもいい、と言えるようになっていた。」ぼくはいま、自分はどういう教育を受けてきたのかと考える。あれは教育だったのだろうか。ただ育ったというだけのことではなかったか。荒れすさんだだけではなかったのか。雑草だらけの庭の中では強情な植物が野生化するしかないように。ぼくも自分だけを頼るしかなかったのでは。配慮は。支えの言葉は。いったいどこに。いつ。一四歳のときからぼくはすべて自分で切り抜けなければならなかった。何もかもだ！　精神面も含めて。すぐには手に入らないものもあったがそれも含めて。ぼくはしかし画家ほどひどい目に遭ったとは思っていない。ぼくの場合はそれほど悲惨ではなかった。ぼくは別だ。彼ほど興奮しない。彼はつねに興奮しいらいらしている。ぼくはいつも興奮したりいらいらしたりはしない。

しばしば彼は自問する。「どうやってこの闇から抜け出せばいい。頭を闇に包まれ、固く闇に縛りつけられた私はいつも、この闇から脱出する試みを続けてきた。そう痴呆の兆候かもしれない……闇は狂気の硬度に達する。二〇歳のときも、三〇歳のときも三五歳のときもそうだった。後になるほど容赦がなくなった。私は脱出を試みたのだが、その着想についてきみに指摘しておくことが大事だと思うのだ……私は単純な解釈が好きだ。いいかね、人間の背骨の彎曲にそっくりな川の彎曲、あのギラギラと眩しく光る、午後の太陽を浴びて眩しく光る、地平線まで曲がりながら伸びている巨大な人間の背骨がそれなんだ……場合によっては、頭の中の闇を——というのも自分の頭の中にしか闇は存在しないからだが——頭の中の闇によって押さえ込めば用が足りる。覚えておいてほしいのだが、闇とはつねに、ほかから切り離され孤立させられた自分の頭の中の事象なのだ。——きみも、人間とは自分自身の闇の中からすべての闇の中へときりもなく追い戻される存在だということを知っておかなければならない……私自身もかつて両親の家の壁に凭れ、上半身裸で、闇に包まれたことがある。私の前で自転車が風に巻かれ、ふたりの生徒が踊り回っていた。干しぶどうの匂い。その間に基礎固めとなるばかげたエピソードが割り込んでくる。私たちにヴォルテールの偉業と対決することを迫った数学教師の、新聞から切り抜いた顔写真。ホメーロスの梗概……私の脳髄、すなわち闇の中へ脈絡なしに入り込んでくるさまざまな理由や現象や時間概念や時間の概念。そしてそれらに骨抜きにされる。年を取ってからの無数の疑問に答えは見つからない。すべてに及ぶ憤りが致命的な精度で進行する。一匹の犬が草の中で転げ回っている。でもそれはモグラかも、犬かもしれず、あるいはこちらが生き物でないかと疑ってかかっている犬の糞にすぎないかもしれない……深淵の縁で踊りを躍るも同然で、毎日深淵の中へ自分のかかえる痛みとその痛みの痛みを抛り込んで破砕しているのだ。」

彼は、どういう風に他人と関係を結び、そしてどういう風にその関係を断《た》ったかをぼくに説明した。物語ることは彼の念頭になかった。物語芸はほかのタイプの人間のためにあるのであって、彼とは無縁だ。彼はどういう風に旅を計画し実行に移したか、あるいは計画しただけで実行しなかったか。どういう風に自分への欲望と自分を味わうことに目覚め、どういう風にそれを、自分を相手に自分の中にこもったまま、余人には手の届かぬそして余人には禁じられている高みへと持ち上げたか。彼は墜落と日常的一般的原人間的敗北を生き延びる技を磨いた。彼はしばしば自分の嘘を咎め、事態を見極める上で妥協を廃し精確を期するための手段を自分に適用した。情け容赦なく、と言ってもよい。曖昧なものは無意味すぎるように思えて、考慮する気にもならなかった。大洋は、彼の目には無限を嘲笑うかのように境界線を引きまくる暗い狂気としか映らなかった。巨大な山塊がむくむく立ちあがりながら輝いていた。黒々と敵意を剝き出す深淵には怖気を振るわずにいられなかった。彼には、ときどき空気が遠くの雷で震えるように思われた。南では巨大な白亜の山脈が雷光に輪郭を鋭く浮かび上がらせた。何もかもが落雷に押し拉《ひし》がれる。一方、優柔不断な海辺ではいくつもの町が身を寄せ合った。「尊大」、「孤絶」、「苛酷」、「致命的孤独」といった概念が、手の動きだけを通じてまったく無意識のうちに創り出された。永遠の一部をなす八月の日の空気のように澄み切っていることのありうる記憶は、驚くべき精神と驚くべき世界体験を彼に授けた。歴史が彼を精査し、彼も歴史に対して同じことをしたが——協調は保たれた。理性を通じたのでは何ひとつ彼の感性を通すほど明らかにはならなかった。考えられる限り彼の感性ほど純粋なものはなかった。子供の頃から、天国と地獄、そしてその二つの中間領域によって鍛え抜かれていた。しかし彼が思うに万人の中に住みついていて、ある日まるで命令一下のようにぱたりとなりをひそめてしまうものとは、つねに瞬間でしかなかったのだ。彼は自分の「感性の破壊者」に力ずくで立ち向かうことを控えた。彼はそれを呪ったが、それは無敵だった。地面に倒れ伏して、それから永遠に癒やされることを望んだ。彼の足下には「非の打ちどころのない可能性の領域」が開けていた。彼はどんな風に人間と、そして石や最新の出来事や古代の文物と接する仕方を習得したか。どんな風に思慮を欠くもの、思慮を奪うもの、孤独なもの、消えゆくものを見分けたか。どんな風に未来と現在と過去を自分の中でひとつにまとめることができたか、そしてその統合ゲームを、もはや全体の見通しがきかなくなるほど複雑かつ高度なものへと仕立て上げたか。どんな風に身体のスイッチを計算だけを通じて切断したか、またどんな風に精神を、ある瞬間絶対「それしかない」と確信した――一瞬の数分の一も持続しない感覚だった――方向へと向かわせたか。どんな風に死者たち、この世を降りた者たち、消し去られた者たち、転落した者たちだけを相手に生きようと決意したのか。彼はまるで無限に続くトンネルの中をゆくようにもっぱら闇を相手に生きてきた。そして寒さを。彼はせわしない青春を送ったと思っていたが、いま振り返るとそれは静止していたのだ。

彼の部屋の壁紙の模様は、夜が更けるにつれ刻々地獄絵に変わってゆき、醜い妖怪たちが恐ろしい修羅場を繰り広げる。夜明けが近づく頃、彼は押しつぶされそうになる。それは彼が憔悴と、すべてのものと自分への嫌悪にへとへとになって、うとうとしかける時間だった。眠りに落ちるのではない。ちがう。いくつもの渋面が彼の頭をめちゃくちゃにする非難の言葉を投げつけながら近寄ってくる。

人間の屑。声は大きくなる。でも戯言だ。「なんのことはない安っぽいサボテン模様を下敷きにした図柄にすぎないのだ。たぶん私は毎夜恐ろしいことを探し求めているのだろう。ここでもかしこでも。そうであって初めて、あんなものが夜ごと私に現れることの説明がつく。部屋中が虐待の場と化すのだ。ここらでは天井にも模様を貼り付けるのを知っているだろう。私はいつもときどき起き出さなければならない。そしてドアが閉まっているか確かめるのだ。鍵がかかっているかどうか。一度部屋に入ってこられたことがあるのだ。そうなると事態はずっとひどいことになる。」彼が壁紙の模様を見ずにすむように腹ばいになって寝ようとすると、空想上の化け物は「背後から」襲ってくる。

彼がこれを話したのは、ぼくたちが階下の食堂に座っているときだった。そこにはほかにだれもいなかった。女将は醸造所でビールを注文するために村へ行っていた。昨日から今朝にかけて女将のビールの在庫が尽きてしまったのだ。というのも大がかりな宴席での飲み食いがあり、ビール瓶の箱も樽の大箱も最後まで飲み尽くされたからだ。どこも空っぽだ。もう一切れのパンすら残っていない。朝の三時まで宿中が男たちの笑い声にどよめいていた。私たちが外出するとしたら、宿の鍵を窓枠の梁の後ろに見つからないように隠しておかなければならない。寒さがつのっていた。窓は朝の早い時間は白く曇っていた。花と人の顔が窓ガラスに描かれていた。画家の命名によれば「破壊の仮面」だ。外を見ることはできなかった。何百もの汚れたグラスとジョッキと空き瓶がカウンターの上にすき間を詰められる限り詰めて置かれていた。工夫たちが置き忘れた服が何着かドアと壁に掛かったままだ。みすぼらしい。ぼくたち、つまりぼくと画家が後でそれらの服を調べたところ、そこにはしわくちゃになった紙幣、ハンカチ、写真、櫛が入っていた。

何から発するかは不明な酒盛りの後の臭いがまだ閉め切られた食堂と、宿の建物全体の中にこもっていた。寒さが厳しいためだれもあえて換気をしようとしなかったのだ。台所を覗くととんでもない無秩序が目に飛び込んできた。突然、宿中の窓が震え、壁が下の谷で起きた「大気の顔面をはたく」爆発の風圧で一瞬揺れ動いた。「山に発破で巨大な穴を開けているところだ」と画家は言った。「ダムをもうひとつ造ろうとしているんだよ。」

「どうしてそんなことが可能なのか」分からないほどの大がかりな工事が下の谷間で進行中なのだ。技師は画家に数字を挙げたそうだ。数値を。工事期限も。「べらぼうだ」と画家は言った。「千人以上の工夫が下を蟻のように這い回ってる。」下請けも含めればこの工事では一万人どころか十万人が雇われ、食い扶持をあてがわれるのだ。「投資額は数十億を越える。」国はリソースを活用し、サイエンスを応用することができている。「たいしたもんだ。」しかし下の谷間では、「そして下の谷間だけにとどまることではないが、すべてを根底からひっくり返す動きが進行中なのだ」。技術は一瞬ごとに古くなってゆく。「さあ」と彼は言った「外へ出てみよう。何か見えるかもしれない」。私たちは外へ出た。しかしまるで呼びかけに応じたかのようにどんどん濃くなってゆく灰色の霧よりほか目の前には何も見えなかった。「今日私は切り通しの上の私の特等席から葬儀を見守ることにしよう」と彼は言った。「今日は雑貨屋の葬儀の日だ。」

# 第八日

今日ぼくは宿から本通りまでの道の雪掻きをした。女将はぼくがしばらく立ったまま休んでいるのを見て、「やさしい人だねえ」と言いながら大きなグラスになみなみ注いだスリヴォヴィッツ酒を持ってきてくれた。彼女は言った「あんたがそんな力持ちだったなんて、全然そんな風に見えないわ」。ぼくは、肉体労働には慣れている、と言った。事情に迫られて何度も身体を使う仕事をさせられたのだ、と。それに大学の学業の合間に何度も肉体労働をやらないと、頭がおかしくなるのでと言ったときは、腑に落ちたという顔をした。「こんなに降ったのは何年ぶりかねえ」と彼女は言った。南の山を指さしたが、雲に遮られて見えなかった。彼女はいったん中に入り、燻製肉を挟んだパンを持って戻ってきた。「働いた人は食べなくちゃ」と彼女は言った。雪掻きをやってもらってうれしい、自分ではそこまで手が回らないから。「ほったらかしは面汚しだし」と彼女は言った。彼女は画家が宿から出てくるのを見ると、ぼくをほうって、彼のそばをそそくさと通り過ぎ、中へ戻った。画家と出会うのを避けたいようだった。顔を見るのもいやという風なのだ。少なくともそう見えた。

ぼくがそんな短時間にそこでなしとげたことは信じがたい、と画家は言った。彼はもう長いこと部屋の窓からずっとぼくを眺めていたのだそうだ。「きみが手を付けなかったら」と彼は言った「だれも雪掻きのことなど考えなかっただろう」。昨晩は珍しく眠れた、と彼は言って、ぼくの背後に立ったが、それはぼくをいらつかせずにおかなかった。「珍しく眠った。眠るというのは、私の場合部屋の中をあちこち走り回らずにすむということなんだ。」彼は午前中の痛みから、夕方と夜の痛みを推し量ることができる。「恐ろしい夕方になるだろう、恐ろしい夜になるだろう、と。だがそれももう長いこと続きはしないだろう。」もう何十年も前のことだが、彼は一時首都で「雪掻き隊の一員だったことがある。カーバイトランプを頭に付けて時給三シリング八〇グロッシェンだった」。ぼくの雪掻き作業が、彼に苦しかった時代を思い出させた。「あの頃の私は生きているよりも死んでいるに近かった。まさに何度も限界まで追い詰められた」と彼は言った。「しかしいまに較べればあれは何と素晴らしい時代だったことか……私はいまという時代を、死によって締めくくるためにかろうじて生きのびているのだ。」ぼくは本気で聞いてはいなかった。彼は午後のカフェー訪問といきたいところだ。「いっしょに来るかね。駅だ。新しい週刊新聞が来ているはずだ。」

それから彼は手短に、自分が別人となって自分自身のところへ押しかける気がしたときのことを話した。「そんな気がしたことはあるかね」と彼は尋ねた。「私が自分に近づいたとき、もちろん私は自分と握手をするつもりだったが、直前になって突然その手を引っ込めた。私はなぜだか分かってる。」ぼくは最後に残った雪を掻いてから、シャベルを宿に戻した。画家は外でぼくを待っていた。ぼくが外へ出ると、彼は言った「若者はシャベルを手に取り、生きていく。だが老人は」。

人生とは森の中をゆくようなもので、そこでは至るところで道案内の看板や標識に出会うが、突然それらがぱたりと消える。すると森は果てしなくなり、飢えが終わるのは死が訪れるときでしかない。そしてわれわれはいつまでも中間領域を歩かされ、中間領域の外を垣間見ることはありえないのだ。「宇宙すらが、場合によってはあまりに狭く感じられる。」しかしもはや、彼が現在立っている場所へと通じる道をそれについて無知な者に教示する作業に関わるつもりはない。「私は自分が混沌の中からつかみ取った概念にまったくの独力で磨きをかけているのだ。」彼が使う「恨み」という言葉が何を意味するか、「原則的」、「光」、「影」、「貧困一般」という言葉が何を意味するかを知ってもらわなくてはならない。だれもそれを知らない。でも彼がその中を動き回っているのが何かを感じ取ることはできるだろう。彼が何を悩んでいるかも。たぶん想像されるよりはるかに多くの悩みだ。「それを知る必要はないのかもしれない。」彼がこの言葉で考えるのは、またしてもみなが思うのとは違う何かだ。「知るということは、知ることから気をそらせるものだ！」制服を着た人間を見ると彼は興奮せずにいられない。「都市警察も地方警察も軍隊も嫌いだ。消防もだ。」どの制服もみな彼に、できればご免被りたい性的強迫観念を押しつける。しかし彼は制服を着た人間、鉄道員や兵士たちと縁を切ることはできない。将校たちは彼に反感を催させる。その非人間性ゆえに。しかも彼らは自らの非人間性を「わざわざ強調しさえする」。彼らは彼に激しい反感を呼び起こすと同時に、彼を惹きつけもする。「そう、私は彼らに惹かれもするのだ。それがなぜかは、もうきみに話した。イメージの下ごしらえをするはずの匂いの中でいくつもの課題が果たされずに終わる。」それからこう言った「女たちは、刺激状態をおおらかに受け入れることのできる老境に達した私を、彼女たちそれぞれに応じた文脈で、むしろ自分たちの不在によって誘惑した。中年以上のどちらかといえば醜い女たちだった」。だいたい昔から不在のものが彼を誘惑し、幼稚な堕落した情熱で彼を虜にしてきたのだ。だが彼には物事が自明であったためしはなく、何ひとつ明瞭なものはなかった。「明瞭さとは人間を超越した何かだ。」彼は単純さを求め、単純さを世に広めるべく務めてきたが、他方では単純さを嫌悪し、たえずそれから逃れようとした。彼は確信を持って平穏を生みだそうと努力し、まったく同じだけの確信を持って平穏を突き崩す努力をしたが、なぜそうするのか、説明できなかった。ある決断をくだすと、つねにそれとまったく正反対の決断をくださずにいられなかった。しかし彼はつねに彼である。自分のいくつかの立脚点を測定してつないだ境界線の中に頑として閉じこもったままだ。彼はある事態をぼくに説明するのにそれを果てしなく巨大な建物の中の一室になぞらえた後で、「これは狂気だろうか」と尋ねた。「不完全なので、私が上っていこうとすると、いつもそこが倒壊する。」足下の地面を後ろに置いていくために、彼は歩き、どこだろうが、どうだろうがかまわずに先へ進むのだが、「でも足下の地面を後ろに置いておくことはできない」。それが自然の法則なのだ……眠ることも考えることも、そしてその中間で起こり、その中間に割り込み入り込んでくるすべてが自分からの逃避でしかない。とは言え、どんな方法を駆使しても自分から逃避などできはしない。「もちろんすべては、あらかじめ示し合わされ、確定されたものだから、退屈きわまりない。私が口にするのも、気の抜けたことばかりだ。」すべてが滑稽だということを見抜いてしまう場面は、窓からちらっと外を眺め、自分の心の中に目を向けるたびに繰り返し訪れる。どこを見ても同じだ。「いつか、しかしだれしもが大いなる一擲に成功する、自らに終止符を打つ瞬間だ!」

「私の知っている人間を整列させたなら、みんなそっくりに見えるだろう。彼らは内心まで瓜二つだ。全員中身まで変わりない。ぞっとせずにいられようか。私が彼らを去らせるため、〈解散〉の号令をかけると、ある匂いだけが残って、それがすべてを闇に包む。」彼は、最初は不承不承でもやがて抵抗することなく無気力に流される職業人、意見をくるくる変える風見鶏、違うのは流される速度や意見を変える速度と寿命だけというのが人間だ、と言った。「素朴な田舎娘もコンツェルンの会長も変わりはない。」みな感情も分別も働かないようブロックされているから、当人がだれかはもはや問題にならない。「もっともよい場所を占めるのが、賢い者でなく器用な者だからどうだというのか。何百万シリングもの保険を掛けたからって。何百万に将来の展望があるのか。たんなる慣習では。小事にこだわっているだけでは。下らないことではないのか」。風評がみなの一歩先を行き、みなの命を奪うのだそうだ。

「多くの観念は奇形化するが、そうなるともうこちらの命数が尽きるまでそれらを根絶やしにすることは不可能になる」と彼は言った。観念はしばしばそれを抱いてから何年たとうが驚嘆せざるをえないものでありつづけるが、遅かれ早かれそれを抱いた当人を愚かしい存在に変えずにおかない。観念はある領域からやってくるが、決してその領域を去ることはない。いつまでもそこに、その領域に、とどまるのだ、観念は、夢の領域に。「自らを消し去る観念、消去可能な観念は存在しない。観念は実在し、実在しつづける。」彼は昨夜、痛みについて考察した。「痛みは存在しない。それは必然的思いこみなのだ。」痛みは、雌牛が雌牛であるような仕方で、痛みであるのではない。「痛みという言葉はある知覚の注意をある知覚へと向かわせる。痛みとは過剰である。しかしその思いこみが現実なのだ。」したがって痛みは存在すると同時に存在しない。「痛みはやはり存在しない」と彼は言った。「幸福が存在しない、存在しっこないのと同じだ。痛みの上に建物を築くことだ。」あらゆる思考、あらゆるイメージは、化学や物理学や幾何学という概念同様恣意的なものだ。「だがあることを知るためには、これらの概念を知っておかなければならない。すべてを知るためには。」哲学によっては一歩も前進はできない。「進歩的なものなど存在しないが、哲学ほど進歩的でないものはない。進歩などナンセンスだ。ありえない。」数学者の考察が基本となる。「そうなのだ」と彼は言った「数学ではなにもかもが子供の遊びのようだ。というのも数学はすべてを完備しているから」。しかし数学は子供の遊び同様命取りになりかねない。「境界を踏み越えたせいで、冗談も、世界も、すべてが突然もはや了解不可能なものになってしまう。すべては痛みの表象なのだ。犬にもたぶん人間と同じ重力があるのだろうが、犬は生きてはいなかったのだ、いいかね！」自分はある日敷居を乗り越えて、ある巨大な、果てしなく大きな公園に歩み入ることになるだろうが、その公園は美しい場所で、芸術的着想がつぎつぎに繰り出される。そこの自然の中では植物と音楽がみごとな数学的順序で交替し、聴覚にこの上なく心地よく働きかけながら繊細の極みへと上り詰めるのだが、自分にはこの公園の中を歩き回ること、そしてそこを味わい尽くすことができない。というのもその公園は無数の、それぞれ完全に独立した小さな限りなく小さな真四角や長方形や円形の島ないし芝地からできていて、自分は自分が立っている場所を離れることができないからである。「ひとつの島からもうひとつの島へ渡ることをつねに不可能にする幅と量と深さの水が間を隔てているのだ。私の想像の中ではそうなっている。どうやってそこへやって来たのか分からず、どうやってそこで目覚めたのか分からず、ただそこにとどまることを強制されている芝地の上で」最後は命を落とし、飢えと渇きで死んでゆくことになる。「公園の中をくまなく歩き回りたいという憧れが命取りになるのだ。」

ぼくは干し草の山の後ろで、一枚の板の上にうずくまっている彼に行き当たった。あたりはもう暗くなっていて、ぼくが池の方から近づいてくる足音を聞いていた、と彼は言った。「きみの足音はちゃんと聞き分けられる。」彼のように、死の準備の一環としてだが、目を閉じていることの多い人間は、信じられないくらい訓練された耳を持っているものだ。「きみがまだずっと遠くにいたときから、私にはきみが聞こえていた。きみはゆっくり私の不機嫌のなかへ歩み寄ってきた。きみの歩き方は全然若い人の歩き方じゃないんだよ。」ぼくは彼とこの干し草の山の後ろで出会ったのが不思議だった。とはいえ、そもそも彼は不可解なことばかりぼくにして見せていたのだが。「私のすることはみな訳の分からないことばかりなのではないかね。私がここにしゃがんでいたのは、もう立っていられなくなったからなんだよ。きみの湿布提案だが」彼はどうやらきみの湿布提案という言葉を口にするのが楽しいらしく、狐の巣穴から顔を覗かすようにしながら短い間隔を置いて何度もその言葉を口にした「きみの湿布提案だが、あれはまずい提案だった。私の腫瘍はまだ治っていない。私の見立てが正しくて〈たちの悪い〉腫れ物なのだ。まもなく全然歩けなくなるだろう。きみは〈たいしたことはない〉という意見を改めたかね」。彼はふたたび彼の脳髄と足の間に「まさに哲学的としかいいようのない仕方で」広がってゆく病についての考察に耽った。要するにその病ゆえに「神聖な学問」の正しさが証明されるのだそうだ。

画家は今日落葉松の森を通って池まで行ってきた——「ここには散歩のできる道は二つしかないのだ、この道かそれともあの道か」——ほんとうはこれから駅まで行って新聞を仕入れ、「旅行者たちの顔を見てぞっとさせられてこようと思っていたところだ。新聞は私の唯一の気晴らしだ。人間が私にとってそうであることをやめてしまい、自然が私にとって一度もそうだったことのないもの、それがいまでは新聞だ。気晴らし兼暇つぶしさ。」新聞で彼は自分の理論の多くが裏付けられるのを確認する。新聞とは要するに世界でありすべてであり、彼が手にとって開く各号が万有であり世界なのだ。「世界は世界ではなく、無だ。」毎日、彼は新聞によって、自分自身と向かい合うことを強いられる。「新聞は、それが多くの人間にもたらす不快感に照らしても、謂われのないことどころか正当にも、人間にとって唯一の大いなる慰め手なのだ。」新聞は彼にとって、兄も妹も父も母も一度としてそうであったことのないものなのだ。「世界が私にとってそうであったことのないものだ。しばしば私には何日も何週も何年も新聞しか相手がいなかった。新聞は私に、すべてはまだ存在すると、私がとっくに死んでなくなったと思っていた私の周りと私の心の中のすべてのものがまだ存在する、と教えてくれたのだ。」

　画家は、大きな菩提樹の木の下から始まる坂の途中の、電線のうなる音がいちばん大きくなるあたり、大きな電柱から数歩遠ざかったところで、急に吐き気に襲われて引き返したのだ。「足が原因だ。」彼は百ポンドの錘をつけているかのように足を引きずらなければならなかった。「私は、足がもぎ取られる気がした。」最初は宿まで近道しようと試みたのだが、どうやら途中で卒倒したらしい。彼が最後の力を振り絞って干し草山に逃れたのは、そこでなら風から守られると思えたからだ。「きみも背中に暖かさを、干し草を感じられるだろう。」自分の妹について考えている最中に――「とても悲しい考えだった」――ぼくが近づいてくる「しょっちゅう途絶える」足音が聞こえてきたのだという。「きみが来てくれて、うれしい。偶然だったのかね。それとも私を見つけに来てくれたのかね。」偶然だった、とぼくは言った。「腰を下ろすとすぐに、足の痛みは引いた。痛みは上の方、脳の近くへと移動したのだ。」

　画家は始終足の痛みを訴えているが、「その痛みは、頭痛が軽くなると現れ、強くなり、我慢できなくなる」。彼はぼくの忠告を容れて足を高くし、夜はクッションを下に敷くようにしているのだが、「見れば分かるように効き目はない。その逆だ。腫瘍は前よりずっと大きくなった。まるで腫瘍に身体中のすべてが吸い上げられるみたいだ。この吸い上げられる感じは、私がいつも頭の中で感じているものと同じだ」。実際、腫瘍は前より大きくなっていた。しょっちゅう歩き回っているからだ。たぶんぼくが最後に見たときの二倍ほどあるだろう。しかし色はついていない。もう踝は見分けられなくなっている。「いちばんいいのはそんな足で歩き回らないことですよ」とぼくは彼に言った。「きみは、これほど恐ろしい病気をそんな呑気に扱えると思っているのかね。」――「何日かすればきっとなくなっていますよ」とぼくは言った。「跡形もなく。」――「ここの腕に新しい腫瘍の前兆が現れているのが分かるかね」と彼は言った。彼は、腫瘍の兆候が出ているという前腕部の箇所をぼくに見せたが、ぼくには何も見えなかった。ぼくはその箇所に触れてみたが、異常を見つけることはできなかった。「前兆が出ているくらい分からないのかね。きみは病に関しては鈍感だ。」彼の頭の中では「とんでもない陰謀」が進行中だ。彼がほかのだれもと同じように持ち合わせているイメージが、突如逆方向に旋回をはじめ、粉々に砕かれて「砕片になってしまうのだ。自分のすべてが病んでいて病の虜になっている事態とはもう折り合いが付いている。私のかかっているのは伝染性の病ではないと思う。私はいまの病気を発見したときからこれは不治の病だと感じた。不治の病だと」と彼は繰り返し言ってから沈黙した。ぼくたちはいつものようにぼくが先、彼が後ろの縦列となって歩き、初めは村を、次に宿を目指した。「患者は不治の病はすぐに分かる。だがたいがい患者はそのことをだれにも口外しない。不治の病は治る病気とは現れ方が全然違うのだ。」彼の血中には「ある街区をそっくり根絶やしにできるくらい」おびただしい量の毒素が含まれている。その毒素が折を見ては、繰り返し皮下のどこかにたまる。「だから私の足にこういう腫瘍ができる」と彼は言った。「大きな川の岸に船の残骸が溜まるように、私の動脈と静脈の岸辺には毒が溜まっているのだ。死はあらゆる苦痛が途絶えるということでしかない。死とはあらゆるもの、とりわけ私自身から解放されることだ。」彼と彼の死との間にもはや未解決の問題はない。「私が私の死と結んだ取り決めは双方にとって考えられる限り有利で完璧なものなのだ。」

村の人間について言うと、彼らは生涯にわたって暴飲暴食にふけっている。彼らの歯がぼろぼろになっていないか心配せざるをえない。彼らの口の両端からはおぞましくも食べ物と飲み物が流れだしている。女将は彼らに臓物スープと骨付き肉とビールジョッキを押しつけるが、彼らはまるで得体のしれないものに向けてけしかけられる犬同様に扱われているわけだ。女将はけしかけ名人だ。画家が吐き気を催さずにいない食べ物と飲み物に、技師と皮剝人は飛びかからん勢いを示す。さっきまで歌っていた者たちが、いまはがなり立てている。技師はなにやら教会に異議を唱え、皮剝人はこの村のだれそれが疫病にかかった牛を潰して平らげたという話を大声でしゃべっている。やっかいなことに昨日も彼は切り通しを下り、光の当たらない斜面を登って死んだ犬の処理をしなければならなかった。飼っている動物の死骸も自分では埋められない人間が増えているのだ。彼は心付けをもらい、質問攻めにあう。あれとこれがそうなった理由は。あそこはどうなってる。あそこから出ると、どこに着く。そんなことも知らない者ばかりなのだ。「そう神秘と言うしかない」というのが、皮剝人の口にできる唯一の答えなのだ。「神秘だ。」そして「神秘的だ」とも。するとすでに相当聞こし召している技師は「このスコラ学者めが」と言い、手にした骨付き肉を回転させる。女将は注文されたビールをいっこうに運んでこないで、気丈に行く手の障害を乗り越えながら、通りすがりのテーブルの下で足蹴を喰らわす。するとそれが見えないものだから、それを誤って解釈する者が出てくる。ときおり彼女のベッドへ来てもいいという密かな誘いの合図としてそのような足蹴を受けたことのある者は、今度もそれが自分に向けられたものと考えてしまう。女将は汗をかいていて、彼女の顎は、ちょうど彼女がいま駐在の制服の前へ押しやろうとしているソーセージのようにてかてか光っている。駐在は慌てて壁の方へ跳びすさり、自分の腹のあたりを見回さないわけにいかない。「違う、違う！」と技師が言う「そんなんじゃない！」。

自分は花崗岩の扱い方も、反抗的な人間の扱い方もよく分かっている。「それには絶対反対だ」と彼は言う「そんな必要はない。違う、違う！」それから食堂の中は喧噪に満たされ、だれの話も聞き取れなくなる。女将の娘たちはある男の膝から滑り降りると次の男の膝へ上る。「ひどい臭いだ」と画家は言うが、立ち上がる力はないようだ。「これだけ飲み干すことにしよう」と彼は言う。「ときどき思いがけず祝宴になるんだよな」と技師が言う。いい目を見ている者に対してそれほどいい目に遭っていない者は腹を立てる、と技師は言う、だがだれがよりいい目に遭っていて、だれがそれほどでないかは、だれにも分かりはしない。天国には「最後の洟垂れにもちゃんと席が用意されているんだ」。「そうだとも」と皮剝人が言う「天国にはいつも数席の余裕があるんだ」。ときどき自分が馬なしに騎行を続けようとする騎手のように思えるときがある、と暑さで弾けそうになっている技師が言う「宙に浮かんだまま、前進を続けることができる。だが空中で考え始めたとたんに、真っ逆さまに墜落してすべておじゃんになってしまうのだ」。彼らは皿が下げられた後で、歌を歌う。「マントヴァに囚われて……」食堂の壁が震える。画家はこの騒ぎの最中に自分の部屋へ引き上げる。だが静けさが訪れるのは、深夜二時になってからだ。それまではまだしこたまどんちゃん騒ぎと人間のくだらなさと全員の心の中に巣くうむなしさを耳にしなくてはならない。

# 第九日

「きみはあの酔っぱらいたちの声を聞いたかね。彼らの声を夜中過ぎまで聞いていたかね」と彼は言った。「私は一晩中まんじりともしなかった。何度か行ったり来たりした。それどころか窓を開けて、外気を入れさえした。あの恐ろしい冷気を。しかし何の役にも立たなかった。私は苦情を言いに行こうと思った。でもそれは無意味だ。無理解に出会うのが落ちだ。いちばん腹が立つのは、たえずドアが音を立てて閉められることだ。あのひどいドアの閉まる音。たえず頭をどやされているかのようだ。家中のドアがたえずバタンバタン閉まるほど悲惨なことはない。みな何も考えずにバタンとドアを閉める。それは劣等な人間の特性だ。常習的なバタンバタンというドアの閉まる音で息の根を止められることだってありうる。だれかがバタンとドアを閉めただけでも、私の一日は台無しになる。それがここでは家中のドアがしょっちゅうバタンバタン閉じられているのだ。自分がたえずバタンバタン、ドアが閉じられる家に住むことを強制されたと考えてみてくれ！　ドアを常習的にバタンバタン閉じる者たちの住む家に！　そんなところに住まわされることになったらどうなるか……」彼は「この小さな靴を、このちっぽけな靴を見てくれないか！」と言うとステッキで自分の靴の片方を指す。ぼくは彼の靴を眺める。「私の頭はひどく膨らんでしまったので、私はもう自分の靴を見ることができない。私の靴はとんでもなく小さくて、私のすねはひどく細い。とんでもなく小さく、とんでもなくちっぽけな靴だ！　自分のこの頭のことを考えれば、この両のすねはどれだけの重荷に耐えなければならないことか！　私は恐ろしく膨れあがった昆虫のように見えるのでは！　私の頭は、力持ちの男が一〇人以上寄っても全然持ち上げることができないくらい重い……そしてこの私のちっぽけな足がそれをやってのけるのだ。私はいまでは毎晩足湯を使うことにしている。それは役に立ってる。私の頭には何も見えない。すべて灰色だ。そして黄色だ。それからその二つの色が入り混じるが、私には痛み以外の何も見えない。」

頭が木にぶつかると、自分の頭ながらまるで腫れ上がった手のように感じてしまう。「いいかね。

私の頭の中には丸鋸盤が据え付けられているんだ。それが立てる騒音は、死んでしまいそうなくらいひどいものだ！　私の頭の中ではしょっちゅう巨大な木の板が挟まって詰まってしまうのだけれど、それが精確にどこなのか、ずっと下の方か、奥の方かを言うことはできない……かと思うと今度は、私の気を遠くするのは滝の音だ。きみの声はずっと遠くの方から、まるで壁越しのように聞こえてくる。もちろん私にはきみが私のすぐ隣を歩いていることは分かっている。しかしきみは私と並んではいるが、ずっと遠くの方を歩いているような気がするのだ。私にはきみの足音が聞こえる。きみも私同様雪を踏みしめて歩いている。きみが雪を踏みしめながら歩くのが聞こえる。きみは私を引っぱって歩いている。きみは私がいっしょに歩くよう強制する。これは無理強いだ……。若さはつねに痛みから自由だ。」と彼は付け加えた。ぼくたちは教会と村の中間まで来ていた。ときおり教会も村も見えなくなった。巨大な霧の塊が谷の中に押し入ってきたからだ。「青春は愁い知らずだ、抑圧もなければ、希望を断たれることもない、と私が言うなら、それは間違いだ。青春にあってはすべてがずっと悲惨なのだ。青春はより抑圧されている。より絶望的だ。より苦痛に満ちている。実は青春とは立ち入り不可能な領域だ。だれもそこには入れない。ほんとうの青春には。ほんとうの少年時代にも。だれもそこには入ることができない。それはほんとうか。どう思う、私はコートにブラシを掛けるべきだろうか」と彼は尋ねた。「きみはずいぶん小さな声で話すようだな。私たちのいるここは沼沢地帯だということを覚えておいたほうがいい。夏だったら私たちはとっくにおしまいになってる。暖かい季節に命取りになりかねないものが、いまはすべて凍っているんだ。」ぼくたちは干し草山のところへ行き、彼が昨日しゃがんでいた板きれの上に腰を下ろした。彼は言った「生まれつきからすると、私はたぶん理想的と呼んでいい体質なんだと思う」。彼が疲労から回復すると、ぼくたちはすぐ立ち上がって、まずはさっき来た道を少し引き返し、それから宿へ早く帰り着くために、道を折れた。「きみは宿へ戻ったら好きなものを探せばいい。何でもいい。何か好きなものを。今日はきみにプレゼントがしたいんだ。何でもいいから私の部屋で見繕ってくれ。きみは私を非難しない。きみ以外は全員が私を攻撃する。」

「みんなは私のことを何て言ってる」と彼は尋ねた「愚か者と言っているのかね。みんなは何て言っているんだ」。彼は答えを聞きたがった。「私はいらいらさせる、だからだ。私の頭がいつもみんなをいらだたせてきたのだ。いまのこのような病的状況では以前は隠されていた性格特徴までみんな表に現れてくる。頭まで上ってこなかったものまでが。ほんとうだ。こういう病気だともはや何も隠しておけなくなる。何ひとつ。いいかね、私はそういう人間だが、悪人ではない！　このゲートル姿はみんなには笑止の至りと映るんだろう。私のステッキも彼らには伊達に突いているとしか見えない。彼らとの溝は底知れぬほど深い。」次にはこう言った「一方で私はひとりになりたくないが、他方ではみんな鼻持ちならない者ばかりだ。私には何もかもが鼻持ちならないからそういうことになる。外部から彼らに、そして私に覆い被さり、私の中に入り込んでくるのだ、嫌悪感と無理だという感情が。交流はしない。無理だ。いっしょに座る！　ありえない。技師と。皮剝人と。女将と。神父と。彼らのひとりと。ありえない。一度だってそんなことはできなかった。いまの私はそういうことから縁遠くなった。だが当然彼らとの交流を繰り返し試みる。死なずにすむように。あるいは死にたいからかもしれない。」彼は、自分の自然科学的資質のなにがしかが失われた、と言った。「だが私は無能だ、底なしの無能だ。」多くの人間に非凡なところがあるが、それは洒落ほどの値打ちもない。「だが私は名もない人間だ。」

もう何日も宿には客がいない。画家とぼくだけだ。食事と食事の間は墓穴の中のように静かだ。

「私たちの墓だ」と画家は今日一度口にした。彼はステッキを何かぼくには見えないものに向けて持ち上げそして「私たちの墓だ」と繰り返した。それから彼は宿の周りを歩き回り、木陰の闇の中に姿を消した。彼は初めて何らかの理由でひとりきりになりたがったのだ。ぼくには自分の部屋へ引き上げる機会となった。ぼくは初め家に手紙を書こうと思いたち、その中ですべてを報告しようと考えた。契約について、ぼくが滞在している場所について、画家との体験について。ディテールが頭の中で組み上がり始めた。しかし、文を三つ四つ書いたところで、ぼくは紙をストーブに放り込んだ。ぼくは持ってきたヘンリー・ジェームズを読み、階下から持ってきたビールを飲んだ。「医師は人間の救い手」という、ぼくにいつもばかげた思考の軋轢をもたらしてきた言葉が浮かんできた。人間の救い手……か、とぼくは考えた。「救う」と「人間」とはなんと遠く隔たった言葉だろう。ぼくには、自分がだれかを救えるなどということは想像の外である。ぼくが医師になったとして……医師に。ぼくと医師。ぼくはまるでいま夢から醒めたような気がして、ぼくの着ている白いコートを、なぜか分からないが、手放すときが来た、と思えてくる。「人間の救い手」という言葉が頭の中を行き交い、ほんとうにしばらくぶりに頭痛がしてくる。何もかもが不可解でならない。

こんな考えに捕まってしまった以上、ヘンリー・ジェームズを読み進めることは不可能だった。ぼくは本を閉じ、上着を着ると、大きな薪を一本ストーブにくべ、宿を出て村の方を目指した。皮剝人がいるだろうと思った墓地まで行き着くのに一五分もかからなかった。私は彼に会って、彼の話をひとつ聞き出したいと思ったのだ。でも彼は墓地にはいなかった。数人の地元の女たちが礼拝堂へ造花の花束を運び入れていた。塔の時計の歯車が動く音がしたちょうどそのとき、教会の屋根からちぎれた氷の塊がぼくの足の先に落ちてきた。ぼくはびっくりして立ち止まった。もう一歩先へ進んでいたら……ぼくは、一五年くらい前にぼくのすぐ横に巨大な氷柱がシューという音を立てて落ちてきて、ぼくの袖を掠め、その風圧で身体がなぎ倒されたときのことを思いだした。あのときのぼくは取り乱して幾晩も眠ることができず、何週間も夜具を濡らしつづけた。ぼくは皮剝人に会えずにがっかりして、子供たちの墓の前を行ったり来たりした。しかししばらくするうちにそうやって歩いているのがばからしく思えてきて、我慢できずに、村の広場の行き当たりばったりの食堂に入った。ぼくは、向かい側の隅の席でカード遊びをしている村の若者たちがよく見える隅の席に座って、ビールを何杯も飲み、席を立ったのはもういい加減にできあがっている頃だった。ぼくは何度か溝にはまり、そのたびに立ち上がっては、意味もなく笑い、いつまでも宿へ戻らなかった。

宿の食堂で技師が、発電所建設工事はいままでに行われたものの中で最大のプロジェクトだと言った。すでに毎日工事の様子を見に世界中から専門家が訪れているのだそうだ。「われわれの国にそんなプロジェクトができるのかね」と画家が尋ねた。「それができるんだ」と技師は言った「国には金がある。国がいつも金をこういう大規模で有益で世界中から賛嘆されるプロジェクトにつぎ込んでくれればいいのだけれど。国はしかしたいてい浪費ばかりだ！」何十億もが毎年跡形もなく消えてしまう。その金がどこへ行ったかは分かっている。大臣たちの別荘、大臣たちの経営する工場、そしてみな散漫な経営に委ねられていて金を投じてもむだな国営企業へだ。こうした企業はみな巨額の損失を計上するが、それはみな国民の血税で穴埋めされる。「そしていちばんたくさん金が使われるのが見栄張りのためだ」と技師が言った。すると画家は言った「大臣たちが二〇台もの車を自由に使える国がどこにある。これじゃ地方はどうなるんだ」。「われわれと同じ運命を辿るのさ」と皮剝人が言った。「そうだな」と画家が言った「われわれは破産したんだ」――「破産だ」と皮剝人が言った。

自分の奢りでみなのためにワインを一リットル注文した後、技師は言った「発電所はヨーロッパ中の国に電気を送ることになる。素人にはこの発電所のような建造物は想像もつかないだろう。私自身も大体のところを知っているだけで、実際は全体の一部についてしか知らされていない。みんなごく限られた領域で働いているんだ。全体像の把握は発電所を設計した科学者たちの仕事だ。私が受け持たされているのは施工、しかもごく小さな一部分の施工でしかない。一平米の工事費がそれほど小さくない村の年間予算以上になることを考えると、ここにどれだけの投資が必要になるか想像ができるだろう。いややはり想像するのは困難だ」。画家は言った「しかし風景はあれによって醜くされる。ああいう発電所が増えれば増えるほど、私はそれが必要で、非常に役に立ち、それがこの国に建築可能なものの中でベストなものだということを否定しようというのではないし、それを否定するつもりはさらさらないが、それでもああいう発電所がより多く作られれば作られるほど、美しい土地はどんどん減ってゆくのだ。ところでこの谷はそうでなくても醜いので、これ以上醜くされることはありえないし、もともと醜くされてきているから、醜さが少々増えようが減ろうが目立ちはしないが、美しい土地だと、そしてわれわれの国は大部分が美しい土地から成り立っているのだし、美しい土地だと発電所の建設はとんでもない荒廃をもたらさずにいない。すでに国土の半分が発電所の建設で醜くされてしまった。花咲く牧場や見事な畑地や最良の森があったところに、いまは醜いコンクリートの塊しか見ることができなくなってしまった。国中がまもなく発電所の建物に埋め尽くされてしまい、近いうちに発電施設か少なくとも電柱によって視界が妨げられない場所はもはや存在しなくなることだろう」。――「そう」と皮剝人が言った「その通り」。――「大きな川もみんな醜くされてしまった」と画家が言った「なぜならまさにもっとも美しく流れているところ、もっとも風光明媚なところで堰き止められ、醜い発電所でずたずたにされてしまうからだ。私は新しい建築が気に入らないのではなく、むしろその反対だが、発電所の建物はいつも醜いのだ。われわれの国にはもうそういう発電所が何千もできている。」技師が言う「われわれの入手可能なエネルギーを利用し尽くしていけないことがあるだろうか。あらゆる国で可能な限り多数の発電所が建設されている。電力ほど貴重なものはないんだ」。それに発電所は決して画家が言ったほど醜くはない。発電所は可能な限り簡素に建てられるから、まるでずっと前からそこにあったかのように、周りの景色に溶け込むことも多い。「多くの場所で風景にとってもっぱらメリットになるようなダムが造られている」と技師は言う。「醜い村や沼沢地や不毛な休閑地は一夜にして水に沈んで消えてなくなる。」画家が言う「しかしダムは何度も決壊して、河流が豊かで穏やかな低地にどっと流れ込み、何百人もが命を落とすというのは、新聞でよく目にする話だ」。――「そう」と技師が言う「それはその通りだ」――「そして自分たちがなぜそんな恒常的危険に身をさらす羽目になったか、だれも分からないときている。それもそのはずでダム決壊に対してはなすすべはないんだ、そうじゃないかね、技師さん。」――「そう、なすすべはないですな。」ただしダムの決壊はきわめて稀にしか起こらない。しかももし起こったとしてそれはたいていてい人知を越えた自然の働きによるものだ。「ほら見たことか！」と画家は言った「ほら見たことか！」技師は言った「ダムの決壊はきわめて稀で、それによって人間が被る損失は、私が思うに、たいていはまったく些少でしかないから、重視するにはおよばない……」――「ほう、重視するにはおよばないと」と画家は言った「要するに重視する必要はないと。」――「その通り」と技師が言った「ほんとうに重視しなくていい。発電所の途方もないメリットを考えれば、そうなる」。――「ほう、発電所の途方もないメリットねえ！　であんたは、数十万人の死者とひとりの死者は同等でないと思っているのかね。」――「なぜそんな話になる」と技師が訊いた。「ほら」と画家が言った「見たことか、なぜそんな話になるかだと」。すると技師が言った「人間が命を落とす危険は至るところにある。そして至るところで実際人間が死んでいる。発電所によって死ぬのは極々少数だ。工夫たち、その通り。だが工夫たちは至るところの工事現場で死んでいる。この国は、いかなる事情からであれ現在建設ずみの発電所を建てていなかったら、貧乏国になっていただろう」。ところがいろいろの不都合はあるにせよ、この国はなんとか裕福だと主張できる状態にある。「発電所がもっとたくさんできれば、もっと仕合わせな国になれるのだ。」みんなその意見に賛成だった。画家だけは黙っていたが、つぎのひと言だけ口にした「そう、発電所だ」。

「技師はリヒテンシュタイン渓谷へ行ったんだ」と画家は言った「彼が渓谷へ行くことを知っていたら同行したんだが。彼は私をザンクトヨーハンまで車に乗せて行ってくれたはずだ。私があそこへ最後に行ったのは一〇年前だ。知っておかなければいけないが、あそこの滝はまるで雷だ。ところで技師はあそこで凍えるところだった。私に訊いていれば、渓谷へ行くにはどんな服装をしなければならないか教えてやったのだが！　――〈渓谷はまたとない体験だ〉と私が彼に言うと彼は〈でも猪が〉

と答えた。――〈猪だって〉と私は尋ねた〈猪。あんたはまさか猪のおとぎ話を信じているんじゃないだろうね。〉〈おとぎ話〉と彼は尋ねた。〈そうだ、おとぎ話だ。〉だって猪というのはおとぎ話なんだ。皮剝人はリヒテンシュタイン渓谷へ行くと言う者たち全員に、あそこには猪がいて、人間を襲うという話をしてきかせるんだよ、いいかね！　猪というのはまったくのおとぎ話だ。〈おとぎ話だよ〉と私が言うと、技師は、〈私はこの耳で聞いたんだ〉と言う。――〈何を聞いたんだね。猪か〉と私は言う。〈そう、猪だ。〉――〈猪だって。あんたが渓谷で猪の鳴き声を聞いたと言い張っても、あそこで聞こえたのは絶対猪ではない〉と私は言った〈なぜならリヒテンシュタイン渓谷には猪はいないからだ。猪はいないんだ〉と私は最後に言った。すると技師は言った〈ということは、あんたは皮剝人が嘘をついたと言っているんだな〉。――〈そう、皮剝人はあんたを騙したんだ〉と私は言う〈彼は渓谷へ行く人間全員を騙すんだ。〉――〈でもあれはやっぱり猪だった！〉と私の言うことを信じようとしない技師が言った。〈だったら猪だったんだろう〉と私は言う〈猪を鹿や狐と区別できないのは愚か者だけだ。あれは鹿と狐だったんだよ〉。――〈いいや、猪だった〉と技師は言った。私はくるっと向きを変えてその場を去った。いいかね」と画家は言った「このあたりには何世紀も前から猪は棲息していないのだよ。この高山地帯にはいないが、低地帯にだけはまだいて、そこではしばしば大暴れをし、死体を喰らったり、家の玄関の戸を突き破って、ベッドで寝ている人間の眠りを破ったりする。でもここには猪はいないのだ。〈毛皮の帽子を〉と私は技師に言った〈被っていかなければならなかったんだ、毛皮の帽子を。そして足にはゲートルを巻かなければならなかったんだ〉。彼はそうすべきだった、ということは認めた。しかし猪のおとぎ話は信じこんでいたのだ」。

私たちは池の畔を通りすがった。画家は言った「ここでは何人もの人間が姿を消し、二度と浮かんでこず、二度と見つからないのだ。ここで姿を消した人間たちの事例を話して聞かせてもいい。この前消えたのは肉屋の見習いの娘だった。跡形も残っていない。前の晩にベッドに寝ているところが目撃されていた。未明に行方が知れなくなった。忽然と。そんなことがありうるというのは」と画家は言った「いかにも不気味ではないかね。それともひとりの人間がかき消えても、不気味ではないのか。跡形もなく消えても。一箱分の服と、一足の靴と一冊の祈禱書以外には何も残っていなくても。そして一〇年たつというのにその人間について何の噂も聞かれなくてもか」。

ぼくは階下の食堂に座っている。人気《ひとけ》が暖かくしてくれるからだ。二階のぼくの部屋は寒く、火の気が途絶えてしまって、いまさら暖房をしなおす気にもなれない。ぼくは暖かい部屋では眠ることができないのだ。ぼくの部屋にあるのは上等の小型ストーブだ。すぐにかっかと熱くなるが、また氷のように冷たくなるのも早い。そしてぼくの部屋もそのストーブに似ている。階下の食堂でぼくは、彼らがトランプのシュナプセンかヴァッテンをやっているときはそれに加わる。画家がもう戻ってこないという確証が持てると、ぼくは彼らの席に着く。画家は、ぼくが彼らとカード遊びをするのを見るのをいやがるのだ。それともぼくは画家にはっきり言ってやるべきだろうか。ぼくはなぜ彼にはっきり伝えないのだろう。ぼくが彼に抑圧されるようなことがあってはならない。だが画家はときには自分からいっしょの席に座ることがあり、技師に発電所がらみの何かを尋ねるか、皮剝人から彼の戦争体験談のディテールを訊く。「あれはポルタヴァでの出来事だったかな」と彼は皮剝人を試すために訊く。すると彼は答える「いや、オデッサだった」、そして画家の記憶では、皮剝人は数週前にやはり「オデッサで」と、これこれの物語のしかじかの文脈で言っていたので、画家にはあの話が真実にもとづいているると分かるのだ。それは画家が好む鎌をかけるための質問なのだ。皮剝人が「そう、ポルタヴァだった」と答えていたら、それは彼の語ったその話がまったく真実にもとづいていないことの証拠になっていただろう。それとも画家は「あの娘は最後まであの男に忠実だった、そうだろう」と訊いたのだったか。

ときどきぼくは画家に、台所からビールウォーマーを取ってきてやらなくてはならなかった。だが彼はいつもそれをグラスの中に入れっぱなしにして、ビールがとても飲める代物でなくなるまで放っておき、そして「これはとても飲めたものじゃない！」と言って、押しやる。何度もビールを注文しておいて、ひと口も飲まない。画家が席を立つと、技師か皮剝人か画家の隣に居合わせただれかがそのビールを飲み干す。ときどき画家は散歩にパスカルを持ち出しもして、やおらそれをポケットから取り出しどこかのページを開いて「偉大な思想だ！」と言い、一節を読むような振りをし、ぼくを見つめてから、本をポケットにしまう。それから「ブレーズ・パスカル、一六二三年生まれ、偉人の最たる者！」と言う。ぼくが床に就くのは、二時になりそうだ。最後にまだ座っているのは、技師と皮剝人と女将とぼくだ。カードはテーブルの上に置かれているかと思うと、ぼくたちの手の中にある。女将がゲームの進行具合を記録中だ。壁で時計がチクタクいっている。戸外では世界が寒さに縮み上がる。「一年前まで犬を飼っていたのよ、シェパードをね」と女将が窓から外を覗いた後に言った。彼女の目に映ったのは不安だけだった。光は弱く、一時に近づく頃、目が痛くなる。二階の部屋で、なぜだか分からないが、とても寂しく思えてくる。寒さがひどく何時間たっても身体が温まらない。

「この木の前にずっと立っているけど」とぼくは言う「これが何の木か分からない。これは何だろう。

そして人間もひとり立っているけれど、それがだれか分からない。ぼくには何も分からない。まもなく上に戻ると思うと、また寒くなり、それから暗くなる。あなたには分かるんだろうか。」――「俺に」と皮剝人は言った「なんで俺にだ」。――「あなたはあの上の黒くなっているあたりを見上げているけれど、あれは雲ですよね。そしてあなたは、暖かく暖房されている家に入っていく。そこにも人間が座っている。墓地にも人間が何人かいる。それが何なのか分かりますか。」「人間だよ」と彼は言う。「そう、人間ですよね。」突然寒くなり、凍えてきたが、ぼくはどのみち急いで宿に戻らなければならない。画家がぼくを待っていて、ぼくもすぐに戻ると約束してあった。彼はぼくに村で靴紐を買ってくるよう頼んでいた。ぼくは靴屋へ行き、靴紐を手に入れた。そしてそこから出てきて、村の広場に立った。「そうだ、こういうわけなんだ」、とぼくは自分に向かって言った。そしてすぐその後に「靴紐だ」と。それからひと走り墓地へ向かう。墓掘人に訊きたいことがあるのだ。しかし上の墓に着くと、何を聞きたかったのか全然思い出せない。彼は、ぼくの記憶の中で数分前に立っているのを見たのと寸分違わないところに立っている。夢の中で見たのと同じ場所にと言ってもいい。彼はぼくが思った通りの服装をしている。彼は墓穴の中から出てきて、ぼくは画家に頼まれた靴紐をしまう。「ぼくはあなたに訊きたいことがあったんだけれど、いまはそれが何だったか全然思い出せない」とぼくは言う。「完全に忘れてしまった。」――「俺に何かを訊きたいって」と彼は言い、また墓穴の中に戻って行く。ぼくには彼の頭が見えるが、一歩前に出ると、背中も見えてくる。「墓だ」とぼくは言う。彼が言う「なんで墓なんだ」――「だってそれは墓でしょう。そうじゃなかったら何なんです。ずいぶん深い墓だ。」――「墓だよ、その通り」と彼は言う。「でもなぜ訊くんだ。」――「なぜかですか。それにしてもこの墓はなんて深いんだろう」とぼくは言う。人間はしばらくこの世を、ある程度あちこち歩き回ったと思えるだけ、あちこちした後――でもだれがそう言うのだろう――みなそういう墓の中へ転げ落ちる。人間にこの世――あるいは何と呼んでもいいが――をしばらくうろつき回らせておき、その後で墓の中へ、銘々の墓の中へ埋めさせるなどということを思いついたのはだれだろうか。「これは古木ですね」とぼくは皮剝人に言う。すると彼が「そうだ古木だ」と答える。そしてしばらくしてぼくは同じことをある人間について言うが、自分では同じことを言っていることが分からない。ぼくは言う「あの人はもう老人ですよね」。――「そうだ」と皮剝人が言う「もう老人だ！」それから「司祭館はどうですか、寒いんでしょうか」。――「そうだ」と彼は言う「とても寒い、ひどく寒い」。そしてぼくが言う「町はどうです。人が多いんでしょう」。――「そう、おおぜいだ」と彼は言う。「で、明日の天気はどうなります。期待できますか。」――「期待って。そうだな」と彼は言う「期待ならできる」。――「で、なぜ今日もう掘らなければならないんですか、墓を。埋葬はだってあさってなんでしょう。」――「なぜかって。あさってだよ埋葬は」と彼は言う。「あさっての午後ですよね。」――「そう、あさっての午後だ。」――「その下は寒いにきまってますよね」とぼくは言う。すると彼が言う「寒い。そうだ、寒いにきまってるよ、この下は」。確実に分かっているのは何だろう。彼はぼくと同じ道を帰るのだろうか、ぼくは皮剝人に訊いてみる。そう、彼は同じ道を帰る。彼はリュックの中に何を入れているのだろう、とぼくは考える。ぼくたちは村へ近道を通って帰ることにする。もっとしっかりした靴を履いてくるのだった！　皮剝人は言う「戦争中はこのあたりは犯罪だらけだった。俺が戻ってきた戦後も、自転車やひとかけらのパンがもとで頭をぶち割られたやつがおおぜいいた。いいかね、フランス人が囚人を刑務所から出し、このあたりは釈放された囚人だらけになって、どの村でも一枚の毛布や老いぼれた馬が原因で殺人事件が起こった。そして次はその復讐だ！」と皮剝人は言った。「画家はあんたにその話をしなかったのかね。彼は戦時中と戦後にかけて妹とヴェングに住んでいた。あの頃百姓たちは彼をずいぶんな目に遭わせたもんだ。」画家はしばらく宿の屋根裏に住まわなければならなかった。「部屋が全部兵隊に占領されていたからだ。」彼らは亭主を逮捕し、壁の前に立たせて銃殺しようとした。「なぜだかは分からない。だが最後になって銃殺は取りやめになった。」セルロイド工場は戦時中は「武器しか作っていなかった」。工場を爆撃しようとした飛行機は、山頂にひっかかって粉々になるか、何ひとつ見ることができずに引き返すかしたものだ。復員兵だった彼は何週間も干草小屋の中に隠れていなくてはならなかった。「何日も麦畑の中で野宿した。あの頃は麦の背が高かったのだ。育ち立ての蕪と生麦を食っていた」と彼は言った。「谷は実に静かだった。」あちこちでまだ銃声が聞こえた。列車はない。何もなかった。「落ちた橋はみんな水に浸かっていた。」爆破された岩の塊が線路の上にごろごろしていた。「どの家の前にも歩哨が立っていた。」ある日兵隊は姿を消し、彼は麦畑を出て村に入った。古着のズボンと上着を手に入れ、軍服を脱ぐと、いまも着ているその古着のズボンと上着を着た。それから村役場に名乗り出たが、そこでは男ならだれでも大歓迎だった。墓掘人が必要とされていた。「俺はすぐにいまの職に就いたんだ。」彼が皮剝人になったのは、その一週間後、落葉松の森の中で二〇〇頭の射殺された馬が見つかったときだ。死んだ馬はもう何日もひどい悪臭を放っていたが、その臭いがどこから来るか分かっていなかった。風向きが反対だったからだと思うが、そうでなければとても我慢できなかっただろう。「俺は昼も夜も働かなければならなかった。射殺された兵隊と射殺された馬を別々にしなければならなかった。俺たちは馬にはさっさと火を放った。大きな火になった」と皮剝人は言った。「兵隊たちは積み重ねるようにして埋めた。あの馬に乗ってどこかからやって来た何百人もの若い兵士たちだ。どこから来たかだれも知らないし、だれが射殺したのかも分からない。推測ではフランス軍の機関銃だというのだが……そう、そう推測されているんだ。」村の広場で別れるとき、彼は言った「すごい死臭だった」。そしてぼくは郵便局へ行ったのだ。

# 第一〇日

今日ぼくは初めて画家シュトラウホの夢を見、その夢の後、もしくはその夢の最中に、自分がもう長いこと夢を見ていないこと、というかいずれにせよ最近見た夢をひとつも思い出せないことに気づいたが、でもそれは明らかに誤謬、それも「死から気をそらすための誤謬」でしかない、というのも「夢を見ない人間」はおらず、夜は夢であり夢以外の何ものでもないからであり、夢は人間には見ることのできない、意識を遮断した上で進行する知覚によりかろうじて知覚可能なものであるのだけれど、要するにぼくは初めてシュトラウホを夢に見たのだ。ぼくはとある大都市の総合病院の、ぼくがいままでに見、中へ立ち入ったことのあるさまざまな総合病院の寄せ集めである巨大な建物の中にいたが、すでに医師の地位についており、ぼくがこの大病院の中を歩くとき四方からぼくについて言っているのが聞こえる声に従うなら「名望のある医師」「有名な先生」「大家《たいか》」なのであったが、ぼくにはこの「大家」という言葉がいたるところから、ありとあらゆる方角から聞こえてき、何もかもがその「大家」という言葉にかき消されてひとつのうなりとなり、合間合間に「医学の大家」という言葉も聞こえてきたが、こういう言葉の間を縫って回診するのは苦行でしかないので、小走りに走ろうとしてみたが、やはり走ることはできなかった、というのも「大家が病室を走り回るわけにはいかない」と考えたからであり、ぼくは自制したのではなく、制止させられたのだった。ぼくは大病室をいくつも診察して回ったが、そのどこでもおびただしい患者がぼくを待っていて、ぼくにお辞儀をし、頭を妙な恰好で床に押しつけるので、ぼくには彼らの顔が見えず、長く、痩せているか太っているか脂ぎった背中しか見ることができず、ぼくが見たのはその人間たちの背中と獣の前足じみた腕だけだったのだが、奇妙なことにぼくは彼らの名前を言うことができ、実際に何人かの名を呼び上げると、苦痛なことにぼくから名を呼ばれた者たちが患者集団の中から歩み出てきて、見るも恐ろしい表情を取っかえ引っかえしながら自分の病歴を語ってきかせるのだった。ぼくは後ろに一列の医師たちを引き連れていたが、その中には下級医シュトラウホもいるし、ぼくの試験官を務めた、あるいはこれからぼくの試験官を務める予定の大家たちもいて、彼らがぼくの後ろであたかも「医学的匿名性」の刑を受けたかのように恐ろしく硬直した医師集団をなしていて、みなが、どうやらぼくが発したとおぼしい言葉にいっせいに反応するのだった。ぼくは言ったのだ「生を禁じる状況はもちろん存在する！」（この言葉をぼくは精確に記憶している）と。この言葉に対する彼らの反応は次のようだった。彼らは、ぼくのこの言葉に反対しているらしい患者たちの思考能力を全否定し、頭越しにしかりつけた。患者たちのうちでその高飛車な態度を受け付けない者たちは排除された、というか不可視化された、とはつまりぼくの見えないところに連れて行かれた。医師団はこれを受けてものすごい笑いを爆発させた。ぼくは言った「生は個別の生を禁じるのだ」。これを受けて彼らは、このぼくの二番目の言葉について何か言ったならその患者にはひどい罰を科すると言って脅したうえ、医師たち自身はさらに大きな笑い声を立てた。その笑い声が耐えがたくなったぼくは、別の部屋へ逃げ出したが、ぼくが入っていったのは屠畜場を思わせる白いタイル張りの部屋で、まったくがらんとしていて、医師団はぼくをそこへたったひとりで入っていかせたのだった。ぼくはしかし医師団が、ぼくの背後で閉じられたドアの向こうに立っているのを感じた。突如ぼくは部屋の中央に手術台を見たが、最初その手術台は空だった。ところが突然画家シュトラウホがその手術台にベルトでくくりつけられているのを見たのだった。突然ぼくの目の前にはいつでも手に取れる状態の手術道具一式が浮かんでいた。シュトラウホは動けないように手術台にくくりつけられていたが、その手術台がずっと半ば円を描くように動いていた。恐ろしいのは手術台がたえず動いていることで、ぼくが近づいただけで、それは動いたから、その手術台では仕事にならないということはすぐ分かった。「だめだ！」と私は大声で言った。ドアの外に威圧的に立っていた医師団はどっと笑い出した。彼らは叫んだ「手術ですよ！　さあ手術をしなさい！」医師団の笑い声に混じって何度も下級医が言っている声が聞こえた「切りなさい！　何をぐずぐずしてる！　切りなさい！　切らなきゃいけない！　始めなさい！　切らなきゃいけないのは分かっているだろう。きみは私の弟にそうする義務があるはずじゃないか！」そこでぼくは手術を始めた。どんな手術だったかはもう覚えていない。いろいろな手術を同時にしていた。脾臓・腎臓・肺・心臓・頭部を一度に切る手術だ。しかもそのすべてをたえず動いている、それどころか不規則に動いている手術台の上でやるのだ。突然ぼくは、きわめて精確な手術を施していると思い込んでいた身体を自分が完全に切り刻んでしまったことに気づいた。身体はもはや全然身体には見えなかった。ぼくが首尾一貫、非の打ちどころなく、だが完全に常軌を逸したやり方で切り刻み、次に非の打ちどころなく、だが完全に錯乱したやり方で縫い合わせたのは肉の塊のようだった。極めて厳格な方法を取って行った手術の間中、ぼくは、外で待っているのに手術室内のぼくの動きを逐一追っていた医師団からたえず笑いを浴びせられ、メスを入れるたびに笑いや反吐とともに吐き出される知ったかぶりの蘊蓄を聞かされた。最後に彼らは、手術は成功裏に終わったと宣言したが、ぼく自身は、まずすべてを「引き裂き切り開いては引き裂いたあげく、まったくあべこべに縫合した」と思っているのだった。彼らはみな手術室になだれ込んできて、大声で、ぼくは偉大な仕事を、医療手術の領域における最大の仕事を成し遂げたと言い、歓声を上げ、しまいにはぼくを抱き上げ、みんなでぼくを握手ぜめにし、ぼくの手にキスをしようと、恐ろしい大歓声を上げるのだった。彼らに胴上げされたぼくは、手術室の天井近くから下を眺めたとき、電気ショックで動いている、というか痙攣しているらしい完全に原形をとどめぬ肉塊に目が行ったが、それは完全に切り刻まれた肉塊で、規則的に血を噴き出し、たえず血を噴き出し、ものすごい量の血で、ゆっくりとだがすべてを血の中へ呑み込んでいっており、すべてを、医師団を、それこそ何もかもを呑み込んでいるのだった。下級医の叫び、弟のものすごい血流の中に呑み込まれようとしているあの恐ろしい言葉もその運命を逃れられなかった「恐れるな、手術は成功だった！　俺はおまえの兄だ、おまえの兄が言うのだ！　恐れるな、手術は成功だった……」目を覚ましたぼくは窓を開け放たずにいられなかった。そのままだと息が詰まると思ったのだ。外にはしかし月が出ていて、星が救いの綱のように輝いていた。一部はぼくも知っていた、だがやはり全然知らないと言った方が適当な、夢に出てきた医師団だが、彼らは子供の声をしていた。一九歳から七〇歳の間の多くは太った腹とむくんだ顔をした男からなるあの医師団が三歳、四歳、あるいは一三歳か一四歳の子供のように叫んだり笑ったりするところを想像しなくてはならないのだ。

「きみを一度救貧院に案内したいと思っている」と画家が言った。「たぶんきみのようにまだ経験を積んでいない人間が――そう言っても間違いではないだろう――」と彼は言った「およそありうる人間の悲惨の極みを、老いぼれて訳の分からぬことをつぶやくばかりの人間の群れを一瞥しておくのは悪いことではない。きみはまさか、私が頭を抱えてこの若者をこんなところへ連れてきて、水頭症患者と飲んだくれの顔や腫れあがったニコチン中毒者の足やカトリック教年金生活者の愚かさにつきあわせるんじゃなかったと後悔しなければならないほどひどく怖じ気づきはしないだろう。年寄りはもう食べることしか関心がない」と画家は言った「爺さんたちは悪魔のまかない宿の下宿人、婆さんたちは天国の雌牛の乳搾りだ！　あそこで彼らから身を守るなんてできっこない！　あのひどい悪臭！」と画家は言った「いったん救貧院に足を踏み入れたら、腐った林檎の臭いか雑貨屋のブラシの腐った臭いか区別はできなくなる。いちばんいいのは息を止めていることだ」と画家は言った「そこで起こるいっさいに対して息を止めているのだ！　しかしそれでもきみの胸はすぐ腐敗の臭いに充たされる。きみは突然息を吐くことができなくなり、汚れと老いと救いようのないむだの臭い、あの陰鬱でむっとする膿の臭いを外に吐き出せなくなるのだ。そうそう」と画家は言った「きみを連れて行こう。きみを案内しよう。きみは女院長の前で膝を曲げてお辞儀をする。きみはきみの簡単な物語、きみの来歴を語ることになるが、するとすぐに頭をどやしつけられる。きみはずたずたにされずにいない！　老人は死んだ若者の死体からすべてを剝ぎ取る。老人は死体剝ぎだ。老年は青春を貪り喰らう」と彼は言った。「私が救貧院に行って、席に着くと」と画家は言った「私はパンとミルクを振る舞われるのだが、その後でシュナップスまで飲まされそうになる。しかし私は言う。シュナップスはいらん、いやいや、シュナップスはいらんよ、と私は言う、絶対にシュナップスはいらん。私は拒むが、グラスにはシュナップスがなみなみ注がれる。でも私は口を付けずに言う、いや、私は飲まん。すると院長はシュナップスを瓶に注ぎ戻す。私は彼女が金を要求するのを知っている。ここではみんな金を欲しがる、村中が私の金を欲しがる、全員がなにがしかを欲しがる。彼らは私をばかだと思っている。結局みんなが私をばかだと、底なしのばかだと思っている、というのも私が彼らにふんだんにばらまいてきたからだ、何年もの間、彼らみんなに忠告や助言や注釈や助力や援助や金を、そう金までをふんだんに振りまいたからだ。この汚物の穴の中へ大金を投げ捨て、放りこんできたからなのだ……私はあそこへ行って」と画家は言った「シュナップスを拒否し、あの手の無心話を聞いてやり、援助を〈ほんのささやかな援助でいいので〉お願いしたい、そうすれば〈主が〉私に〈かならずお報い下さる〉（どこの主だ。）という話に耳を傾け、そういう話を全部聞き、院長を眺め、彼女が両足でミシンを踏むのを聞く。彼女はミシンを踏みながら、すり切れた男物のワイシャツを針の下をくぐらせて胸元に引き寄せ、次に上着にもミシンを掛ける。私はそこから彼女の顔を、その幅広でぶよぶよの顔を覗きこみ、膨れあがった手と大きくて汚い爪に目をやり、縁なし帽の下、雪のように白いその尼僧帽の下を覗きこみながら、考える、ああこれが救貧院の夜なのだ、いつも同じ夜、一〇〇〇年前、五〇〇〇年前からまったく変わることのない夜、みんなで縫いものをし、みんなでスープをすすり、みんなで食べ、みんなで祈り、みんなで嘘をつき、みんなで眠り、みんなで悪臭を立てる夜なのだ。そうかこれが、と私は考える、だれも変えようと思う者も、その存在について考えてみる者もいない夜、世界から排除される忌むべき夜なのだ、と。きみにも知っておいてもらわなければならないが」と画家は言った「そこに私は一時間座ったあげくに、ひとりの老桶職人のために、いいね、助成金を出す用意があると宣言する。皮ズボンを穿き、ローデン地の上着とリンネルのシャツを着、頭には毛皮の帽子を被った白髪の老桶職人のためにだ。私はいかにも教会らしいばかげた思いつきである聖セヴェリン暦を院長から買い上げる用意があるとも言う。そのとき私は、男がひとり壁沿いのベンチに、全然動かずに、いいね、聖セヴェリン暦を胸に載せてじっと横になっているのに気づく。男は院長の後ろに寝ているのだが、私はその男は死んでいるのでは、と考える、実際死んでいるじゃないか、と私は自分に向かって言う。そして自問する、この男が死んでいないことがありうるだろうか、死人はまさにこういう風に見えるものだ、年老いた死人は。私が長いこと彼、つまりこの死人の存在に気づかなかったのはなぜだろう。彼は、硬直して痩せた脚をまるで永遠の顎の中へ差し込まれたかのように伸ばして寝ている。しかし死んだ男がここに寝ているなんてありえない！　まさかこんなところに！　まさかこんな時間に！　私がその男の存在にずっと気づかずにいたのは、暗がりだったせいもあるが、院長がたわいのない聖セヴェリン暦の話で私の注意を自分に惹きつけていたからでもあった。〈私たちの聖セヴェリン暦は〉と院長は繰り返し言った〈私たちの聖セヴェリン暦はコンゴの貧しい人たちの役に立っています、コンゴの貧しい人たちの……〉その同じセリフをもう一時間も聞いている、と私は考え、死者のところへ行くために立ち上がろうとしたが、そのとき突然男が身じろぎするのが見えた。男はベンチの上で身じろぎをすると、腹の上に置かれていた聖セヴェリン暦を、読むことができるように自分の顎のところまで引きよせたのだ。ということは、男は死んではいない！　しかしもうずっと、と私は考える、男は死人のように見えているし、死人とはまさにその男のように見えるものを言うのだから、男はやはり死んでいるのだ！　私には、男が腕を動かして暦のページをめくるのが、一心不乱に暦のページをめくるのが見えるのだが、身体の方はじっと静止したままなので、私はまた、これは死人だろう！　と考える。しかし今度は呼吸が、この〈死者〉が初めて立てる呼吸の音が聞こえてくる。私は愕然とした、何よりも自分の迂闊さに愕然とした、というのも私はその男の存在に長いこと気づかなかったからだ。院長は、自分の部屋にもうひとりの人間がいるとはひと言も言わなかった。私は暗くて男が見えなかった。一時間ほどたったとき突然彼の身体と頭とそしてたぶん脚が見えたのだが、原因は不明ながらほとんど気づかぬほどわずかに、しかしその男の姿を見るに十分なだけあたりが明るくなったため、あるいはたぶん私の目が突然闇に慣れたためであっただろう（見えずにいた、いいかね、長いこと見えずにいた私の目が、急に見えるようになっていたのだ）。突然私は男を見た、というか私の目がその死者を捉えたのだ。彼はまるで一本の薪のようにそこに倒れていたが、その薪が呼吸をし、暦をめくっていたのだ。私は院長に言った〈そこにだれか寝ていますよ！〉しかし彼女はそれに全然反応しなかった。彼女はその前に切り取った袖を縫っているところだった。〈そこに人が寝てますよ！〉彼女は私に目もくれずに答えた〈人、そうね〉。彼女がそう口にする仕方は恐ろしいものだった。私は〈この人はまるで子供みたいに寝ている〉と言おうとした。だが実際に私の口から出たのは〈この人はあなたの後ろでまるで犬みたいに寝てる。ここで何をしてるんです、彼は〉という言葉だった。この手の人間はこちらの話は聞いていない、と私はすぐ考えた、だから彼については気兼ねせずに院長と話をしてもかまわない。〈彼は聖セヴェリン暦を読んでいますよ〉と私は言った〈こんなに暗い、ほとんど真っ暗なところで〉。〈そう〉と院長は言った〈この人は聖セヴェリン暦を読んでいるのです〉。私は笑わずにいられなかった！　私は笑い出し、爆笑したが、なによりも自分がこの男を死人だと思いこんでいたこと、ずっと死人だと思い込んでいたことに気づいたからだった。私は、〈この人をずっと死人だと思い込んでいたんですよ〉と口に出しもした。私はおかしくて立ち上がらずにいられなかった。私は行ったり来たりせずにいられなかった。〈死人だと思っていたんですよ！〉と私は大声で言った〈死人だとね！〉それから私は突然、いいかね、汚い池の水面にぽっかり浮かんだような男の顔を覗きこんで愕然としたのだ。〈この男は真っ暗闇の中で読んでる〉と私は言った。院長が言った〈彼はみんな知ってるんです、暦の中に書かれていることはなんでも知ってる。みんな暗記しているんです〉と彼女は言った。彼女はその場から一歩も動かずに、ミシンを踏んでいた。〈この人は私のところへ来ていないと怖がって〉と彼女は言った〈大声を出すから、建物中が大騒ぎになります。ここにいさせてあげれば、みんな静かでいられるし、この人も静かにしています。でもこの人がついにいなくなるまで、そんなに時間はかかりません〉。――〈ついにいなくなる〉というのは院長が実際に口にした言葉だ。彼女は、老人のためにフラノのシャツ地を数メートル寄付するよう私に頼んだが、私は、それについては考えてみる、よく考えてから返事をすると答えた。私はフラノのシャツ地のことで煩わされるのはもってのほかだと感じていた。それから院長は、ミシンの前を離れずに、いいかね、自分の子供の頃の思い出を語ったのだ。彼女の父親はトラクターに押しつぶされて死に、いいかね、猟師の見習いだった兄は、厭世観に囚われて自分の頭を撃ち抜いて死んだ。取り立てて言うほどのことでもない。院長は話の回りくどい、身体中がむくみやすいタイプの人間だ」と画家は言った。「しかし私はきみにもっと大事な話をしておかなければならない。そうやって座っていた私がそろそろ暇を告げようとしかけたとき、どしんという恐ろしい音がし、私は思わず飛び上った。老人がベンチから落ちて――死んでいた。院長が彼の目を閉じてやり、私に、遺体をベンチに戻すのを手伝ってくれと頼んだ。私はふるえながらそうした。いま私は死者の空気を吸っているのだと、考えた後で、別れを告げた。帰り道を辿る間中、肺の中が死者の空気でいっぱいだと感じていた。私は間違っていなかった、ずっと間違ってはいなかった、あの男は死んでいた、初めから死んでいたのだ。たぶん私の見た彼の動作は私の空想が描き出したものにすぎず、彼はずっと前から死んでいたのだ、そうでしかありえなかった。院長が彼の上着をミシンで繕っている間も、彼のシャツを縫っている間も彼は死んでいた、というのも院長がミシンの針の下を、腹立たしげな表情、恐ろしく腹立たしげな表情で、あっちへ引っ張りこっちへ引っ張りしていたのは彼の上着であり、彼のシャツだったからだ。彼は私がそこへ足を踏み入れるずっと前から死んでいたのだ。確信を持ってそう断言してかまわない。」画家は一歩後ろに下がると、ステッキで雪の上になにやら描き始めた。しばらくして、それが救貧院の院長の居室の平面図らしいと分かってきた。「ここに死者が横たわっていたベンチがあった。すぐ手の届く距離なのに一時間以上私の目に入らなかった。ここにミシンが置かれ、そこに院長が座っていた。ここに衣装箱があり、いいかね、ここに院長のベッド、そこに彼女の箪笥、私は、いいね、ここに座っていたんだ。私がそこのドアから入って挨拶し、近づいて行くとすぐに、彼女は私に寄付をさせ、聖セヴェリン暦を買わせようと説得し始めた。私はしかしだらだらと返事をひきのばした。私はいままでいつも彼女と部屋にふたりきりだったのと同様、このときも部屋にいるのはふたりだけだと思っていた。だれが院長の部屋にもうひとり人がいるなどと思っただろうか。しかし何か妙な気がしていた。説明はできないのだが何か妙な気がしていたのだ。私は院長にすると急にあたりが薄明るくなって、年老いた男の痩せこけた身体の輪郭線が目に入った。私は院長にまるで〈犬のようだ〉と言った。院長までが〈犬のよう〉という言葉を繰り返した。その男には何も聞こえていないということが、私の爆笑を誘ったのだ。ここに、いいね」と画家は言うとベンチとミシンの間に円を描いた「この場所に死者は横たわっていた。ここから私たちは死体を持ち上げたのだ。話全体が奇妙奇天烈だし、私も全然きちんとした説明ができていない。それでもきみにこの出来事を語って聞かせたのは、それが不完全な形であるにせよ、世の中に責任能力を求めてもむだだということの証明になっているからだ。この何日かのうちに」と画家は言った「いっしょに救貧院へ行ってみよう。若者は、苦しむとは何か、苦しんで死んでいくとは何か、生きながらに身体が腐るとは何かを見ておかなければいけない」。ぼくたちは急ぎ足で宿へ向かった。そのとき画家はいきなりぼくを置いて去った。年寄り特有の不気味な敏捷さだった。「待ってくださいよ!」とぼくは呼びかけた。しかし彼は耳を貸さなかった。そして前方の窪地のひとつに姿を消したのだ。

## 第一一日

女将のような人間は尊敬とか敬意とかいった言葉の意味を知らない。女将が教会へ行くのは、後ろ指をさされたくないからだ。さもないと、教会へはきちんと通うべきと思い込んでいる人間たちの間で沈没の憂き目に遭う。田舎者たちの中で溺れ死ぬほどみじめな死に方はない。彼らは自分たちの犠牲者がじたばたもがき、その頭上で波が打ち合うのを、この世のもっとも自明な出来事であるかのように涼しい顔で眺める。この場に属さぬ悪しき人間は波間に沈んでいけばよい。自分たちの言うことを無視し、何ひとつ認めなかった報いというわけだ。最初からよそ者としか思えず、それゆえ自分たちの人生に関与させるに値しない人間は。「女将はよそ者なのだ」と画家は言った。彼女は村の住人全員にとってよそ者だった。なぜなら彼女の父親はチロルの方に向いた別の谷筋の出身だからだ。彼らは女将のような人間のことを虫けらと呼ぶ。農民たちは。農民たちはここではいまなお勢力を保っている。かなり押さえ込まれてきてはいるのだが。そして三、四年前までは考えられなかったことに、プロレタリアがいまではれっきとした存在へとのしあがったきているのだが。プロレタリアとは、この三〇年間に谷へ流れ込んできて、セルロース工場と鉄道と、いまではその上に発電所の餌食となっている者たち全員のことだ。「まだ聖体の祝日の行列は行われているし」と画家は言った「キリスト昇天の祝日の行列もあるが、いつまで続くことか。カトリックはもう役割を終えた。少なくともここではだ。共産主義がどんどん伸長している。数年しないうちにここは共産主義一色に染まるだろう。そうしたら農民層は夢のようなはかない存在でしかなくなってしまう。もはや何の影響力もない」。彼は言った「女将がそれでも教会へ足を運ぶのは、いまだに農民たちに依存しているからだし、共産主義者の集会に顔を出すのは、そうすることを強制されているからだ」。彼女がいなければこの宿はとっくに所有者が代わっていただろう。「彼女の亭主はとんでもない飲んだくれで、女房ががみがみ言わなかったら、実入り以上の金を飲み代につぎ込んでいるにちがいない。」いつも酩酊状態の亭主は、「たえず体液をたれながす衰弱したヒキガエルのように生きながらえているのだが、ときどき大暴れしても大目に見てもらえるのだ」。彼はよく庭に大の字になって、口を開け、目を剝いたまま死んだように倒れていたが、シュナップスかビールを浴びるように飲んだだけのことだった。彼は家に帰るのに足で歩かず、よく馬車を頼んだ。彼には、妻がすべてを仕切っていて、すべてが彼女の意のままであり、彼の命綱を残酷かつ無慈悲に断ち切るか否かは彼女の意思次第だということが分かっているから、もはや彼女を追い払えない。その逆に彼女の方はしたい放題なんでもすることができる。彼女に追い出されることを恐れなければならないのは、彼の方なのだ。ただし家は彼のものだという事情が、彼を未来永劫おっぽり出してしまいたいという女将の残酷きわまりない計画の妨げになっている。彼もばかではないから、家を彼女名義に書き換えることは、彼女がいかに執拗に迫ろうが、いつも巧みに拒み、窪地にある地所と宿からなる財産の一部を彼女に譲ることも拒みつづけた。そういうわけで彼女は恐らく最後まで亭主に煩わされつづけるだろう。「彼はつけ払いで飲みほうけている穴蔵のような場所から」と画家は言った「引きずり出されることが多かった」。女将は三週間ごとに夫の飲み代を払いに村中の飲み屋の亭主を訪ねて回った。彼女は競争相手である彼らに、今後自分の夫にはいっさい酒を出さないでくれと頼んだ。しかし彼らは女将の頼みを無視しつづけた。どの飲み屋の亭主も別の店の亭主をじわじわ葬り去ることができれば、喜んでそうする。亭主たちは彼を励ましさえしたのだ。彼が出所してきたなら、また同じことが蒸し返されるだろう。女将は亭主のつけを払いに回るとき、彼といっしょに飲み食いする「出し惜しみをしない」女たちの話を聞かされることが多かったが、彼女はそれにはもう慣れっこだったし、ちゃんと落とし前はつけていた。女将は道路工夫の娘だが、父親は死んだとき、自分の葬儀費用以上の金を遺さなかった。彼女は一四歳で農家の乳搾りになった。彼女はいつもよい働き手だったが、亭主はその噂を聞きつけて彼女を宿に連れていったのだ。

画家シュトラウホはすべてを流動化させるタイプの人間に属する。彼の手が触れるものは、溶け出すのだ。その性格は、強固そのものである。「私を見ることができないとしたら、見る目がないからだ」と、そして「原理というものはすべて数千年の時間を始動させる力を秘めている」と彼は言った。また「すべての行為はもうひとつの別の行為を前提とし、ひとつの種はもうひとつの別の種を、ひとつの意味はもうひとつの別の意味を前提とし、深遠な意味は無意味を、あるいはその逆に無意味は深遠な意味を前提とするか、あるいは併存を要求する」とも言った。朝食は彼にとっては「しち面倒くさい儀式だ。私がスプーンを手にしたとたん滑稽きわまりないことばかり起きる。無意味なことばかり。角砂糖が私に狙いを定める。出てくるパンもミルクも悲惨としかいいようがない。こうして底意地の悪い甘ったるさとともに一日が始まるのだ」。彼は、彼には低すぎる椅子に腰掛けている。それでもその頭はぼくの頭より上にある。彼はぼくを見下ろし、鋭いまなざしでぼくを射すくめる。「自分の中に忘恩の徒を生み出すことが肝腎だ」と彼は言う「なにごともそれが空恐ろしいものであることが分かるまでは取り合わないことだ。事実つまり恐ろしいことがうずたかく積み上がると、小心者は慌ててテーブルを突きのけ自分だけ逃れようと試みるが、上から頭をどやされるのが落ちだ」。分別の働きなどその程度のもので、「待ち受けているのはまたしても破綻でしか」ありえない。「そのふたつの私についての観念は、併走しながらその吠え声であたりの物音をすべてかき消す二匹の犬のようだ。」ものの感得を簡便にするためと称してみだりに行われる破壊。彼は小声で囁いては、その囁き声が岩壁を震わせるのに耳を澄ます。「おのれの深淵の深さへの義務が存在する」と彼は言う。彼が一度縮み込むと、こちらがさっと席を立つというような情け容赦のないやり方をしない限り、彼に自分を取り戻させ、自分の中から出てこさせることはできない。「この部屋の中のひどさときたら！」といったコメントによってでもいい。彼は一生続く不正のごとき自分自身という解体装置の支配下に置かれているのだ。

「ほとんど弊害ばかりだが」と彼は言う「それを取り除くことは不可能だ。青春の象徴である反抗、一般的反抗は衰えている。パワーが弱まっているのだ。すべての努力は、与えられた時間を使い果たすことに注がれる……それと知的水準とは何の関係もない。一般的には低い等級の人間の方がそうでない人間よりも世間を簡単に見限ることができる。だんだん分かってくることだが、世界と世間の間には不均衡が、破滅的な不均衡が生じている。全般的に見て、そうしたことが見えない愚か者はめったにいない。同胞とは、職業上の呼称以外の何ものでもない。何時かね。四時半か。寝る前に空気を吸うというのも、神聖な過ちのひとつだ。賢明なコメントだと思うが、〈女将の太った丸顔は、技師には何の効き目もなかった〉。そう例の技師だ」と彼は言う。「いいかね、凍てつく寒さがすべての男を歪めてしまうのだ。凍てと女が男の命取りとなる。朝早く彼は地図を開いて座っているが、それで頭が狂うわけではない。みんながいまあちこちに座っている。このあたりに腰掛けている男たち全員に給与が支払われなければならないのだ。寒さが急に襲ってくればそれだけで一〇万シリングの出費になる！　それなのに天気はいっこうによくならない！　私に関して言えば、私は寒い、苛烈な冬の日々が好きだ。」

彼がこの宿を、ケルンテン州のとある山中の村、および一度だけオペラ座の舞台を踏んだことのある、彼に言わせれば〈天賦の才の持ち主〉だがとても危険な存在でもある女性ダンサーに結びつけていることは、示唆に富む。彼はまた、あるとき彼のことをトマト泥棒と思い込んで頭を殴った八百屋をナポレオン三世に結びつけている。彼はその死を目撃した木こりについて話しているとき、すでに不意の落雷に命を奪われた四〇〇名の鉱夫の悲劇のことを考えている気がする。だがいつもその次には自分のことを考えるのだ。突風のあおりを喰らって塀に押しつけられた瞬間、彼の頭に浮かんだのはある有名な軽業師のことだったそうだ。「軽業師は猛スピードで疾駆する二頭の馬の間で四回も宙返りをして見せた。」彼が「ロンドン」と言うとき、彼の念頭にはブダペストの町外れの広場が浮かんでいる。ドナウ川下流の一部を、彼はやすやすとライン川の上流につなぎ合わせる。ある河口のデルタ地帯を別のデルタ地帯に置き替えるのもお手の物だ。「実際のところそれは私の色彩感覚だ」と彼は言う。「いくつか混ざり合った匂いの影響もある。」ぼくは、三〇歳の彼が人であふれかえったいくつもの広場を横切り、自分にとって死んだも同然の誇大妄想的な首都ウィーンに愛想をつかす場面を容易に想像できる。田舎臭さと半可通も、「絶大」で非の打ち所のないものも彼の無視の対象だ。都会への軽蔑は愚かさに起因するものではない。彼自身が都会人なのだから。彼は、自分のところへ戻ってこようとしているはるか昔に失った思考を遠く離れたところに見いだす。「殺人は蜜のような味がする」と彼は何度も感じた。彼は口で製紙業者の製造法について話しながら、両手で上着の両ポケットを探る。彼の抱くイメージは、身体が欲するよりも早いスピードで、彼の前方を進んでゆく。「すべての町並みが私の脳髄の中で途絶える」と彼は言う。さまざまな端緒とさまざまな意味が織りなす巨大システムを、彼はひとつの活発に動き回る思考に変え、その中で歴史という巨大なカオスを整序しようと努める。「私はもう何十年も前から注意力が強すぎることに悩まされてきた、きみにはそれがどういうことか分かるかね。」彼がある悲劇について語るとき、彼の顔はその悲劇に巻き込まれずにすんでいる。それはいつのことだっただろう。「私は自分の不安の記譜法を発明した」と彼は言う。彼には、自分が同時に体現している三者のうち、そこにいる彼がだれで、あそこにいる彼はだれなのか、そしていつどこに存在しているかは不明なのだ。「待ち伏せをするということと悪事を企むこととは違う。」恐ろしいものに首根っこを押さえられたら、なんであれ病的にならざるをえない、そして「無邪気に見えているものにも破壊のありとあらゆる任務が課されている、違うかね」。

彼は切り通しを通り抜けてきた。最初のうちはなんとか――「なけなしの力を振り絞って」――深い雪をかきわけながら上ることができた。「木の枝が野獣のように私の顔にぶつかってくるではないか！」彼はしかしその次にはまるで病気にかかる以前と同じようになんと駆け足になっていた。「私はほとんどもう自分を止めることができなくなっていた。私の頭が完全に私を支配していたのだ！」闇が彼を切り通しに引っ張り込んだ。「私はまっすぐ進んで、干し草山のところを通り、そこから先へ向かってもよかったのだ。しかし、そうせずに私は切り通しへ入っていった。切り通しが始まるのはまさに、私が一昨日教会行きの晴れ着姿の人たちが出てくるのを目撃した場所だ。それは、私がいまだかつて出会ったことのない、陰の世界の人間たち、私にはそう思われるのだが何千年も前の時代の人間たち、すべての傍らを掠めて過ぎるかのように歩く大きな人間たちだ。おそらくいつか気をつけるようにと注意されことがあるのだろうが、彼らは後の時代の人間の前をさっと通り過ぎてゆく。私は彼らの姿を見て大きな鹿のようだと思った。それほど堂々と、威風あたりを払うように私の前に現れたのだ。私は駆け足で切り通しの中へ入っていった。というのもそこでなら頭を切り替えることができるだろうと思ったからだ」と画家は言った。「切り通しの力を借りるならば、考えを切り替えることができると思えた。一日中ただ悲しいばかりで、子供時代の思い出と同じく逃れようがないゆえに近づくこともできないいっさいを別の方向へ転じたいと願ったのだ。」しかし彼の希望は裏切られた。切り通しの真ん中あたりで突然の降雪に襲われたのだ。そこで彼は、木の切り株に腰を下ろした。「一本の完全に朽ち果てた小さな切り株だったが、そこに腰を下ろして」雪が止むのを待とうとしたのだ。「だがどうすれば雪の降り止むのを待てるというのか。何のためにだ。」雪の降り止むのを待つことのとんでもない無意味さに即座に気づいた画家は、即座に起き上がり、次に切り通しを這って戻り始めた。「永遠に闇の中に住まう野獣のように四つん這いになって、暗闇の中を匍匐前進したのだ。」切り通しから抜け出すのに、さほどの時間はかからずにすんだ。「子供の頃から切り通しは想像するのも恐ろしい場所だった」と彼は言った。「私は、切り株に腰を下ろしていた間中、いまにも眠り込んで、命を落とすのではないかと感じていたんだ。」その感じは彼にとって心地よいものだった。その感じに支配された彼はそれを支持したので、その感じは強くなった。「快感だ」と彼は言った。「あたかも恐ろしい緊張の後で眠りに就くことができるときのように、せわしなく駆け抜けねばならなかった大都会がずっと背後に遠のいていくときのように、あるいは猛獣の前足が檻の中へ引っ込められるときのように。」眠りに就く人や獣が体勢を整えるときのように、彼もいちばん楽な体勢を取った。そのとき突然、雪の降り止むのを待つことのばからしさが突然頭に浮かんできたのだった。そこで彼は立ち上がり、そこを後にしたのだが、最初は急いで、しかし上るにつれて次第にゆっくりと、胸で雪をかきわけながら進んだ。「そこが私の墓になってもおかしくなかった」と彼は言った。

彼は自分の上着を食堂に置き忘れたと思って、もう一度階下へ降りて来た。ぼくは彼が降りてくるのを見ていながら、自分でもなぜだか分からないのだが、彼がお休みと言って別れた後でもう一度姿を見せた理由を尋ねることができなかった。ぼくは「何か入り用でも。探し物ですか」あるいは「何を探しているんです」と聞くことができたはずだった。彼はもう階段から降りてきていた。「上着が食堂に掛かったままのはずだ」と彼は言った。ぼくは食堂へ行って彼の上着を探したが、見つからなかった。ぼくは女将やほかの何人かに尋ねてみたが、彼の上着について知っている者はいなかった。画家はドアのところに立って、ぼくを見ていた。ぼくは、彼がぼくを駆り立てて、上着をそこやあそこで探させ、床に這いつくばらせ、ぼくを引っ立ててストーブと壁の間を覗かせ、食堂全体を見下ろすことのできる大きな梁の上に立たせようとするのを感じていた。ぼくには彼の上着は見つからなかった。食堂の中ははちきれんばかりに混雑していた。何人かもいっしょになって探した。見たことのない顔も多数混じっていた。発電所建設に関わる全員が集まってきているようだった。何千人もが！　まるで霧の海の中を泳いでいるようだった。立ち枯れた茂みの中から何人かがぼくの様子を窺っているかのような気がした。原生林の中のようだった。ぼくはすべての壁を点検したが、上着は見つからなかった。ぼくは抜かりがあってはいけないと思って、もう一度床を調べた。上着が落ちたかもしれなかったからだ。女将もかがみ込んだ。「いいえ上着はないわ」と彼女は言った。ぼくはさらに壁に掛かっている多くの作業着を点検した。もう一度廊下に出てみると、そこにいると思っていた画家の姿がなかった。上の部屋に戻ったのだろうか、とぼくは考えた。しかし、そんなに早く上に戻れるわけがない。「シュトラウホさん！」とぼくは呼んだ。答えはなかった。そのときぼくは玄関の扉が完全には閉まっていないのに気づいた。画家は外のベンチに座っていた。「寒さはどうでもいい」と彼は言い、いつの間にか着ていた上着にしっかりくるまった。「上着はどこで見つけたんです。」彼は散歩から帰ったときに、それを玄関の扉のフックに掛けたまま忘れたのだ。「きみはずっと私の上着を探していたのかね。」人はえてしてものをうっかり掛け忘れたり置き忘れたりして、恐ろしい混乱におちいる。「もしある日すべてが黒一色になったとしたらどうなるか、それを考えているんだ」と彼は言った。「もし黒以外に色がなくなってしまったとしたら。」それから彼は、空高くでもう長いことこれほど見事に輝いたことのなかった多数の星の説明をしてくれた。

## 第一二日

朝早くに、彼は足の腫瘍がきれいに消えてなくなったという報告でぼくを驚かせた。「もう全然跡形もないのだ」と彼は言った「すっかり引っ込んだけれど、いずれどこかでまた現れるんだろう。やがて分かるさ」。彼がぼくの部屋の戸口に立ったままだったので、中に入るように言った。「老人の毒気が部屋を汚すのが、気にならないのなら」と彼は言った。彼はぼくの部屋の窓辺まで進んで、外を見た。「きみも私と同じ景色を見ているんだな、闇の中を！」と彼は言った。「憂鬱にならないのかね。とくにいまのような日が続いたなら。きみのような人間は何年も、何十年も憂鬱の縁を歩みつづける。そして突然落下するのだ。真っ逆さまに。」彼はぼくのベッドに腰を下ろした。「法律家たちは人類史に混乱をまき散らす」と彼は言った。「法律家は悪魔の手先だ。一般的に言うなら、より愚かな者たちの愚かさが頼みの、いつでも帳尻合わせのできる悪魔的愚か者が法律家だ。」彼はまたポケットの中をまさぐった。「法学が犯罪を産む。そう、それが真実だ。法学がなければ犯罪は存在しないだろう。きみにはそれが分かっているのか。理解しがたいことだろうが、それが事実なのだ。」彼はステッキを、ぼくがソファの背もたれに掛けてあったぼくの上着にあて、襟に刺して上着を高々と持ち上げた。「若さは誉れだ」と彼は言った「それだけにとどまらず、いかなるときも爽快な気分をもたらしてくれる」。彼はぼくの上着を元の場所に戻した。「若さは理想を持たない。マゾヒスティックな観念ともまだ無縁だ。それらが現れるのはもっと後になってからだが、もちろん現れたら致命的だ。」

少なくともまだ、若いということがどういうものか想像できる。後になるほどよく想像できる」と彼は言った。「思い上がることも、混乱することも、逡巡することもなくなるから。光に接する影のようにすべてがくっきり際立ち、かたくなで言葉少なになるからだ。」彼は多くの過ちを犯したが、それはただ彼が若かったからだ。「青春とは欠陥だ。」老年の欠陥とはただが往々にして、青春の欠陥を見てしまうことなのだ。「ある若者が、青春のただ中で、若い存在であることをやめてしまうことがある」と彼は言い、それから付け加えた「きみはキリストを信じているのかね」。彼のその問いは、「明日は今日より寒くなると思うかね」という問いとほとんど等価なのだった。彼は、下の駅まで散歩をしようと思う、と言った。「まずシャットザイテへ行く。次に新聞を買う。そしてカフェーだ。ちょっと考えさせてくれ。司祭館を訪ねることはできるだろうか。救貧院を。いや、それはだめだ。いずれにせよきみもいっしょにくるんだろう。ちがうかね。」

今日彼は、ぼくがぼくの家での暮らしについて話すのを長いこと聴いていた。ぼくが友人たちとよく山や湖やあちこちの町へ出かけること、クリスマスには家族全員、つまり両親と弟と妹に聖書を読み聴かせること。この聖書を朗読する話は画家を憂いに沈ませたようだ。家の庭にはぼくたちの手植えした木が何本もあること。蠟燭や子供のときに着た服や家族みながいまも懐かしく思い出すある寒い冬に拾い集めた樅の実など、子供の頃の宝物がいっぱい詰まった箪笥のこと。ぼくたちが音信を絶やさず、いつも気遣いあっていること。ぼくたちには、いつでも門戸を開いて待っていてくれる家が何軒もあること。とっておきの森や岸辺や橇遊びに適した斜面があること。暖かい部屋にぼくたちのためのベッドと本が用意されていること、音楽好きなぼくたちは暗くなると何時間も合奏すること。

そして永遠に続くかと思われ、そのようにしつらえられていた、みなの愛していたものが突然の落雷ですべて破壊されてしまうことなどをぼくは話した。彼は、一度もぼくを遮ることなくすべてに耳を傾け、十全の安心と円居《まどい》とひとりきりの時間、自信喪失、全幅の信頼、反抗と差異、突然の停止と後戻り、不安と非難、恋と苦悩、錯覚と自明の理が辿られ、雲が湧き、降りしきる雪が町と野を暗くし、人間たちが互いに自分を取り替え合い、浮わついた日々の後に悔恨が続き、いくつもの川がのたくるように流れ、次第に生き方を忘れ去るがいったん失ったものが見いだされもする、突然の静けさと興奮が交代し、ここでは分別がかしこでは野蛮が互いに適合しようのないものを要求しつづけ、人間と人間が行き違い、自分自身に自分で気づきもせず、沈黙と悲哀の決まり文句に囚われ、意味もない徹夜が繰り返され幾千もの貴重な昼が徒らに寝て過ごされた、ぼくのさまよってきたでこぼこ道の話にじっと聞き入っていた。「私は」と、彼は、ぼくが自分とひどく黙りがちな彼に向かって何度も何度も、その通りだったんですよ、と請け合ったその午前の数時間の後に言った「自分の身の上話を聞かされたよ。目に見えるようだし、そうでしかありえなかったことも分かってる。まざまざと目に浮かぶよ。きみはきみの人生に私の人生を写し出してみせたが、あれはまがいようもなく私の人生だった」。そしてしばらくして言った「もちろんすべてがちぐはぐな前提のもとに眺められているんだが」。

ぼくは家の自室の描写を試みた。ぼくは、部屋の中を一歩一歩辿りそのすべてを目に浮かべ、壁に沿って行きつ戻りつしながら、一日の決まった時間に壁から漏れ伝わってきたり、押し入ってきたりする物音にも注意を払った。取っつきはまるで鍾乳洞の中へ入って行くほど深い鍵穴のあるドアで、その穴から戻って出てくると、今度は継ぎ目に沿って隅っこまで上ってゆくが、そこはいつも埃が溜まる場所で、湿った埃が乾いて塊になったものが蠅の糞でますます固くなる。そこからしばらく上に沿って行ったあと、突然床に降りたって、絨毯の表面の模様すなわちアラビアの塔の窓のディテールや花弁や階段や寺院と暑さで動きを止めた海面の眺めを堪能する。鍵穴からタンスの中へ入り込むと、そこにいっぱいに詰め込まれた夏物の衣類の臭いで半死状態にさせられ暗がりの中をもうろう状態で出口を探り、外へ出ると庭を見下ろす窓台に逃れる。次は荒々しい褐色で美しい町の秋景色を描いた風景画だ。山の絵には下山して渓谷へ向かうハイカーが描かれている。金色の額縁に彫られた心筋のような模様を目で辿る。祖父の肖像そして祖母の肖像。弟から来た手紙が狩猟画の画面を三分の一隠しているのだが、その絵には、遠くにいる人物たちをバグパイプの吹奏でダンスに誘う狩人が描かれている。それから机とベッドとソファ、床板、壁の鋳。そしてすべてがすべてと関連しているのだ。たとえば銅版画は城と、城は湖水と、湖水は丘と、丘は山並みと、山並みは背後の海と、そして海は人間たちと、その人間たちの着ている衣装は、ある夏の夜と、そしてぼくたちのボートが真夜中をとっくに過ぎてもまだ漂い続けていた川面の空気とに関係していた。あるいは祖父の肖像画は、あるビール醸造所、ある自殺者、葦の上を滑らすように川カマスを引きあげている漁師に関連がある。ぼくは言った「あらゆる対象つまりすべてがすべてに通じています。これはすべてを証明していませんか」。しかし画家はぼくに答えなかった。突然ぼくは、彼がぼくの話を全然聞いておらず、ぼくの考えや、それを何とか表現しようという努力に完全に無関心だったことに気づいた。というのも彼は、次のように言ったのだ「食堂で食事をしなければならないというのはひどい話だ。女将は私の部屋へ食事を持ってこさせるくらいできるだろうに。娘のひとりに運ばせたらいいのだ。食堂に座らされるのは拷問も同然だ。もっとも私はいらだつことを自分から求めてもいるのだが。体臭に」と彼は言った「吐き気を覚える。労務者の体臭を嗅ぐといつだって吐き気がした。でもたえず惹きつけられもした。そう、それが真実だ。私が少しでも早く来ると食事はできておらず、少しでも遅く来るともう何も残っていない。みんなが貪るのを見ると、象の鼻か猛禽の爪の持ち主のようだ。」と彼は言った。「下の食堂はどこもここよりずっと儲かっている。みな法外な利益を上げているのだ。ここに上って来るのは下で厄介者扱いを受けている者たちばかり。下で首が回らないくらい借金をこさえたか、何らかの理由で下にはもう顔を出せなくなった者たちだ。下では巨大な鍋で料理を作っている。どの料理にもいちばん安いラードかオイルが使われる。ここの女将は違う！　もっとも彼女も、豚や鵞鳥の安い脂を使うし、前にも匂わせたように馬肉や犬の肉を混ぜたりはするのだが。私は人間が集まる場所はいつだっていやでいやでたまらなかった。」

「午前に靴を磨いていた私は、というのもここの靴の磨き方はいい加減だから、後から布で磨き直さなければならないからだが、女将が上の娘を殴るところを見てしまった。突然、虐待を知らせる音が聞こえたのだ。女将は娘の頭を何か硬いもので殴ったにちがいない。私は娘が頭から血を流しながら下を走って行くのを見た。彼女はマロニエの木の下に倒れ伏した。彼女は両手で頭を抱えていた。おそらく娘は夜の半分を下の鉄道員たちのところで過ごしてきたらしい。私は、後で部屋にいるのが耐えがたくなったので外へ出て下へ降りていくとき、雪の中に落ちている血痕を目にした。切れ切れの言葉が窓に打ちかかっていた。みなはもう郵便局へ向かって宿を出たところだったが、私は一部始終を目撃した。たぶん娘は踏切番の息子と夜をいっしょに過ごしたらしかった。〈売女！〉と言うのが聞こえた〈売女！〉女将は私がもう外出したと思っていたのだろう。さもなければあそこまでみっともなく我を忘れることはなかったはずだ。あまりの痛みに娘は木の下で身体を丸めていた。まだ一四歳にもなっていなかった。きみもあの背の高い若者、踏切番の息子が気になっていたはずだ。彼はセルロース工場で働いている。彼は女将のいないときしか旅館には顔を出さない。いまはもう何日も彼の顔を見ていない。皮剝人が技師といっしょに歌をうたったときは、がっしりして日に焼けたあの若者もいた。きっと会っているはずだ。昼頃、娘は家を出て行ったらしい。恋人といっしょに列車に乗ったそうだ。とんでもなく強烈な印象が残った。とくにあの娘の寄る辺なさにはぞっとさせられた。女将は火かき棒で殴ったのだ。いいかね、火かき棒だよ。まるで屠畜場の親方のように自分の娘に襲いかかったのだ。」

下の工事現場で、ぼくは自分が青い作業ズボンを穿いて大きな橋の上を歩いていたときのことを思いだしていた。空気はひんやりとしていて、騒音はまだ目覚めていなかった。朝が山を下って家々のなかへ入ってくると、そこではみながその日一日の別れを告げているところだった。彼らは大慌てでコーヒーを飲み干し、妻がバターを塗ってくれたパンを歩きながら食べる者もいれば、何も食べずに空腹のまま現場で作業を始める者もいた。シャベルの最初のひと掘りが一瞬にして吐き気を忘れさせた。二〇歳だったぼくは、体力ではほかのだれよりも優っていて、「疲れ」というものを知らなかった。大きなコンクリートミキサーと「ツヴェットラー建設株式会社」という社名を記したパワーショベルが穴の中に立っているぼくたちみなの頭上にそびえ立っていた。寒い秋の日だったのだが、ぼくたちはほんの少し後には服を脱いでズボンだけになっていた。そして昼になると、通りを横切って旅館の庭へゆっくり歩いて行った。あの当時ずいぶん長い間自分のそういう生き方を変えるつもりが全然なかったことを思いだした。そんな風に生き続けるのがごく当然に思えていたのだ。ぼくはそれまでに何度、ぼくの家系の中の、社会の上層で出発し道路の側溝の中で人生を終えた男たちの話を聞かされたことか。彼らはけっして最悪の人間ではなかった。ぼくは何週間もその仕事に充実感を覚えていて、大学のことは忘れ果てていた。しかしすべての試験は合格だった。まるで眠っているうちの出来事のようだった。ぼくにもなぜだか分からない。たぶんついていたのだろう。建設現場で働いていない人間は頭がおかしいように思え、地中の穴の中で仕事をしていない者たちは憐れみの対象だった。夜は長くは続かず、ぼくはすぐにでもベッドに入りたかったし、ベッドに倒れ込むのが理にかなっているようにも思えたので、一度も作業着を取り出すこともせず、リュックに詰めたままで、すぐに眠りにつき朝の四時半までぐっすり眠ったのだ。夜は川の匂いを伴って旅館の庭の茂みの中へやってきた。ぼくは、ふたりか三人の連れといっしょにそこで、ビールを一本、あるいはときにはグラスに三杯か四杯飲むこともあり、そしてそういうときには短いが、心のこもった言葉が交わされるのだった。ぼくはそれから後、あの工事現場の人びとと交わしたような素晴らしい言葉をだれとも交わしたことがない。彼らはどこの出身かも将来何をするつもりかも語らなかった。たぶん何も計画していなかったのだろう。彼らに計画の必要があっただろうか。ぼくは何か計画していただろうか。たぶん何度か、子供を身ごもっていてひとりで暮らしている若い女の名前が出ただろうし、あるいは兄弟の名前とか、人びとが目覚めたり眠りについたりする土地の名前が出ただろう。ぼくはいくつもの台所や玄関やガレージや下水だめや踏切番の小屋を覗き込んだ。

その後ぼくはとある鉄工所の運転助手としても働いたのだが、そこのみなはもっと言葉数が少なかった。ぼくは二、三人連れだって幅の広い大河にかかる大橋の上から、下を流れる川水を覗き込んでいるとき、諸外国や諸大陸に思いを馳せはしなかった。そこを通る船はみなドナウの鉄門渓谷を抜け、いくつもの首都を通って黒海まで下って行った。ぼくは仕合わせだった。しかし堕落したぼくは、生半可にしか信じていないものを頭に詰め込み、給料を受け取ると、一〇月になって、また教室のベンチを温めたのだ。そのときぼくはとても仕合わせとは言えなかったが、しかし工事現場に残ったとしても、いつまで不幸を免れていられただろう。だれに分かるものか。

ぼくもたえずごく素朴な人間に惹かれてきた、とぼくは今日画家に言った。中に立っていなくてはならない溝の上へ鶴嘴を振り上げ振り下ろすのだけが見えるような場所に惹きつけられてきたのだ。放り上げられる土塊だけが見えるところに。だれが放り上げているのか。それは分からない。下の発電所の建設現場では九時にみながたむろして、たばこに火を点け、瓶ビールを飲み干しながら、休暇まであと何日あるか指を折って数えている。休暇をどうしようというのだろう。どこかへ出かけるのか。出かける金はあるのか。それにどこへ。たいへんすぎるのでは。それでどこにも出かけず、翌朝起きなくてもいいので、夜いつもより長い間カード遊びをするか、映画を見にいくか、丸一年ほったらかしにしていた弟妹や母親宛ての手紙を書くかで終わるのだ。彼らは急流の上をバランスを崩さずに渡るが、彼らが橋の部品をはめ込まなければならないときにやってのけるのは離れ業、生死のかかった離れ業だ。六時半から四時半まで。食事と横になるための一時間を引くから九時間になる。ときどき彼らは、ロープを引っ張るような些事でなく何やらおそろしく重要なことが問題だというかのように、こちらとあちらで大声を交わし合う。彼らが張り上げるのはしかし使い古したしゃがれ声だ。クレーンがこちらへ旋回したかと思うとあちらへ旋回し、ワイヤロープの先に吊されたショベルが地面に深く食い込む。そして大きな土塊を男たちの間に吐き出すのだ。二〇年前だったら男たちはエアードリルの音で頭がおかしくなったかもしれない、少なくとも何人かは。だがいまではもう頭がおかしくなる者はいない。駅の方からやって来たかと思うとすぐに姿を消すダンプは、男たちに荷台を満たしてもらわなければならないのでみな深い穴の縁ぎりぎりまで近づく。男たちは全員が同じ一本のロープで自分たちの首をどんどんきつく絞めるようなことをしている。彼らのほとんどはダンプへの積み降ろしかゴム長で水の中に立って杭を打ち込むことしかやったことがない。彼らはそれに熟練しているというのは、ダンプへの積み降ろしかゴム長で水の中に立って杭を打ち込むことをしなくてすむ者たちの言い逃れだ。岸から指令が下ると、ハンマーがいっせいにうなりを上げて打ち下ろされる。泥の山のひとつに上って男たちのだれかを捕まえて問いを発してもいいが、ただし言葉は使わぬこと、彼の方も何も言わないでいいというのが条件だ。目をこらして観察するなら、だれからも気づかれないように注意すること、さもないととっくに考えを巡らしていなければならなかったことを、いまごろになって考えていると疑われかねない。この男たちは青いジャケットをまとうときほんとうは何を身につけるのだろう。というのもちょっと日が射してくればジャケットはあちこちに散らばっていたり、枝に吊されていたり、並べて立てられたスコップの柄に引っかけられていたりするからだ。谷の中はときどきハンマーとドリルの音以外聞こえなくなる。だが再び発破が仕掛けられ、内部で発電所の建設が進行する山の中から巨大な土くれが吹き飛ばされ、風圧が岩壁にビンタを喰らわせる。

今日峡谷からふたりの墜落者が橇で救助された。週末を山上の草原の山小屋で過ごそうとした外来の登山者だ。彼らは氷河までも辿り着かないうちに、滑落した。まるで奇跡のようにふたりともほとんど怪我をすることもなく折れた樅の枝の下で寒さを防ぎながら一晩を過ごすことができた。ところが翌日にはふたりとも衰弱し、年上の方だけが——ふたりは大学生だった——なんとか谷間へ這い降りて救いを求めることができた。男たちは、最初山に倒れている、脚に傷を負い、そのため歩くことのできない学生を助けに行くのを断ったようだが、しかし最後に上へ向かったところ、その学生が意識を失い、半ば川に浸かった状態でいるのを発見した。救助隊の男たちがその学生のところへ辿り着いたのが、彼が川にはまった直後だったという事情が一命を取り留めさせたのだった。学生たちがその滑落を無事に乗り越えたということが、その急斜面では多くの人間が命を落としていたのだから、奇跡に類することなのであった。

ふたりの学生が峡谷から救助されるところを目撃した技師によれば、地元民はふたりをさんざん面罵した、というのも彼らは、下調べもしない上にろくな装備もしてこずに、墜落したり道に迷ったりしてしじゅう騒動を引き起こす登山者に迷惑の掛けられっぱなしだからだという。山の上にほうっておけばいい、と彼らは言う。なんで「都会から来たほら吹きたち」のために、男たちが命を賭けなければならないのか。都会から来る連中はなんで、天候がどんなであれ山に登り、場合によって凍傷にかかり、嵐に遭遇して、崖から墜落せざるをえないような目に遭うのか。都会人は高山でいきなり襲いかかってくる嵐の恐ろしさも、木々をなぎ倒し、山塊の全体が震え出すほどの力で襲いかかる暴風の威力も、雪崩も、寒気も、支えとなるすべてを突然かき消す闇も全然分かっていないからだ。「毎年、クレバスのどこかに死んで取り残される者の数は数百になる」と技師は言った。「ここの谷はどこなら踏み入っていいか、どこはだめかを精確に知っていないと危ないのだ。」今日でも、谷には身体がぐちゃぐちゃになった人間が幾人も眠っているが、近づけないため救助のしようがないのだ。「何が都会の人間をこんなに無分別に山に向かわせるのか、見当がつかない。」ふたりの学生は駅の近くの宿に収容されたそうだ。彼らは暖かいベッドに入り、譴責《けんせき》の言葉を聴かねばならなかった。技師は、ふたりが自分たちの救助にかかった費用をすべて支弁するよう取り運んだ。「どうやらふたりは」と彼は言った「上の山小屋で自殺するつもりだったようだ」。

そのことならぼくたちもシュヴァルツァッハでさんざん似たような経験をしてきている。観光客が被る悲劇の数々。単純骨折から、脳内に麻痺症状をきたすほどの複雑骨折まで。ぼくたちが滝の下の現場や対岸の道路工夫の飯場に到着するのが遅れたケースでは、負傷者は横たえられ、防水シートか段ボールかあるいは枝で覆われただけで、主任医師が死亡診断書を書き終えるまで放置されるのだ。それらは結局都会人が大向こうをうならせるために打つ芝居にすぎず、彼らは丸一年の間彼らのいかがわしい友人や知人をあっと言う目に遭わせ、もう一度新聞に自分の名が載ることを狙って、二千メートル級あるいは三千メートル級の山に登るのだ。登山とは何なのだ。ぼくが三百メートルの山の頂上に立つのと三千メートルの山の頂上に立つのと何が違うのか。違いは一方が他方よりより危険だということであり、一方が曲芸であるのに、他方は曲芸でないということだ。ぼくは若者たちの命の灯が、彼らの周りが突然暗くなったとたん、消え去るところに何度も立ち会った。そこにみながいることが何の役に立つ。ぼくたちはまだ包帯を手にしているのに、神父はすでに立ち去ったところだ。

あるいはぼくたちは彼らを病院に運ぶこともあるが、そういうときぼくは救急車の中で、自分が生涯もう二度と身体を動かせなくなったことを知らずにいる若い男あるいは若い女の隣に座って、手を握り、真っ赤な嘘を口にするのだ。場合によってぼくは「何とかなるよ」とか「すぐによくなるから」とまで言ってのけるのだ。ぼくにそれが恐ろしいことに思えるのは、ベッドに入った後だ。それからぼくは自分に向かってふだんの百倍千倍の音量で投げつけられる「ちがう、ちがう！」という声を聞くことになる。トラック運転手を職業とする若い男の脚を切断するということが何を意味するか！　あるいは新聞配達を生業としている女性やインドへ旅しようとしていた大学生の脚を切断することは！　スキーでまるで狂ったとしか思えないようなスピードを出して滑降し木の幹に激突するケースは跡を絶たない。病院のほとんどすべての部屋が事故に遭った旅行者であふれている。彼ら自身の責任と言うしかない。そう、山に登らなければよかった。しかし山が、そして岩壁が彼らを引き寄せるのだ。学校のクラス全員が引率の教員といっしょに凍傷にかかったことも何度かある。凍傷はここでは日常茶飯事だ。どうして脚を切断しなくてはならないほどひどい凍傷にかかったか尋ねると、賭かたんなる見栄から山に登る羽目になり、山の頂上のはるか下でそのような目に遭ったという答えが返ってくるのである。あるとき動物が逃げ込む狭い穴の中で三頭の羚羊《かもしか》の死骸といっしょに四日間を過ごした少年が入院したことがあった。彼が初めて病状を呈したのは山から運び降ろされて数週間たってからのことで、その後徐々に記憶を失っていったのだった。

## 第一三日

ある名前を聞いた瞬間、さっさと踵《きびす》を返すしかないことがある。ある人間を紹介されることが、その人間を片付けることになりうるのだ。その人間が何を語ろうと、彼は私たちが突き落とした奈落から這い上がることも、そこを抜け出すこともできない。その人間が後から何をやって見せても、私たちにはそのすべてがうっとうしくもいとわしい人間の演じる受け狙いの芝居としか見えないのだ。「ことほどさようなわけで」と画家は言った「技師を紹介された瞬間吐き気を催した私は、彼を落とし戸から奈落へ突き落とすよりなかったのだ。彼の名前を初めて耳にしたとき、すでに私は気分が悪くなりそうだった。私は彼の名前の紹介を即彼本人の紹介に結びつけたのだ。そして私は彼と初めて顔を合わせたとき失望はさせられなかった。一度消化した後で吐き出した名前のところへそれを名乗る人間が歩み寄るのに立ち会って、失望を味わうことはない。」名前を知る前に出会った人間の名前を聞くと、いつもその人間にぴったりなのが分かる。「ほとんどの人間は、その人間が何者かを知るには、名前を知りさえすれば用が足りるのだよ。」名前には、知っておかなければならないすべてが含まれている。ある人間とコンタクトしてみたいという気を起こさせるのは、たいていは名前である。「ある名前を名乗る人間がその名前を裏切ることはない。聞いただけで、それ以上考えられないくらいげっそりさせられるどころかさらにその上に吐き気まで催させられるような名前もある。友人が彼の友人たちのうちまだこちらが知り合ったことのないひとりの名前を告げるときなどによくあることだ。きみはまだそういう観察をしたことがないかね。名前が人間を作るんだ。」

　ぼくは自分が何のためにここにいるのか忘れ果てていた。観察をしなくてはならないということを。ぼくがそれを思い出すのは、たぶん落葉松林の中で、突然画家の何か特異なことに目を惹かれたときとか、道の真ん中とか、食堂で彼が突然まるで健康な人間のするようにすごい勢いでミルクを飲み、そのあとすぐにそれを後悔するときなどだ。ぼくは、画家に起因する思考の歩みのどこか奥深くで道に迷ってしまったときや、ぼくから遠く離れ奇異な想念の山をいくつも越えてさまよっているときに思い出すのだ。そして自分が目にしているもの以外を探り当てることはできそうにないことも分かっている。ぼくはだいたいそのようなことを今日下級医に宛てて書いた報告の手紙でもほのめかしておいた。そしてここは何と薄暗いことか。いつも薄暗く、晴れていても薄暗いのだ。ぼくはぼく自身が口に出す言葉にときどきひどく痛めつけられることがある。ぼくに向かって発せられる言葉から痛めつけられることもある。ぼくはひとりで村中を歩き回り、人びとが何を考えているかにこだわる。そういうことをしているのだ。そしてどことも接していないから存在しないも同然の頭上の空にもこだわる。そういうわけでぼくは地獄にいるも等しいのだから、ほんとうは口をきいてはならないのだ。画家は、すべては人間的であるがゆえに理解しがたく、世界は非人間的であるからすべて理解可能であり深く悲しいのだ、と言う。彼は言葉を途切らせない。画家にとって言葉は、深く悲しいものであり、と彼は言う、それゆえみなの心に刺さる。暗闇が「快楽の独立」であるのと同様、美はそれ自体ひとつの危険なのだそうだ。あるいはぼくは干し草置き場に行って、そこに座っている画家が、視線の一撃でぼくを消し去るところを想像するのだ。そしてそういうときぼくは課された任務を思い出す。本来ぼくは、表のような図式を用意すべきであって、そこにこの一件に関するすべてを順序よく並べていくべきなのだ。毎晩数字をいちばん上から下に降ろしてゆき、別の数字をいちばん下から上へ上げてゆくと、いちばん上の数がいちばん下にきて、逆にいちばん下のものがいちばん上にくるという風にだ。しかし恐らくこれらは現象に、これらすべては順序づけることなどできない現象にすぎないのかもしれない。なぜ順序づけられないのだろうか。こと、ぼくの画家の観察に関する限り。ぼくは彼を観察しているのか。ただ彼を眺めているだけではないのか。ぼくは彼を眺めながら、彼を観察しているのか。彼を観察しながら、彼を眺めているのか。だったらどうなるのだろう。どうやら下級医の前になすすべもなく座り、何も言えずにいるということになりそうだ。下級医は、ぼくがもう少ししたらシュヴァルツァッハに戻って、ぼくの観察したすべてを披露すると思っているだろう。いいですか、そうだったんですよ。彼はそれをそんな風に言ったんです。ぼくは寸分違わずその通り観察したんです。間違いありません。悲哀は、ぼくが想像していたのとは違っていましたが、でもその通りなのです。お分かりですか。いや。ぼくは、二、三の脈絡ある言葉を口にすることすらできないにちがいない。これほどの明瞭さが支配しているにもかかわらず。しかもなんたる支配の仕方だ。そしてそれから何もかもが静まりかえり、起こるべきはずのことは何も起こらない。自分の書きとめたものをひろい読むと、すべてはなんと異なって描かれていることか。すべて全然違う。というのも書きとめられたものと事実は一致しないからだ。何ひとつ正当性を主張できない。精確さもだ。ある明確な事柄について知りうることはすべて精確に記録し、間違いを最小限にくいとどめるようにしているにもかかわらず。それでも間違っている。異なっている。ということは真実でない。

画家の部屋のドアを開けると、彼が新聞に読みふけっているのが見えた。ぼくが見たのは――彼はベッドの後ろ、そしていまに至るまで何の風景か判別できていない、家か木のどちらでもありうる大きな黒い箇所のある絵の前に座っていたので――新聞だけだったが、その後ろに彼が座っていたのだ。ぼくが入っていっても、彼は新聞を片付けるでも――新聞から目を上げるでも――なく、ぼくの立っているところに置いてあったソファに座れと言った。「ペルシャ皇帝の宮殿についてのおもしろい記事を読んでいたところだ」と彼は言った。「あの人たちは想像もできない金持ちに違いない。ところでソ連とフランスの外務大臣の会談についての記事も読んだよ。奇妙と呼ぶだけではすまされない出来事だ。ところできみは政治に興味があるのかね。」――「ええ」とぼくは言ったが、若い人間としてはしごく当然の答えだ。「私はもう、結局のところ、政治の駆け引きには何の興味もない。しかし一時、それもそんなに昔のことでなく、すべての政治記事を貪るように読んだものだ。というのも政治は人間の歴史のなかで唯一関心を持てる事柄だからだ。どんな人間にも何らかの内容が用意されている。もちろんだ。いまではきみも知っているように、引きこもってしまったから、すべてついでに追っかけているだけだ。だがこの外相会談の記事はきみも読んでおいた方がよい。もし興味があれば、きみはまだ若いしまだ実際に吸収力もあるのだから、ペルシャの宮殿の記事もお勧めだ。きみは孔雀の玉座の歴史については知っているのかね。」――「ええ」とぼくは言った。「この記事の中でも簡単に触れられている。」この世界最大の奇跡であり、すべてを知りつくす新聞があって初めて、世界と宇宙は人間にとって実際に生きたものとなるのであり、万有の観念も新聞によって活かされているのだ。「きみはこの頃最新の新聞を手に入れていないようだ。この新聞を持っていくかね。」部屋の中はほとんど真っ暗で、空気は呼吸ができないような状態だった。ぼくはすぐにも立ち去ることに決めた。「もちろん新聞は読み方を心得ていなければならない」と画家は言った。「新聞は丸呑みしてはいけないし、真剣に受け取りすぎてはいけないが、奇跡だということはわきまえておくべきだ。」そのときまでぼくはまだ彼の姿を見ていなかった。「全世界についての知識がこんなに小さな紙面から得られるし」と彼は言った「そしてもし望みなら一歩も足を動かさずに、あるいはベッドに横たわったままでこの世のすべてに関与できるのだ。奇跡だ」と彼は言った。「みなが新聞に押しつけたがる汚染は、人間の汚染であって、新聞の汚染ではないのだよ。新聞が人間に鏡を突きつけて、自分の顔、ぞっとする素顔を見させるのはいいことだ。」ときどき、とはすなわちいついかなるところでも、ということだが、「人間の美しさと偉大さを」新聞から読み取ることも必要だ。「すでに言ったことだが、新聞を読むというのは、ひとつの技であって、その読み方を習得するということはおそらくあらゆる技の中でもっとも美しい技を修得することなのだよ。」このとき彼は新聞を膝の上に降ろしたのだが、それでもぼくは彼を見ることができなかった。突然部屋の中が真っ暗になったからである。

かつて四ヶ月間ひとつの手を描き続けたことがある、と彼は今日ぼくに話した。その後で、とは四ヶ月後に彼はその絵を焼いた。「悪い絵ではなかった。だがその手はものにならなかった。その後すっかり画風を変えてしまったせいもある。」明るい室内で描かなければならないほかの画家たちとちがって、彼はすっかり暗くした部屋の中でないと描くことができなかった。「暗くなければならない。そうしたら描けるのだ。完全な暗闇の中だけだ。ほんの少しでも光が入ってはならない。もっともいまはもう絵は描かないが。」彼は一枚の絵に取りかかる前に、何日も町を歩き回り、一軒のカフェーから次のカフェーへ、ある街区から次の街区へ移り、またしばしば何時間もSバーンや市街電車やバスに乗り続け、終点から反対の終点へ行き、ズボンとシャツだけで何時間も歩き続け、労働者や町の市場の売り手たちと交わり、どこかでときどきパンと少々の肉を喰らい、もう一度カフェーに腰を下ろし、それからまたスクラップ置き場の長い灰色の塀に沿って歩いたり、陸橋の下をくぐったり、いくつもの児童遊園地を通り抜けたり、ミルクスタンドに立ち寄ったり、公園の中へ入っていったりと、長時間うろつき回るのだった。「よくどこかのトイレの中で休憩し」と彼は言った「そこで着替えをしたものだ。私は一日に三、四回着替えたから、いつでも着替えられるように三種類の服を鞄に入れて持ち歩いていた」。午後中駅に座って人びとや列車を眺めていた。「私には駅、それも古くて醜い駅が、子供の頃からずっとおおいなる体験の場だったのだ。」それから彼はエレベーターに乗って、アトリエへ上っていき、まっすぐに闇の中へ入っていった。そこは真っ暗がりだったから、描いているときに絵が見えているのは彼だけだった。彼は仕事を始める前に、家の呼び鈴のスイッチを切り、立てきることのできる場所はすべて立てきって、服を脱いでシャツ姿になった。「絵は私の技を通してひとりでにできあがった」と彼は言った。何日もの間彼はベッドに入らず、ときどき二つの大きな肘掛け椅子に座ってぼうっとするだけだった。表が暗いのかそうでないかも分からず、すでに長いこと今日が何日なのか分からなくなっていた。秋なのか春なのか夏なのかそれとも冬なのかも分からなかった。彼は自分の絵が仕上がったと信じたときに、カーテンを開いたが、あまりの勢いで開いたものだから、光で目がくらみ、何も見えなかった。「ようやく目が見えてきたときに分かったのは、絵がものにならなかったということだ」と彼は言った。「私を散々な目に遭わせる手強いものへのたんなる接近の試み、とはつまり失敗、失敗、失敗、失敗でしかなかったということだ。」そういう絵は後でみな壁際のすき間に突っ込んでおくのだが、するとときどき友人たちが――「友人たちだと」――やってきてそこから一枚、二枚引き出すと、画商のところへ持っていき、写真を撮らせ、批評を書かせたのだ。「私の絵に対する批評はいつも悪いものではなかった、私自身の自作の批評を別にすればだが」と彼は言った。「結局だれひとり批評的ではなく、今日芸術に携わる人間はどの時代に比べても批評性を欠いている。たぶん私は批評家たちの無批評性に苛立っているので、私がよい画家でないのはそのせいではないか。」

「いいかね」と画家は言った「芸術に浴びせられる罵詈雑言、芸術家への性的破廉恥行為、世間に充満する芸術ないし芸術家への嫌悪の吐露、いいかね、私はいつもそれに辟易させられてきた。低劣きわまりない自己保存本能のむくむく膨らむ積乱雲のような脅迫そしてそれにつづく嫉妬……嫉妬が芸術家を結束させるのだ、嫉妬、嫉妬以外の何ものでもない、だれもがだれもを、ありとあらゆることで妬んでいる……前にも一度言ったことだが、もう一度言っておきたい。芸術家とは忌むべき天国的破廉恥さの息子や娘であり、猥褻の申し子だ。芸術家も画家も作家も音楽家も地球上で自慰行為を義務づけられた者たち、地球のぞっとするこわばりの芯、地球の潰瘍の周縁部、地球の化膿化の進行指標だ……私が言いたいのは、芸術家は現代におけるおおいなる嘔吐剤だということだ。もっとも芸術家はいつの時代にも、つねにおおいなる、どころか最大の嘔吐剤であり続けてきたのだが……芸術家とは滑稽なものやこの世の屑の破壊的軍勢ではないだろうか。私はいつも地獄的破廉恥さを芸術家の思想との関連の中に見いだしてきた……しかし私はもう芸術家の思想を抱こうとは思わない、あんな自然に反することをもう二度と考えるつもりはない、私は芸術家とも芸術とも、大いなる死産児である芸術、あらゆる死産児たちの中の最大のものとももはやいかなる関わりを持とうとも思わないのだ……分かるかね。私はこのひどい臭いを放つ軌道をそれるのだ。この悪臭芬々たる軌道から、と私はつねに自分に言ってきたし、いつも密かに考えてきた、このすべてを破壊しすべてを押しつぶす無益な嘘の軌道、この恥知らずな教会櫞簒奪の軌道から逃れようと……」彼は言った。「芸術家とは、卑劣さとの一卵性双生児、あらゆる時代を通じて庇護を受けつづけてきた搾取との、庇護下に置かれた最大の搾取との一卵性双生児だ。私が知り合った芸術家はひとり残らず」と彼は言った「味気のないおおぼら吹きであり、味気のないおおぼら吹き以外の何ものでもない、何ものでもないのだ……」。

ぼくは店の中で突然、また学校が始まったのを知った。暗い店の中は生徒たちであふれかえり、みながノートと教科書と鉛筆を買っていて、大人たちは新入生用のペンとインクと習字用紙を探してやりながら、脅したり、洒落をとばしたり、笑ったりしながら、店のカウンターに硬貨を投げだして山のように積みあげていた。黒い服を着た女店主の娘のまだ幼い子供は、生徒たちがたぶん半年かけて貯金した小銭の山を数えきれずにいた。「鉛筆をもう一本おくれよ。」――「ペンをもう一本。」――

「そういうノートをもう一冊。」――「ちがうわ、線の引いてないやつ。」――「ちがうわ、青いのじゃなくて赤いの。」ぼくは鉛筆を一本買おうと思って前へ進んだのだが、自分の番が来るまでにまだ長いこと待たなければならないのは別になんでもなかった。子供と大人の甘い体臭と吐き気をさそう体臭が混じり合って、その狭く小さくほとんど真っ暗な店を満たしていた。店のいちばん奥にのぞき穴が空いていて、そこから外の雪が見えた。ぼくは鉛筆を買って、外へ出た。そこでぼくは皮剝人に出会ったのだが、彼は大きな牛の皮を引きずっていた。その皮は肉屋からもらったものだ、と彼は言った、これを家に持って帰って、鞣しに出してから、ベッドサイドに敷くつもりだ、と。「牛の皮はベッドサイド・マットにするととても温かいのだ」と彼は言った。彼は朝、下の工事現場へ行った。技師と待ち合わせていたのだ。技師は彼をあちこち案内してくれた。それからふたりは職員専用の食堂へ行き、そこでよい食事をした。「それにあそこの食事はうちの食堂よりずっと安いのだ。」彼は、ぼくに画家がおかしな人間に見えていないか、と尋ねた。「いや」とぼくは答えた「彼もほかの人と変わらない人間ですよ」。ぼくの言う通りかもしれない。でも自分には画家は頭がおかしいとしか思えない。画家は戻ってきて以来、どこかが狂ってしまったのだ。「まるでウィーンで何かの事故に遭ったかのようだ」と皮剝人は言った。「そう」とぼくは言った「変わっていることは確かですけど、とくに変わっているわけでもないでしょう」。彼は昨日画家が教会の中で座っているのを見たのだが、「最前列の席で」首を振っていたのだという。皮剝人は画家を観察しつづけるため、気づかれないように振る舞った。画家はせわしない足取りで祭壇に近づくと、聖体顕示台に向かって拳を振り上げた。「それから教会を出て、池の方へ下っていった。」皮剝人は言った「切り通しの中の一件も正気の沙汰ではなかった」。ぼくは、雪の上に大きさがまちまちの血痕を残す牛の皮をひきずってゆく皮剝人と別れると、パン屋へ行き、そこで一〇〇シリング札を出して、この数日間に飲んだビールの代金を支払った。外に出ると画家に出会ったが、彼は赤いアーチスト・ジャケットを着ていた。「今日はもう一度自分を驚かせてやろうと思ってね」と彼は言った。「自分と世間を驚かせてやるのだ。この赤い上着を着ると、自分があらゆる時代を通じてもっとも偉大な道化だと思えてくる。みんなも私はあらゆる時代を通じてもっとも偉大な道化だと思うだろう。さあ、急いで夕食を摂りに戻ろう。」

夜、画家が引き上げた後で、皮剝人は女将といっしょに何曲も歌を歌った。獣じみた調子の混じる声で皮剝人は歌った。

「口と尻を貫いて
地獄が縄を通しゃ
通される奴は
間抜けのデブだ」

それから彼は続けた。

「朝、昼、晩……
夜はなんて言う
暗い夜はなんて言う」

夕食のとき、画家が急に言った「聞いてごらん、聞いてごらん」。ソーセージを喰らいビールを呷るものすごい音の中で彼は言った「聞いてごらん、犬だよ」。ぼくには犬の声は聞こえなかった。彼はしかしほうっておいてくれなかった。ぼくたちのテーブルに座っているほかの者たち、技師と皮剥人と女将、それに駐在の警官もいたのだが、彼らは気づかなかったが、画家は言った「聞いてごらん、犬だ。聞いてごらん、犬の吠え声だ」。それから彼は立ち上がって、出て行き、部屋に戻った。ぼくが彼の後について、玄関へ出て、そこに立っていると、開いたままで半ば凍りついた玄関扉の向こうから犬たちの長く引いた遠吠えが聞こえてきた。そしてワンワン吠える声も。果てしなく長く引く遠吠えに、ワンワン吠える声が混じる。ぼくは前方に遠吠えと短い吠え声を聞き、背後に笑い声と嘔吐の音とカードを叩きつける音を聞いていた。前方には犬、背後には客たち。どうやら今夜は眠れそうにない。

# 第一四日

下級医は明らかにぼくのことを、画家シュトラウホの観察に当たる任務に適任であり、困るような目に遭うことなくやり通せる、と考えていると思う。困るような目か。「苦しんでいる人間を見ていて困るなんていうことがあるだろうか」と彼は言った。ということは彼は自分の弟が苦しんでいるのを知っているのだ。ただしどのように苦しんでいるかは、分かっていない。というのも画家の苦悩は下級医の想像力を超えているからだ。画家の苦悩はどれくらい深いのだろう。ある人間の苦悩の深さは突き止められるのか。苦悩はいついちばん深くなるのかも。下級医は、ぼくには身に迫る悪い影響を払いのける能力があると信じて、ぼくをここへ送り込んだのだ。それはそうだ、交渉を持つ相手、交渉を持たざるをえない相手からの悪い影響は払いのけなければならないし、それが自分の中に押し入ってくるのを防がなければならないのは当然だ。そういった悪影響は、たとえそれが往々にして突然ひどく困難な作業になるにしても、排除すべきである。目を見開いていさえすれば、それを見過ごすこと、つまり危険を見過ごすことはなく、危険に対して必要な防御を施すことができるのだ。もちろんぼくは画家の相手をするかぎり、つねに悪しき影響に身をさらすことになる。しかしぼくはそれを見て、どこからその悪影響が始まるのか、どこから悪しきものとなるかを精確に知ることができる、というのも悪影響はよきものでもありうるからだ。おそらくこの出会いはずっと後になってから初めてぼくに働きを及ぼすことになるだろう。いまでなく。子供の頃に受けた影響がいまになって初めて効き目を現すのと同じように。八歳か九歳で体験したことが三〇歳の人間を急に変えてしまうことがあるのだ。一度も澄んだことのない深い池の水に、ひとつの色素が広がってゆくようなものだ。だがほんとうにそうだろうか。画家はぼくに手懸かりをたっぷり与えてくれる。彼は自らを閉ざした人間ではない。彼へと通じる道はいくつもある。だが探していたところでなく、そんなところにいるとは思いもしなかったところで彼に出くわすことが往々にしてある。「私はシビアな良心の持ち主だ」と彼は言う。何が言いたいのか。彼が「現実は共感など持ち合わせていない」と言うとき、それを彼はどうやら自分に向かってのみ、しかも前に言ったことや、これから言うこととは何の関連もなく口に出しているようなのだが、ぼくには彼がその言葉で何を言いたいのかさっぱり分からない。彼がもっとも素晴らしい着想を得るのは疑いなく散歩のときである。新鮮な空気の中でだ。宿やそのほかの建物の中だと彼は完全に自分の中に引きこもってしまい、何時間いっしょに座っていても彼からはほんのひと言も引き出すことができない。もっともぼくは黙っていることと、たとえだれひとり口をきかなくてもじっと耳を傾けつづけていることには生まれつき慣れている。ぼくの家ではよく何日もほとんどひと言もしゃべらないことがあったし、口を開いたにしても皿か鉛筆か本はどこかというようなことだけだったのだ。いまではぼくは、画家の望み通り、非常にゆっくり歩くことがそれほど難しくなくなった。ぼくはある印象を受けたらその次の印象を受け損わないようすばやく動くことには慣れていたが、彼のように長い間立ち止まったり、腰を下ろしたり、休息したりするのは苦手だったのだ。ぼくにとって画家は片付けてしまわなければならない問題だ。託された仕事。彼のための仕事だろうか。

いったいどういう言葉なのだろう、シュトラウホの言葉は。ぼくは彼の考えの断片にどこから手を付けたらよいのか。初めは切れ切れで脈絡がないと見えていたものが「実に恐ろしいほどの連関を」有するのだ。全体は何もかもを驚愕させずにおかないほどの世界への、そして人間への言葉の注入であり、「愚鈍に対抗する断固たる処置」であり、彼の言葉を借りれば「再生されるべき途絶えることのない音の背景」である。どうやって書きとめればいいのか。どんなノートを取ればいいのか。それはどこまで図式的でどこまで体系的なのか。言葉の暴発が崖崩れのようにぼくの頭上に落ちかかる。彼の語りはだがまたしても突然、彼が自分と「そして世界のために案出した」滑稽の爆発的高笑いによって中断される。シュトラウホの言語は、心筋の言語、「脈動頭脳的対抗鼓動型」の不埒な言語だ。それは画家の「無意識下の梁が軋んで」立てる律動的自己卑下の音にほかならない。画家が弄する手管である概念は、彼が最初にぼくの注意をそれに向け、それでもってぼくを木端微塵にした犬の吠え声に原則一致する。でもそれはまだ言語なのだろうか。そうだ、それは言語の二重底、言語の地獄と天国であり、それは流れるものへの反抗であり、「果てしなく破廉恥にも絶望しきった脳髄の湯気を吐き出す鼻孔」なのだ。ときどき彼は詩を口にすることがあるが、すぐさまそれを解体すると、集めた砕片から「発電所」を作り、「無文字民族の思考世界を熟成するための施設」にするのだ、と彼は言う。「世界は初年兵からなる世界だから、こてんこてんに叩きのめし、撃ち殺す必要があるのであって、撃ち方を教えるのはやめなければならない。」彼は言葉をまるで沼地からかき出すように自分の身中から掻き出す。そしてこの言葉を掻き出す作業で傷だらけになり血まみれになるのだ。

戦争は身の毛のよだつほど恐ろしい爪痕をこの谷に残した。「今日でもまだしょっちゅう頭蓋骨のかけらやときには樅の針葉に薄く覆われただけの全身の骸骨に出くわす」と画家は言う。峡谷に近い森、湖の背後の森、落葉松の森、どの森でも、解散した連隊の兵士たちが餓えに苦しめられた。「最後に待っていたのは凍死だ。少数生き延びた者もいたが、ほんのわずかだけで、ほかの者は衰弱しきり村まで身を運ぶこともかなわなかった。そして兵士たちは殺されることは考えていなかった。」それ、すなわち殺しは「東からやってきた怪しげな連中」にはお手の物だった。近くの刑務所の囚人たちも怒り狂っていた。脱走し戻ってこずに行方知れずになった者たちがあちこちの藪の中や断崖の下で見つかった。「ときどき木苺を探していた子供が急に叫び声をあげ、母親を蛇草に覆われた場所にひっぱってゆく。彼らがそこに見たのは何年も前に身ぐるみ剝がされた何も身に着けていない人間の死骸だった。飢えは人間を畜生に変える。」戦争が終わったとき森の中は兵器だらけだった。戦車や偵察用装甲車やカノン砲や軍用オートバイや軍用車が樹木の幹の間至るところに放置されていた。「それらに触れて吹き飛ばされた者もいた。戦車の中ではよく並んで身をかがめた肺を裂かれた乗員たちの死体が見つかった。ハッチを開けた者はとんでもないものを見てしまった」と彼は言った。「次第に人々は思い切って兵器を分解するようになり、また死んだ兵士を葬ることもしはじめたが、発見現場に穴を掘って埋めるだけで、墓地に埋葬しようとはしなかった。よそ者だったからだ。死体は触れただけでばらばら砕けた。内部を年月が空洞化していたのだ。子供たちが窪地ですぐに暴発する対戦車砲を見つけ、粉々に吹き飛ばされた。子供たちの肉片が、いいかね、周りの木に貼り付いた。カノン砲車の車輪に轢き殺された壮年の兵士たちが見つかったり、切り通しには舌を切り取られペニスを口に突っ込まれた歩兵分隊が倒れていたりした。そこかしこの木に銃弾が通り抜けた痕のある軍服が引っかかり、小さな沼から硬直した腕や足が覗いていた。地元民が森の中やあたり一帯になにがしかの秩序をもたらすまでには何年もかかった。当初彼らは、戦車の中で見つけた食料とか、何かの役に立つ物資とか、すでに言ったことだが軍服とかを持ち帰るためにそこへ行ったものだ。軍服は自分用に仕立て直して何年も着た。後になってようやく死者たち、というよりも死者たちの亡骸のなかでいまに跡をとどめている形ばかりのものを埋めるために、最後には痕跡をかき消すためにレーキやスコップを持って出かけた。しかし戦争の痕跡はいまだにかき消されてはいない」と画家は言った「この戦争は決して忘れ去られはしないだろう。人間はどこに行こうが行く先で繰り返しこの戦争の痕跡に出くわすのだ」。

「絵描きのシュトラウホさんが今日私に言ったことだけどあんたどう思う。」今日この質問ならぬ質問で、ノックをしてからベッドメーキングをしにぼくの部屋へ入ってきた女将がぼくを不意打ちした。彼女はその際クッションを手に取るとそれを何度か宙に放り上げては掴んだ。羽根布団は窓を開け、振るって膨らませた。「どう思う」とベッドメーキングを終えてから女将は言い、さらに洗面台を拭いて、水差しとテーブルの上のぼくのグラスに水を満たした。女将はそういう仕事をすべて引き延ばしながらやっていたが、それでも最後に画家シュトラウホが「もう九時だというのにまだ着替えもしないでベッドに横になったまま」彼女に言った言葉が何だったかをぼくに伝えた。「いつか死んでベッドに横たわっていることで私を驚かすことになるだろうと言ったの。」女将はそれを聞いて笑い、画家が自分をからかっているんだと思った。でもそれから彼の顔を見て、彼がまじめにそう言ったのだということが分かった。「私はこの自分の家に死人が出るのはごめんだわ」と彼女は言った。そしてぼくの部屋から出て行ったが、すぐに戻って来ると言った「窓を閉めるのを忘れていたわ」。窓を閉めると、今度はドアの前に立って、まるでぼくの説明を待っているかのようだった。「そんな風に人を不安にさせるなんておかしくない」と彼女は言った。「今回のあの人はとっても変だわ。何があったの。あなた何か知ってる。」何も知らない、全然何も知らない、画家は心配事を抱えているようだけれど、どんな心配事か分からない、とぼくは言った。「すっかり人が変わってしまった」と彼女は言った。「ひょっとして病気だったりしたら、気の毒だけど」と彼女は言った。それから彼女はついにぼくの部屋を後にしたが、ぼくは下の廊下で彼女が娘のひとりを呼んでいるのを聞いた。急な眠気に襲われたぼくは一時間ほど横になっておこう、そうすれば画家に呼び出されたときに鋭気を取り戻していられるだろうと考えたものの、前もって新鮮な空気に触れておかないと一瞬も眠れないような気がしたので、宿の周りをひと回りするだけでもいいから、あたりを歩いてこようと思って下に下りたとき、どこの水より新鮮な台所の井戸水を一杯飲みたいという口実を設けて台所へ入っていくと、そこにはスカート姿の女将が立っていて、ぼくが入ってくる足音を聞いて急いで下着のシャツをスカートにたくし込んだところだった。ぼくは台所の中でなく農家の外壁に面したところにあるのが普通の釣瓶井戸からコップに水をなみなみと注ぎながら言った「彼は自殺を口に出したんですか」。――「自殺ですって」と彼女は言った。「いいえ、自殺とは言わなかったわ。だったらもっとひどい話でしょうけど。彼は、私がいつか朝早くにベッドの中で死んでいるのを見つけるだろうってそう言っただけよ。たぶん卒中に見舞われんじゃないかと思ってるんでしょう。前にもいつ卒中に襲われるかびくびくし通しだったことがあるわ。」――「卒中の発作を恐れてるのか。」――「まさか私の家で自殺なんかしないでしょうね。たんなる冗談だったって思うんだけど」と彼女は言った。彼は冗談を言ったのではなく、ぼくが毎日聞かされている内容をしゃべったにすぎないと思ったぼくは、水を飲み干して予定通りあたりを一周した。

教会へ上ってゆく道で彼は何度も立ち止まり、自分は年寄りなのだから遠慮しないで先へ行くようにとぼくに言った。「全然かまわん。そのほうが助かる。」彼が四、五回そう繰り返し、最後には断固たる命令口調でそう言ったので、ぼくは坂のほぼ真ん中で二つの畑の境界を成している大きな切り株に彼を置き去りにし、できる限りの早足で上に向かった。突然の自由の身の味わいは格別だった。綱を解かれた犬のようだった。上に着くと、彼にはぼくが見えないが、ぼくからは彼がゆっくり坂を這い上ってくるのがとてもよく見える場所に位置を占めた。彼は前日にふたりで同じ道を散歩したときよりも頻繁に休止しているように見えた。前日のその散歩の途上、彼はぼくに向けて次の問いを発したのだった「きみはいったいどういう人間なのだ。きみを私の中に位置づけることができずにいる。何を考えているのか言ってみてくれ。きみが私と出会い、それからずっと私といっしょにいるようになったのはどうしてか。私と歩き回っているのはなぜか。きみは少なくとも多少なりと骨休めができたのかね。言うまでもなく不可解さは緊張を生む。きみは、言うまでもなくきわめて単純に出来上がっているにもかかわらず、私にとって不可解な存在だ。」――彼をそうやって観察しながら、ぼくが考えていたのは、いまちょっとでも突風が吹いたなら彼はひとたまりもなく吹き飛ばされるだろうということだった。彼は立ち止まっては、ステッキで雪に、彼から聞いて知っているのだがインドの経説から取ったという、ぼくには不可解な図像を描いていた。それらの図像の中にはぼくに動物、たとえば雌牛や豚を、また寺院の形や河の流れを連想させるものもあった。いくつもの円やそれ以外の幾何学図形も描かれた。彼が自分を相手に語る声が上まで聞こえた。まるで自己対話に耽る年老いた将軍が、彼にとって永遠に存続する連隊と向き合っているかのようだった。そして彼は、参謀本部地図の上にそのもっとも微細な細部に至るすべてを決定するのは自分だという風に身をかがめる将軍のようにも見えた。彼はまた外国語をしゃべってもいて、アジア系の単語と切れ目のないその羅列が宙を貫いて飛んできた。画家が中心を占めるその構図はぼくに数年前ウィーンの美術史美術館で見たある油絵を思い起こさせた。ぼくはいまでもその絵の掛かっていた部屋まで覚えている。老ブリューゲルが描いた河畔の風景で、そこでは人間たちが死神に気晴らしをさせて欲しいと頼んでいて、その願いは叶えられるが、その絵から見て取られるところでは、見返りに彼らは地獄で無限の責め苦を背負わなければならないらしい。木の切り株とそれに残った大枝の黒が、画家の着ている上着の黒へ、彼のズボンとステッキの黒へ移行し、それがさらに山の頂の黒へと移行した。彼がぼくからほんの数歩しか隔たっていないところまで来て、教会の正面へ通じる階段の上に立ったとき、ぼくは彼に恐怖を覚えた。彼が背後から襲ってきて、ぼくの頭にステッキで殴りかかるところを想像したのだ。彼の顔を見た瞬間、その想像は霧散した。彼の表情はそのような凶行を排除するものではなかったのだが。「もしよかったら、いっしょに教会の中へ入ってみよう」と彼は言った。だがその直後に「いやひとりで行ってくれ。私は外で待っていよう」と言った。ぼくは教会へ入り、祭壇がよく見える席に着いた。隣の席においてあった祈禱書を手に取った。詩編の一篇に目が止まった。その詩を読んだ「主よ、ヒソプの枝で私の罪を払い清め、私を清くしてください。私を洗い清め、私を雪よりも白くしてください。神よ、あなたの大いなる慈悲をもって私を憐れんでください。主に栄光がありますように」。それから次の詩も「罪深い者たちが私を滅ぼす機会をうかがっています。しかし私は叡智あふれるあなたの戒めから思いをそらしませんでした。私は何事にも終わりのあることを悟りました。でもあなたの戒めだけは永遠に続くのです。非の打ちどころのない生き方をし、主の戒めを守って歩む者は幸せです。主に栄光がありますように」。ぼくはそのふたつをもう一度読み返した。二度、三度と。しかしぼくにはそれは耐えがたいことであり、そうしながら何かを想像することなどできるはずもなかったので、立ち上がって、教会を後にするよりなかった。柔らかい絨毯を踏みながら出口へ向かうとき、信じられないくらい醜い天使たちの顔が見えてきたが、近づくにつれてその表情はどんどん冷酷さを増すのだった。ぼくが外に出ると、画家の姿はなかった。彼はその間に教会の裏側に建てられている死者の遺体を安置するための礼拝堂に行っていた。そこから、深い雪の中に立っていた彼が、ぼくに呼びかけた「いまきみのいる場所を動かないように。そうでないと恐ろしい目に遭うぞ」。ぼくにはそれがどんな恐ろしい目なのか想像がつきかねた。だがすぐ後に、その礼拝堂ではときどき死者の遺体が棺台に安置されることを思い出した。「礼拝堂の中に死人がいる」と彼は言い、首を窓台の上まで伸ばしたので、帽子が項までずれ落ちた。戻ってくると、彼は言った「遺体に化粧がしてある。死者に見るに堪えないような化粧をすることがよくあるんだ」。彼は、なんで礼拝堂なんかに足を運んだのかと自問した。「好奇心ではなかった」と彼は言った。ぼくたちは、たいそう遅くなって、一時過ぎにようやく宿に戻った。

画家シュトラウホは外科医シュトラウホよりも小柄だ。画家シュトラウホは、ハンマーと鑿、ナイフと鋸と鉗子とメスをもってしたのでは、もはや手に負えない症例に属している。それに対してはもっと高度な学問の思考回路と、多くの眠れぬ夜を費やす第六感とを投入しなくてはならない。なぜならこの症例とは、すでに何十年にもわたって死神が前払いを続けまもなく完済となって死神の手に落ちる誤謬だからだ。ほんとうにそうだろうか。それは、進展ならざる進展全体の帰結、ある実態の帰結、運動ならざる運動の帰結、有機的ならざる有機的なもの、起点ならざる、否、起点たりえぬ起点、すなわちひとつの不治の病なのだ。画家はたえず危機をかぎつける。彼が自分はつねに脅かされているのだが、たえず彼の様子をうかがっているのだ。有機体とは何か。対立しているのは何か。精神とると感じているのは間違いない。彼はたえず世界の様子をうかがっているが、世界も、と彼には思える身体か。精神マイナス身体か。魂なき身体か。何なのだろう。表面の下にあるのか。表面の上なのか。そして下面にも接しているのか。この死に損いの臆病な運命の正体は何なのだ。しかし完全に未知の病がつねに複数存在している。それらはいつも存在したし、これからも存在しつづける。ある病は一夜にして治癒可能となり、別の病は一夜にして不治の病に変わる。少病はつねに多病なのだ。何を根拠に。何故に。原因は徴候なのか。

画家は言った「神父は重い病にかかっている。私は昨日宿に帰る前に神父と話をした。彼はまた私にある金額の金をせびった。救貧院のためにということだった。聖具室のためなのだよ、ほんとうは。彼は私が教会についてどう考えているか分かりすぎるほど分かっている。彼は一時間ほど雪の中を散歩するのが好きだ。夏にはいつもの池の縁に座っているが、二週間そうしていても一匹も魚を釣ったためしがない。教会は配下の聖職者に手厳しくあたる。田舎の教会には土着の詩のようなところがある。神父は木に登っていたり、地下室にいたり、ジャガイモ畑にいたりするのを目撃されている。子供たちとあちこちへ動き回る。彼の笑いには悪魔じみたリズムがある。彼は儀式張ったものが苦手だが、何よりも苦手なのが司教の前に出ることだ。いいかね、そこが詩的なところなのだ。突然どこかで男の泣き声を聞いたとすると、それは神父の泣き声なのだ。それはそうと神父は立派な蔵書家だ。説教はできない。ひどく臆病で、鳥の鳴き声にも震え上がる。しかし、やむをえないとなれば、夜中の暗闇の中を懐中電灯ひとつ持っただけで、ときには侍者も連れずに臨終の信者のもとへ出かけてゆく。ときには凍りついた岩山をずいぶん上った先の農家を訪ねることもある。」

「おびただしい量の木」と画家は言った「膨大な量の木がこの上の山で滅んでいっている。何千本、何十万本もの木が。セルロース工場がそっくり飲み込むのだ。いまでは谷に至るまで、セルロース工場でしか使い道のない木しかお目にかからない。以前このあたりは」と彼は言った「ほとんど人の手が入ったことのないみごとな原生林のようだった……さあ」と彼は言った「ここらでとくに多く見かける木をいくつか紹介しよう……いいかね、これがいちばんよく見かける唐檜、すなわちピセア・エクセルサ、それから松と樅と落葉松。あっちに点々と聳えているのは高山松だ。さあこっちへ来てくれ。いわゆるアンギオスペルマすなわち被子植物とギムノスペルマすなわち裸子植物について詳しく説明しておこう……」

若いカップルの関係は、開始早々は順調に見えるが、そのときすでに一刻も早く苦痛を生もうとその機をうかがっている。始まりが突然だろうがゆっくりだろうが、急に親しくなる若者の関係はそうしたものだ、と画家は言った。「それがない間はとても素晴らしくかけがえのないものであるのは、まだ定かな形をとらない間だけだ」と彼は言った。青春は「一瞬世界をあざむく芸当をやってのけ」、すべてが数日数夜の間幸福をよそおう。それを聞いてぼくはSのことを考え、すぐ彼女に手紙を書こうと思ったが、一瞬後には書きたくなくなり、そして彼女でなく、何か別のことを考えようとしたのだが上手くいかず、結局村を出外れるところまで歩いたがだめで、全行程でだめ、落葉松林でも、切り通しでも、宿でも上手くいかず、ぼくは自分に向かって、どうしたというんだ、もう終わったことじゃないか、と言っていた。どうしてああいうことになったのか。どのように、そしてなぜ突然終わってしまったのか。最初は一日として彼女なしの日はなく、次いで一夜として彼女なしの夜はなくなったのだが、次にすべてが崩落をはじめ、やがて万事が元の木阿弥となり、ふたりはばらばらの方向へ引き返していった。どこへ引き返したのだったか。夜中に目を覚ますたび、ぼくはその現実に驚愕した。そして突然荒野のどこかで、川の流れの中で、燃えさかる火の中で途絶えてしまう足跡を追い続けた。ぼくは何度も何度も、若いふたりの人間を不幸にならざるをえない状況に陥れるものの正体は何かと問うた。ぼくはなんたる若造なんだ。そう。終わったのだ。もう一度同席と詰問と探り合いがあった。それほど情け容赦のないものだったのだ、終わりは。ぼくがもう一度手紙を書けば、彼女は、また一から始められると思い込むだろう。しかしもはや始まることはありえないし、もはやそうあってはならないのだ。「それはひとつの欺瞞だ」と画家が言った。ぼくには彼の言いたかったことが分かる。ある欺瞞が存在するとき、それはもうひとつの欺瞞に根ざすとともに、第三の欺瞞、つまり別の人間の中に逃げ場を求める、というのである。ぼくはもう何週間も彼女のことを思い出さなかった。あるビジネスを終えたかのように、ぼくは二度と関わりは持たないという固い決意とともに彼女から遠ざかったのだ。それでいいのだ。画家が言った「そうなるともう奔流に隔てられた二つの山も同然だ」。突然ぼくは、自分が歌を歌い始めていたことに気づいた、玉蜀黍畑につくまでにまる一曲を歌い終えていた。歌を歌うことで自分の考えを覆い隠そうとしていたのだ。しかし考えとは、動けと命じたからといって動くものでなく、丁重に出口まで案内したからといって出て行くものでもない。その反対だ。そんなことをすればかえって考えは根を下ろし、非難としゃくの種を無限に生み続けることになる。そうした考えの虜になると、破壊的プロセスに巻き込まれ、どこへ向かって歩こうと、どこへ逃げ場を求めようと、歩きながら気を失う目に遭いかねない。画家が言った「いちばん美しい花から先に切り取られる。賢い庭師にも打つ手はないだろう」。彼はそれからぼくをますます陰鬱な考えに誘い込んでいったので、ぼくは自分でも正気の沙汰とは思えなかったが、ぼくの首をどんどん締めつけてくる縄を引きちぎって彼のもとから逃げ出さざるをえなくなった。ぼくはひと言も言わずに走り去って、干し草の山の前で彼が追いつくのを待った。ぼくは謝った。彼は何の反応も示さなかった。

落葉松の森と干し草の山の間の、肉屋のいなくなった大きな犬が小さな「板橋の下で眠ったまま凍え死んでいるのが」見つかったあたりで、画家はぼくに、そこに立っている、そこここで群れを成していたり、あるいは堂々と一本きりで堂々と立っていたりするいろいろな木について教えてくれる。「いいかね、これが」と彼は言った「ピツェア・エクスセルサという唐檜で、誤ってエーデル・フィヒテと称されることもある赤唐檜の亜種だ。ここはそっちが白樅だ……」彼は柵の方に歩んで言う「これが、いいかね、アイヒェ（ヨーロッパ楢）だ……それがトラウベンアイヒェとシュティーレンアイヒェ……アイヒェは生育に二〇〇年以上かかるものがある。その名は古代インド語で崇敬を意味する igya に由来する。ここにはほかに梣《とねりこ》と榛の木もある」と彼は言った「楓だってあるんだ。そしていいかね、あの下の方だが、あそこにはきみがここに到着した日に話した例の一位がある。あれは輝かしい太古の名残を伝える威厳に満ちた大木だ……」ぼくたちが落葉松の森に沿って歩いていると、ぼくは昨日歩いたばかりの自分の足跡を辿っているような気がしてきたのだが、やがて彼が言った「私たちがいま向かい合っているのはデモーニシュな静寂という、いまだかつて科学がきちんと取り上げたことのない現象だ」。ほんとうに静かで、下の方からも工事の音は聞こえてこなかった。何にも聞こえなかった。「いまだに世間はこの静けさについてまるで素朴でロマンチックな観念を抱いている。この静寂を私はずっと疲弊した自然の病だと、恐ろしくも剝き出された心情の深淵だと感じてきた。この静寂は自然にとっても身の毛がよだつほど恐ろしいもののはずだ。」

もちろん何もかも知ることはできないが、郵便が来なくなったことで彼がかなり落ち込んでいるのは確かだと思う。「私がどこにいるかだれも知らないのだから、だれも私に手紙を送れるはずがない。

それに私自身だれかから手紙をもらいたいと思っていない」と彼は言った。「私がだれにも手紙を書かないのだから、私がどこにいるかだれにも分かりようがない。私はもうだれにも手紙を書くことはないと思う。」それにそれができるような状態では全然ない。数年前に付け始めた「創作ノート」の一冊を開き、メモを書き付けようと腰を下ろし「集中しはじめるとそのとたんに」頭痛がひどくなるので、作業を中断し考えるのを打ち切ってノートを閉じ横にならざるをえなくなるのだ。それに彼は実際もうだれにも手紙を書きたいと思っていない。彼にとってすべては終わったのであって、いまさら「だれかを、あるいは何かを」取り戻すことはありえない。彼はときどきまるで自分が水面下を流されていて、やがて凍えたままどこか縁もゆかりもない世界の一角に漂着するかのような気がするそうだ。「まったく口が開けられないので、叫ぶこともできない。」そういう風に過ぎ去るのかというと、過ぎ去りはしない。「まるで時間が止まっているかのようだ。」「いずれ終わらなければならないのだが」、どういう終わりになるか、ぼくには見当がつかない。最悪のことが突然事実になるのを、ぼくは経験で知っている。ぼくは、奇跡は信じない。少なくともいまはそうだ。彼が自殺するのは、想像できる。しかし彼がそれを実行するまでには、まだ長いことかかるだろう。彼は多分春を待ち、夏を待ち、そしてまた冬を待つだろう。その後もそういうことがしばらく続くはずだ。何かあることがいつも次の別のことによって遮られる。とはいえそれも何十年も続くわけではない。彼の場合それはない。何年も続かないかもしれない。というのも彼は死病を患っているのだから、ほうっておいても遠からず死ぬからだ。その病は頭の中では完全に遮断されていても、無意識下では進行している。ちなみに狩人の助手を務めていた、彼の祖父の弟は自殺をしている。「人間の悲惨を耐えることができなくなった」からだそうだ。森の中で発見された。口の中に銃弾を撃ち込んでいた。探りさえすれば、だれにでも無数の理由が見つかる。しかし、下級医に言わせると、彼の弟には最初から「自殺する性向」があったのだ。画家は突然また「完全に想像を絶する」病について語り始める。夜彼はその病の根源まで迫るのだが、決定的瞬間にすべて霧散してしまう。痛みだけが残るが、「それは頂点を超えることのありえない痛みだ……最初」と画家は言った「私は自分の頭痛には治療法があると思い込まされた。しかし私が医者たちの楽屋裏を不意打ちすると、彼らは何も知らず、何ひとつ解決できないことが分かった！　私は一切の方法を拒絶した。医者たちは、いいかね、口先だけの存在でしかない。そう、職人ではあるだろう。さすがに医者も患者に向かっていきなり、あんたたちはもう死んだも同じだ……医術は心身に上っ面の気休めをもたらすことしかできない、と言い放つことはできない……」。彼は言った「頭を高くしておけだと。私は頭を高くしたり、低くしたりした。それでも痛みは好きなときに襲ってくるし、病はやりたい放題をやってのける。病の正体はまだほとんど知られていないにもかかわらず……いいかね、痛みの最大の極みからその消え入りそうな極小の段階に至る揺れ動き、すなわち痛みの全体的構成を子細に辿ることはできる！　だが、もう病気について語るのはやめよう。病は繊細な舌も、がさつな舌もほどくものだ……だれしも、ほかの人間も自分と同じくらい苦しんでいるか知りたがるものなのだから……それに同情ほしさにしゃべるということもある。医学の領域に関わるとたえず、破局的惨状や、破局的事故や、医師たちが陥っている衰弱状態や、悲惨きわまりない手術の失敗や、予期せぬ突発的事態等々を耳にせざるをえない……」。

「場合によっては下の菓子屋に行ってもいいが」と彼は言った。「しかし菓子屋の主人が結核にかかっているのは知っているかね。ここの住民はみな感染性の結核をかかえたまま歩き回っているのだ。

菓子屋の娘も結核にかかっているが、それはセルロース工場の排水、蒸気機関が何十年も吐き出してきた湯気、そしてここの住民たちが口にする粗悪な食べ物に関係しているようだ。ほとんどすべての住民が結核菌に蚕食された肺葉を持ち、気胸や気腹は珍しくもない。彼らは胸、頭、腕、脚に結核を抱えていて、全員が結核に由来する腫瘍の持ち主だ。谷じゅうが結核罹患率の高さゆえに悪評に包まれている。ここでは結核のあらゆる形態を見ることができる。皮膚結核、脳結核、腸結核。数時間で死をもたらす結核性髄膜炎も多く見られる。労務者は泥が原因で結核を背負い込み、農民たちは犬や腐ったミルクから結核に感染する。多くの住民が奔馬性の消耗性結核に罹患している。それに」と彼は言った「新薬の効果、たとえばストレプトマイシンの効果はゼロに等しい。皮剝人が結核にかかっているのは知っているかね。女将が結核患者だということは。彼女の娘たちがもう三回も療養所に入っていたことは。結核が絶滅しかかっている病気だなんてとんでもない。結核は治療可能だなどと言われている。だがそれを言うのは製薬会社だ。実際のところ結核はいまも昔も変わらずに治療不可能なのだ。予防接種をした人間も、結核にかかる。とても健康そうに見え、病気だなどととても感じさせない人間がいちばんひどい結核にかかっているということも往々にしてある。血色の良さが病に食い荒らされた肺の存在を隠していることも多い。焼灼治療を受けたり、横隔膜挫傷を患ったりした経験のある人間に出会うのはしょっちゅうだ。だが一番多いのは形成手術に失敗して一生を棒に振った人間だ」。ぼくたちは菓子屋には行かなかった。すぐに宿へ戻ったのだ。

## 犬の吠え声

「上から来るとも」と画家は言った「下から来るとも言える。ずっと上とずっと下が交代する。あらゆる方向からだ。聞いてごらん。降り積んだ雪に頭から突っ込んできては、たえず恐ろしい空気の鉄塊、そう空気の鉄塊にぶつかって粉々になる、いいかね、そして千々に引き裂かれる。すると今度はそれを吸い込まなければならなくなる。こちらの頭がおかしくなり、ずたずたに引き裂かれ、脳と口が、いいかね脳と口がだ、果てしなくあさはかな、耳たぶの破壊衝動に叩きつぶされるまで、それを耳道から吸い込まなければならなくなるのだ。聞いてごらん、立ち止まって聞くのだ、この吠え声を！　この吠え声は消し去ることはできない、できるのはそれを押さえ込むこと、脳味噌を搾ってこの鳴き声、吠え声、この恐ろしい咆哮に立ち向かうことだけだ。その吠え声は押し倒してやることもできなくはない。だが、するとすぐに前にもまして恐ろしい仕方で体勢を立て直し、肉を、魂と肉を押しつぶし、蛆虫さながら空間のすみずみに巣くい、これはきみも知っておかなければならないが、それこそ至るところ、歴史の脂肪の中、万有の脂肪の中、融解不能な洪積層の棍棒の中にまで巣くうようになるのだ……この吠え声の中に身を隠すのは」と画家は言った「ばかげてる。だってやがて見つけられてしまうのは分かりきっているし、そうなったら不安にさいなまれるだけなのだから……そうだ、私は不安を抱えている、この不安を抱えているんだ。至るところからこの不安が、またしてもこの不安が聞こえてくる。そう私はこの不安を聞き、そしてこの不安の不気味なトラウマはそれのみでも私を押しつぶし、私を狂気に陥れる。持病だけではない、いやいや持病だけでなく、分かるかね、持病だけでなく、持病とこの不安のトラウマの双方がなのだ……耳を澄まして……この咆哮がどうやって体勢を整え、どういう陣形を取るか、聞いてごらん、これこそ犬特有の鞭のしなる音、犬特有の度外れたしなやかさ、犬特有の自暴自棄、地獄のごときがんじがらめなのだ。そしてそれが意趣返しにとりかかる。自分たちを無からひねり出した度しがたい者たちに復讐せずにはいられない。この私あらゆる際限のないもの、あらゆる際限なく、恐ろしく、根底において孤絶しているものに、天国の尻尾でもあり地獄の尻尾でもある人間の尻尾に、空にある地獄の尻尾と地面の下にある空の尻尾に、悲劇の体現者たちの刑務所慣れした不幸に復讐せずにはいられないのだ……聞いてごらん、この悲劇の体現者たちを。耳を傾けてごらん、この蛇の舌どもの答えを拒む頑なご一統に。聞いてごらん、ひどい痴呆状態に陥ったこの恐ろしく汚らしい評議会制共和国を。聞いてごらん、この自発的で恥を知らぬ権力へのおもねりを……あそこにいるのが犬どもだ、あそこには犬の咆哮がある、あそこにいるのは死だ、ありとあらゆる形ですさみ果てた死だ、衰弱しきった死、ありきたりの犯罪者の悪臭を放つ死、あらゆる絶望が手にしようとする難儀な手段である死、恐ろしい無限がまき散らす細菌の保菌者である死、歴史の死、貧困の死、死だ、聞いてごらん、私が欲しない死、だれも欲する者のない死、もはやだれも欲する者のない死を。そこにいるのが死だ、この犬の咆哮だ、聞いてごらん、分別をいけずうずうしくも溺死させる音を、あらゆる推測の証言拒否を。聞いてごらん、記憶の軟らかい部分をひとつ残らずコンクリート舗装に、偉大で崇高な人間の狂気というコンクリート舗装に叩きつける狂気の音を……犬の咆哮についての私の見解を聞いてくれ、私の見解を聞いてくれ……私はあの吠え声に潜むひどい悪天候のもくろみを、カンブリア紀、シルル紀、石炭紀、ペルム紀、三畳紀、ジュラ紀、恐ろしい第三紀、第四紀といった地質時代を貫いて、いまなお地下深くから舌を覗かせる巨大な沖積層の恐ろしく無意味な拒絶にも屈することなく、くまなく吹き回る咆哮の嵐の意味を探るつもりだ……いいかね、私はこの咆哮の中に歩み入り、中に入って行ってやつの歯を叩き折り、やつを、嵐をはらむ私の無分別の支配下に置いてやる。そしてやつが虚言を撒き散らす装置であるあの思考プロセスを破壊し尽くす……いいか、立ち止まって、あのばかげた汗かきの犬の舌が吐き出す汗の産物に耳を澄ますんだ、犬を聞け、犬を聞け、犬を聞くんだ……」。ぼくたちは峡谷を覗き込むことのできる場所に立っていた。「狼のいる方だ」と画家は言った。「ここから下を覗くと狼全頭の生態がつぶさに観察できる。」彼は消耗しきっていた。ぼくも画家の暴発に打ちのめされ、まるで落石に全身を打ちのめされたようになっていた。「私はそこの路上のすぐ目の前、私の足下に、彼が潰れて横たわっているのを見つけたのだ」と画家は言った。ぼくはすぐに画家の「吐き出した」言葉を整理した。ぼくは不意打ちを喰らったのだが、補聴器のボタンを押したかのように、言葉が洪水のごとくぼくの上に押し寄せてきたのだった。でもぼくは疲れきっていた。「心して聞くがいい」と画家は言った「これが世界没落の吠え声だ。まがいようもなく世界没落そのものだ、この吠え声は。そしてこれがどれほど由々しげに人間の顔に、人間の顔、思考の顔、理性の顔に貼り付くことか、滑稽さの入り込む余地は皆無だ」。彼は言った「恐ろしくなってきた。さあ、もう帰ろう。宿に引き上げよう。もうこれ以上この吠え声を聞いてはいられない。」犬たちが日がな一日、そしてその前夜も徹してこんなに吠え続けたのは初めてだった。「この咆哮に何か予告可能なことがあるにしても」画家は言った「われわれがすでに知っており分かっていることでしかない。本当の世界没落を告げているのなら話は別だが」。彼は世界没落という言葉をそれこそ貴重きわまりない宝物を扱うように舌の先から根元まで転がした。この世界没落という言葉を、唯一無二の味わいの余韻を楽しむかのように、舌の先から根元までたっぷり時間をかけて引きずったのだ。ぼくたちはそれから黙しがちになった。切り通しの中で彼は言った「いまわしい！　あの上に書かれているのが見えないかね、あのてっぺんの、われわれがおべっか使いもいいことに天空の母と呼んでいるものに、いまわしい！　という文字が書かれているのが」。

彼は、その言葉によれば「眠るためでなく、恐ろしい静けさの中でひとり泣くため、自分だけを相手にむせび泣くために」自室に引き下がる前に言った「何たることだろう、何もかもが粉々にされ、何もかもが解体され、すべてのよりどころが壊れ、確乎たるものすべてが塵と化し、何ひとつ存在しなくなり、ほんとうにもはや何ひとつ存在しなくなったとは。分かるかね、宗教からも、非宗教からも、すべての神的存在に関する滑稽な長さに引き伸ばされた見解からも何ひとつ、まったく何ひとつ生まれず、いいかね、もはや信仰も無信仰も存在せず、つまずきの石である科学、今日の科学、数千年も前菜であり続けている科学ときたら、一切を放り出し、一切を褒め殺し、一切を大気中に吹き飛ばしたのだ。いまでは一切が空気でしかない……耳を澄ますのだ、一切がいまでは空気でしかない、あらゆる概念が空気だ、あらゆるよりどころが空気だ、一切がもはや空気でしかない……」。しばらくして彼は言った「凍てついた空気、一切はもはや凍てついた空気でしかないのだ」。

## 第一五日

「田舎では」と画家は言った「すべてが死にかけているが、とりわけここではすべてが息も絶え絶えだ。田舎者、そう田舎者の方がましと考えるのは大いなる誤謬だ。田舎者は今日では劣った人間、劣等人間だ！　総じて田舎は零落し、落ちぶれ、都会よりはるかに落ちぶれてしまった！　先の戦争が田舎者を打ち砕いた！　内も外も破壊しつくしたのだ。田舎の住民はもはや屑同然だ！　そもそもいまだかつて田舎者や百姓が偉大だったことがあると言えるか。田舎の住民が非の打ちどころのないものだったことがあるか。遺産とか土地とかいうが、それが何だったのだ。三文小説のようながらくたにすぎない。がらくただと言っているのだ！　いいかね、がらくただ！　田舎の人間が都会の人間よりも控えめなのは確かかもしれないが、そこにこそ田舎者の腹黒さ、いやらしさ、残酷さが潜んでいるのだ！　単純で独善的な考えの支配する田舎で無知と卑劣がまぐわうことがすべての荒廃の元凶なのだ！　……田舎の住民からはそれこそ何ひとつ生まれて来はしない！　村中に満ちるだらけきった物憂さ！　村の教会という無気力の塊！　よく聞いてくれ、私は田舎という疫病について話しているんだ！　田舎には嫌悪しか覚えない！　私は百姓の類いに好感を持っていないし、いまだかつてそんなものに好感を持ったこともない。きみはそうは考えないかもしれないが。私には、田舎の住民は未来にとって無意味としか思えないのだ。田舎の住民の総体がだ！　田舎はもはや何かの供給源ではなく、残酷と愚鈍、卑猥と誇大妄想、虚言と殺人、組織的死滅の温床だ！　もはや静けさを独り占めにしてきた跡形もない！　私の見るところ、この国では田舎こそ、もっぱら田舎こそすべてが正常で、田舎からは教訓を得ることもでき、田舎では恐らく万事が哲学的に運ばれ、何事も都会よりたとえ少しでもましである、と考えるほど大きな誤りはないのだ！　そう、まさにその逆なのだ！　世界がぶつかり合う外にこそ豊かさがある。ここにはしかし豊かさなどかけらもない。この谷間には豊かさは入ってこられない。豊かさにとってこの谷間はあまりに狭隘で汚らしく醜い。立ちはだかる岩壁が富に対して道を塞いでいる。富はあっという間に暗闇の中で道に迷ってしまうだろう。富は高山の足下を洗う川の岸辺までやってくるのがやっとだ。ここは何と言っても暗い。ここには労働と貧困以外何もない。ここには首つりと川の中への身投げしかないのだ。労働組合は口八丁で何でも言う。政党も同じだ。しかし何ひとつ変わりはしない。ここの男たちは四〇でだめになる。一巻の終わりだ。しばらくは姿を見かけるが、やがてそう、彼らが張り出した岩から身を投げたという話が聞こえてくる。

倉庫や発電所の上屋やセルロースの洗浄場で首を吊る者も多い。そのことを考えただけで分娩を妨げられる産婦も出てくるんだ。高く張られた電線がみんなの頭をおかしくし、川の流れがとどめを刺される牛や豚のような叫びを上げる」。

冬場は当然、現場仕事を進めるのがもっとも難しくなる、と技師が言う。ぼくたちは階下の食堂に座っていて、画家は、技師の語ることにとても関心があるという振りをしている。彼はひどい頭痛がしているのだが、それに気づかれないよう、みなと同じようにワインを飲み、上着のポケットに忍ばせた愛読書のパスカルがまだそこにあるのを確かめるかのようにときどき手で探っている。「霜の降りる時期にはコンクリを流す作業はできない」と技師が言う。「でもほかにすることはあって、いまは橋杭の打ち込みをやっている。相当危険な作業だ。」

画家が言う「川の上はひどく寒いんじゃないかね。私なんかは川を覗き込んだだけで寒気に襲われるんだが、一日中川の上にいなければならず、そこから指示を出し続けるなんて、いったいどうなっているんだね」。――「寒くはないんだ」と技師は言う「大事なのは、高いところで目を回さずにいられるということだけだ。目を回した者は、自分で気づくより先に真っ逆さまに水の中へ落ちる」。――「水は深いんだろうか」と画家が言う。「あそこは深くはない」と技師が答える「でも流れが速い。いかに泳ぎが上手かろうと、その上うちの連中がみなそうであるようにいかに屈強だろうと、水から出てくることはまずありえない。急流にさらわれ、数秒後には堰にぶつけられて、いやおうなくそこでおだぶつになる」。――「なるほど」と画家が言う「確かにあそこにはまだ古い堰が残ってる。でもあの古い堰は発電所が完成したら取り壊されるんだろう」。――「そうだ」と技師が答える「そのときは不要になるからね」。――「当然だ」と画家が言う。「いまあんたの下にいるのは何人くらいかね」と彼は尋ねる。「二〇〇人だ」と技師は答える「でもどんどん少なくなってる。いつも一定の割合で休みを取っているし、病気の者たちもいる。でもならせば一八〇人になる」。――「一八〇人！」と画家は言う「たいした人数だ」。――「でも何より肝要なのは、どうすればいちばん効率よく彼らを使いこなせるか、飲み込んでいることだ。どこなら彼らをもっとも相応しいときにもっとも相応しい仕方で働かせられるか。もちろんさんざん頭を搾らなければならない。でもそれを私は夜片付けることにしてる。次の日にやるべきことはすべて夜思い浮かぶんだ。」「思い浮かんだことは書き留めておくのかね」と画家は訊く。「いや、私はいっさい書かない」と技師が言う「すべては私の頭の中にある。車に乗り、下に向かって車を走らせるときに、前夜思いついたことを整理しなおす。宿で夜食を取る同僚たちに私の指令を翌日みなに伝えるのを手伝ってくれと頼むこともある。そうすることで現場を走り回る手間を大幅に省くことができる。現場である作業班から次の作業班のところへ移動するのは、ときとしてとても厄介なことがあるんだ。作業班はどれもひどく離れたところに陣取っているからだ。たとえばある班が橋のところで作業をしていると、もうひとつの班はそこから数百メートル離れた道路でダンプに積み込んだりダンプの積み荷を降ろしたりしているし、別の班はずっと川下の滝のところで働いているといった具合だ」。画家が言う「昼食はどこで摂るんだね」。――「社員食堂だ。みんなあそこで昼を食べる。休みを取っている者たちと、よりよい昼飯にありつけるというので、山を上ってここの食堂までやってくる何人かを除けばだがね。」――「社員食堂の方がここよりきっと安く食べられるんだろう」と画家が言う。「安いことは安いが、ここほど上等じゃない。」――「クリスマスにはどうなるんだい。みんな家に帰るのかね。」――「家に帰る人数はほんのわずかだ。ほとんどは家に帰ってもだれもいないからな。社員食堂ではクリスマスのパーティーもあるんだ。あのときは私も下に行っていた。」——「発電所の経営者はクリスマス手当も出してくれるのか。」——「うん」と技師は言った。「そのクリスマス手当はちゃんとした額かね。」割にたっぷり支給される、と技師は言う「土木業界はクリスマス手当ではしみったれてない」。労務者たちの賃金もたいしたものだし、下の現場の臨時工だって三千シリングは稼いでる。「中学の教師だってそんなにもらうものか」と画家が言う。「もちろん下の臨時工がこなす仕事と中学の教師の仕事では比較にならない。」——「もちろんそうだ」。皮剝人が言う「臨時工はそのほかに残業もするから四千シリング以上稼ぐことだって珍しくない。」——「それはいいんだが」と技師が言う「彼らはそれがもとで身を滅ぼす」。彼らがやがて肺病にかかるのは不思議ではない。ときには突然倒れて、それから何週間もバラックの病棟で寝て過ごすのだ。「上層部も残業がかさみすぎることを快く思っていない。そうなると何週間、何ヶ月と休業補償金を払わなければならなくなるからだ。」しかし彼らが下でやっている仕事が「相応以上に報われているかといえばそんなことはない」。ほかにずいぶん掛かりがかさむのだ。たくさん食べなければならないし、仕事の後は絶望してしまわないよう、しこたま飲まなければならないからだ。「独身者であるにこしたことはない。独身者はたいてい若くて体力があり、貯金だってできる。彼らの中には、そうやって何年か泥にまみれて働いた後、何か別のことを始める者もいて、頭の回る者は事業を立ち上げることもある。」ちなみに技師自身もかつて泥の中に立った経験の持ち主だった。若いときに彼は土木現場の臨時工として働いて学資を稼がなければならなかったので、彼もまたこのぼく同様、水の中や穴の中に立って、一日八立米の土を掘り起こせなければ首になり職場を追いだされるかもしれないという不安に駆られる日々と無縁ではなかったのだ。「私にはそうしたことがすべて他人事ではないので、どんなことだろうと手を貸すことにやぶさかでないのだが、彼らもそれに気づいていて、それが彼ら全員と私の良好な関係を作り上げている。」労務者たちは、現場にいるほかのどの技師とも、私とほどにはわかり合えていない。たとえば上層部が彼らに対して何かをごり押しするときも、私に対する彼らの信頼は揺るがない。「最初の暖かな日々が戻って来れば」と彼は言う「われわれの仕事はずいぶんはかどるのだけれど」。――「それならあんたの稼ぎは相当なものだろうな」と画家が言う。「私の知る限り、土木建築技師はこの国でいちばんの稼ぎ頭だからな」――「そう」と技師が言う「それはその通りだ。でも私はインドへ行ってもよかったんだ。あそこの方がもっと実入りは大きい。しかしインドへは行かずじまいになった。条件は魅力的だったんだが。」

突然ぼくの脳裏に首都の雑踏が浮かんだ。あそこでは正午から一時半にかけて、地位と名声に自信のある者はみな、グラーベンへ繰り出すか、ケルントナー通りといういわば数百メートルに渡って伸びるショーウインドウを練り歩いて、卸商人や、工場主夫人、弁護士夫人、またはほかの幾百人、たとえば会計検査院長夫人あるいはナッシュマルクトから様子見に顔を出す野菜売りのおばさんの視線を浴びながら、もったいを付けるのである。そしてぼくは、自分がノートと本を小脇に抱えてそこに立ち交じり、ときおり、交わされる会話の一節を、それは終わりのことも始まりのこともある、小耳に挟むところを想像する。たんなる罵詈雑言や不興の言葉が飛び込んでくることもある。そこでぼくは突然、近くの山や丘陵地帯からじかに通りへ吹き寄せてくるらしい新鮮な空気に包まれるが、いまは自分がどこへ食事に行けばいいのか見当が付けられずにいる。友人たちはみな家に帰るか、女友達や兄弟や田舎から出てきた伯母といっしょに昼食の取れるところへ行ってしまったので、ぼくはひとりぼっちだ。好奇心旺盛で押し出しがいい仲間のおしゃべりに身をさらすか、首都にたくさんあるどれを取っても甲乙のつけようのないくらい素晴らしい公園へ行って腰を下ろすか、どちらにするかさんざん迷った挙げ句、後者にすることに決め、アルブレヒツランペのスロープのすぐ後ろで道を折れて、日がな一日小鳥がさえずり、子供たちが鬼ごっこをして過ごす緑の島へ入っていった。そこのベンチでは秘書とおぼしき女たちがバターを塗ったパンを食べ、牛乳売りの女たちが休息を取り、大きな彫像の足下や階段の踊り場では文学博士たちが、それ以外用意のしようがないのだろうが、朝の内にきちんと包んでもらったベーコン・サンドイッチを平らげている。ジャスミンやゆで卵の匂いがし、たまに多数の道路清掃人のひとりに公園の端から端へ押されてゆく落ち葉のがさがさいう音が近くを通る。時計に目をやると、次の講義までまだ二時間あることが分かる。本を異様に荘重ぶったギリシア風ミューズ神殿へ通じる階段の最上段に置くと、やがて身体を凋落間近とおぼしい陽光の中に横たえる。まもなく一〇月も終わり、木の葉は散って、公園からは人気もなくなる。遠からず初雪がぼくの肩に降りかかり、サンダルが靴に履き替えられる。しかし冬が来ても、ケルントナー通りの賑わいは盛りの極みを保ち続け、零下三〇度の寒さの中でも暖かく感じる。そしてグラーベンはクリスマスにはまばゆく照明され、行き交う人びとはぶつかりあって、この世に生きる喜びを満喫するのだ。ときおり雑踏の中でひとりきりの自分に気づき背筋が寒くなっても、安全な寝床が確保されていることを考えると、もうそのとたんに悲しかったことは忘れている。

今日窓の前に座っているとき、自分の将来について考えなければいけないという思いに襲われた。

少なくとも近い将来について。シュヴァルツァッハの病院での研修医の期間が終わったら、ぼくはどうなるのか。試験はどのように受ければよいか。そもそも試験場に臨むことができるだけの知識が身についているとは思えない。しかしここにいては試験の準備などとうていできるわけがない。そんな時間もない。というのもぼくは完全に画家の影響下に置かれていて、彼といっしょに散歩をしなくてはならない、いやそうしなければならないというのではない、いっしょに散歩をするよりほかのことができないのだ。かりに彼から頼まれずとも、ぼくは彼といっしょに散歩をする。いつも同じ散歩だ。それは散歩というのも当たらない。たんに雪の中、風の中、森の中、寒気の中を歩くだけだ。ときにはぼくひとりのときもある。昼食の後で、彼が部屋に引き取り、ベッドに横になっているときがそうだ。――「だが私が寝ていると思ってはいけない！」――それか一昨日のように彼が突然ぼくを宿に追い返すときだ。そう言うとき彼はじっとぼくを見て、杖をぼくに押し当てて言う「宿に戻ってくれ。私はいまひとりにならねばならん。」ぼくは彼のところを立ち去るが、しかし彼を巡ってしか進まないぼくの考えの中では、また彼のところへ戻っていっているのだ。

ぼくは家に手紙を出し、少なくともここの住所だけでも伝えておくべきだろう。そうすれば家の者たちは二週間ぼくからの音信が途絶えた後に――きっともう、ぼくに何があったのか、病院に問い合わせているだろうが――ようやく何が起こっているか知ることになる。しかしもしぼくがある人物を観察するためにここに来ていると書いたら、奇妙に思うだろう。観察するため。ある人間を観察するといっても、家の者たちには理解不可能だろう。なぜならある人間を観察するということがどんなことか、彼らは想像すらできないからだし、ぼく自身にも分かっていないからだ。下級医の弟を。そうだが、何のために。彼が重篤な病にかかっているからか。死病を患っているから。それがどんな病か全然知られていない病を。脳の病気なのか。頭の病気なのか。患者は完全に常軌を逸した人間なのか。で、そういう人間がおまえにあてがわれたというわけか。下級医の差し金で。主任医師も同意の上でか。名望ある医師も同意したのか。こんな危険に。ひとりの若者を。まだ自分自身何をしたらよいかのわきまえもない若者を。頭の中が乱れに乱れた画家に。すべてが混乱の極みである男に。日常的なものを完全に逸脱した人間に。これはわれわれの息子、われわれの弟、われわれの甥に恐ろしい反響を呼び起こさずにいないだろう！　そうか、それなら彼らに手紙を書くのはやめておこう。だいたい二週間がどうだって言うんだ！　いままでにも二週間よりもっと長い間何の連絡もしなかったことは何度もある。何ヶ月ということもあった。家の者たちは、ぼくがいきなり帰ってきたかと思うと、またふらっと出ていき、そのまま何の便りもしなくなることには慣れている。それに彼らは、ぼくが病院ではごく手厚い待遇を受けていることを知っているのだから、ぼくからの便りがないからといって妙なことを考えたりしないはずだ。ぼくの将来は、とある森の中を流れる小川のようなもので、この川についてはいくつもの精確な記述があるが、それ以外には何もない。その森は果てしなく、そしてひどく暗い。まるで子供のときに思わず知らず想像してしまう森のようで、すぐに暗闇に包まれてしまい、その暗闇からは二度と出てこられないのだ。将来はまだまだ先のこと。だが実はそのドアのすぐ外まで来ている。このドアをくぐるのか。どうやって。闇の中へ、あるいは下方の闇へと通じるドアをくぐるには、どういう身支度で臨むべきか。ぼくは家へ帰り、自分の部屋に籠もって、皮膚と肝臓と脾臓とそして「聴覚についての練習問題」に取り組まなければならない。寒さの中での厳しい猛勉強になるはずだ。窓は閉ざしたままにしておくだろう。ひょっとしてもう外は雪かもしれない。すべてぼくは拒絶するほかないだろう。食事にもおりていくこともなければ、朝食を取りにほかの者たちのいるところへ顔を出しもしない。彼らは呼びに来るだろうが、ぼくは返事をしない。夕方森の中を小川に沿い、水車小屋のそばを通ってジョギングして、戻ってきてからベンチに腰を下ろす。そこからはあたり一帯が広く見張らせるのだ。

それから旅に出る。その後はまた、光や太陽に見限られた寮の部屋に籠もる。自分で簡単な料理を作り、時計を見てから、横になるが、眠れないので、道へ出て坂を上り、引き返してから、また何冊も本を開く。研修医の身分は。研修医の先は、どういう道がぼくに開けるのだろう。シュヴァルツァッハにはこれからまだどれくらいの期間いることになるのか。下級医がぼくに満足でないとしたら。もし彼が、このぼくでなくほかのだれかにいまのこの仕事を託せばよかったと考えたなら。これからも例年通りまた五〇〇シリングもらうことができるだろうか。こうしてしばらく病院を留守にしているけれども大丈夫だろうか。看護師長は知っているのだろうか。もちろんだ。ぼくが不在のとき、彼女は毎回食事が配られるときに、それに気づくのだ。いまぼくは医師たちの控え室に漂う不気味な雰囲気について考えている。そこには一台のラジオがあるが、それはもう何年も機能していない。時計がカチカチいっているが、時間は合っていない。花瓶に生けられている花はとっくに枯れて、干からびている。長いテーブルを覆う灰色のテーブルクロスは、天板に釘付けされている。壁には村の情景を描いた絵が何枚か掛かっているが、それらは芸術大学の同性愛者の画家が描いたものだ。前世紀から置いてある本は、もう何十年も開けられた形跡がない。その部屋に置かれた机の順に、主任医師、下級医、下級医の助手、骨折専門の外科医、そして産科の分娩担当の女医が座っているのが見える。そしてぼくの隣には、ぼく以外のふたりの研修医とギリシア人のドクターと新しいインターンが座っている。みなは黙って食事をしているが、ときどきテーブルクロスの上に、前腕の複雑骨折や、胎児の姿勢などのスケッチをする者もいる。食事を下げに来る看護師が、みなが席を立った後できれいに消し去るのだが。ぼくは長い廊下を歩くうち、地下でまたしても道に迷ってしまい、突然すべての扉が閉ざされ、どうやってそこに入り込んだのか見当を失う。ぼくは扉を叩くけれど、すべての扉が閉まった部屋の中に一晩中閉じ込められることを覚悟する。そのとき足音が聞こえるので拳でドアを打つと、ドアが開き、看護師が立っていて言う「まあドクター、どうしてまたこんなところへ入り込んだんですか」。その「まあドクター」がどんな風に聞こえることか。どんな風に。それからぼくはある人間ともうひとりの人間を較べる試みをする。そのふたりは同じ病気にかかっているが、ふたりの反応はまるでちがう。その後ひとりは死ぬことになるが、もうひとりはまるで何事もなかったように生き続ける。そのふたりの病気はまったく同じものだったのだ。ぼくは、ほとんどもう暗がりといってよい部屋の中で、脳の病気について記述しているクロッツの本を読んでいる。しかし画家がかかっている病気――それは脳の病気だ、それ以外である可能性があるか――について、クロッツのその本には何も書かれていない。アメリカから帰りたての一流の医学者が書き下ろした最新の本だというのにである。

それからぼくは教会へ行き、中をほんの数歩歩いてくる。というのも教会は病院に付属するように、あるいは病院が教会に付属するように建てられているからだ。ぼくには正確なところは分からない。両者とも何世代もの星霜を経てきていて、同じ厚い壁を擁し、同じ冷気を発散している。それからぼくは橋を渡って、カフェーへ行き、新聞を読む。それからしばらくたった夜更けに、ぼくは起こされる。というのも「ドクター、きっとあなたに関心のある患者」が運ばれてきたからだ。「横断麻痺を伴う頸椎骨折です。」ぼくは白衣を羽織って、ぼくを眠りから呼び覚ました看護師の後から長い廊下を通って手術室へ向かう。そこにはもう主任医師が立っていて、準備をほとんど終えており、すぐに執刀を始める。「ほとんど暗がりだな、これでは」と彼は言うが、手術は開始される。多分早朝までかかり、控え室へ朝食に行く時間はまずあるはずがない。そこでは頭を高くし、ここでは脚をギプスに包みそこでカンフル注射を打ち、ここで輸血をするといった風だ。尼僧看護師たちはとても信じられないくらいかいがいしく働く。一一時前に寝ることはなく、五時には教会から出てくるのだが、そこからは四時半に彼女たちの歌う声が聞こえてくる。ほうっておけば絶望がすべてを陰らせる荒涼として空虚で非人間的なその場所の至るところに翼付き頭巾が白い大きなチューリップのように花開くのだ。夜の内に何の前触れもなく亡くなった患者の身内の人たちがエレベーターと浴室の間に立って、彼らの兄または姉の最後の持ち物を手にしている。彼らはみな墓地の管理事務所へ行かされる。そんなときも若い看護師たちの笑い声がどんな悲しみも吹き払ってくれるのだ。ぼくの将来はどうなることだろう。ぼくを何が待ち受けているのだろう。明日！　それとも明後日！　ぼくはやってくるかもしれないものについて考えたくない。やってくるだろうものについても。将来とは何だろう。ぼくはそもそも何も考えたくないのだ！

ぼくは下級医に宛てた手紙を急いで郵便局へ持っていった。そこには皮剝人の縁者である女郵便局長がぼくに背を向けて立っていて、開いた冊子に何かを書き込んでいるところだった。「絵描きさんだけど」と彼女は言い、ぼくの手紙を受け取ってスタンプを押した。「あの人、もう長いこと顔を出さないわねえ。」以前はほとんど毎日山のような郵便物が来て、配達人が引きずっていかなければならなかったほどなのに。それがいまでは全然来ない。絵描きが戻ってきてから何週間にもなるのに、一通の手紙も来ない。「あの人加減が良くないようね」と彼女は言った。「ええ」とぼくは言った「病気なんですよ」。――「病気ですって」と彼女は言った。どんな病気なのか。「どんな病気かは分かりません。」――「重い病気なのかしら。」――「ええ」とぼくは言った「重い病気です」。――「でもなんで手紙が来ないのかしらね。」手紙が来ないのと病気は関係ない。彼女は、人間は病気になったときの方が、健康なときより手紙が必要なのだ、と自分に向かって言っているようだった。健康な人間に何が必要だろう、彼女は自分にそう尋ねているようだった。ぼくは彼の郵便事情がどうなっているか分からない、とぼくは言った。もちろんぼくも、彼に郵便が来ないことは、気になっていた。しかしそれ以上郵便局長と話を続ける気にはならなかったので、外に出た。

郵便局の前でぼくが考えたのは、画家の家政婦にとって、彼がどうなっているか分からず、彼が行方不明になっているのはひどい話にちがいないということだった。それからぼくは早足で村の広場を通り過ぎた。そして墓地の階段を上っていった。そこには皮剝人が腹まで土中に隠れて立っていた。郵便局から戻ってきたところだ、とぼくは言った。このあたりが今日こんなにひっそりしているのは奇妙だけれど、何か原因があるのだろうか。「こんなに静かだったことはなかった」とぼくは言った。「そうだな」と皮剝人は言った「ほんとうに静かだ。風も全然ない」。――「ほんとうに」とぼくは言った。そのときぼくは思い出した。「亭主だけど、どうして殺人なんかを犯すことになったの。あんな不幸なことに」とぼくは言った。「例の殺人かね」と彼は訊いた。「そう、あの殺人。殺されたのはどういう男だったの。」――「どういう男だったかって。」

男は何週間か宿で食事をしていたんだが、毎日暴れて、夜中を過ぎた三時頃にまだ酒を出せと言うことがしょっちゅうあった。亭主が一度それを断ったことがあったんだ。するとその工夫は拳骨で殴りかかった。亭主はビールジョッキで応えたんだ。「それは別に珍しいことじゃなかった」と皮剝人は言った。「彼らは何度も立ち上がり、またいっしょに腰を下ろしては、しこたま飲み、仲直りをしていたんだ。あのときはだけど魔が差したんだ」と彼は言った。「だけど最初はだれも関わっていないと思われていたんじゃないの。」――「その通りだ」と皮剝人は言った「最初はな」。――「どういう風に発覚したの。」――「ほんとうに」と皮剝人は言った「どういう風に発覚したんだったか。」

彼はまたシャベルを手に取って、働き始めた。ぼくは子供たちの墓に行って、写真に撮られた顔を眺めた。乳臭い顔だ、とぼくは思った。むくんだ顔ばかり。死んだ顔。まるで猛獣に襲われたような顔だ。ぼくは戻ってくるなり、また皮剝人の仕事の邪魔をした。彼は墓掘の仕事をほっぽり出した。「今日こんなに静かなのは」とぼくは言った「何かおかしいんじゃないかな」。――「そうだが」と彼は言った「自分の心臓の鼓動しか聞こえないくらい静かなことはときどきある」。ぼくは司祭館の方へ下って行き、落葉松林を目指して村を離れた。

どんなものも何ひとつ、黙してはいない。みながたえずおのれの痛みを訴えている。「どの山もすべて、いいかね、途方もなく巨大な痛みの途方もなく巨大な証言者だ」と画家が言った。画家は山を目指していた。「みんないつも、山は天に接していると言う。だれもけっして、山は地獄に接しているとは言わない。なぜだ。」と彼は言った「すべては地獄だ。天も地も、地も天も地獄だ。分かるか。上も下もここでは地獄なのだ。もちろん、何かが何かに接するなどということはありえない。分かるかね。境界など存在しないのだ」。突然吹きだしたフェーンがふだんは見えない影の領域を細部までくっきりと浮かび上がらせた。「分かるかね」と画家は言った「あれらがみんな影にすぎないのが。見えるかね。ほらあそこに、羚羊がいる！　見てごらん！」彼はぼくを自分に引き寄せた。「よく見るんだ！」と彼は言った。しかしぼくには何も見えなかった。「あの山は私に以前から巨大な棺台のイメージを呼び覚ますんだよ。見てごらん！」たしかにその山は巨大な棺台の輪郭を備えていた。「夏の間、私はここに何時間も座って、すべてを子細に検討するのだ」と彼は言った「内省のためかって。いや違う。すべてを観察するだけだ。自分が枯死してしまうのを防ぐためだよ」。彼はいま先に立って歩いていた。「死は、だれかに相手にされることを嫌う」と彼は言った。「さあ今度はきみが先を歩いてくれ。だから私はしじゅう死を相手にしているのだ！」ぼくは寒くはないか。凍えてはいないか。ぼくは寒くはなかった。「フェーンの中ではすべてがばかげて見える。口に出されるすべてはばかげている。どの宗教も、万事はばかげているという事実を取り繕う。いいかね、キリスト教はばかげている。キリスト教であるがゆえにばかげているのだ。祈りによって成り立つ世界とはすべてを誤った形で再現する錯乱状態だ。それはすべてを無に帰せしめる。それこそが祈りの世界の正体だ。まさにアーメンと言うしかない。」しかし人間はえてして誤った生き方を選び、誤った印象を受けながら生きるものだ。その誤った印象が「人間の首根っこを押さえて地面に押しつける。すると突然すべての錯誤への断念が生じる。猥褻行為への断念、良風美俗への断念、弱さへの断念、弱さの正反対への断念、いっさいへの断念が。するといっさいは明澄になる。私は人生でひどく暗い出来事にいくつとなく遭遇したが、それらはいつのまにかもう私の言葉の届かないものに変わっていて、私の中にあったもの、まだあるもの、もうないだろうものは、それらのせいで滅びゆき突然の死を迎えることになる。
私は何度も真理に、というより真理の観念に、もっぱら沈黙や虚無を通じてでしかなかったが、接近しようと試みた。だが失敗だった。試みの域を脱することはなかったのだ。いつも大海が間を隔てていて、月並みな言い方だが、相手の心を自分の心に結びつける能力が私には欠けていた。私は真理と和合することに成功しなかったばかりでなく、この人生において何にも成功しなかった。自分が死ぬことを除いてはだが。私は死にたいと思ったことはなかったが、死ぬこと以外の何をもあれほど強引につかみ取ろうとしてもこなかった。私の中の外界が滅び、外界を通じて私自身も死んで、すべてがもともと存在しなかったかのように消え失せればよいのだ。夜は夜のイメージよりも暗く、昼は陰鬱で耐えがたいどっちつかずの時間でしかない」。彼は宿へ戻りたがった。ぼくたちは切り通しを通って帰った。

「駐在の警官も女将とねんごろな仲だ」と彼は言った「私はなんども観察したんだ。あのふたりは私の想像通りに動いている。私が起きて、窓辺に行くと、警官の姿が見える。階下で口げんかが聞こえ、それで目が覚めたのだ。女将と警官の口げんかだ。最初、警官は公務で来ているんだと思った。たぶん女将が何かの件で呼んだのだろうと。しかしその服装から、夜女将といっしょだったことが分かった。制服のボタンが全部掛けられていなかったのだ。彼は銃を肩に担いで村へ下りていった。私は前に一度、警官と女将の間には何か大きなわだかまりがあるのではないかと気になったことがあった。私は間違ってはいなかったのだ。だらしのない服装と警官の振る舞い全体が、その夜彼と女将の間に何かがあったことの証拠だった。私はわずかな物音でも目を覚ます。だから私はほかのだれよりも多くのことを目にするのだ。それはどちらかといえば不愉快なことである。私は、皮剝人が不在のとき、警官が代わりを務めるのではないかと疑っていたが、その通りだったことになる。どんな人間同士が出会い、つるむかは思案の外である。あのふたりは反撥し合うに違いないと思っていると、違う、惹かれ合うのだ。警官はまだとても若い。きみよりも年下だ。」ぼくたちが宿の前に着いたとき、彼は言った「私はきみに私の部屋まで上がってきてくれないかと頼もうかと思っていたのだが、やめにしよう。この件は明日に延期することにしたい」。彼はドアを開けると、ぼくをステッキで食堂の中へ押し入れたのだが、そこには大勢が陣取っていた。もう一二時だったのだ。

「壁の中は空洞だ。軽く叩いただけのつもりでもものすごい音が土台まで響き渡る」と彼は言った。一〇〇メートル先を小川が高い瀬音を立てて流れているので、この宿はつねに一定の、それだけにいっそう危険な振動にさらされている。「私の部屋は、モルタルが欠けて落ちてくる」と画家は言った「私の部屋の薔薇模様は天井から床へ、そこからさらにはるか下まで走る壁の罅に引き裂かれている。罅というより大きな湿った帯だ。そこへ手を当てると、冷えが背筋まで走る。秋になると、カウベルが宿に破壊的な音で襲いかかるのだという。たとえば下の台所でバケツがぶつかると、雷鳴のように聞こえる。建物の中にビールの樽が転がされて入ってくるときの轟音は言わずもがなだ。そして昼となく夜となくシバンムシの木材を嚙る音がする。しかし私はこうしたものは嫌いではない。その反対だ。ときどき自分の家にいるような気になるのだ」。

画家にかかるとすべてが恐ろしいことになるのだ。「ときどき壁の中の空洞が完成すると、おがくずが流れ落ちてくる」と彼は言う「寒さが和らぐと、窓枠や床板が、まるで大きく息を吐くかのようなうめきに近い音を立てる」。地下室に走る亀裂はとある地震の置き土産だ。時計や絵がものすごい勢いで壁にぶつかったのだという。電灯は割れた。床板も張り直さなければならなかった。四、五日の修理作業のために大工や左官が泊まり込んだ。ヴェングは南方からアルプスの北の支脈まで延びる地震帯の東端に位置するのだそうだ。司祭館の地下では、岩が真っ二つに割れたのを見ることができる。「地震の猛威は一見明瞭だ。」岩は割れたが、司祭館にはその地震で罅ひとつ入らなかった。司祭館の「地震岩」については多くの逸話が流布している。「どの町や村にも奇跡譚がある。いいかね、私はここの屋根裏でぺしゃんこに潰れて干からびたクロウタドリを見つけたことがある。つがいのクロウタドリだった。石のように硬くなっていた。まだ二羽の歌声が周りから聞こえてくるかのような気がした。」夏は「暖かくて不安に満ちている」。冬は「寒くて不気味だ」。あるとき突然、ニワトコの灌木が家の裏の壁を壊したことがあった。「夜中に前触れもなく。まるで人の手が、手の幅だけすべてを押して動かしたようだった……私は一度一〇月の終わりにその裏庭にいたことがあったが、春と夏の間そこを満たしていた鳥たちの鳴き声が急に凍り付いてしまったようだった。そこで救助の日を、最初に暖かさの戻る日を待つかのようだった……意味深長な影が」ときどき宿の方からさしてくる。宿のあるこの窪地は全体が占い棒で鉱脈を探る者たちにとっての宝庫でもあるのだ。

画家がなぜヴェングにいるか、それにはさまざまな理由がある。都合の悪い方向から突然突風が吹いたというのも、十分に彼がここへ飛ばされてきた理由にはなりうる。この宿はしかしずっと彼を失望させてきた。彼に言わせれば、「どんなに要求の少ない客もがっかりする」。ここは「どんな人間も縮みあがるかもしれない」場所だ。ときどき彼には、ここがヴェネツィアのサン・ミケーレ島のような、死者が「層をなして積み重なる」墓地に思えてくる。「きみには、人間が実はみな墓地の住人だということが奇異には思われないのか。大都市は大きな墓地、小都市は小さな墓地、村はもっと小さな墓地だということが。ベッドは棺で、服は死装束で、すべては死の準備だということが。人生とは、棺台への安置と埋葬のリハーサルなのだ。」こんな致命的な場所に旅館を建てようなどと何がきっかけで思いついたのか見当も付かない。「何もない場所だった。」そもそも亭主の父親はこの窪地の地所をもらい受けたのだ。何かの賭けで転がり込んできたのだそうだ。それがどんな賭けだったのか、もう知る者はいない。鉄道敷設の際に余った枕木が、建材に流用された。屋根瓦には屋根葺き職人たちが苦労して叩いてきれいにした古瓦を使った。「セメントは、セルロース工場の倉庫から盗み出してきたものが使われた。」旅館は四年で竣工した。それが完成した三日後に施主が死んだ。「決まって人は、自分の家が建つと、そのとたんに死んでしまうものではないだろうか。あるいは完成する直前に。いずれにせよいつも絶頂か、それを過ぎて少したったときなのではないだろうか。」鉄道の枕木を女将は一〇年経っても完済できなかった。「国への支払いは時間がかかってもいいのだ」と彼は言った。「壁はどれも、あらゆる考えが筒抜けに耳に入るようにできている。」良心のやましさまでも。下から上まで、上から下までまる聞こえだ。「女将はときどき窓辺にやってきて、バケツからものすごい量の水といっしょに汚物を外へぶちまける。復活祭やクリスマスの畜殺の残りもだ……一五年ごとに外壁が塗り替えられる……壁の模様がある部屋から次の部屋に移り順繰りに変えられる。」電灯が導入されたのはこの前の戦争の直前のことだった。

「私がなぜここにいるかという理由のひとつが、いつもこの村の上にのしかかっている屠畜場の臭いだ。」この臭いの中を画家は、ズボンのベルトを思い切りぎゅっと締め付けて、行ったり来たりするのである。「私の方法はときどき私自身の手に余ることがある。」苦痛に関しては無数の指摘がなされている。目を覚ませばすぐに無慮数千の耐えがたいことに注意が向く。「この宿は恐ろしく湿気の多い場所に立っている……この土地はありとあらゆる病いの温床だ。ここで身心に障害をきたさないくらい健康な人間などありえない。」

彼はいろいろなことをやってきたが、ときどき代用教員を務めもした。いろいろな小学校で教えてきた。「私に対してしくまれた陰謀だった。」周知のようにひどい教員不足が全国を覆っているので、ときどき代用教員の職を見つけることは、いつでもできた。彼は、自分がただの一度も「どんな簡単な」試験も受けろと言われなかったことが不思議でならない。初めて代用教員に応募したときに、ただちに採用されたのだった。「私は腹が減ってたまらなかったので毎日通りがかっている学校で試してみようという気を起こしただけだった。ところがすぐに引き留められ、どこの馬の骨とも分からないのに教室に行かされそうになった。私はでも、まだ代用教員の応募書類を提出していない、と言った。それで帰されたのだ。理解できるかね。あの頃はものすごくたくさんの生徒がいたのに教員がいなかった。教員がまるで足りていなかったのだ。私は補助教員採用願書を自分で市役所の学務課の担当役人に提出に行った。願書は、間髪を容れず、私がまだ役所にいる間に処理された。その役人は願書を決済権のある最上位の部署へ持っていく前に、何人かの同僚の間を回さなければならなかった。しかし彼はすぐその後で私の願書をみずから最上位の上司のところへ持って行ってくれ、その上司がその場で承認したのだった。私はその日のうちにまた学校に顔を出し、採用されたのだ。私にまかせられたのは、学校の地下に設けられた教室で、一日中電灯を灯していなければならなかった。私は毎年何回か学校を変えた。合間には再び自由に暮らした。そうしていられる間は。芸術人間たちとの関わりを強制されるまでの間のことだったが。芸術人間たちと関わりを持つことを無理強いされる前に、私は学校に戻った。ときには兄の執り成しが必要になることもあった。兄はつねにとんでもなく高い地位にある人間ととんでもなく特別の結びつきを持っているのだ。私からは一度も兄に頼んだことはなかったが、彼は私の役に立ってくれた。代用教員をやっていると話したことは一度もない。しかし周知のように、どんなことも口伝にひろまる……何かをすればすぐに噂になり、だれひとり知らぬ者がいなくなる。あそこで噂になるのではないかと恐れると、まさにそこで噂が立ってしまう。」実際のところ彼は子供たちをあしらうことのできない人間であり、まして何かを教えるなど全然不可能なのだ。「しかし学校当局からはそんなことを訊かれたことがなかった。私は何も尋ねられることなく採用されたのだ。私が訊かれたのは、もしこの職にとどまるとしたら支給される給金で満足かということだけだった。私は、そう、子供たちに操られていた……悲劇は、私を子供たちが最初の瞬間から操ったことだ。彼らは私を恐れたにもかかわらずだ。いうまでもなく教師と生徒がそういう関係になるのはいいことではない。」と彼は言った。「子供たちは怪物だ……怪物のように手強く残酷だ。」彼が生徒たちを押さえつけておけたのは、最初に自分がいかに油断のならない教師であるかを何度か見せつけたからだった。「私は生徒たちを殴りもした……だがそれはひどい痛みを伴うことだった。あまりの痛さに、私は自分で自分が恐ろしくなったくらいだ。」授業を終えた帰り道には、不安の舗石が敷き詰められていた。にもかかわらず代用教員だった時間は彼にとって最良のときだった。画業という回り道を介さずとも、食いつなげたからだ。「わたしはずっと」芸術人間を憎んできた。しかし周りの人間に向けられた非難はすべて、自分に対する非難になって返ってきた。「結局自分に責任がある。そして自分に責任があることが悩みの元なのだ。決着をつけることはできる。決着をつけない限り、悩み続けなければならない。恐ろしい悩みだ。悩みを止めるには決着をつけるしかない」と彼は言った。「五〇までしか数を数えることができず、たとえば『私は父といっしょに家を出て、ひとりで帰ってきた』とか『私の母は私にやさしい』とか『昼は明るいけれど、夜は暗い』といった三つの文しか完璧にしゃべったり書いたりできない人間にも担当できるであろう授業をしながら、私はずっと私のパスカルを読んでいた。パスカルはきみも知っていたな！ すでにあのときから私はパスカルしか読まなかったのだ！」妙なことに、彼はいつもとても古い老朽化したしばしば閉鎖されかかった校舎でしか授業をしたことがなかった。「私の話し方に接したときに、採用担当者や採用担当機関は、私を雇ったり、私と関わりを持ったりすることを思いとどまるべきだったのだ。」だが代用教員の職は買い被るような代物ではない。結局のところそれは彼にとって「苦行であったが、私は辛抱強く持ちこたえた。なぜならほかの仕事はもっともっとひどいものだったに違いないからだ。」ときどき親からの苦情が、校長室に届いた。「ありとあらゆることが苦情の種になる。そして校長室としては私を転任させるよりほかなくなることが何度もあった。つまり私の転任が願い出られ、私は飛ばされたのだ。」彼が二年後「その多くの無気力状態をよく知っている」学校に舞い戻ってくることがあった。「結局私は病気になった教員の代役として使われたにすぎなかった。」

「代用教員には権限など何もなかった」と彼は言った。「代用教員の給金は、正規教員の給料の三分の二でしかなかった。」代用教員組合というものも存在した。しかし彼はその労働組合には一度も加入しなかった。なぜなら彼はいままでの人生でただの一度も何らかの団体や組織や協会や結社に加わったことがなかったからだ。「もしそんな自分に反することをしたら、もはや自分が自分でなくなっていただろう」と彼は言った。代用教員組合は何度も、彼に加入を強制しようと試みた。「私はときどき代用教員を務めただけなのに、想像してみてくれ、彼らは私を路上で待ち伏せした。そして私を脅迫したのだ。」しかし彼らは、画家が自分の擁する原則を守る段となると、実際どれほど強靭かを知らなかったのだ。「代用教員組合とならんで、〈代用教員連合〉という、ひとえに代用教員の主導の上に成り立っている団体が存在する。彼らは毎週土曜日の午後に集まる。決議案を練るのだそうだ。どんな決議をするのだ。どんな決議か私には分からない。彼らがほかの組織に反対する仕方ときたら。組合だからという理由でほかのすべてに敵対するのだ。権威ある教育官庁に反対。国に反対。自分たちの敵に反対。自分たちを窮地に陥れようとする者たちに反対、というわけだ。」なんでも代用教員基金というものもあって、代用教員の寡婦や遺児の支援にあたっているらしい。「私はそういう支援に全然反対ではない……しかしたとえどんな風の吹き回しでその手の支援をうける羽目になろうと、私はけっしてそういう組織に加盟することはなかっただろう……。」彼は郵便箱から「代用教員新聞」が顔を覗かせているのを見るだけで、胸が悪くなった。「新聞は月に二度送られてくる。要る要らないなどおかまいなしだ。私は一度も購読料を払ってない。頼んだことも、目を通したこともない。」生徒たちに――「彼らはいつもみな同じ顔をしていた」――彼はいつも「新しく来られた代理の先生」と紹介された。「心理的にはそれはまともに喰らう一撃だった……」彼が生徒たちに向けて発する最初の言葉はいつも決まっていた「空気を入れろ！　窓を開けるんだ！　窓を全開して、空気を入れるんだ！　教室には新鮮な空気が必要だ！　開けろ、開けろ！」それから彼は、生徒たち全員に自分の名前を名乗らせた。聞き取れなかったときは、名前を「もっとはっきり」言い直させ、黒板に書かせることにしていた。「しかしほとんどの生徒はまだ全然自分の名前を書けなかった。」彼はいつも一年生の最初の半年ばかりを受け持っていたのだ。「一度だけ二年生を受け持ったことがあるが。そのときは体調を崩してしまった。」学校当局が彼に新入生の最初の教師を務めさせるのは無責任きわまりない。「人生で最初に出会う教師は、決定的に大事なのだから。」実際のところ、彼は自分の人生で教室と教室にいる教師たち以上に憎んだものはなかった……「まさにいつもいやでたまらなかったことをやらなければならず、いつも反感を覚えてきたものにならざるをえないとはな。」代用教員をしていていちばん耐えやすかったのは、生徒たちを公園へ連れていって過ごす時間だった。「一週間に一度生徒といっしょに公園へ行き、そこに生えているすべての花や木や灌木について説明し……花や木や灌木の原産国を教えるよう定められているのだ。私は生徒にたったひとつの花の名前もたった一本の木の名前も教えてやらなかった。原産国の名も挙げなかった。ひとつの花についても、一本の木についてもだ。なぜなら私は植物に関して、とくにその名前に関して、生徒に教示することに反対だからだ。自然に関しての知識が増せば増すほど、自然について知ることは少なくなり、自然の価値は減少する一方なのだ。花の名前や木の名前、花や木の原産国についての質問を抱えて私のところにやってきて、諍いの種を蒔く知りたがりの生徒は、黙らせてやることにしていた。」彼はいつもベンチに座って自分のパスカルに読みふけり、生徒たちは好き放題にさせておいた。「だれも怪我をしないように、だれもいなくならないようにということだけは注意しなければならなかった。」夏の数ヶ月間がいちばん耐えやすい期間だった。「水浴場へ生徒たちを連れて行くのもいやではなかった……その頃私はモーパッサンやポーやシュティフターもずいぶんたくさん読んでいた。生徒たちがやかましくなると、私は意地の悪い目で睨みつけて静かにさせた。罰を加えると言って脅かしもした。しかしほとんどの生徒には睨むだけで十分だった。彼らは前にも言ったように私を牛耳っていたくせに、恐れてもいたのだ。彼らのほとんどは甘やかされすぎていたが、私は彼らのわがままを矯正することにしていた。少なくともつねに矯正しようと骨折った。しかし私がひとつの学校に勤めたのはいつも短期間だったからたいした効果を上げることはできなかった……そもそも学校のシステム全体を変えるべきだ。ひっくり返すべきなのだ。いいかね、この国の学校制度は世界中のどこよりも古びている。とんでもない恥さらしだ！　校舎が外見からして老朽化し荒廃し落ちぶれているように、われわれの学校制度も奥底までそう見えている。この学校制度から何が生まれてくるか、考えただけで背筋が寒くならざるをえない！」彼が原因でいろいろな学校の校長室に寄せられる親からの苦情の大半は、彼が「生徒たちに薬として与えた」ことで咎められている「汚らわしい見解」によるものだった。「〈汚らわしい〉という言葉にはしかし卑猥なという意味はこめられていない。彼らには反感を催させるものはすべて汚らわしいのだ。」彼は、生徒たちにいろいろなことを教えすぎるといって非難された。「だがその次には、私が教える内容は少なすぎると言って非難されたのだ。」彼は生徒たちがふざけるのを禁止したことはなかった。「それなのに彼らは私の前でほとんどふざけなかった。」小学校の一学年目では生徒たちは概してまだ彼らの教師たちよりずっと臆病なのだ。「大多数の生徒は教室の中ではなく不安の中に座っている……小学校の校舎は巨大な不安の檻だ。総じて学校の不安がそうだが、校舎の不安ほど恐ろしいものはない。ほとんどの人間がそれによって身を滅ぼしている。子供のときは無事でも、ずっと後でということもある。学校の恐怖がもとで六〇になってから命を落とすことだってありうるのだ。」彼は代用教員の職に応募したとき、これでもはや手に負えなくなった孤独な境涯から抜け出せると考えた。「ところが私は自分の生徒たちといっしょのときの方がはるかに孤独だった……自殺の思いがあるときふと浮かんだのは授業時間の真っ最中のことだった。どの教室の中だったか、どういう状況の下でのことだったか、まだはっきり覚えている。あのときの生徒たちは全員精確に記憶している。代用教員だった間は、きっかり毎月一五日に給金が支払われるのがありがたかった……しかし代用教員が悲惨な仕事であることは言うまでもない。」

女将がいま彼の足の腫れ物に発泡軟膏の湿布をしてやっているところだ。ぼくが説き伏せた結果、彼は女将の手当を受けることになったのだ。「できるだけ熱くして、五ミリの厚さに塗ってください」とぼくは女将に言った。「まるで心得があるみたいね」と女将は言った。画家はまるで相手にしていなかった。彼がそんなことをさせるのは、さもないとぼくがやかましくてかなわないからなのだそうだ。「こんな若い者に指図されて意味のないことを受け入れるのは初めてだ。」そう言って彼は笑った。ぼくは初めて彼が笑ったのを見た。もう何年も笑ったことがない人間を見るようだった。何十年かもしれない。彼には笑う切っ掛けなどなかったのだ。いまその彼が笑っている、とぼくは考えた、これから何年もないことだ。笑いは彼を疲れさせた。それは彼には、ほかの人間にとって下半身にメスを入れられるのと同じように不慣れなことだった。「私をどうしようというのだね。」ぼくは彼のベッドのそばに立って、女将が黒褐色の発泡軟膏をガーゼに塗るのを眺める。器用なものだ。彼女は画家の片足を抱えて、そこに湿布を押し当てた。それから足に包帯をする。「きつすぎないように」とぼくは言う。「これは喜劇ではないのかね」と画家が言う。女将が言う「しばらく横になっていなければいけませんよ、シュトラウホさん！」

画家が女将に、食事には何が出るのかと訊く。女将の答えるのを聞いて、彼は「そんなものは口にできない！」と言う。ぼくは彼の部屋を観察する。しかし部屋は暗くて、ほとんど何も見えない。女将が出ていくとき、彼はものすごい音を立てて息を吐いた。彼の部屋はぼくの部屋よりも大きい。そしてずっと暗い。彼がカーテンを全部閉じているからだ。ぼくは部屋のカーテンは最初の日に全部はずさせた。「この部屋のカーテンはいつも閉まったままだ……そうしたければ私の本を持っていってもいい。私のパスカルを持っていきなさい！」ぼくは、まだヘンリー・ジェームズがあるから、と言う。「ああそうだった、きみのヘンリー・ジェームズね。」彼はまるで棺台に横たわっているようだ。「きみは詩には関心があるのかね」と彼はぼくに尋ねる。「あんまり」とぼくは言う。「私は作りものには関心がない」と彼が言う。そのとき時計が時を刻む音が聞こえてくる。目で探すが、時計は見つからない。彼のトランクの中から聞こえてくるに違いない。洗面台の匂いがする。ストーブに火はあるのだが、暖かくない。「私はいつも寒いんだ」と彼が言う。「痛みを耐えがたくしているのは何か。痛みは、痛みでないとしたら何だろう。」恐ろしく静かで、彼の呼吸が部屋を破砕しそうに聞こえる。ぼくは、闇の中に横たわる、そこからはもはや何も見て取れない、黄色みを帯びた彼の顔に向かって「お休みなさい」と言ってから、部屋を出た。

## 第一六日

ぼくは何としても、シュトラウホが昨夜夢を見たと言うことを書き留めておきたい。それは、と彼は言った「私が見たどの夢とも全然似たところのない夢だ。私はきみに言っておかざるをえないが、それはとてつもない不幸の夢、すべてが途絶える夢、すべてが問答無用でかき消される夢だった。私はある色を夢に見た。しかしそれがあの夢をほかの夢から区別するわけではない。知っておいてもらわなければならんが、私の夢はみんな色で始まるのだ。それも、私が想定せざるをえないところでは、原色で、三つか四つある――四つと言ってもよかったのかな。――原色のひとつでだ。それからその夢はたちまち狙い澄ましたかのように、あらゆる色彩とあらゆる色彩の相互関係へ、すなわちあらゆる色彩が等しい意味を帯びているが、すべてにまだ音がないところへと移行した。次いで、色彩の暗がりの中、闇の中と同時に光の中へ、何の物音も立てずに入っていったかと思うと、今度は突然、高揚しつつ物音へ、ある孤独な線状の物音へと変化した。その次には物音が、色彩が敗北する度合いに応じて、勝利し、突然、これがその夢と私のふだんの夢を区別する点だが、夢は物音以外の何ものでもなくなっていた。音楽というには当たらない、この場合そう呼ぶのは妥当でなく、完全に余計で、誤解を招く。どうやらそこに出現したのは、始めも終わりもない物音であって、それが、私にはほかの言い方が思いつかないし、いいかね、後から思い出してじたばたしてみても、どう言ったらよいかまったく分からないのだが、何か不気味な勢いでむくむく押し出してくる地獄じみたものへと育ってゆくのだった。その物音は、やがてすごい騒音となり、最後には何も聞こえないくらいすさまじい騒音になって、そのはてしなく大きな空間、というよりも多くのはてしなく大きな空間（私を破壊しようと狙っているイメージだ！）のひとつを満たした。白と黒の双方が非音楽的で天上的な力によってひどく歪められたその空間では、ふたりの警官が突然大声で叫び、よりどころを失って揺れ動いていた。それが今度は突然三人になって揺れ動いた。漂っていた、と言うことはできない。まるですべてを抱え込む架空の恥知らずな簀の子から吊されたように、恥知らずな架空のすべてを抱え込む無限という舞台の簀の子天井の下で揺れ動いていた……」

夕方吹雪が始まると、ぼくは窓に押し寄せる波のような雪を眺めた。初めは窓が吹雪の前触れのように暗くなったが、吹雪が始まって、宿の建物に猛然と吹きつけてきたとたん、あたりはぱっと明るくなり、すべてが白一色になった。ぼくは新聞で、何かを要求する人間、何かを知っている人間、何も要求せず何も知らない人間、沈没した都市、もう間近まで迫ってきた天体についての記事を読んだ。

女将は宿におり、ふたりの娘は台所に座って学校の宿題をしていた。

皮剝人は彼の巡回をしているのだろう、とぼくは考えた、技師は川の流れの真上で指示を出しているのだ、と。

神父は司祭館に、肉屋は屠畜場の暗がりにいる。

靴屋は親指で縫い目をなぞっている。

教師はカーテンを閉め切り、恐れている。

彼らはみな恐れている。ぼくはシュヴァルツァッハのことを考えた。

突然ぼくはまた手術室に立っていて、あの髑髏とこの髑髏を持ち上げている。松葉杖を二本取りにエレベーターで地下に下り、それから松葉杖を必要としている人のいる四階へ上ってゆく。

ぼくの考えは母に向かう。母は、あの子はなぜ手紙を寄こさないのか、と思っているだろう。みんなが、なぜ便りをしない、と考えているだろう。ぼく自身なぜだか分かっていない。ぼくはだれにも手紙が書けない。下級医にもだ！

ぼくは再び窓の外を見るが、何も見えない。それほどひどく吹雪いている。

やがて玄関の廊下に人声がする。最初の工夫たちで、彼らが服の雪をはたき、長靴の雪をドンドン蹴って落とすと、建物全体が振動する。

しかしまだ階下へ食事に降りて行くには早すぎる。ぼくはそれらの声から持ち主を想像することができて、その顔も見えてくるのだが、いくつかの声は闇に包まれたままで、どの人物にも結びつかない。

ぼくはヘンリー・ジェームズを読むが、自分が何を読んだのかさっぱり分からない。棺の後ろを歩く女たち、鉄道列車、英国のどこかの破壊された町が記憶に残っている。宿に戻ってきた者たちの立てる騒音がだんだん玄関から食堂に移っていっている。いまはすべてが前より陰にこもっている。ドアが引き開けられ、また閉じられる。それから樽を転がして家の中へ入れるような音がする。何人かの男たちが、台所で身体を洗いながら、笑っている。女将がそこへ湯をいっぱいに満たした甕とタオルを置いておいたのだ。吹雪の勢いが収まってくる。ぼくは立ち上がって階下へ下りる。

玄関で画家と鉢合わせをする。彼は村を出外れるとすぐ、吹雪に捕まった。突然ものが何も見えなくなり、まるでぼろに覆われるように吹雪に包みこまれた。「雪のぼろきれだ！　……吹雪が続く間、私が手にしていたのはそういう考え、いや考えでなく、考えへの手がかり、ふだんは私に閉ざされている何か不思議な風景へと近づく手がかりだった……いいかね、どこもかしこも扉は閉ざされていた……私は扉を叩き、大声を出し、最後には扉を手と足で打ったり蹴ったりした。これらの情景とそれに付随する事実、そしてこの荒寥たるありさま……」

彼はひどく興奮していた。彼は言った「屈辱的だ、いいかね。私は自分で自分が分からなくなっている。真実と真実への能力は厄介なもので、人間的な手段によっては理解できない……すべては断片と暗示の域を出ない。思考全体が唯一の未熟な明晰さから成り立っているようでは……何の役にも立ちはしない。この途方もない素材！　この途方もない割合！　人間に値しないこの方向感覚……人間の悲惨全体という言葉以外にいつでも納得できるものはないと思えていた。吹雪は絶対的な死のプロセスだ……しかし吹雪とは何なのだ。それはどうやって成立する。この奇跡の大本は反抗だ……私の描写全体が、恐ろしい見世物に対する子供じみた不安の発露以外の何ものでもない……」技師が路上に倒れていた画家を発見し、自分の車に乗せて運んできたのだった。「技師がいてくれなかったら私はこの吹雪の中で凍え死んでいたところだ」と彼は言った。

駐在所の警官は、いままさに男が突然全身を占有し、少年がいつのまにか消えてゆくときを迎えている。「彼の可愛い顔は」と画家は言った「いつまでまだ可愛いだろう。あの顔が人生の押しつける全般的醜悪化を免れられるだろうか。否である。けだもの的要素が一夜にしてそういう顔の上をよぎって、その上に痕跡を残す。最初はかすかだが、次は決定的となり、だんだん容赦ないものになってゆく。最後にわれわれは耐えられなくなって、その顔から目をそらし、新しいまだ醜くされていない可愛い顔を探しに行く。そしてその新しい顔が前の顔が辿ったのと同じ経過の犠牲になるまで、われわれはその顔に魅了され続ける。われわれとすべての顔の関係はそのようなものだ。ところで警官には、私がきみにも見いだしたのと同じ特徴がたくさんある。でもそれはきっと彼の若さ、あるいは一般に若さというものなのだろう」。それから「きみの年頃には、私はすでに多くのことを経験し、完全にではないにせよ、いっさいから身を引いていた。私は実際二三歳で、もう終わっていたのだ。きみは奇異に感じるだろう。そのはずだ。きみはまだ何からも身を引いてはいない、最終的には何からも。警官もそうだ。私がいま話しているのはそういう巡り合わせについて、一種の仕切り、逸脱への障害についてなのだ……以前に一度話したことのある特定のときについてだ……そのときになるとすべてがばらばらになり、いいかね、声は大酒を飲んだときのようにふやけ、意に反してズボンが小便でほとびる……ところで警官もきみと同じように寡黙だ。いつでもそうだった。警官にはどうやってなるのだ。警官とは何なのかも分からないのに。巡査にはどうやってなるのだ。どうしたらそういうぞっとするものになれるんだ。制服着用者などに。どうしたら。制服に身を滑り込ませればいいのか。あのぞっとするものの中に身を滑り込ませればいいのか。最初は恐らくいやいやするのだろうが、やがてそれにふてぶてしくも慣れてきて、最後にはすっかり日常的に思えてきてそうすることが当たり前に感じられるのだろう。でも何のためだ。ところで宿に出入りする人間は警官には毒だ。しかし彼にももうとっくにその毒が回っている。彼はすでに本を読むことをやめたし、警官の職業にそぐわないことをすべて放棄してしまった。いかがわしい人間はそうでない者をたえず自分たちのいかがわしさに染まらせようとするものだが、それこそが彼らのいかがわしさの本質だ。そして彼らは、われわれが目の当たりにしているように、遅かれ早かれ、疑う余地のない確実さで目的を達するのだ。私は以前、去年はまだ、今年になってからも、数週間前までまだ、警官といっしょにきみといまこうしてしているように、いっしょに道を歩いていたのだが、いま彼はまったく引きこもってしまい、宿にもめったに顔を出さなくなり、来るにしても夜で、どういう目的からかは分かっているが、彼の姿を見るのは隠れ場から出てくるときだけ、しかもこちらが彼から不意を襲われるときだけだ。私が思うに、彼にはもう救いようはない」。

いかにして手放しの喜びの記憶が憂鬱に切り替わり、いかにして午前が正午に、正午が午後に、午後が夜になり、光が闇になるかを、彼はぼくに解き明かす。出発だったものがいかにして帰還に変わるか。怠慢と無能から、いかにして苦しみと悩みと、そして絶望が生じるか。「何がいったい危険なのか」と彼は尋ねる。危険をとことんまで利用することか。何を利用し尽くすのだ。男は、いまそのときまで自分と、彼とに満足して仕合わせの絶頂にいた女たちがこれから懐妊するという悲惨な思いにうちひしがれて重い石のように落ち込むのを眺めている。突然彼女たちの声は疲れ切り、心はへとへとになって、彼女たちがひたすら願うのは安息だけとなる。すべてが後を絶ったいま初めて、性格の強靭さが消えてゆく。嫌悪がひどい痛みを引き起こす。夢遊病者の感じているような信頼感が不信に転じ、あからさまな敵意へ、生かすか殺すかの二者択一へ移行する。山頂へのうきうきした登山が重傷を負っての谷間の宿への避難行に終わる。みごとに成功し聴衆みなをうならせた弁舌が突然不穏な空気を掻き立てる。それが人間を支配する思考のメカニズムなのだ。賛嘆は非難に、定見は無節操にさっさと席を譲る。夢は夢の破壊となり、詩は木杭となってあたりかまわず打ちかかる。徳性が悲哀に、原初状態が嘘に変わる事態の機微が彼には分かっている。無慮幾百万の感覚中枢に卑しい本能が侵入し、すべてを破壊し尽くす事態の機微も。「瞬間というものの正体については何も知られていない。万物はいわゆる一瞬のうちに縮み衰え、一瞬にして死を迎えるというのにだ。」彼はぼくに、ある色彩の彩度を弱めると同時に、別の色の彩度を耐えがたいほど強める力のある空気について解説した。突然何にでもうるさく口を差し挟む陰影についても。「祖父母の家は」と彼は言った「だれに頼まれもしないのに、仕合わせが出入りしただけでなく何時間もとどまっていたのだが、驚くべし、突然何の前触れもなく、すべてを凍り付かせ、森の散歩や湖上のスケート遊びや朗読や澄み切った水などの記憶をすべて拭い去る耐えがたい雰囲気に覆い尽くされるのだった。ひとつの手が二つの領域を仕切るように動くと、もはや問答は無用だった」。そうだ、総じて犯罪や事故が大きな仕合わせの結果であるのと似たようなものだ。「山を動かすほど見事な力を発揮することのある無思慮の結果であるのと似たようなものなのだ。一本の木をたちまち裸にしてしまう突風に喩えてもいいし、手荒くすべてを引きさらう海に喩えてもいい。自分には理解しがたいことだが、みんな一様に持続する仕合わせを欲しがる」と彼は言った。「何もかも次々に交代する価値しかないんだ。」日曜日を飾った装飾が突然見るもおぞましいものに変わり、人間が獣に、そして獣が人間に変わるのと同じで、恐ろしさのあまり逃げ出したくなる。青は黒に、黒は青に変わる。上は下になる。ある通りが、どこからかは分からないが別の通りに変わるのと同じだ。「人間には決定的な時点は分からない。」すべては、自然からつねに同じだけ多くの、あるいは同じだけ少しの水しか供給されない運命の下に置かれた川と同じようにながれてゆく。

吹雪の続いている間に、近くの村で火事が発生し、一軒の大きな農家が全焼した。火災現場はヴェングから八キロないし九キロ隔たったところだ。大勢が、まだ吹雪が荒れ狂う中、そこへ向かった。火事は、そう、すべての人間を惹きつけるからだ。みな何もかもおっぽりだし、眼中には火事しかない。画家は、階下の玄関の廊下で出会ったとき、ぼくに言った「皮剝人が飛び込んでくるのを見なかったかね。電線から飛んだ火花が火事を引き起こしたのだそうだ」。「引き起こした」という言葉を彼は使った。「きみは皮剝人が報告するところに居合わせたかね。彼は、こけつまろびつ登場するギリシア悲劇の使者よろしく姿を見せた。まさに民衆の代表たるにふさわしく」と画家は言った「挑発の余地ありと見たらとことん挑発の手を緩めず、制するか制せられるかの瀬戸際で動いたのだ。皮剝人と女将は、民衆の間に風評が燎原の火のように広まる仕組みを解き明かす好例だ。いいかね」と彼は言った「一方に知らせのもたらし手がいて、他方に驚きの色も顕わにセンセーションに食らいつく知らせの受け手がいる。皮剝人が口にしたことは、女将を経て初めて意味を帯びるのだ。次は女将が皮剝人の役を引き受け、またほかの者たちが順繰りに役を回し、また別の者たちが現れ、ついには民衆の全員がその知らせを共有する……」。火事は数百匹の豚の命を奪った。顔を布で覆った男たちが豚舎を逃げ出した豚を救助しようとしたのだが、豚はみな火の中へ駆け戻ってしまった。男たちの牛も、家鴨も死んだが、鶏も一羽も助からなかった。みな炎の中で焼けるか、煙に巻かれて死んだのだ。消防団は完全にお手上げだった。すべての井戸は凍り付き、川には水がなかったからだ……嵐が一瞬のうちに猛烈な勢いで巨大な火の手を煽ったが、それにたちまち雲が覆い被さった。空を焦がす炎のとてつもなく大きな広がりを、みなが見守っていた。しかしこの宿からは何も見えなかった。窪地からは外が見えないのだ。「恐ろしい火事だ！ ヴェングの消防団も出動したんだが、きみには聞こえなかったのかね。」ぼくには聞こえなかった。「宿にいただれも消防車のサイレンを聞いていない。この宿には、そう、何ひとつ入ってこないのだ。すべては宿の上を掠めすぎる。乾いた薪と干し草の山、想像してごらん、巨大な農家の納屋はもう赤々と燃えるさいころでしかない、それが最後には一瞬にしてばらばらになるのだ。水のないホース、消防団の隊員たちは完全になすすべもなく立ち尽くしていた。彼らはホースは伸ばしたのだが、水は出てこない……どこから水を持ってくればいいのだ。想像を絶する事態だった。人間には何の手出しもできない。屋根が燃え落ちるのは壮絶な見ものだ！

しかも吹雪のさなかときている！　私はかつてバイエルンの村でそれを体験したことがある。道を歩いていた私は、降りしきる雪で前が見えず、鼻をふさがれて窒息しないよう注意するのでせいいっぱいだったのだが、突然私の頭の周りを火の粉が旋回しはじめたかと思うと、その数がどんどん増えてゆき、突然白い雪片だけでなく同じ数の赤い色をしたものが飛びはじめた。私はその赤いものが渦を巻きながら飛んでくるとおぼしき方へ向かって走りに走った……左上方の丘の上に、雪の壁を前に控えて燃えさかる屋根が見えた。地平線はすべて炎に包まれていた。その燃える地平線の中へ私は走り込んだのだ。たぶん私は救助に駆けつけることを考えていたのだろう。しかしそこに繰り広げられていたのは壮大な見世物であり、それが私の耳もとで唸り、足裏を焦がしたのだ！　私が確認したところでは、私がその火災の第一発見者だった。大きな熱波が私に向かって押し寄せてきた。火事場から一〇〇歩のところまでやって来たとき、ガラスや食器の割れる音、人のあえぎ声、ものが壊れる音そして最後には叫び声が聞こえ、突然何人かの取り乱した人影が走り回り、火の中から飛び出したかと思うと、火の中へ飛び入るのだった。想像してみてごらん、もう寝に就く刻限で、みなベッドに入っていたから、着の身着のまま寝間着姿で雪の中を走っていたが、まるで燃えさかる松明で、それが雪の中に倒れ込むと、燃える蠟燭を雪に押しつけたときのようにジュウという音を立てるのだった。いいかね、そこへ屋根が落ちたのだ！　最初、屋根は持ち上がったように見えたが、次いで轟音とともに崩壊した。そこに、上からのものすごい重圧で扉が動かなくなり閉じ込められた家畜のわめき叫ぶ声が加わった。すべてはきわめて短時間のうちに進行した。何もかもひっくるめて二〇分もかからなかった。消防団の隊員が炎の中に突入し、何人かを引きずり出したが、そのときにはすでに半死状態か、あるいはもはや息絶えてくずおれるかだった。私がそこを通りかかったのは、たんに家に帰るのが遅くなったという偶然によるものだったが、いいかね、もし私が当時住んでいた家にいたとしたら、何も目にしていなかった。その家もこの宿と同様窪地にあったからだ。後から分かったことだが、家主とその妻が火に巻かれて窒息死した。そのほか家の使用人が三、四人亡くなった。使用人の数人がやけどを負って病院に運ばれ、そこで数ヶ月を過ごさねばならなかったが、私が聞き出したところでは、うちひとりの入院は数年間に及んだ。もちろん彼らの人生は台無しにされたのだった。私は皮剝人が飛び込んでくるとすぐに、私が生涯忘れることのないだろう、いま話した火事のことを思い出した。あのときもそうだったが今日も放火の噂が立っている。今日もあのとき同様貧しい者たちがリュックサックを持って火事場に集まり、豚や牛や鶏肉の塊でリュックを満たそうとしている。彼らは現場で応急に肉をさばく。いいかね、火事場で焼け死んだ家畜の肉はだれでも持ち帰ってよいことになっているのだ。みな手に入るものなら何でも我がものにしてしまう。火が出るのをいまかいまかと待ち受けている者もいて、いざ火事となるとすぐに駆けつけるが、中にはできる限り多くのものを家に持ち帰るために車で乗りつける者もいる。畜殺用の道具の斧や包丁を持って押し寄せ、すべてを切り刻む。とてつもない見ものなのだよ、火事は！　火事とはとんでもない見ものなのだ！」一〇時になったとき、ぼくはまだ食堂に座っていた。皮剝人がいつまでも話を終えることができなかったのだ。彼は何度も何度も火事の話を蒸し返し、キングとエースを手にしているのだからいつでも上がれたはずなのに、勝ち手を見逃してばかりいるのだった。そこへダンスの催しに行っていた技師が戻ってきて、放火だったという話を伝えた。すでに現場では訊問が行われている。警察と司法関係の一団が仕事を始めていて、夜になっても中断するつもりはない。昨夜満期になった高額の保険金が、農夫自らが持ち家に火を放ったことの動かぬ証拠なのだという。

放火である。ただし農家に火を点けたのは、みなが考えていたように、農夫みずからではなく、彼の作男だった。男は保険がまだ満期になっていないと思い、主人に報復しようとしたのだ。動機は割れていて、作男と農夫の間に存在したという「同性愛関係」のこじれだというが、その関係については、もう生きていない農婦も知っていたのだという。そういうわけでいやおうなく農夫に高額の金が支払われることになる。彼はその金をチロル州のとある谷間の工場につぎ込み、もはや農業からはきれいさっぱり足を洗うつもりだとのことだ。彼の妻は家の裏で屋根の柱に打ち殺されているのが見つかった。恐らく、と考えられているのだが、彼女はもう一度家の中に走って戻り、子供を連れ出そうとしたのだが、子供の方が彼女より一足早く、もう部屋の中にはいなかった。そこで炎と接触することなく家から走り出た彼女の頭の上に屋根の柱が落ちかかったのだ。みなは何度か彼女の上を跨いで通ったのに彼女には気づかなかった。みなは彼女が家の中の瓦礫の下か、炭化して黒褐色の塊になった家畜の下敷きになっていると思ったのだ。家畜の屍体のあちこちから角や足が突き出ていたがいずれも硬直して鋳物のように見え、そこからはものすごい悪臭が立ちのぼったが、その臭いはいま思い出すと、宿の周りでも嗅ぐことができた。われわれの駐在所の警官はたんに略奪に来たよそ者を銃の台尻で押し戻さねばならなかったが、ひとりふたりは彼の制止を聞き入れなかったので、頭を殴るしかなかった。医師がひとり到着したが、ときすでに遅しだった。トラクターは無事救い出せた。農夫がそれに乗って燃えさかる家の中から出てきたのだ。女将は農婦の葬式に参列する。女将はあそこの人びとをよく知っているのだ。「大きな農家よ」と彼女は言った。彼女は子供のとき、妹といっしょにそこで働いたことがあったのだ。「まる一夏だったわ。」火を点けた作男は、いま至るところで捜索中だ。駐在の警官も職務を果たすため朝早くから宿へ顔を出し、いろいろなことを尋ねた。しかし容疑者に関わる記述に該当する男は、女将によれば、一度もこの宿に足を踏み入れたことはなかった。放火犯は、女将に言わせると「鼻つまみ者はひとり残らずそこからやってくるケルンテン州の出身」で、秋が深まってから初めてその農家に現れた。彼は故郷に舞い戻ったと思われているが、そのほかのすべての可能性も否定されたわけではない。彼は休みを取って、家を出る前に一張羅の晴れ着を着込んだ。農夫が後になって火事の最中に思い起こしたのは、作男が小さな旅行鞄を手にしていたことだった。たいていの場合そういう者たちは、罪を犯した後、親戚か知人の家へ行き、そこで挙げられるのだ。彼がどこで捕まるか、そもそも捕まるのかどうか、見ていることにしよう。しかしこういう犯人はだいたい数日後、たいていは数時間後に見つかる。というのも彼らは高飛びする手段を持ち合わせないので、遠くへは逃げられないからだ。それにその勇気もない。納屋の干し草置き場や無人の小屋に潜んでいることが多く、なかばあるいはもう少しで飢え死にしそうな状態で発見されるのだ。あの家が燃えるのがもう一日早かったなら、農夫は一銭も手に入らないところだった。ところがかくいうわけで彼は巨額の金を手に入れるのだ。放火犯は一日間違えたにちがいない。「いいかね」と画家は言った「国中が、見ての通り、犯罪者であふれている。殺人犯と放火犯で」。

「今日は」と画家が言った「重苦しくてたまらない。空中を火事の気配が満たしている。行って様子を見てくる気はないか。私はその気にならない。橇があれば別だが、橇はない。面倒すぎる」。彼は救貧院の台所に座って、シスターや賄い婦たちと話をしてきた。「あそこではジャガイモの皮からスープを作るのだ」と彼は言った。ジプシーたちが村を通過し、救貧院で温かい食べ物にありついた。「一頭の馬に引かれた幌馬車でだ。彼らは下の駅の近辺に泊まっている一団の一部だ。みなクロアチアから来ている。院長は彼らにパンと豚のメダイヨンを与えた。ジプシーとは、自らを胸くそ悪いと感じるようになった世界の残りかすだ。彼らは歌を歌おうと申し出たのだが、院長が歌を好まなかったので、歌は歌わずに、食べ物を馬車に積みこんで立ち去った……。」彼は言った「それから私も村を通り抜けた。しかし天気が、教師の言うように、正気の沙汰ではない。いまは新生児が次々に死んでゆく。緊急畜殺も日常茶飯事だ。たえず命令を下す肉屋の声が聞こえてくる。木製サンダルが血を受けるバケツにぶつかる音も。肉屋が仔牛の腹から引っ張り出す腸がきらきら光る。あの暖かく甘い匂い！　肉屋では、いまでは至るところで行われている射殺が拒否され、いまなお撲殺が行われている。ある者たちが耳と尻尾を摑むと、ほかの者が頭にハンマーを振り下ろす。きみもきっと、致命傷を負った家畜が屠畜場の床の上にどさっと倒れる音を知っているだろう。山が急に近くなって、頭のてっぺんがぶつかるのではと心配になるほどだ。村中に家畜の毛の房と、ちぎれた毛皮が散らばっている。私は、それを掃除し、血だまりは雪で覆うように言うのだが、だれもそれに思い至らない。田舎ではいつも道が血にまみれているのだ。私は肉屋の店に入ってゆき、若い衆に屠畜場の外の毛の房を掃除し、血だまりを雪で覆うように指示を出してくれ、私は若い衆がきれいに掃いて雪で覆うまではここを出ていかないぞと言った。肉屋は、明日隣村で打撲死した農婦を弔う大宴会があって、自分のところにも注文が入っている、と言った。だからいま朝から畜殺をしていたのだ。今日のうちにも届けなければならない、と」。橇に山盛りに積みこんだ肉をO集落の集会場へ届けねばならないのだそうだ。

ぼくたちは、突然峡谷が顔を覗かせるところへさしかかった。シュトラウホがなんとしてもこの回り道をしたいと言い張ったのだ。ぼくがヘンリー・ジェームズの一節を朗読すると、彼はその難解でぼくには理解不可能だった箇所を見事に解釈して見せた。ぼくはその箇所のせいで昨夜は一睡もできなかったのだ（断っておかなければならないが、ぼくは生まれてこの方あれほど焦燥に駆られたのは初めてで、部屋を出て、食堂へ下り、家の外の寒気、まさに「墓地の冷気」の中へ踏みだし、そこから切り通しの中へ走った。寝間着の上に上着を引っかけ、大慌てでズボンを穿いた恰好で、「意識不明の暗闇状態」に至るまで走り続けた。しかしぼくには自分でもなぜそんなことをしたのか説明が付かず、何ひとつ書きとめられず、その事態についても、ほかの何についてもひと言も書きとめることができないのだ）――画家はぼくにヘンリー・ジェームズの一節を解釈した後で、そして峡谷が、深い雪に振り籠められた峡谷の入り口がわれわれのすぐ前に開けたとき、二歩自分の後ろに退くようにと命じた。彼は突然ぼくと話し始めたのだが、ぼくの方を振り向こうとはしなかった。「いいかね」と彼は言った「この木が歩み出てきて、私が託した、いつだったか託しておいた詩句を語る、世界を倒立させる詩句、神に敵対する詩句をだ、分かるかね！　この木は上手《かみて》から登場するが、もっぱら優しい声しか出さない雲は下手《しもて》からの登場だ。私自身は自分を、この昼下がりの芝居の作者だとみなしている。この悲劇の！　この喜劇の！　そして聴いてくれ、音楽が時を違えずに始まったのを。この音楽は私の言葉やみんなの言葉との違いを際立たされている。聴いてごらん、すべての楽器がこの音楽の完成に力を合わせているのを、悲劇も喜劇もすべての楽器もすべての歌声もすべての高音声部もすべての低音声部も合力しているのを。音楽は二重の死地の唯一の支配者にして二重苦の唯一の支配者にして二重の忍耐の唯一の支配者なのだ……音楽だ、聞いてごらん……言葉が音楽に寄っていくが、言葉にはもう音楽を欺くだけの力はない。言葉は音楽に寄っていくしかないのだ。言葉は他を絶して衰弱している。自然の言葉も自然の闇の言葉も別離の暗黒の言葉もだ……よく聴いてごらん。私はこの音楽の中にいたし、いまもこの音楽の中にいる。私はこの言葉に由来し、この静かな昼下がりの詩《ポエジー》の中にいる……私のこの芝居が目に入るかね。私の小心さの芝居が見えるかね。自立せざる神についての芝居が。だがどんな神なのか」。画家は振り向いて言った「神とは大いなる唯一の苦境に付けられた名だ！　星辰が陥っているとてつもなく大きな苦境の名なのだ！」と彼は言い、口に人差し指を当てた。「でもそれについては黙っていることにしよう。私が欲するのは、木が最後まで語ること、川が最後まで語ること、天が最後まで語ること、地獄が業火の首尾一貫性を保ち、最後までそれを貫徹することだ。私はこの業火を欲する。きみにも知っておいてもらわなければならないが、私が欲するのは、この影たちが殺し手になり、すべてを殺戮しつくすことだ……私はこの悲劇とこの喜劇に同情する。いや私はこの悲劇にも喜劇にも同情しない。私ひとりがひねり出したこの悲喜劇に、私ひとりがひねり出したこの影たちに、影たちのこの苦しみに、この影たちの苦しみに、このいつ果てるとも知れない悲哀に同情はしない……」。彼は言った「こうした見世物はばかばかしさ、神的なばかばかしさの所産であって、いいかねこの見世物は、きみも知っておくべきだが、哄笑以外のなにものでもない……そしてよく聞いておいてくれ」と画家は言った「世界がその本領である闇の中から空中へむっくと身を起こす。風のように。風がはらむ水のように。風と空気との関係のように……そうだ」とシュトラウホは言った「いま私は拍手をする。とにかく拍手をしてみる。拍手をし、そして私の頭を宇宙のもっとも肝要な場所にぶつけよう。するとすべてはたんなる妖怪の仕業だったと、すべては妖怪の仕掛けたことにすぎなかったと、妖怪の幻影に、いいかね、妖怪の幻影にすぎなかったと分かるのだ」。ぼくたちは村の中へ入って行った。彼が言った「ときどき極度の疲労が、てんでんばらばらに四散した芝居のごとく、あるいは果てしなく音楽的で魔的な存在のごとくに私の頭の中へ侵入してきて私を滅ぼす。それは、私が私であることの不可能性への途上にいる私、私の記憶と荒廃した心の最小にしてこの上なく寛容な安らぎへの途上にいる私を討ち滅ぼすのだ」。彼は言った「私には、たんに木と言い、森、岩、風、土と言うだけで十分足りるのだが、しかしきみや世間はそれでは満足できない……だからまったく唐突にひとつの外傷を、ひとつの見世物を、ひとつの喜劇を、ひとつの喜劇の虫垂をでっちあげる……ときには自然もこちらの首を絞めにかかることがある。素朴さのかけらもない自然だ。そうなって初めて恐ろしい自然の無限の複雑さに目が開かれるわけだ。すると結局何もかもが理解不可能になり、理解不可能性の度合いはどんどん増してくる！　私はただ〈木が登場する……〉とだけ言うべきで、ほかは口にするべきでなかった。〈風がセリフを覚えている……〉とだけ言って、ほかは黙っているべきだった。おいで、もう行こう。もう何も恐れていたくない。」

「森への介入が自然のバランスをめちゃめちゃにしている」と、ぼくたちが落葉松林の外れの、川の中へ真っ逆さまに墜落することのできる、「石棺」に向かい合った場所で立ち止まったとき、彼は言った。「人間の手によるこの介入がこれから先まだ一〇〇年、乱伐の様相を呈し続けるなら、この世には、われわれがすでに至るところで目にしている、死にゆく森の恐ろしい姿しか残らないだろう。」彼は言った「この風景は見るたびに、どんどん醜くなってゆく。醜い上に脅迫的で、悪意ある思い出の断片であふれた、人間をずたずたに痛めつけずにおかない風景だ。その暗闇、そこに集う野獣、労務者がこき使われるその谷底に吹き溜まる災厄の数々。ひっきりなしに続く性悪の切り通し、岩の裂け目、変わった色の岩、もしゃもしゃの灌木、錆だらけの樹幹。すべてが敵意を剝き出しにしている。そして容赦がない。その上ここは至るところにすべてにセルロースの悪臭がしみついている。鳥たちは夏になると完全になすすべなくばさばさ羽音を立てながらあらゆる方向に向けて飛び交う。そこに岩塊の生み出す暗がりが加わると、つねに窒息死するのではないかという恐れに駆られるのだ。寒さがこれほどひどいところはどこにもなく、暑さがこれほど耐えがたい場所はほかにない。これらはみな死にほかならないというこの考え、いいかね、この暗闇や、これらすべてが帯びる恐ろしい漠たる性格は……死は疑いなく限りないもので、もっとも成功した時点が死と呼ばれる……希望がつなぎ止められる先は、唯一死という未来でしかないのだ」。それからこうも言った「死を理解できない人の群れとは何なのか。死に意味もなく敵対する群衆とは何なのか。人の群れはいつでも存在し、互いに混じり合いながら、禁止された自分たちの領域へと移動してゆく……」。彼は落葉松林の中へ入っていき、ぼくに先に立って歩くようにと言った。「私は何度も警官たちが背の高い馬に乗って人の群れを追い駆け、警棒や銃の台尻で殴りかかるのを目撃した。彼らが警棒と銃の台尻で無抵抗な人間の頭を殴る光景が何度も繰り返し目の前に浮かんでくる。人の群れがだんだん寄り集まって群衆に膨れあがり、そこから恐怖が、しかしある瞬間からは暴力がほとばしる様子がだ。いままで警官隊に抑えられていた人の群れが、突然警官隊を制圧するのだ。だがやがて警官隊は再び人の群れを打ちのめす。分かるかね。人の群れとはひとつの現象、群れ集う人間という現象であって、私はずっとそれにかかずらってきた。人の群れからは、それに属したい、それに属さなければいけないという病的な欲求を植え付ける力が発しているのだ、いいかね……人の群れに属するのも嫌だが、それに属さないのも嫌だ。あるときは一方の嫌悪感が優勢になり、次にはもう一方の嫌悪感が優勢になる。しかし人間とはいつも人の群れであり、群衆なのだ。個々人が群れであって群衆だ。山上の岩壁の間にすっこんでいて、あそこから一度も出ようとせず、いつも山上にとどまっているあの男も例外ではない……しかしあの群れ人間、あの群衆人間ときたら、いいかね……群れに交じるのは気味のいいことではない！群れの中の自分が何かを知ることとは！」彼は言った「カーリング場へ行ってみないか。ここの連中が熱中していることが三つある。カーリングと女遊びとトランプだ。きみも昨日トランプ・ゲームの何たるかが分かったのではないか。きみは凍えていたな。もっと分厚いマフラーを首に巻いていなければならなかったのだ。まともな分厚いウールのマフラーを持っていないのかね。」彼は木の小枝が積み重なっているところへ雪を踏みしめながら歩いて行き、私について来いと合図した。「見てごらん！」と彼は言い、小枝を持ち上げた。するとそこには四、五頭の鹿が身を寄せ合い、ガラスのような目をして凍え死んでいた。「ここでは至るところにこういう、今年のような寒さだと命を奪うことになる避難場所があるんだよ」と画家は言った。ぼくは、春がやって来ると、大きな森の中でたくさんの鹿を引きずってきて積み上げ、兄といっしょに穴を掘って埋めた頃のことを思い出した。鹿は、狐に食われて頭と骨だけになっていることも珍しくなかった。

今日また亭主から手紙が届いた。恐らく彼はその手紙で、女将が、愛人である皮剝人の促しに従って送金した差し入れを受け取った旨を知らせてきたのだろう、とぼくは考えた。それからぼくは長いことこの手紙を持って歩き回り、もしこの手紙を開けて読んでしまったら、どうだろうと何度も考えた。しかしそれは犯罪になるだろう。そこでぼくはよすことにした。亭主の書体は、ぼくに彼の人柄や人生についてさまざまなことを考えさせた。ぼくは、この人間の内部で進行しているいっさいがつねに不幸でしかないのを感じていた。そして、彼が川の流れに運ばれて深淵の縁へ近づく、気を失った人間を乗せた小舟のように、ますます悲哀と絶望の奥深くへ追いこまれてゆくさまを思い描いた……ぼくは初め、皮剝人がなぜ、亭主に肩入れして望み通りの金額を差し入れるよう女将にほとんど無理強いしたのか、そして女将の愛人であるにもかかわらず、ぼくの知る限りいつでも亭主の肩を持つのか、理解できなかった……いまでは、口に出しては言えないが、何となく分かるようになっている。ぼくはしょっちゅう刑務所の囚人がどんなにいい目に遭っているかという話を聞かされるのだが、しかし彼らが、どこにであれ、いかなる理由によるのであれ、またいかなる条件下であれ、閉じ込められているということを最大の災いと感じず、ひどく苦しまずにいられるほど、いい目に遭っているはずはないのだ……この書体からは不幸の全体が読み取れるし、不幸だということはすぐ分かる……ぼくはこの字を何度も繰り返し眺めながら、干し草置き場の周りをうろうろした。亭主はまた何か新しい望みがあるのだろうか、とぼくは考えた。女将に宛てて何を書くことがあるのだろう。彼は恐らく彼女が自分について何を考えているか、いかに敵対的な態度を取りたえず敵対的にふるまっているか、何も知らないだろう。姦通を除いては。それは彼の知るところなのだから。そして皮剝人の存在を除いては。恐ろしい運命だ。ぼくは興奮して墓地へ上って行き、亭主が殴り殺した労務者の墓を探す。ぼくは行ったり来たりした後で、雪に覆われた盛り土の前に立つ。十字架が土に刺してある。しかし名前はない。何もない。ここに違いない、とぼくは考える。ぼくは立ち尽くすうちに、泣けてきそうになる。そうぼくは泣いていた。ぼくは泣いていたのだ！　それからぼくは急いで教会の中へ歩みいったが、教会の中を占めている寒さと意味のない静けさのせいで安らぎをえることができずに、すぐまた墓地に向かった。周りは屋根だ。そしていくつもの家。そこから煙が立ちのぼっていた。惨めな気分だった。そのときぼくは、数本の鎹《かすがい》とスコップを持って牧師館からこちらへやってくる皮剝人と鉢合わせをした。彼はどうやらぼくに気づいていたらしい。何をしていたんだい。いま頃墓地で人に会うなんて普通じゃないからな。何もしていたわけじゃない、とぼくは答えた。何も。ぼくはすっかりいらだっていた。ぼくはその土まんじゅうが労務者の墓なのか、彼に尋ねることもできなかった。「何も」とぼくは言った「ほんとに何もしていなかったんだ」。ぼくはすっかり混乱していたように見えたと思う。実際混乱していたのだ。それからぼくは手紙を手に宿へ戻り、女将にそれを手渡した。ぼくは彼女が、台所で食料品をまとめるのを見ていた。ベーコン、ソーセージ、リンゴ、コーヒーなどすべてを配膳台の上でひとまとめにするのを。合間を見て彼女はコンロのところへ行き、客室へ行き、そして何度も食料貯蔵室へ行った。というのは何度も何度も、すでに配膳台の上に置いてある食料品につけたしたほうがよいであろうものを思い出すからだった。たとえば青い紙袋にいっぱいの角砂糖だ。ぼくは台所に立っていた。彼女がぼくのために特別にコンロに掛けてくれた湯の沸くのを待っていたのだ。それから女将はしばらく自分の寝室に姿を消し、戻ってきたときは、夫の暖かそうな毛編みのソックスを一足持っており、それも食料品といっしょにした。「あんたのお湯はもうすぐ沸くわ」と彼女は言った。それからぼくは、彼女が自分の運び集めた山を大きな箱に詰めるのを見ていた。「あんた皮剝人を見かけなかった」と彼女が訊いた。「いいえ」とぼくは言った。「あの人、ここへ寄ってこの荷物を郵便局へ持って行ってくれるって言ったんだけど。」彼女は箱を大きな包み紙でくるみ、それを太い紐、古い洗濯紐で固く縛った。「これ今日中に郵便局に出さないと」と彼女は言った。「急ぎの荷物なの。」彼女はコンロに調理中の昼食の入った大鍋をかけていた。大きな調理用のへらでこちらの鍋をかき混ぜると、次にはあちらの鍋をかき回した。それから今度は大きな薪をくべ足した。「いま郵便局に持っていけば」と彼女は言った「郵便橇に間に合うんだけど」。小包の送料は高いのだろうか。「いや」とぼくは言った「そんなに高くないですよ」。郵便局長は、前は女将の友達で、何年もここの食堂で食事をしていた。「でも夫たちが私たちを遠ざけたの」と女将は言った。彼女は郵便配達人と離婚し、五年前にセルロース工場の労働者と再婚した。「うまくいくはずがなかったのよ」と彼女は言った「私なら絶対あんな男と結婚しなかったわ！」そのとき背中にリュックを背負った皮剥人が入ってきた。女将が小包の用意をしてあってよかった。いまからすぐ郵便局へ行くのだから、と彼は言った。「これ以上はあの人には送れないわ」と彼女は言った。皮剥人は腑に落ちない様子だった。というのもそれはとても大きな小包だったからだ。「これより小さな箱はなかったの」と彼女は言った。「あの人の暖かい靴下も入れておいたわ。」彼女は食料貯蔵室へ行き、ベーコンの塊を持ってくると、それをスライスしてパンに載せた。皮剥人にそれを出ていく前に食べろというのだ。彼はベーコンを載せたパンを食べた。彼女はぼくに言った「あんたのお湯もう沸いていると思うわ」。ぼくはお湯のことは忘れていた。ぼくは湯の入った水差しをコンロから降ろして部屋に戻った。亭主は恐らく新たに食料を差し入れるよう手紙に書いてきたのだろう。暖かい靴下も送れと、とぼくは考えた。そしてきっとまた女将と皮剥人の間で小包の差し入れを巡ってひとしきり議論が交わされたのだろう。皮剥人にはこの小包が重く心にのしかかっていたのだろう。

## 第一八日

「私はその気になれば自分の靴先をえぐって穴をあけることができる。どういうことか分かるかね。その気になればだ。しかし私はやらない。それくらいの力はある。しかし私は自分の靴先をえぐって穴をあけることはしない。それは無意味な力の浪費でしかないからだ。」私たちは歩き続ける。彼が言う「世界全体が無意味な力の浪費から成り立っている。私はいま終わりを待っているんだ、いいかね！　きみがきみの終わりを待っているように。そしてみんなが自分の終わりを待っているように。ただきみは自分が待っていること、私が待っているのと同じものを待っていることを知らないだけだ、終わりを！」ぼくには、彼が教会の内陣に向かって突然大きな声を張り上げなければならない聖歌歌手のように思えてきた。「私の最後は私を解き放つ！　私と私個人を！　私のみを通じて存在しているすべてを！」まるで教会の壁に跳ね返されたかのように言葉のひとつひとつがこだまになって返ってきた。「それが、そう、不気味な点だ！」かと思うと「曖昧だ、すべてが曖昧だ！　しかし私は精確な表現を期するつもりはない。そもそも精確とは何なんだ。私にも困難だということくらい分かる、こうしたいっさいの連関から、不作為や不作為の罪や累積や義務や有罪宣告等々を……いいや私はそんなことは望んでいない。私はもう何も望んでいない。何ひとつ。だれからも！　……私がいま置かれている状況はだれにも想像のつくものではない。もちろん私にもぜんぜん分からない。そうなのだ。きみを煩わせているようだな……きみの人生も一筋縄ではいかないことくらい、分かっている。しかし私の人生に較べれば、すべてははるかに分かりやすい。まず」と彼は言った「きみにはあらゆる可能性が開けている。そしてきみは多くのことに熱中できる。もっともありふれたことにも！　われわれはいろいろなところで素晴らしい素質が開花するのを目にするが、きみも持ち前の素晴らしい素質を、多かれ少なかれ器用に、ときには大胆に、かと思うと壁の花の乙女たちのようにおずおずと、開花させているだろう。きみにはあれもできるしこれもできる。そしてきみの頭の中はありとあらゆる計画と、世界中のあらゆる場所でいっぱいだ。要するに、何でもしてよいし何でもできると思い込んでいる。自分はサーカスにいて、才能もあれば人気もあるから、必要に応じて団員たちのどんな役もこなせると信じているのだ。どんな芸も、もっとも高度な離れ業も、手品も、どんな下品な業も。難なく綱の上で踊ってみせ、しばらく目もくらむ深淵のはるか上空で、もはや空気の薄くなっている場所で乗馬を演じ、ものすごい息を吐き出す猛獣のあぎとのなかに頭をいれさせることもできるし、跳びはねることも……楽々こなし……何でもやってのけ、自分は何にでもなれるし団長にも……サーカス団長にさえなれると思っているというか、そう確信している。要するに限界というものの存在を知らないから、限界がないのだ。この限界知らずと全現象の全可能性を手中にしているという致命的な下意識があってこそだが、ある日最初の着想が浮かび次に二番目の着想、三番目、四番目……着想に次ぐ着想が浮かんで……ついには何百、何千、さらに何千の着想が湧く、それで次に画家になり、新聞記者に、刑務所の看守に、刑務所の囚人に、警官に、哲学者に……相続人、雌牛に、尻尾に、大臣に、局長になって……分かるかね……やがて何ひとつ確信が持てなくなり……そうなのだ……なぜならもはや性格ではなく性格の数ある状態のひとつに成り下がってしまったからだ……すべてだったものがあっという間に無に帰し、たとえば無職状態の者、未熟練者、狂人、見殺しにされた者、知的障害と最後には波長をひとつにされた者になる……そしてすべてはつねに意見にすぎず、しかも最大の誤謬ほどの深さを持つこともできないのだ」。

生きていくには奔流に接して生きることに慣れなければならないが、ときどきその現実を見失って、流れに巻き込まれてしまう。「だが生きるというのはいつもそうしたものだ」と画家は言った。何年も前に彼は妹とふたりで一度ヴェングに住んだことがあった。「妹はそれを望んだわけではない。彼女はこのあたりを嫌っていたからだ。戦時中のことだった。」だんだんとここは彼らふたりにとっての隠れ場になっていった。「あの頃と違って私はいまここでは無防備だ。」「あのとき教会の塀の裏で」井戸掘り職人の見習いに孕まされた妹の子は上手くいった出産の直後に亡くなった。「あの子がなぜあっという間に死んでしまったのかだれにも分からなかった。」妹はこの事態を、なぜなら彼女は赤ん坊を産むことに反対ではなかったし――「そのように簡単にいわば一夜にして、分かるかね、身ごもったことを仕合わせな偶然と受け取っていたから長いこと乗り越えられずにいた。だからなのか妹は身ごもった後からそれまで見せたことのない愛想のよい表情を見せるようになっていた。突然私の妹から、ずっと抑えつけられていた野性のようなものが表に現れてくるようになったのだ。食事のとき、散歩で妹に出会ったとき、そして彼女が〈お休みなさい〉と言うときにも、それが見て取れた。妹の子の父親は、後に、早熟が原因で、刑務所の出入りを繰り返すようになる。何度も強姦罪を重ね、最後には年貢の納め時を迎えるしかなくなった。彼はゴルデックの出身だった。当時彼はまだ一六歳にもなっていなかった。しかしこの辺の若者がみなそうであるように、身体はがっしりしていた。山を越えてやって来ては、すべてを打ち壊すのだ。あれは暖かな春の夜だった。妹はよくやっていたことだがそのときも墓地を歩いていた。戦争の音が岩山の向こうから聞こえてきていた。矯正施設が彼を収容した。ガルステン刑務所では囚人たちの木靴の轟きが行進曲のように響く。私は彼の写真を一枚持っている。私は数年かけて彼について詳しい情報を集めた。彼にはほかに五人の子供がいるということも分かった。いま彼らはみなどこかの農家をうろついている。あるいは労務者の宿泊所を。だれも詳しいことは分からない。自然はときどきおのれの持てる力をふたりの人間によって測ることだけに集中する。ふたりにはなぜ自分たちがいっしょにいて、突然離れがたい一組になっているのか見当が付かない。おそらくは天候に影響された粗野で突発的な力が、しばしの間分別や感情やあらゆる考えに停止を命じ、初期の目的を達するのだろう。往々にしてもっとも効率よく機能するのは獣じみた悪知恵なのだ」。

画家はもう一度代用教員時代の話を蒸し返した。「生涯を通じ教師以上に憎んだものはなかった。私には、教師はつねにその『気を付け姿勢』とパンツの中まで規律ずくめの愚かさそのものとしか思えなかった。公共の安全を脅かすほどばかばかしい存在のくせに、法外な要求をつきつけてくるとしか。きみも知っておくべきだが、教師はほかのあらゆる要求をはるかに超える高い要求をつきつけるのだ。私は教師の存在をひどく嫌っていたから、人生の一時期をともに過ごした友人でも教師になった者とはさっさと袂を分かった。その私が一夜にして突然代用教員になっていたのだ。しかも自ら進んで！　想像してみてくれ、私の中の何がそんな極端な道を選ばせたのか。しかし最終的にはその恥辱から足を洗うことになったわけだが……教師とはひと世代全体の代弁者だ。そして、いいかね最大の不幸は教師から発する。戦争も不正も。もちろん私は正規の給与をもらっていないから正規の教師ではなかった。厳密な意味では教師ではなかった。ときどき代用教員を務めたにすぎない。そしてその恐ろしい身分からも身を引いたのだ。」彼が突然代用教員になったのと、ほかの者たちが、彼もその数年前にそうだったように、日雇い労務者になるのとの間に違いはない。彼には代用教員と日雇い労務者の間に違いを見つけることは容易でない。違いと言えば、日雇い労務者がだいたいいつも新鮮な空気の中にいるのに、代用教員はいつも悪い空気の中にいることであり、代用教員が数と記号を口に出すのに、日雇い労務者は水の入ったバケツとセメント袋をセメントを混ぜるために運び出すことだ。代用教員は代用教員の教壇から転げ落ちないよう注意しなければならないが、日雇い労務者は四階や五階から道路に転落しないよう気を付けなければならない。「代用教員はあまりに哀れな存在なので、正規の教員は代用教員がそばを通りかかると目をそらさずにいられない。正規の教員たちは廊下に立ち、背中で腕を組んでぴたっと身を寄せ合い、代用教員が彼らの間に入ってこられないようにする。代用教員が何か尋ねたいと思ったら、校長に尋ねるしかない。正規の教員たちは彼には答えないからだ。〈いま私は出張でいなくなるけれど〉と正規の教員は生徒たちに言う〈代わりの代用教員が来てくれる〉。彼らは〈代わりの先生が来てくれる〉とは言わない……そうやって代用教員の仕事のすべてに水を差すのだ。たとえば代用教員は教員用の白衣を着ることは許されていない。代用教員に許されるのは袖カバーを着けることくらいだ。もちろん私は一度も白衣を着たことがない。袖カバーも一度も着けなかった……代用教員には研究費の支給もない。」彼は休み時間にどこへ行けばよいか分からなかった。正規の教員たちが彼のことを無視したからだ。「代用教員が置かれているこうした状況のすべてに対して代用教員組合は果敢に立ち向かうつもりだ。しかし組合が彼らの不手際なやり方を押し通そうとすればするほど、代用教員の状況は悪くなる。なぜなら正規教員の組合ははるかに強力な権力だからだ。」

今日ぼくは、最初に書いた三通の手紙に返事をもらわなかったにもかかわらず、下級医に宛てて四通目の手紙を書いた。ぼくは画家シュトラウホと外科医シュトラウホの比較を行った。ふたりの外面と内面はふたつのまったく異なる世界観に服している。ふたりの世界は真っ向から対立するのだ。外科医の弟とぼくのそれが異なっているように。違っている。とはつまり別の素材から作られているのである。外科医は成功した人間と言ってよいだろう。彼は懐疑を知らないというか、それを自分の身辺へは寄せ付けない。近づくのを許すにしても痛みを誘発しない範囲までだ。弟の人生にも気遣いを忘れない。だがそれは良心の疚しさからでしかない。彼はおのおのいたりはしない。

彼の注意を日夜惹きつけているのは外科医としての仕事で、それは彼をすでに地方名士の座に着けているから、定職を持たないがゆえにいつも自分を相手にせざるをえない人間に何ができ、そういう人間は何を欲するかを、彼がつきつめて考えることはない。手術室はじっくり考えることとは無縁な、行動の場だ。手術の後は食事をとるか、眠るか、せいぜいその合間にぼうっとするかである。娯楽もめったにない。気晴らしもめったにない。むら気を起こすこともない。したがって憂鬱にもならない。胸をえぐる思い出もない。女もいない。サッカー籤はありだ。下の中庭で脂肪の徴候を打ち消すためにテニスはするけれど、いったんつきはじめた脂肪は取り除けるものではない。手紙を書くこともない。本もたとえば『包皮内部の組織崩壊指標の組成について』とか『米国の癌研究』といった専門書以外は読まない。羨ましがったり、人まねをしたり、褒め称えたりすることは御法度だ。議論の対象は、癌、肺病、筋萎縮、痙攣、塞栓症、膿巣などである。ワインは飲む。尼僧の看護師とはひそひそ話を交わす。手術専門の看護師と研修医はあれこれ命令される一方だが、手術の最中に突然、心臓が止まった者は縫い合わされ、外へ押して行かれ、「丁寧に手で洗い清められる」。

命に関わるはずではなかったのに命取りになることが往々にして起こる。そういうことが信じられているよりも頻繁に起こっている。病院の塀の外で信じられているよりも。外に漏れることはない。万一漏れたらひどい結果になるだろう。彼、つまり下級医は口のきき方をわきまえている。主任医師と話すとき、あれこれの人物と話すとき、そして患者と話すときにどういう口をきいたらよいかを。彼の口からは気安い「きみ」という言葉がよく出るが、それにたいした意味はない。彼は何にも動じない冷静な手の持ち主だと称賛されている。手術のチームメートからもだ。縫うときより切るときの方が、腕がさえる。大胆だ。ほかの者が時間をロスする場面で決断力を示す。だれかが死ぬと、彼はもうその原因には関心を示さない。狩りに目のない彼は、中間領域である芸術の敵だ。弟が作り上げたものは彼には嫌悪の対象でしかない。学術的なものは彼の中でさらなる発展を遂げた。彼は美学を憎んでいる。夢もそうだ。彼はいまだかつて苦しんだことがないかのようだ。病院を歩み出るときの彼の姿には、スポーツ万能人間特有の矜持が見て取られる。日曜日には教会へ行く。しかし定められた以上の信心には走らないよう気を付けている。共産党員も彼のところを訪れるが、それは彼が決して共産主義を嘲笑しないからだ。医師であればだれでもいつかはそう呼ばれたいと思う「外科医の鑑」との呼び声が高い。みな口々に治療が茨の藪である状態を超越した名医だと言っている。彼の手は手術のときまるで磁石のように必要な道具を引き寄せる。彼からすれば主任医師はすでに終わった人である。彼はぼくのことを褒める。褒める理由は何だったろう。だが彼のメス捌きは実際芸術の域に達していると思う。たんなる上手とは桁違いなのだ。彼は患者たちの病歴を自室にまで持って行く。そこには夜中の二時過ぎまで灯りが点っている。七時に彼はもう起きだす。彼の立てる物音が聞こえ、廊下を歩く足音が聞こえる。さらには次のような言葉までが彼の口から出たとされる。「幻覚の幻想性を究めよ……」――「理由のない叫び声」あるいは「繰り返し唱えられる柔和という言葉」等々。夢想者ではない。遊びの興を殺《そ》ぐタイプでもない。そもそも遊びに加わらないのだから。峨々たる山塊か。ぼくにとってはしかりだ。まだだれも見たことのない、何も住みついたことのない場所。むき出しになっている背景。外科医は有能な人間であり、弟の画家は無能な人間だとぼくは思う。

画家が帽子を取ったとき、ぼくは彼の頭に傷があるのを見つけた。彼は夜中に方向感覚を失い、梁にぶつかったのだそうだ。「私はどこへ行くのかも分からずに、床を匍っていた。立ち上がろうとしたときに、頭を梁にぶつけたのだ。」ぼくには彼がどういう夜を過ごしたのか見当も付かない。「完全に気が狂う」のではないかという不安が、「二時と三時の間に絶望した」彼を駆って部屋を飛び出させたのだそうだ。ろくに服も着ないまままずは階段を下り、次いで台所へ行き、さらに食堂へ行って、そこで何か飲み物を探した。「しかし彼女はすべてをしまい込んでいた。」しばしばビールや果実酒がなくなるのに業を煮やした女将は、だいぶ前から何もかもしまい込んでいたのだ。客たちは一度など樽の口を開けて半ば以上飲み干すことまでやってのけた。「私には何も見つけられなかった。台所もだめ、食堂もだめだった」と彼は言った。彼は地下室へ行こうと考えたが、そこへ行く途中で女将はいつも地下室に鍵を掛けていることを思い出した。「きみも知っているだろうが、彼女は地下室の鍵をいつも身につけているのだ。」そこで彼は後戻りをしかけたが、突然方向感覚を失ってしまった。「灯をつける気にはならない。そんなことをしたら、みんなを起こしてしまうだろう。灯はつけなかった……恐らく私は這いつくばったまま何度かぐるぐる回っていたのだと思う。頭の傷はあっというまに広がった。突然彼の手は暖かい血で濡れていて、服も血まみれになっていた。床もだ……私は朝一番で、五時頃下に下り、私が至るところに残した血痕を拭き取った。ドアも血で汚れていた。壁もだ。」彼は自分がどうやって二階の部屋に戻ったか、全然思い出すことができない。私は上に着くなり、ベッドに倒れ込んだ。幸い五時前に目が覚めたから、すべてを元通りにできた。考えてみてくれ、もし女将が私の血痕を見つけていたらどうなったことか！……私はそれを終えてようやく、身体を洗いに上へ行った。いつものことながら私は着の身着のままでベッドに入っていたから――私は衰弱しきっていたので、服を脱ぐことも叶わなかった――ベッドまで血で汚していた。でもそれほどたいしたことにはなっていなかった。冷たい水を含ませた布で傷口をそっと拭うと、とてもいい気持ちだった。それから洗い桶に両足をつけた。痛みが和らいできた。もう焼けつくような痛みはなかった。」彼はその夜の間ずっと「何やら恐ろしいことから」身を隠さなければならないと感じつづけていた。彼は窓辺に行き、カーテンを開けて、外を眺めた。「まるで、中の水がすべて凍った水槽の中にいるような気がした。この水槽の中ではすべてが凍っていた。樹幹も、灌木も、何もかもが。白くて透明な氷塊へと凍り付いているので、彼方の岩壁まで見通すことができた。ほんのわずかな衝撃、たとえば私の耳には呼吸音のようにしか聞こえないような刺激を受けただけで、大地が固まってできた巨大な氷塊に数千数万の亀裂が生じた。」彼はその光景を目にして恐れおののいた。「私は目をそらさざるをえなかった。あれほど魅惑的だったのに。……私は洗い桶のところへ行き、タオルを水につけると、その布で頭をくるんだ。窓辺に戻ると、あの光景は消えていた。氷はなかった。凝固したものもなかった。突然すべてが動き始め、生きていた。そしてその方がはるかに不気味だったのだ。」彼はその後ベッドに腰を下ろして、自分がいま見たものから気をそらすために、ずっと昔の何か、「何か心地よいもの」を思い出そうと努めた。「素晴らしい瞬間、たったひとつでもいいから素晴らしい瞬間を。

しかし私にはひとつも見つけられなかった。記憶の中でたったのひとりでもいいから、だれか滑稽な人物が通りすがる光景を思い出せたなら！　だが何も、何ひとつ私の気をそらせてはくれなかった。私にできたのは何とか息を絶やさずにいることだけだった」と彼は言った。

朝のうちに彼の頭の傷は治った。ぼくは彼が朝食の席に着いたときに見たのだが、彼のけがは健康な人間のけがのように治っていた。傷口が目に見えぬ糸で縫合されたように閉じていたのだ。彼は一晩中自分自身について考えていたのだが、得られたのは実にさまざまな、「しかし満足にはほど遠い」結論だった。だれでもきわめて多くの視点から自分を眺めることができる。表面から、内側から、「ずっと下の方から」。そして「無数の鋭い、あるいは鈍い角度から」。見えるのは、ひどくみじめなものでしかない。だが同時に見ていて恐ろしくなるものでもある。「人間は覗き込むことを強制されているいくつもの鏡の中で、自分が虫けらのようにのたうち回っているのを見る。」いまは軽快した頭のけががきっかけで、彼は人間の病について考えた。人間のかかる身体の病と、身体以外の病について。「病とは何から成り立っているのか」と彼は自問した。「病はそもそも発生するものなのか。最初からあるものなのではないか。それがつねに存在するものであるのなら、それはどこから来るのか。それが目に見えると言えるのはいつか。目に見えなくなるのはいつか。いつ、そしてどこか。病が突発的にやってくるあそこなのか。『最初から』とは何を意味しているのか。どこのことだ。」彼は少し玉蜀黍畑の中を歩いた。「私は自分の頭の傷が電気を帯びているような気がしていた」と彼は言った。「私はすべての痛みの連関について思いを巡らせた。歩きながらもずっとそのことで頭がいっぱいだった。しかし突然考える気力が失せてしまった。たぶんひどくおそろしい認識が私の意に反して幅をきかせ始め、どんどん支配力を増し、ついには私を閉め出してしまったからだ。私は、ある考えの進行にすっかり身を委ねておきながら、トンネルの中にいて命を落とさないでいられる、窒息せずにいられると信ずるのは、何ともばかげているということをもう一度学びなおしたのだ。」

「至るところでたえずドアが開けられているようなのだ」と彼は言った。「人間たちと人間たちの姿をしたものが、私の敗北を見せつけるかのように至るところから、私に向かって押し寄せてくる。私はたえずその闖入者たちを追い返していなくてはならない。私がいろいろな試みに手を出し、それがもっと強力な試みによって次々に潰されていった時代の思い出の切れ端だ。私は今日何度も自分の絵について考えた。いくつもの展覧会を歩き回った。思い出の中で何冊ものカタログをめくっていた。友人たちが訪ねてきた。一時間かもっと長く私の前に座っていった。降って湧いたようにアトリエが現れた。幽鬼じみた会話も。突然たわいのないばか話に花が咲き、それが私のソファで聞き耳を立てていた女たちに受けた。暗闇に細身のズボンを穿いた若い男たちが寝そべっていた。金をばらまいて芸術の名声を買い取ろうとする老人たち。世界は単純だ。私は自分の部屋の窓が、どこへ行きたいかもどこから来たかも分からない胸くその悪くなるような人間で鈴なりになっているのを目にした。いく千もの理想を実現する試みが私の部屋の窓ガラスで陣取り合戦を演じる一方で、煙草の煙がもうもうと立ち上がっていた。私は長年そういう晩に吐き気を催してきた。そういう朝にも。そしてそういう晩から朝まで、金縛りに遭った哲学的乱交のように、数珠つなぎになった肉塊のように延々続く夜にも。若者たちが老人に狼藉を働きにやってきた。老人たちが若者に狼藉を働きにやってきた。何もかもが私をめがけてつむじ風のようにやってきて、絶望を残して去った。突然、去年の夏描いた風景画のディテールが見えた。青に対抗して自己主張する緑だ。強烈だった。すべては何十年も飼い慣らされた後にまた野生へ戻った馬のようだった。その次に見たのは何かに従うことを頑なに拒む手だ。生きていなければならないのに生きることも拒む手だった。すべてがとても霊的な趣を帯びていた、分かるだろうか。コーヒーの香りとワイン紹介につきものの感傷性も漂っていた。もはや役立たずだ。寝るのにも飽きた。〈傑作だ!〉という声が飛び、それが一時続いた。しかし、いいかね、一時だけだった。川辺の風景、破壊の爪痕、そして殉教者の町。高名な者たち同士が、見えすぎる目の持ち主たちの前で裏切り合戦を繰り広げた。手の届かぬところにあるはずのものがあまりに易々と引きずり下ろされる光景は幽鬼じみていた。もののしくしていると剣突を喰らわせられるというわけだ。わずかだが虚言癖の気《け》のあるスノビズム。いちばんぱっとしない人間が王にしか下せないような決断を下すのだった。私は何もかも自分のものにしなければおさまらない輩ばかり三人、四人、五人、六人と自分の周りに侍らせてみたのだが、みな私同様法外なものに手を出した挙げ句に、心のうつろな人間になってしまった。ローマもあっという間に呑み干されるビールジョッキも同じあしらいを受けた。名声と結びつけられたのは周囲の脆弱な世界、建物と同じくらい高い塀の背後で栽培されるエキゾチックで猥りがわしい植物の群れだったから、みなはそこに育ちそこで引き抜かれるものに目をこらしていなければならなかった。スターたちの世界に不可能なものはないのだ。突然人びとが消え、私の中から、そしてアトリエから芸術が消え、アトリエも消えた。すべては消え失せ、ほんの一時、一五歩か二〇歩歩くのがやっとのほんの短い時間だったが、ひとりきりで歩く私を残していった。恐ろしくはなかった。」

# 第一九日

「青春の特性と老年の特性は同じ特性でも」と画家は言った「そのもたらす効果はまったく別物だ。いいかね、青春の徳性ゆえに青春が悪く思われることはない。しかし老年は老年の特性ゆえに悪く思われる。若者は嘘をついていいし、それで破滅させられることはない。だが老人は嘘をついたら身の破滅だ。若者は永劫にわたって断罪されることはないが、老人は永劫にわたって断罪される。斜視の若者は楽しげに見えるが、斜視の老人は嫌悪を催させる。若者の場合は、いつか斜視が治る希望があると言われる。年老いた斜視の人間の場合、彼がいつか斜視でなくなる希望はない。いいや。可能性はゼロだ。エビ足をした若者に、われわれは同情をさそわれこそすれ、嫌悪を催すことはないが、エビ足の老人はわれわれの嫌悪をそそるばかりだ。左右に突き出た耳を持った若者はわれわれの笑いをさそうが、左右に突き出た耳の老人にわれわれは当惑させられ、そしてこの醜い突き出た耳をずっと持ち続けてきたこの老人のなんと醜いことか、と考えてしまう。車椅子に乗った若者を見るとわれわれは心を動かされる。車椅子に乗った老人はわれわれを絶望の淵に突き落とす。歯のない若者は多少ともわれわれの関心を惹くことがありうる。だが歯のない老人はわれわれに吐き気を催させ、われわれはもどしてしまう。青春は」と彼は言った「老年のすべてを先取りしていて、好き放題何をしてもいいいし、何をしなくてもいい。青春の愚かさは不快ではなく、その破廉恥も我慢のうちだ。しかし老年が愚行を犯せば、頭に痛打を喰らうこと必定で、老年の破廉恥は、およそ存在する限りもっとも嫌悪に値するものである。若者は、何でもありだ！　と言ってもらえるが、老人は、もはや変わりようはない！　と言われるだけだ。実際はしかし、青春の特性と老年の特性は同一の特性なのだ。」

代用教員時代に、彼は孤独と孤立から逃れるための方法を開発し、それがきわめて有効であることを証明した。「私は」と彼は言った「睡眠薬を服用することにし、服用する錠剤の数を徐々に増やしていったのだ。しかしやがて睡眠薬は全然効き目を現さなくなり、どれほど多量の錠剤を飲んでも眠ることができなくなってしまった。私は何度も、致死量に達するほどおびただしい量を飲んだ。しかし私はいつもそれをもどしていた。それからの数日間は全然ものが考えられず、この思考空白がもとで、私は長い耐えがたい時間を過ごすことになった……だれしも自分の能力を超えて長生きをしすぎないよう注意しなくてはならない」と彼は言った。「人生は、何をしようとだれであろうと、負けることが決まっている勝負だ。これは人間が存在する前から既定の事実だ。人類最初の人間もわれわれと同じような目に遭った。逆らえばもっと深い絶望の淵に沈むだけだ」と彼は言った。「もはやいかなる気晴らしもない。一四歳を過ぎたら気晴らしは存在しない。初めて女を知ったら、もう気晴らしはないのだ。分かるかね。」気を紛らわしてくれるのは雷雨だけ、「詩的感興をもたらすのは稲光だけだ」。彼は言った「われわれはみな閉じ込められている、しかも独房に閉じ込められているため、しだいに自分だけにかかずらうようになってゆく」。自分自身に向けられる問いが重なってゆき、やがて徐々に自分の首が絞まる。「だがいつだってみなすでに生きてはいないのだ、分かるかね。」もはや全然「救いようのない状態だ」。過ぎ去った数千年によって千々に砕かれた人体に混じって独房の床に横たわっている。土は消え失せていた。「嘘で固めたはかりごと」と彼は言った。ひとつの問いに向き合うごとに、知的操作によって脳内に無意味さが注入される。「ひとつひとつの問いが敗北だ。」

ひとつひとつの問いが荒廃と嫌悪の種を蒔く。問いによって時間が浪費され、時間は問いとともに徒らに過ぎる。「あまりの無意味さに、すべて衰滅するしかない……あそこを見てごらん」と画家が言った「あの下の方だが、真っ黒だろう。私は昨夜夢に見た。労務者たちが山を上ってきて、村を満たし、宿もあらゆるところもいっぱいにしてしまった。彼らは数千人数万人の群れを成して上ってきて、彼らのものでないものをかたっぱしから踏みつぶしていった。あるいはそれらは彼らの黒い群れの中で息の根を止められた。そしていまのこの無風状態！　耳を澄ませてごらん！」肉屋がぼくたちに挨拶し、ぼくたちも肉屋に挨拶を返した。ヴェングの家々は、岩壁に打ち砕かれた後にいっしょくたに詰め合わされたように見えた。「昔の私は」と画家が言った「いっさいの人間的欠陥を許すことができなかった。痛みなど存在すべきでないものに思えていた、分かるかね！　それが突然欠陥と向き合わされることになったのだ」。彼は言った「きみは今日トランプをやるのかね。皮剝人はトランプの名手と言っていい。技師もだ。みなトランプの達人だ。私はなぜずっとトランプが嫌いだったのか、自分でも分からない」。彼は、この高山地帯の山峡に盤踞する愚鈍についてなにやらぼそぼそ話していた。それから「地獄にましますわれらの父よ、御名のあがめられませんことを。御国の来たりませんことを。みこころの行われませんことを。地を、地獄のごとくにあらしめたまえ。われらの日用の糧がわれらに与えられませんことを。われらに罪を犯す者をわれらが許さざるがごとく、われらの罪をも許したもうことなかれ。われらを試みにあわせ、われらを悪から救いたもうことなかれ。アーメン。現実にも適っている」と彼は言った。

画家はぼくに、今日訪ねることになっている司祭館まで迎えに来てくれと言った。「呼び鈴を鳴らしてほしい」と彼は頼んだ「そこで待っていてくれれば、すぐ下りていく」。司祭館の中に入ってくるように、とは言わなかった。彼はときどき神父を訪ねては、「彼の飼う黒猫について話をしてくる。神父とはそれ以外の話はできないからだ。しかし彼はとても上等のワインを飲んでいるので、何度でも招待を受けることになる」と画家は言った。そういうわけでぼくは墓地を抜けて司祭館に向かった。墓地では子供たちの墓に記されている名前を読んだ。ところどころ、両親が自分の亡くなった子供を写真に撮らせ、その写真を墓石に取りつけたものがあった。かと思うと、名前の記されていない、葬られている子供がだれかを示すものの何もない墓もいくつかあった。ぼくは子供の墓の間を通って大きなごみの集積場へと通じている道に足跡が残っていないことにびっくりした。だれひとり、少なくともかなり長いこと子供の墓を訪れていなかったのだ。だからLにあるぼくの家の墓地では子供の墓に欠かさずに供えられ、いつも灯がともされている蠟燭がここには見当たらなかった。ぼくは司祭館の呼び鈴の紐を引いて待った。ほどなく二階の窓が開いたので、一歩退いて上を見ると、そこには若い痩せた女の顔が見えた。神父の料理番だ、とぼくは考えた。するともう階段を下りてくる足音が司祭館の中から聞こえてきた。ドアの向こうで画家が神父に別れを告げていた。彼は出てくるなりぼくの腕を取り、ぼくを押すようにして司祭館の壁に沿った坂を下り、楡の木が何本か立っている開けた場所に向かって歩いた。神父は彼に、教会の「巨大な組織」の内部で進行した大変革と新法王がもたらした大きな勢いについて語ったのだという。「そりゃあ当然だ」と画家は言った「教会それ自体には生存権はないのだから。少なくとも教会としては、、、、だが」。それから「司祭館に着いたときにすでに始まっていたひどい頭痛」についての嘆き節が始まった「頭痛はいまではいつも以前より早い時間に始まるようになり、その上にどんどん激しさを増している」。神父の料理番は煙突掃除屋の恋人だが、と彼は言った、実の兄である神父に信服していて、神父の方でも妹がいなければ生きていけないだろう。「神父はルンガウ［ザルツブルク州の東南端の行政区でケルンテン州に接する］の農家の出で」と画家は言った「ひとりではなにもできない」。画家は彼の素朴なところが気に入っているし、根っからの善人だが、ただしいま言ったとおり「ごく単純なこともお手上げだ。ましてや大司教訪問となると、彼はもうにっちもさっちもいかない」。ところで神父は、画家が教会に対してどういう立場を取っているかは承知しているが、自分でも完全に確信できていないことを彼に言ってこようとはしない。

とつぜんぼくたちは前方に宿へ向かって進む発電所工事労務者の一団を見つけた。彼らは黙って歩いていたが、ぼくたちに挨拶した。彼らは、ぼくたちもそうだが、ぼくたちを見知っていたのだ。「ごらん」と画家は言った「あれこそ正道を歩むまっとうな人間たちだ」。彼は、その一団がニワトコの木の下を通って姿を消すまで見送った。「向こうの崖の暗くなった影の部分だが、あそこに第二地下ダムができるんだそうだ。」と彼は言った。「全体の輪郭がはっきり見える。あそこに見える道路はエネルギー省が作ったもので、向こう側の農民たちは彼らの農場の端を通るこの道路によって莫大な利益を手にしたのだ。彼ら、裕福で金持ちの農民はごくわずかの金を負担するだけで済んだのだ。笑ってしまうほど少額の負担金だが、その半分は農務省が負担したのだ。それができる前は農場に上ってゆくのに、手押し車がようやく通れるような、駅裏から始まる細いでこぼこ道を通るしかなかった。見えるだろう、あそこで川をせき止めてその水を利用するわけだが、発電所は一部は川の中に作られ、ほかの一部は山の中にめり込むように作られるのだ。これまでの三年半の工期に一八名が命を落とした。クレーンか水か岩の塊かトラックの後輪の犠牲となったのだ。これはしかし冷静に考えるなら高すぎる犠牲とは言えない！　これがどれほどの難事業かは見ただけで分かる。土木工事に向かない地質なのだ、見てごらん！」あの下で働くということは、即惨めな死を遂げるということだ。「現場ではすべてがはるかに恐ろしいことになっている。みんな死ぬまで疲れ切ったままで、より高次なことなど望むべくもない。だがそもそも高次なことなど存在するのか！　歯に衣着せず言うなら、この蟻の大群は何十億という大金のかかった事業のためにかき集められた肥運び人足なのだ。」

「ほんとうにあれは人間なのか怪しくなってくる」と彼は言った「しばしば一二時五分前に足を引きずりながらやってきて、掘っ立て小屋か従業員食堂か宿の食堂になだれ込む者たちの群れは。労務者には特有の体臭があり、作業現場もセルロース工場も独特の臭いを持っている。そしてセルロース工場は、きみも知っておくべきだが、何十年も前から作業の仕方を変えていない。作業場も変わっていない。窓は高いが、何センチもの厚い汚れに覆われているため外は見えない。しかし機械がぶんぶんうなる中ではだれも外を見たくはならないし、何を見ろというのだ。黒い色。凍り付くような黒い色だ。最初発電所側はセルロース工場の従業員を自分たちの仕事へ引き抜こうと試みた。勧誘のための小屋を建て、前払い金の用意もあると告げた。しかしほとんどだれも誘いに応じた者はいなかった。なぜなら発電所はいずれ一年か二年か三年後には終わってしまうが、セルロース工場は終わらない、少なくともみはるかすことができる先では終わらないからだ。セルロース工場はみなにとって信じがたいほど確実なよりどころだ。最後には発電所建設がセルロース工場の大きな従業員供給源になるだろう。下のほぼ全員が共産党員だ。共産主義はここに温床を見いだしたのだ。高山地帯のど真ん中のだれもそんなものを信じていないここに。あの下では何もかもが共産主義一色だ。ここは共産主義を焚きつけるのに絶好の地なのだ。共産主義は、恐らくきみは知らないだろうが、世界中の人間にとっての暫定的未来だ。共産主義は世界の僻遠の谷筋まですべてを支配し尽くすだろう。共産主義に最後まで反対する頭脳の固く閉ざされた片隅までも支配下に置くだろう。共産主義は、汚穢と悪臭に充ちた、恐ろしいほどものごとの差異が際立つところにはびこる。共産主義が実際に到来したなら、みなは大混乱に陥るだろう！　そしてその背後にはモスクワが控え監視している、そう、至るところで目を光らせているのだ」。彼は言った「だがここはもともと純然たるキリスト教の根付いた谷なのだ。しかし、正直に言ってほしいのだが、いまなおどこかカトリックが、そしてそもそもキリスト教が根付いている場所があるか。どこなのだ、それは」。ぼくたちはそのとき下の村の広場に立っていた。

「きみはいままでに仕合わせだったことがあるかね。そして仕合わせとは何かを理解したことは。そして自分がそこから抜け出すことはもうありえないと思う状況に身をおいたことは。」彼は言った「私はいまの問いへの答えは全然期待していない」。ぼくたちは、とある家の入り口の通路で靴屋と話をしていた皮剝人に出会った後、司祭館まで行き、そこから救貧院の庭を通って村の広場へ引き返した。「きみには私が夜中に窓を開ける音が聞こえるかね」と彼は言った。「私はときどき立っていって、窓を開ける。そして行ったり来たりを繰り返す。それでも神経は休まらない。いまにも窒息するのではないかと思えてくる。しかし冷気が流れこんでくると、頭の状態はもっと悪化する。冷たい空気は、ねじを巻くと時計が再び勢いよく動きだすように、私を活性化してくれる、と思うのだ。しかしそれは錯覚にすぎない。私を再び始動させる努力と計画の立案はいまどんどん困難なものになっている。たしかにそうだ、時計の場合とよく似ている。これが単純な比喩に過ぎなかろうと、私は口頭ではごく単純な比喩しか使わないことにしている。繋留のための杭としてだ……眠れない状況はきみには無縁だろう。いずれにせよ私はきみが眠れないといって嘆くのを聞いたことがない。私はいまあらゆるものに痛めつけられている。事情は、川を眺めながら、中に飛び込めずにいる人間が、その川に痛めつけられているのと変わらない。人間と人間が引きずる過去の関係のいまわしい結節点のなせる業だ。私には首尾良く運んだもののかけらも目に入らない。」それからぼくたちがまた落葉松林の中に入ると、彼は言う「みんな待っているのだろうか。私と同じように、すべてを一変させ、引き裂き、終わらせるものの到来を。それともまるで異なる次元ないしは底知れぬ深い次元で継続する何ものかの到来を」。それからぼくたちは郵便配達人に出会うが、彼は宿から出てくると、帽子の縁に手を触れる仕方の挨拶をする。無言で。郵便配達人が十分な距離まで遠ざかると、画家が言う「あの男も、たいていの男がそうだが、犬の仕草をする。手の動きは犬の前足を見るようだ。彼は妻を憎んでいる。自分の子供たちもだ。酒浸りで、仕事は怠ける。人間にとってまたとない地獄の体現者だ。こういう人間を見ているとだれしも自分はいまのままでよいという盤石の裏付けを得た気になる」。ぼくたちは干し草山の傍らを通る。それから急いで宿に戻る。

夜中にあたかも高山の頂を越えて来たようなものが彼にのしかかって苦しめると、彼の中からしばらく姿を消していた戦争とか貧困とか憎悪が蘇る。悲しみを理性の中へ追いやろうとしてみるが、無駄だ。その魔が退散するのはようやく夜が白み始めてからのこと。イメージや考えを生み出しても無意味だという感情が日暮れとともに独房のような部屋の中へ入り込んで来るが、朝になるとそこを立ち退いて待ち伏せ場所に潜伏する。「昼は別の痛みを連れてくる。私には医者の兄がいるが」と彼は言った「きみももう知っていることだが、何の役にも立たない。医者がいると、犠牲が増えざるをえないのだ」。彼はまた持病の頭痛に言及した。小さな子供の頃、たった一度だけ、頭痛を経験したことがある。森を出外れたところで突然「頭蓋の前方下部に恐ろしい痛みを」感じたのだった。それからはずっと、何十年も、いまのこの持病が始まるまでは頭痛と無縁でこられた。しかし「私はうちの家系の多くの者が頭痛の犠牲になったことを知っている。無言で言葉を押しつぶす狂気が決壊したダムのように途切れなく襲ってくる」と彼は言った。「痛みはときとして引き受けるべき義務でもある。」そして「痛みは私の意に反してでも所期の目的を達する。目的は必ず達成せずにおかない」。「われわれはどこへ通じているか分からない幻の橋を覚悟して渡るように、痛みを覚悟して引き受ける。」それからまた、ぼくたちが昨日、下の駅まで橇で走った話を始めた。彼が前に座るか後ろに座るかで時間を取られ、出発が一五分遅れた。ぼくは橇を走らせながら、遠い少年時代の記憶を断片的に蘇らせていた。いくつもの冬景色を。ぼくは橇の残すシュプールの色と深さと幅を、そしてそれを見ながら子供のぼくが抱いた感覚をまざまざと思い出していた。ぼくは道のあらゆるカーブを難なく乗り切った。「もっとゆっくり走ってくれ！」という声が何度も聞こえ、彼はぼくの背中に頭を押しつけ、両腕でぼくにしがみついた。下の駅に着いたとき、彼は汗まみれだった。ぼくたちはいろいろな店へ行って買い物をし、売り台の向こうの人たちと話をした。それからぼくは彼に頼まれて薬局へ行った。彼は駅で新聞をたくさん腕に抱えてぼくを待っていた。村長がぼくたちを馬橇に乗せて上のヴェングまで連れて来てくれた。

駅で彼は大きな不安に、そしてその後ぼくが思ったところでは突然の吐き気に襲われた。「自分がどこへ行き着くかも分からない人間たち」と彼は言った。駅とは「数珠繋ぎになった狂気が集う場所だ。だから残酷性の本質を探るのに駅に優る場所はない」。自分の腕に載せている七紙か八紙の新聞に触れる形で、彼は言った「私に関心があるのはまずは理念だ。世界が息を呑むような出来事ではない。そんなものは明日には忘れられている。しかし新しい理念は、明日到来するものすなわち未来なのだ」。そうやってひとり駅ホールの切符売り場に佇んでいる画家は、万事を人死にが出て幕となる短い児童劇だと解釈する人間に見える。錯覚なのだが。だとしたら彼は言葉の断片か歪曲された構文同様のものになってしまう。

技師が、工期通りに終わらせるためには、明日から徹夜の作業に入らざるをえない、と言う。ほぼ全員が夜勤に名乗り出た。夜の時給は昼のそれの三倍という好待遇であり、今日中に夜間作業場を照らす投光器が設置される。会社の首脳陣はもちろん川沿いの住民たちから夜間の騒音について苦情が来るだろうと踏んでいる。しかし「苦情は退けられるだろう。そうなるようにすでに村長と折り合いが付いている」。もちろんクレーンは夜、昼とは比べものにならないくらいひどい騒音を立てる。何もかもが夜は増幅されて聞こえる。いまは仮橋を架けるための杭打ちが行われているためとりわけ音が大きい。しかしいま夜間に作業を行わなければ、すべては一年以上長くかかってしまう。そうなれば会社首脳陣は大恥をかき、工事に参加しているすべての会社が計算不可能なほどの経済的損失を被ることになる。不思議なことに、組合は徹夜作業に異議を唱えていない。技師の考えでは、組合も発電所工事への参加企業に出資しているから黙っているのだろうとのことだ。組合は日曜と祝日の勤務についても口をつぐんでいるのだから、金曜の午後や土曜の勤務についてはなおさらである。「いまはぶっ通しで働いてる」と技師は言った。「もう長いこと眠れていない。小休止ができれば御の字で、それ以上は望めない。」会社上層部の部署間でひっきりなしにもめ事が起こっている。どの企業に仕事を発注するかで見解が大きく分かれているのだ。ここでもすべては政治的思惑に左右されている。品質の劣るパーツが発注されることも珍しくないが、それはその納入業者の方がより上質なものを供給する用意のある業者より、会社上層部の強力メンバーの受けがいいからなのだ。作業員の妻や子供のためにバラックを幾棟か建てることを怠ったのも失敗だった、と技師は言った。「そのせいで彼らは毎晩ときには六〇キロ七〇キロ離れたところへ列車で帰宅し、翌朝また戻ってこなければならない。」これは当然男たちの労働力にも影響する。現場の敷地に住んでいない者は実際体力的にも弱っている。会社にとっても彼らは高く付く。なぜなら経営側は彼らの交通費も支給しなくてはならないからだ。それに彼らを夜の仕事に駆り出すことは問題外だ。日曜と休日の仕事にも使えない。「彼らは、現場の敷地に家族を住まわせているなら、夜も日曜日も働く。」技師にその権限があるなら、今日にでも女子供のためのバラックを建てるところだ。いまからでも採算は取れる。それにそうなれば、既婚者とここの娘たちや女たちとの交渉は減り、トラブルも減る。というのも他所から来ている既婚の作業員たちが「ほんのビールを一杯だけ」といって駅のレストランに入り、その一杯が四杯五杯になって、最後には家に帰ることなどすっかり忘れ果ててどこかの鉄道作業員の娘の首にかじりつき、彼女といっしょに干し草の山かどこか村はずれの宿に沈没してしまうといったことが頻繁に起こるからだ。彼らはしばしば三晩四晩を過ごして満足がいってからでないと家に帰らない。すると女房たちが会社の偉いさんに文句をつけに来るが、彼らには何のことやら見当も付かない。「家族用のバラックを建設すれば、こういうことは回避できるのだ」と技師は言った。「いずれにせよ行きすぎた行為は最小限にとどまるはずだ。」完全に回避することはもちろんできない。酒の上での行きすぎは、単純な人間がいるかぎり、しょっちゅう至るところで起こることだ。「労務者がたくさんいるところでは、子供もたくさんできる」と技師は言った。彼らはそのために打ってつけとみたらどの女でも娘でもいい、さっさと子を孕ませてしまうのだ。「仕事が終わったら、彼らが何を考えるか、どう思うね。」皮剝人はほくそ笑んで、ビールをひと口飲んだが、そのひと口でジョッキの半分が空になった。「ひどい騒ぎになったもんだ、大騒ぎだ、私の事務所でだ」と技師は言った。女房たちは自分の亭主についてまったく間違った考えを持っている。男などと結婚するものじゃない。女とならいいが、男とはやめておいた方がいい。夜勤は午後の六時から早朝の五時までだ。晩の九時と夜中の二時に食事の時間がある。技師は少なくとも昼と夜に数時間歩き回らなくてはならない。「自分には優秀な班長と職場長がついているし腕のいい石工とセメント職人もいる」と彼は言った「それでも彼らから目を離すわけにはいかない」。自分は了見の狭い人間ではない。最近作業員の妻が出産したときも、あらかじめ車で彼女を迎えに行き、病院まで連れて行った。「そういう好意を示すことで、共感を得ることができるのだ」と彼は言う。皮剝人が訊く「川の底はどれくらい掘らなければならないんだね」。「二〇メートルだ」と技師が答える。必要になった鉄道のレールを移動する工事はもう終わったのか。「うん終わった」と技師が言う。レールを移設するために、山から二万立米もの岩を吹き飛ばさなくてはならなかった。「その工事は見積もりに入っていなかった」と技師が言う。「数百万の出費だ。」土木工事では、こんなに大規模にならずとも、想定外の出費はしょっちゅうある。「土木の世界では少なくとも二倍の額を見こんでおく必要がある」と技師は言う。「誤った思いこみが元で、責任を背負い込み破滅する会社が続出している。」多くの建築物が完成半ばで立ち往生し、朽ち果てる。「私企業は事業を投げ出さないために、少なくとも見積額の二倍の積立金を用意できなければならない。作りたいものを好きなように建てることができ、完成までもっていけるのは唯一国だけだ。国は金をもっているし、金を手に入れることもできるからだ。」

ぼくと画家の間を夢かうつつか定かでない薄明状態が支配している。彼の言うことは、はるか遠くで降る雨のようでもあり、また見知らぬ風景の上にもくもくわき起こりあたりのすべてを陰らせる雲に似ているようにも思える。彼は言う「人間が近くにいると、その人間がもはや自分にとって存在しなくなるも同然のところまで彼のことを知り尽くしたいという願望に捉えられる。人間が相手だと必然的にそうなる」。それから彼は昨日の散歩について話し始める。散歩の途中で彼が思い当たったのは、月と地球の隔たりは、人間の分別と心の間の距離ほど大きくない、ということだった。「われわれはいつも自分の心の中を動き回っているが、それは最初のうちは素晴らしくても、後には耐えがたいことになり、何もかもに恐ろしい影響を及ぼすようになってしまう。」彼にとっては、始まりは終わりだ、という命題からすべてが発している。そして「机は窓でもあり、窓は窓辺に佇む女でもあり、河床は同時にそこに影を映す山々、ある町はその上空を渡る風でもある」。こんな風に自分の中にもつれ込んでいるから「人間は破綻をきたす……出口は」。答えはない。彼は息を吸うと吐き気がする。彼は言う「きみはきっといろいろな観念につきまとわれ辟易しているんだろう。いろいろな見解に」。それから「最初はきみを私の部屋に連れて行って、あそこで話をするつもりだった。でも疲れすぎた。青春は老年に対して攻撃的だから、老人は首を竦めるしかない。私はとっくに首を竦めている。それに知的なことがらすべてを憎悪の的にする者たちとたえず接していなければならないのだ。私のこれまでの人生は防戦一方だった。とりわけ女たちを向こうに回したときがそうだ。そこでできるのは壮大な思想の戦いに終止符を打つことでしかない。だからきみも女たちには用心することだ。しかしそれよりもっと、きみをだめな人間にしようと狙っているきみの内なる女性的部分に気をつけろ。男たちの歩む安易な道に、男たちを捉えるぬくもりへの欲求に、名誉欲に、すべて男性敵対的な女性的特性に注意するんだ。女と女性性一般は、男に男特有の反男性的感情を植え付ける。私はきみに、女房たちに破滅させられたそうそうたる顔ぶれの男たちを列挙することだってできる。この上なく優れた才能と大きな器量の持ち主たちばかりだ。女性性は根っから裏切りに長けている。徐々に足下を掘り崩して最後に息の根を止めるのだ。男性的精神というか精神一般にとっての、男性性にとっての毒である。男を構成要素へと解体するのが目的で、元の姿へ戻さないでよいのなら……科学的に言うなら、女は男をもじって作られた似姿だ……思考の宿敵……女房たちは亭主が新聞を読むことまで禁止する……自分たちの扶養者はものを考えてもならない。……彼女たちがするのは破壊であり、友情を結ぶ能力もない……婚姻をなし、子供をなすことだけが得意な女たちが、嘘を免れているのは出産の瞬間だけだ……女たちはベッドのためにのみ存在する。女は遊びを知らない。女は悪魔の道具であり、人類の悲劇は女のせいで引き起こされる」。

夜ずっと自分のことだけを考えほかに考えをそらすことができなかったため就眠できずにいたぼくは、起きだして外を見ようと窓に近寄った。しかし何も見えなかった。部屋にいるのが耐えがたく思えてきたので、服を引っかけ、後ろ手にドアを閉めると、階下へ下りた。玄関には仄かな灯りが点っていた。ぼくは表に出て気が向けば少し通りに沿って歩いてこようと考えた。以前子供の頃にもよく夜中に起き出して、少し歩き回ってくることがあった。小川の上の小橋を渡って森の中を少し、そこら辺で恐くなった。でもそれは自業自得だった。今回も同じようなことをしようと思い立ったのだ。落葉松林にでもするか、とぼくは考えた。玄関のドアを開けようとしたとき、ドアが全然閉められていないのが見えた。門はかけられていなかった。そのとき食堂から向かいの壁に光が射してくるのが見えた。食堂の中で急に灯りが点いたのだ。多分ぼくの立てる音が聞こえたからだろうが、この時間にだれが食堂にいるのか見当が付かなかった。何時かは分からなかったが、とても遅い時間なので、みんな寝ていると思っていた。最初は食堂へ入っていくつもりはなかったが、意を決してドアを開けた。するとぼくもいちばん気に入っている隅のカウンターの隣の席に皮剝人が女将といっしょに座っているのが見えた。ふたりは議論に夢中になっているように見えたが、ぼくの目を欺こうという彼らの試みは中途半端で、実はたったいままでふたりで寝ていたことが、とりわけ彼らの服装とどんよりしたさえない顔色から明らかだった。彼らはテーブルの上に半ばまで飲み干したビールグラスを置いたままで、パンのかけらが散乱していた。皮剝人の靴がテーブルの上に置いてあった。彼は、ふたりがベンチの上に横になったときに、その靴を脱いだのだろう、とぼくは考えた。女将は髪を整えていなかった。ぼくはすべてを一目で見て取った。ぼくはすぐ出ていこうとしたのだが、皮剝人がぼくにいっしょに座るようにと言った。家の内情について話しておかなければならないことがあったんだ、と彼は嘘を言い、テーブルから靴を降ろすとその下で足を突っ込むようにして履いた。女将がそのとき腰を下ろし、ビールグラスのひとつを手にとると、そこから飲んだ。ときどき一晩中起きていたくなる、と皮剝人が言った、夜の方がだれかと座っていていい考えが浮かぶし、話もすんなり運ぶ。ビールを飲みたいか、と彼は訊いた。ぼくも腰を下ろした。食堂の中は寒く、ぼくは急に寒気がした。皮剝人は立っていき、グラスになみなみビールを注いだ。彼はそのグラスをテーブルのぼくの前に置いて、また座った。女将はこの旅館を売ろうと考えているんだが、と皮剥人が言った、ぼくも、きっと画家から聞いていると思うが、いま刑務所に入っている亭主はそれに反対だ。女将は、自分がいま主に亭主のせいで周りから敵視されているこのあたりからきれいさっぱり出ていきたいと思っている。女将の娘たちにもここでの暮らしはまったく容易ではない。できることなら今日明日にでも出ていきたいところだし、できるならこの旅館はもう二度と目にしたくない。しかしそれは、亭主が反対しているし、これからもずっと反対するだろうという点を除いても、「実現困難」だ、と皮剥人は言った、その点を除いても、こういう旅館は売却するのが難しいからだ。旅館には何ひとつ見所がないし、見るからにとんでもない状態だ。「立地はまったく考えないにしてもだ」と皮剥人は言った。「女将はとくに子供たちの将来のことを考えているんだが、このヴェングでは子供たちの将来に希望があるようには見えない。そして彼女がとくに不安なのは、亭主が刑務所から帰ってくることだ。彼はきっと人生を、自分が中断したのと、中断せずにいられなくなったのと寸分変わらぬ仕方で再開するはずだ。」亭主は、「服役態度が良好なので」数ヶ月後には釈放になる、そうしたら旅館の「秩序を立て直す」つもりだ、と書いてよこした。なんともたいへんな不幸が、と皮剥人は言った、この家族に降ってわいたものだ。互いに全然理解しあっていない。女将は、亭主が必要とするような女じゃない。彼女はこの亭主ゆえに破滅するのだ。彼女はいま彼に途切れなく食料品の差し入れを送っているのに、と皮剥人は言った、彼の方からはまともな感謝の言葉もない。「しかし隣人たちから閉め出され、みんなの前で犯罪者としてさらし者にならなければならない人間には、手をさしのべてやらなければならない、そうじゃないか」と彼は言った。その通り、とぼくは答えた、そういう人間は、たとえどんなことをしでかし、いまどんな状況にあり、どんなやましい思いをし、場合によってはこちらに何をしか

ける か分からないにせよ、とにかく救助の手をさしのべる必要がある。囚人はいつだって助けてやらなくてはならない。糾弾するのでなく助けてやることだ。どうやったら助けられるかは分かっているはずだ。暖かい靴下まで女将は彼に送ってやったのだ。しかし「女将の知っている彼は、釈放されて帰ってきたら、何か恐ろしいことを彼女にしはじめるにちがいない。それどころか」と皮剝人は言った「彼女を手に掛けるかもしれない。なぜなら彼は、自分を訴えて刑務所に入れ懲役刑に処させたのは彼女だと知っているからだ」。それに、発電所が完成して作業員たちが飲食に来なくなったら、ここは畳まざるをえなくなるかも知れない。地元民はこの旅館を避けているからだ。以前はここも、村のほかの旅館と同じように結婚式や葬儀後の食事も出していたが、それはみな昔の話だ。農場主はただのひとりも顔を見せないし、「そういうことには無頓着なはずの」倅たちもやってこない。「発電所工事が終わったら、私たちの旅館も終わるんだわ」と女将が言った。亭主には、でも出ていく気はない。「ここは結局あの人の故郷というだけの話よ」と彼女は言った。彼女は接客業とは一切手を切って、都会へ出たいのだ。自分は何とかやっていける。仕事は探しさえすれば、いつでも見つかる。昔なら考えられなかったが、いまはだれにでも仕事はたくさんある。自分はこの谷には向いていなかった。彼女はお腹に子供が入ってしまったというだけの理由で、いやいやここへやって来たのだ。こういった話がすべて事実であるはずはないが、もっともらしく聞こえたこともあり、ぼくはずっと神妙に耳を傾けていた。皮剝人は言った「都会では女は体力を消耗することのない軽い仕事を見つけられる。例えば下のセルロース工場の仕事のような。あそこでは女たちは無理をしなくても、けっこういい金を稼げる。子供たちだって養える」。もっともここの子供たちはもう十分大きく、いちばんたいへんな時期は通り越しているし、少なくともどちらかの娘は早晩結婚するに決まってる。要するに彼女の夫がいなければ事はすべて簡単に運ぶのだ。このとき彼らは決定的な言葉に行き着いたわけだが、彼女がその「夫さえいなければ」という言葉を口にしたとたんに、その場の空気は凍り付いてしまった。皮剝人はその恐ろしい現実から注意をそらそうと試みて、言った「セルロース工場では報奨金制度を取り入れたそうだ」。ぼくはもうそのことを聞いているだろうか、と。しかし彼は、ぼくがその話について行っていないのに気づいた。最後に彼は言った「女にとって、ここの亭主のような質《たち》の男といっしょにやっていかなければならないのは、並たいていのことじゃない」。その通り、容易なことじゃない、とぼくは言った。女将はそのとき立ち上がって、台所へ行き、自分で焼き上げたまだ温かい大きな豚のもも肉を持ってきた。「すぐに切るからね」と彼女は言った「いい機会だわ」。そして彼女はもも肉を切って、言った、好きなだけ取って食べてくれ、と。「干しぶどうといっしょに食べるといちばん美味しいのよ」と彼女は言った。夕方にどっと疲れが出て、洗濯を終えた後腰を下ろさずにいられなくなり、ほんのちょっと、一〇分か一五分だけうとうとしてしまい、それから娘たちに起こされて、彼女たちについて裏庭に、彼女たちの作った雪だるまを見についていかなければならなかった。その雪だるまが恐ろしくて、すぐ家にとって返した。「子供たちはなぜ私が恐ろしがっているのか理解できなかった」と女将は言った「でもあれはほんとに恐ろしい雪だるまだった。自分たちがあそこに何をこしらえてしまったのか、分かっていないのよ。」それからまた急に忙しくなった。もうすでに酔っ払っている労務者たちが入ってきて、「身体の中のすき間全部にビールを」流し込んだ。駐在の警察官が来て、彼らを追い出したが、すぐにまた別の一団がやって来た上に、夜中過ぎに何人かの他所からの客も入ってきて、結局「最後のひとりが引き上げた」のは一時だった。すると彼女は突然、近頃なかったくらい爽やかな気分になった。そこで彼女と皮剝人のふたりはもうベッドへは行かずに朝までこの食堂に座っていようということになった。「その通り」とぼくは言った「ときどきは一晩中寝ないでいるのがいいこともある」。そうしてぼくが立ち上がると、ふたりは、さっき言ったように朝までここで起きている、と言い、ぼくは自分の部屋に戻るとすぐに眠ったのだった。

## 第二〇日

ぼくは習慣通り、六時に起き、部屋を暖房する。薪はいつも前の晩寝る前に用意しておく。まだ暗いが、洗顔のためには十分な明るさだ。冷たい水がとても爽やかにしてくれる。できればすぐにでもあたりをぐるっとひと回り歩いてきたいところだ。村へ行って戻ってくるか、上の教会へ行って戻ってくるか、それとも落葉松林だけにするか。でもそうしたら宿の全員を起こしてしまうだろう。女将はぼくがそうするのを禁じるだろう。だからぼくは窓辺に立って外を眺めるけれど、見えるのは木の幹と雪と雪に残った鹿や犬や鶏の足跡だけなので、愛読書のヘンリー・ジェームズを読むことにする。とてもいい気晴らしだ。それから朝食の時間に食堂へ下り、画家がひとりきりで朝食を取らずにすむよう、彼の来るのを待つ。ぼくは毎朝すごい空腹を覚える。女将はあちこち走り回り、子供たちを学校に送り出す。子供たちに続いて、一階に住む技師と皮剝人が出てゆく。ときどきだが八時前に、前夜見なかった客がもう顔を出すことがある。夜遅くやって来て、朝早く出発する、行商人か無宿人か、いずれそういう類いの一処不住の者たちで、この宿で一夜を過ごすのだ。たいてい身なりは貧相で、ミトンもつけず、短靴を履いていることが多いが、かと思うと支払いは大きな紙幣ですまし、ぼくが頼む勇気のないような卵や生ハム付きの朝食を頼み、その上に朝早くからグラス・ワインを飲んで、ポケットから新聞を取り出して、ふんぞり返り、まるでこの世に知らないことは何もないという押し出しだ。ときには昨日のように女客に会うこともある。村びとの親戚の女たちだが、そこはベッドが足りないので泊まれなかった。しかし彼女たちは朝食を宿では摂らずに、起きてすぐ何も食べずに宿を出て、朝食の待っている村へ下りていく。

朝食後にぼくは画家といっしょに村へ行き、そこで少しばかり買い物をし、村の広場のあちこちに立って、午前中はどこへ行き、午後はどこへ行くか相談する。「上の教会へでも行ったらどうですか」とぼくが言うと、画家が言う「教会だって。あそこへは昨日行ったじゃないか」。そこで私は言う「落葉松林にしましょう！」——「落葉松林か」と彼が言う。「落葉松林の中は昨日歩いたよ。」——「じゃあやっぱり切り通しにしましょう。それともすぐ駅へ下りて行きますか。」——「そうだ、駅へ下りよう」とそれを受けて画家が言う。「駅は行く意味のある唯一の場所だ。なぜならあそこには新聞が置いてあるからな。そもそもどこかの場所に、そもそも何かに意味があるとしての話だが。そうではないかね。」それからぼくたちは靴屋のショーウィンドウの前に立って中を眺め、何という安物の靴を売らなくてはならないのだろう、と思う。「その上ほとんど価値のないものばかりだ」と画家は言う。「見てごらん、これなんか革でもない！」それからぼくたちは村役場の方へ行くが、そこで画家は丁寧な挨拶を受ける。「ここではみな私のことを知っている」と彼は言う。「そしてみなとても親切だ。私の金をあてにしているからだ。だが彼らは期待しても無駄だ。村にはもう私の金は行かない。神父は分からないが、村はだめだ。彼らはベンチを置こうともしない。古いベンチは壊れてる。しかし村は新しいベンチに替えようとしない。」ぼくたちはそれから村のいちばん古い建物である学校と肉屋の間の道を通って、谷を見下ろせる場所へ行く。「よく見ておくのだ」とそこに着いたときに画家が言う「この目の前に広がる法外な醜さを。あの鉄道員宿舎を見てごらん！　見てごらん、発電所を！見てごらん、セルロース工場を！見てごらん、脅かされた害虫の群れのようにあの下をせわしなく右往左往している人間たちを！　見てごらん、あれが医師の家だ。建築家の家だ！　ビール醸造所だ！　駅だ。見てごらん！」彼は疲れている。彼は言う「今日の昼食が何だか知っているかね。知らないだって」。そして「一〇年前の私がどんなに軽々と山へ登ったか見せたかったよ。あそこからだ！　あそこが登山口だ！　見てごらん、あの白い点のあるあそこ、あのいちばん高いところに、礼拝堂があるのだが、その礼拝堂の横を通って以前私はたったひとりでホッホケーニヒ山まで、ここからは見えない峨々たる山塊まで登ったのだ。だがシュナップス醸造所からはよく晴れて空気の澄んだ日には、あの巨大な石灰岩の切れ込みがすべて見渡せるのだ。」

ぼくたちは昼をいっしょに食べる。それから画家は少し横になり、ぼくはヘンリー・ジェームズを読み進める。ときどき数ページをぶっ通しで読むが、何を読んだか全然覚えていない。そこでもう一度元に戻って読み始めると、ぼくが読んだ部分がとても素晴らしいことを発見する。不幸な人間たちをめぐる物語だ。ぼくは本を閉じ窓辺へ行ってメモを取り、思いついたことをノートに書き記す。すると下で部屋から出てきた画家がぼくを呼ぶ声が聞こえる。ぼくは下に下り、それからまもなくするとぼくたちは落葉松林への途上または教会への途上にいるか、それともとっくに切り通しの奥深くへさしかかっている。画家が語り、ぼくが耳を傾ける。彼の話すことはほんのわずかしか理解できない。ときどきほとんど聞き取れないくらいの声で自分だけが相手だというかのように話すからだが、またぼくにはあまりに支離滅裂なように思えて理解できないこともあり、ときにはまたぼくが愚かすぎて分からないこともある。どうしたらぼくに次のような文が理解できるというのか。「大地は明澄なのかもしれない。私は、大地から顧慮されてはいないが、大地の結節点の中間に置かれているのを感じる。分かるかね！」ときどき彼は立ち止まるが、自分の口にした言葉が彼を疲労させるからだ。ときおり彼はぼくに、たとえば次のような問いを投げかける「きみは退屈さをどう受けとめるのかね。きみは国家について何を考えている。私ときみの違いは何だ。これが偉大さなのか。きみはまだしばらくここにいるのか。私ときみの間に違いはあるのか。きみは数学の奇跡を信じるのか。きみはきみの部屋に戻って何をやっているんだ。きみの両親の家が建っている庭は大きいのか。そこにはどんな植物が植わっているのか。きみの家があるところは寒いのか。そこでは夜は何をして過ごすのか。きみの父親は、本は読むのか。きみは私に異を唱えるなどということをどうやって思いついたのだ。しかし私には、きみに異を唱えるつもりなど全然ないことは分かっている！　きみは私がもう何度ヴェングに来ていると思っているのか。それを言ったのはきみの父親か。きみは都会が好きなのか。この本が好きなのか。自分の妹が好きだ、と言うのかね。劇場へは行くのか。そしてこの土地は発見されぬまま取り残される、と信じているのか。きみは恐れているのか。違うって。どっちなんだ。人類をか。観念をか」。

## 丸太引きの死

彼は言う「この身の毛のよだつような体験だが、いいかね、私がきみに昨晩その話をしようと思ったときには、きみはもういなかった。死者の出てくる話なのだ。私が近道をしているところを想像してくれ。私はちょっと早足で歩いてくる。上々の気分だ。私は生け垣のところで立ち止まる。私が立木の下まで行くと、私の方を何人かの人が振り向くのが見える。私が振り向いたとき彼らも私の方を振り向いたので、彼らの姿が見えたのだ。たぶん私が彼らの方を振り向いたのは、彼らが私の方を振り向いたからだと思う。しかし私には、彼らが私とすれ違うのが見えなかったことが不思議だった。というのも彼らは、私とすれ違わない限り、私が振り向いたときに彼らを見つけた場所へは辿り着けなかったはずだからだ。分かるかね。きっと私がぼうっとしていて、あるいは考えに耽っていて、彼らのそばを知らずに通り過ぎたのだろう。土地の者ではなかった。私の見たところでは、この地方になじむ服装はしていなかった。この土地になじむ服装は。恐らく彼らはどこからか遠出してきたのだろう。ひょっとしたら都会の人間だったかもしれない。彼らの上着は、都会風の上着だった。私には〈垢抜けた〉ところのある人間たちに見えた。いずれにせよ、私には彼らが不審に思われたのだが、その後考えたのは、私は切り通しを行くべきか、それとも街道か、つまり街道まで引き返すべきか、ということだった。いや、と私は自分に言った、引き返すのはやめて、最短の道、つまり落葉松林を過ぎたところで川へ下る道を取ろう、そして脇目も振らずに歩いて、駅の裏手に出よう、と。私はカフェーへ行くつもりだった。その前に、と私は考えた、駅で新聞を買ってこよう。暗くなりかけていた。私が橋を目指して歩いていくと、そこであの長いブーツを履いた男に、いいかね、この季節になるとあちこちでお目にかかる丸太引きのひとりに出会ったのだ。彼は光沢のあるブーツを履き、黒い皮の帽子を被り、毛糸のミトンをはめ、たえず恐ろしい鞭の音をたてている。ドイツ唐檜の幹を積んだ馬橇を操るニッカーボッカーの男だ。彼らはその木を一週間かけて森の小川に沿って引っ張り降ろし、次の一週間でそれを鉄道の駅か、製材所か、あるいは近在の者のところへ届ける。私はその男の方を見ながら、いまきみに暗示したような考えを巡らしたのだが、そのときだ、彼が私にいま何時かと尋ねたのは。〈四時半だよ〉と私は言った。私にはまだはっきり見えている、若い顔だが、すでに歳月の侵食が進んでいて、蒼白であり、寒さでミミズ腫れができている。私が、出身はどこで、いまどこに雇われているのかと尋ねると、彼はそれに答えて、自分はシャットザイテの出だ、と言う。私は〈ああシャットザイテの出か〉と言って、歩を進める。そして私は道の途中で出会った人間をみんなすぐに忘れてしまうのだが、この男のこともすぐに忘れた。私が川向こうの駅の方へ急いでいるとき、突然——私は橋の向こうの端に着いたばかりだった——きみに何といって説明したらよいか分からない音が聞こえてきた。とにかくその音は私を音のした場所まで立ち戻らせたのだ。私はたったいま話をしたばかりの男、あの若い丸太引きがそこで橇の下敷きになっているのを発見する。彼はまだ手だけを何度か動かすが、両脚はすでに硬直している。彼は死んでいる。そして人びとが駆けつける。鉄道員宿舎から、駅から、下の村から、まもなく彼の周りはすごい人だかりになる。私は彼の方に身をかがめ、ほんとうに死んでいるのを確認する。すでに彼の顔は例の黄色、黒みがかった黄色を帯びている。死後硬直の色だ。私は路面に血だまりを発見する。みなは馬橇をどかせようとするが、私はそれを阻止する。こういう状況では現場の状況を何ひとつ変えてはならないからだ。〈さがれ!〉と私は言い、ステッキで威嚇する。馬たちは実におとなしくしていた。円筒形のブーツを見るときらきら光っている。死者の上でランプが揺れていたからだ。いいかね、私はその男と、いましがた話を交わしたばかりなのだ……〈四時半〉と……ひとりの医師がやって来た。みんなは死者を少しだけ村の中へ運び入れ、とある建物の壁際に横たえた。そしてその家の中へ運び入れた。それからまた馬橇のところへ戻ってきて、橇を動かし、村の中へ移動させた。彼らはそれからまだ長いこと血だまりの周りに立っていたが、寒さがいやましに募ってきた。川の上、いいかね、しかも橋の真ん中だ……私が読み物を抱えて戻ってくると、彼らはまだ血だまりの周りに立っていた。丸太引きは足を滑らせて転倒したところを、橇に轢かれ、胸郭を押しつぶされたのだ。私はこの臭い、この死臭をもう私の中から追い出すことができなかった。そしていいかね、私が上で落葉松林から出てくると、もう八時か八時半になっていたと思うが、満月の明かりの中、駅へ下りていくときに見たあの人物たちをまた見たのだ。しかもさっきとまったく同じ場所だった。彼らは凍えているかのようで、私が彼らの方を見ると、内に含むような仕方でくっくっと笑っているのだった。不気味だった。とくに人死にの一件があった後だからよけいにだ。恐ろしい人物たちが、いいかね、都会風の服を着て執拗に笑い続けていたのだ。」

すでに三時に夕闇が迫ってくる。東から暗くなりはじめ、どんどん暗さがまして、最後にはここも暗くなる。ほとんど真っ暗になる。切り通しで画家はときどき跳びはねはじめる。ぼくは、彼の犬じみた特性を観察する。たとえば、彼はときどき、飼い主に置いてけぼりにあった大型犬のように首をぐるぐる回すのである。ぼくは二度、自分だけの午後を過ごし、村へ行ってから、駅へ下りて行き、きずに、引き返して街道を歩かなくてはならなかった。最初の灯が見えてきて、それから村に着いたときは、うれしかった。ぼくは恐ろしくなったのだ。何が恐かったのかは分からない、突然何人かが街道に立っていて、ぼくの方に向かって歩き出したが、しかしぼくには話しかけてこなかった。ぼくは画家が自分の部屋にとどまったため――「少し書き留めておきたいことがある！」――ひとりで過ごしたその前日の午後女将に出会った。ぼくは干し草山のところまで彼女といっしょに歩いた。女将は、ぼくが「絵描きのシュトラウホさん」のことで何か妙なことに気づいていないか、知りたがった。

「いや」とぼくは言った。「彼に変わった点があるとは思えないけれど。どうして。」彼女は何も言わずに、川向こうの農家へ行った。そこでミルクを買っているのだ。夕食は長くかからない、というのもすべて冷めてしまわないうちに、急いでのみくださなければならないからだ。それに台所ではすでに食器とナイフフォークをすぐ洗えるよう待っているからだ。食事の間、ぼくが今日一日に体験したことがすべて、頭の中を流れていく。ぼくは下級医に何を書いたらいいかも考える。しかしこれより難しいことはない。いずれにせよぼくは、自分が思うようには表現できず、ぼくの頭の中にあることは、後から紙の上に書かれるものとは全然違っている。紙の上ではみな死んでいるも同然だ。ぼくは上の部屋に突進するように戻って、あれこれを書き付ける。しかしまるで書き付けることによってそれらを葬り去っているかのようだ。そこには書かれるべきものの跡形もない。

「死病は、それにかかった者がその手に落ちずにいられなくなるように持って行く。私はことがそういう経過を辿るのをずっと観察してきた」と画家が言う「そして医学書の多くがそれを証明しているのだ。死病にかかった者あるいはより適切に言うなら死病患者は、自分の死病の中へ、最初は驚きながら、次には唯々諾々と入っていく。死病はそれにかかった者たちに、自分は独自の世界を作り上げているると思い込ませる。死病にかかった者、すなわち死病患者はこの錯覚に陥って、それから先はこの錯覚の中、彼らの死病の中、彼らの死の病の仮象世界の中に生きるのであって、もはや現実の世界の中には生きていない」。死病の仮象世界と現実世界はまさに正反対の概念である。死病にかかった者は現実世界、自分の現実世界を信用せず、自分の死病という仮象世界に身を委ねる。死病は「律動的宗教的な安楽所だ。人間は自分にとってエキゾチックな庭園か何かに足を踏み入れるようにその中へ入っていく。突然――きみも分かっているだろうが、ことは長い経過を辿る死の病、いわば習慣的死病感情に関わる――、藪から棒にそこに死が立ちはだかる。死の病はエキゾチックな風景を現出させる。内から来る内なるエゴイズムの振る舞い」。彼は言う「ここにはまったく風変わりな谷がいくつも切れ込んでいて、その谷のそれぞれに領主の館や城が点在している。こうした領主の館や城に足を踏み入れるとすぐ、もはやそこに住み慣れた世界を求めるのは無理だと分かるのだ。きみはそれらすべてを、まったく実在しないもの、もっとも深遠な現実のようなものと想像してみなければならない、いいかね。扉が開くと、その向こうには作り話の中の絵から切り取られたような豪奢な衣装に身を包んだいかにも玉座に座り慣れている風情の人たちが座っていて、彼らに触れようと近づいていくと、急に生命を帯びて動き始める。その人たちから話しかけられると、自分はいまだかつてそういう声やそういう言葉を耳にしたことがなく、話す人に耳を傾ける技や自分から言葉を発する技にも通じておらず、そしてそもそも言葉の何たるかも分かっていないと思い知らされるのだ。こちらからは話すわけでなく、ただただ驚いて聴いているだけだ。すべてが有用な関係を結んでいて、誤謬は存在せず、偶然も悪も排除されている。明解さが、考えの上に澄んだ空のように丸天井を広げている。すべては空想から発したのに、奇想天外なところはない。犯罪の匂いの少しもしない裕福さ、人間の素朴な暖かさ。反目などは話に上らない。いつまでも続く禁猟期。冷静な分別と生まれつきそっくり備わっている概念と心情と。気立てのよさそうな、けっして崩れることのない整った顔。空気までが明澄に考え抜かれていて、〈おやまあ〉という叫びも有用性を保っている。慣用表現がじわじわ効き目を現し、感情が最高レベルすなわち見事に驚嘆を誘い出すレベルに達する。ここでは暴力を伴わない法が効力を発揮し、精神と性格が人間の本性の中で美しく統合されている。論理が音楽の中に埋め込まれている。老年が突然ふたたび美の可能性に目覚め、青春はおそらく峨々たる山脈の前山を形作る。真理はあたかも計り知れないもののごとく底に潜む」。

## 第二一日

画家は櫂を漕ぐように文章を発するから、もし流れがこれほど急でなかったらだいぶ先まで進んでいたことだろう。ときどき彼は文章に詰まって突然沈黙するのだが、そういうときはいまの状況が実際に次の状況によって引き継がれるか確認しているようだ。「何ひとつ指揮はできない。」未来ととっくに過ぎ去った過去が彼にあっては一本の紐に沿って動いていて、たったひとつの文章を一〇回通過することもまれではない。彼は、たえず大きな損失を被りながら、途切れなく思考する人間のひとりである。彼の眼前に海が浮かび上がり、その海の中で、沈んでいた石、巨大な石塊、とある巨大都市の部分、予感されたことすらないはるか彼方の物語の末端が浮上する。死が網を編んでいる……肉芽腫としかいいようのないものの色彩が彼に哲学的部分麻酔をかける……極端な事例ばかり拾い集めるが、やがてすべてを一掃するためでしかない。不気味な水中画像が生み出す興奮。「縮む」という言葉がよく出てくる。「真実の」という言葉も、反対の「真実でない」や「非現実の」という言葉もだ。「麦穂」という言葉は場合によっては「われわれの豊かさの歴史全体」という意味になる。雄弁に語るのは彼の眼だし、思考を現実化し、荒々しさと静けさを交互に他者のまなざしの前に据えて不安を煽るのも彼の眼だ。画家は、ぼくが思うに、それほどひとりっきりなので、だれかがいつか彼を理解するなどということは起こりえないのだ。いかなる類型にも属さない。つねに自分自身のほかに頼れる者のいない、つねに何もかもを拒絶する彼だが、すでにありとあらゆる可能性をいやになるまで試してみた。彼を観察することは何千年もの歳月を観察することと同じである。「山は、いいかね、視力増強装置であって、それを通して眺めると遠い先まで見通すことができる。」あるいは「非人間的なまでに人間的」。彼は人間がだれもいないところで、人間をいらだたせることができる。いきり立ちの気配のないところで、いきり立ちを抑えることができる。「そこで語っているのは獣ではないのか。そこにいる私は害獣ではないのか。」すべてが目指しているのは衰亡の進行である。すべては積極果断な少年時代だったこと、しかしやがてそれが傷ついてしまったことを指し示している。「虫食い状態の神経中枢を」、器質的には生産的な狂気の二重の意味を指し示しているのだ。

ぼくは画家が駐在の警察官といっしょにいるところにでくわした。ぼくがいまから切り通しへ行ってきたいと言い、画家がいっしょに来ると言うのを聞いて、警官は別れを告げた。彼は玉蜀黍畑を抜けて、子供たちがゲームをしているカーリング場の方へ歩いて行った。警官は画家に、昨夜ヴァーグナー旅館の酒場で地元の男たちと旅の興行師たちの間で生じた殴り合いの話をした。興行師たちはしこたま飲んだが、飲み代を払うつもりがなく、裏のドアから抜け出そうとしたところを見つかって、最後には取り押さえられたのだった。たまたまヴァーグナーの酒場に居合わせた警官が拳銃で威嚇したために、彼らは捕縛されたのだ。興行師のひとりは、追っ手を逃れて落葉松林の方向に逃げた。ふたり目は下の池まで逃げたところで、追いつかれた。殴り合いの際に農家の若い衆の何人かは頭に負傷を負い、警官までが腹を蹴られる目に遭い、いまでもなおひどい痛みを覚えているそうだ。興行師たちはいま村の留置場に入れられており、やがて彼らの裁判が行われる。踏み倒しと何十もの重い傷害の罪でだ。靴屋の店員は、今日の午前中村で葬儀の行われている間に、病院へ運ばなければならない。拳骨が命中して気を失い、そのままばったり床に倒れたのだそうだ。負傷者の手当のため村へ上がってきた医師は、靴屋の店員に重い脳震盪を認めた。頭蓋底骨折である。そして脊柱損傷。しかし麻痺が残るという話は出ていない。

踊りと歌で始まったのだ、と画家は言った。突然食堂の中が目立ってがらがらになり、農家の若い衆たちはちょっと眺めただけで、「そこで突然何が起こったか」を見て取った。彼らは宿のすべての出入り口を通って、興行師たちの逃げ道を塞ぎにかかった。「興行師たちは下の駅に車を止めている」と画家は言った。警察は車をすべて封印し押収した。彼らは、やって来たケルンテン州へ帰るつもりだった。畸形の女たちと奇形の動物が彼らの演し物だった。足が六本あったり、尻尾が二本あったりする雌牛で、ときどきそういう奇形の牛が生まれるのだ。「そういうものがいつも人気なのだ」と画家が言った。「鼻が二つある女を想像してみてごらん！」いま動物と女たちを食べさせてやらなければならなくなった。興行師たちは鉄格子の向こうで、手が回らなくなったからだ。その上トレーラーの前でたき火をして、動物と女たちの凍死を防がなければならない。トレーラーは厳しく監視されている。逃亡した興行師が動かして、車ごと姿をくらましてしまうのではと恐れてのことだ。興行師たちは最初にヴァーグナーの酒場に入ったときから飲み代を払うつもりはなかったということだ。彼らは最初大見得を切って、全員がポケットに「しこたま」現金を入れていると言った。農家の若い衆の何人かは、実際に興行師たちが金を持っているのを目にしたような気がしている。警官はしかし最初から彼らが、興行師だとか芸術家だとかその手の人間に疑いの目が向けられるといった程度をはるかに超えて疑わしいと感じていた。警官は、彼らが踊ったり歌ったりしている間も含めずっと彼らを観察していたが、介入する理由を見つけられずにいた。彼らが酒場を後にしたときようやく彼の出番が回ってきた。「幸運なのは」と警官は言った「若い衆のだれもナイフを抜かなかったことだ。さもなければ命が幾つあっても足りなかっただろう。」ただ殴り合っただけですんだのだ。ナイフの刺し合いはたいてい殺人事件で終わる。「農家の若い衆のほぼ全員がすでに一度は差し合いに巻き込まれたことがある。だが今回はまるで奇跡のようにだれもナイフを抜かなかった。たぶん彼らは興行師が相手ならナイフなしでも片が付くと踏んだのだろう。」そして彼らはその通り首尾よくやってのけたのだ。「損害を被ったのはもちろんヴァーグナー旅館の亭主だ」と画家が言った。「興行師たちは羽目を外して、いちばんいいものを食べ、いちばんいいものを飲み、そのうえ居合わせた者たちに何度も酒をふるまったのだ。」ヴァーグナー酒場の亭主は「引き合わないのは承知で」興行師たちのトレーラーを飲み代代わりに自分のものにするつもりだが、駐在所の警官は、亭主がトレーラーを手に入れるのは無理だろうと踏んでいる。亭主は、彼らの牛を屠れば、帳尻は合うと考えている。トレーラーは干し草の運搬には使えても、木を運ぶのには使えない。というのも頑丈にはできていないからだ。警官は、トレーラーとその中身は国に没収されるだろうと考えている。三人の奇形の女たちの処遇について考えられているところだが、恐らく明日彼女たちの故郷であるケルンテン州へ送り返されるだろうとのことだ。まさにたくさんの葬儀がいとなまれなければならないいま、あろうことか興行師たちの一件までが持ち上がるとは！　警官が言うには、興行師たちはうちの旅館が食事の面倒を見るのだそうだ。彼らは騒ぎ立て叫び声を上げ、それが村中のどこにいても聞こえる。子供たちはそれを面白がっていて、村の広場で興行師に向かって鼻に親指を当てる嘲笑の仕草をする。「彼らはしかし明日にはすでに州裁判所の拘置所送りとなる」と画家は言った。彼らのひとりは警官が手錠を掛けたが、それ以外は洗濯紐で縛らなければならなかった。それが村で大きなスキャンダルになった。突然すべての窓が明るくなり、「村人たち全員が窓から覗いていた」。二番目の警官がもっと下の村の駐在所からここへ派遣されて来た。「いまではふたりがいっしょに房の前で寝ているが」と画家は言った「もちろん眠ることなど考えられない。なぜなら収容されている興行師たちがのべつドアを叩くからだ」。

ぼくたちは切り通しの奥深くまで来たとき、引き返すことに決めた。痛みにさいなまれる夜を過ごした、と画家は言った。「いつも痛みを鎮静させようと試みると、かえってもっとひどいことになってしまう。ほんとうは耐えられないものなど存在しない」と彼は言った「なぜなら耐えられないものとは死のはずだが、死は耐えられないものではないからだ。分かるかね」。

## 無宿者の物語

落葉松林の中で画家はひとりの無宿者にでくわした。最初彼が考えたのは、逃げ出した興行師ではないかということだったが、その興行師と無宿者は何の関係もなかった。まったく何ひとつ。画家はぎょっとした。というのも彼は無宿者が見えておらず、彼につまずいたからだ。「まるで死者が道の真ん中に横たわっているかのようだった」と画家は言う。凍死者だろう、と考えて、後じさりをした。その服装からすると地元の人間でないことが分かった。どうやってここに来たのだろう。「縞模様のズボン、いいかね、サーカスの人間、とりわけ団長が好んで穿くズボンを穿いている。」この人間は死んでいると思ったので、彼はステッキを使って、顔が見えるように、彼をひっくり返そうと試みた。「なぜなら彼はうつぶせになっていたからだ。いつもまず顔が見たくなるものなのだ」と画家は言った。しかし杖で触れるやいなや、その「死者」が叫びを上げて跳び起きたではないか。「おお」と無宿者は言ったそうだ「死んだふりをしてたのさ。森の中や冬のさなかに道路に長々と死人のようにうつぶせに横たわってる人間を見たとき、人がどう反応するか試してみたかっただけだ。」そう言い終わると無宿者は立ち上がって、ズボンのしわを伸ばした。「おれが逃げ出した興行師だと思ったらお門違いだぜ。おれは興行師とは何の関係もない。おっかながることはないよ。さあ握手だ！」そう言って彼は画家に手を差し出して、自己紹介をした。「彼はひどく込み入った名前を名乗ったものだから、覚えていられなかった」と画家は言った。「それから彼は上着のボタンをはめたが、どうやらはずれてしまったらしい。恰幅のいい、しかし完全に尾羽打ち枯らした人物だ」と画家は言った。「でもそれも罠かもしれないし、その正体は何なのか、分かりようがない。」この手の冗談はやめておいた方がいい、と画家は言った、死んだふりなんかするもんじゃない。あまりに安手の冗談だ、子供が親を驚かすためにやるような冗談だ。「考えてもみたまえ、もし私が興奮して卒中を起こしていたらどうするんだね！」――「そしたら跡をくらますまでさ」と無宿者は答えたそうだ。卒中はだれがいつ見舞われるか分からないものだ。「当然、分からないな」と画家。それに街道は足跡だらけだからすべての足跡を追及するなんて言う面倒なことはしないだろう。「そうだな、たぶんしないだろう。もしおまえさんが金に困っているにしても」と画家は言ったそうだ「これはおまえさんに言っておかなければならないが、私にも金はないよ。私は貧しい男で、惨めな状況なのだ」。――「おお」と無宿者は答えたそうだ「おれは金ならたっぷりある」。画家が自分のことを盗人と思ったのにはびっくりした。吐いているこの縞模様のズボンのせいかな、と。「いや、そういうことじゃない」と画家は言ったそうだ「私自身も芸術家だよ」。――「より多くの人間知の持ち主だと信頼を寄せていた人物が、あまりにわずかな人間知しか持ち合わせていないことにびっくりする。」と無宿者は言ったそうだ。それに画家は自分にとって好感を持てない相手ではないのだから、と。「だれかが近づいてくるのが聞こえてきたとき、道に身を伏せた。たんなる実験だった。」――「実験だった」と画家は相手の言葉を繰り返した。「そう、実験さ。ちなみに結果は私の想像したのと寸分違わなかった。私はあんたの足音の一歩一歩を追っていたんだ。あんたのは鹿の蹄を持ってる者の歩き方だ」と無宿者は言った。「おれは、あんたが近づいてくる足音を聞きながら、実に不思議なイメージを見ていた。どこからどこまで不思議なイメージだった！」彼の発音には北方系のところがあって、ホルスタインとかハンブルクとかあっちの方かもしれなかった。「一頭の鹿が私を訪ねにやってくるのだ」と彼は言った、そして「これは純然たる詩だと受け止めて欲しい」。――「分かった。」無宿者がどんな生業についているのかを画家は知りたがった。「おれは旅回り劇団の座長だよ」と彼は答えたそうだ。「おまえさんが着ているその服からすると、いましがたきわどい風俗喜劇の舞台から抜け出してきたみたいに見える」と画家は言ったそうだ。「そうだな、当たらずといえども遠からずというところかな」と無宿者。「この衣装でおれはマイン河畔のフランクフルトでおよそ三〇〇回舞台に立った。もうそれ以上耐えられなくなって、とんずらしたんだが。一度あんたもある戯曲の同じ役を三〇〇回演じてみてくれ、しかもいわゆるバーナード・ショー演劇のような退屈な作品を。そうしたらあんたも確実に頭がおかしくなるよ。」彼だったらきっと笑いを取って食べていけるのではないだろうか。「おおそうとも、図星だよ。おれはいつも笑いを取って食ってきたんだ。」――「これから先もそれでやっていける、と思っているのかね。いまだって、見たところ、あちこちうろつき回る宙ぶらりんの暮らしをしているようだが。どうやってこの先続けていくつもりだね。」――「そんな風に自分に問いかけたことはなかったよ」と無宿者は答えたそうだ。無宿者にして座長いわゆる移動劇団の座長の彼は子供がいないから「こういう風にその日暮らし」が続くのはそんなに難しいことではない。しかしずいぶんと「意気軒昂」ではないかと画家は感想を述べた。無宿者のようなタイプの男たちの顔にはきっと自由、完璧、機知！　と書いてあるんだろう。「おれはおれの親父から幾つか芸を教わったが」と無宿者は言ったそうだ「それはみないつもだれからも気に入られたんだ。たとえばおれのこの首をふっと消して見せる芸だ。これはとても簡単だ」。「もし旦那がそれに興味があるなら」それをやってみてもいい。そして画家はそれに興味があったので、無宿者は実際自分の頭を消して見せた。「あの男はもう喉のところまでしか存在していなかった。私の言っていることは、ほんとうだ。嘘みたいに聞こえるだろうが、私がここできみの前に立っているのと同じくらい真実なのだ。そもそも無宿者の出現そのものが嘘っぽい……そして想像してみてくれ、これらのシーンがみな落葉松林の真ん中の、いつもわれわれが切り通しへ下りていくところで起こった……」だが電光石火、無宿者の首は元の場所に収まっていた。「この首を消すのはたやすい芸なんで」と無宿者は言った「自分の脚を使って球技をする芸の方がずっと難しいんだ」。画家はもちろんそっちの方の芸も見たがった。「実際に突然無宿者の両脚が宙から現れ、それを地べたに座った彼が、二つのまりのように扱い始めた。子供の遊戯用のまりだ。その演技をしながら彼が言ったそうだ「もし恐かったらすぐやめるから」。画家は寒気を覚えたのだが、しかし彼は言った「いやいや、何も恐れてなんかいない」。彼はその演《だ》し物に見とれいわば茫然自失するしかなかった。「私はいまだかつてそれほど完璧な芸を見たことがなかった」と彼は言った。「もう飽きてきたから、ここらへんでやめにする」と無宿者は言い、芸を打ち切ったそうだ。「首の芸も脚の芸と同じくらい私にはさっぱり訳が分からなかった」と画家は言った「きみにはそれを想像できるかね。もちろんそこにも、すべての手品がそうであるように何らかの種が隠されている！」パリ中が無宿者の足下に跪いたそうだ。彼は自分がその気になればいますぐにでもまたパリを跪かせられるが、彼はもう、パリをまた跪かせるつもりはない。「退屈なのだ。」ロンドンで彼は女王のレセプションに参列したが、それは彼に敬意を表するために開かれたのだそうだ。旦那がお望みとあれば、自分の旅回り劇団の連絡先を教えておこう。「小さいが希少な存在だ」と彼は言ったそうだ「望まれさえすれば、どこでも演じることができる」。ほかのどんな劇団よりはるかに希少価値がある。世界中でいちばん希少価値のある劇団だ。ある日のことしかし彼はそういう演し物芸にうんざりした——「どんな演し物芸もすぐにうんざりするものなのだ」——そこで彼は演し物芸に依拠するのでない純粋な芸術に取り組むことにした。いまきっと旦那は、自分がたったいま演じて見せたような、疑いなく世界中でも最高の部類に属する演し物芸を演じるのと、演劇を上演する、つまり演劇の形をとった純粋芸術、演し物芸抜きの芸術を実践する、言ってみれば「リア王を演じきる」のとどっちが難しいか知りたいんじゃないかと思う。両方とも同じように難しい、というかいつも一方が他方より難しい。しかし演劇を上演する方が演し物芸を演じるより素晴らしいし、自分個人にとっては演劇上演の方がずっと楽しい、だから彼は自分の移動劇団をいわば「無から」まじない出したのだ。「もちろんそれもまたひとつのトリック、ひとつの演し物芸だ」と無宿者は言った。演劇上演はその上、高度の知性に接近するが、演し物芸は知性には縁がない。ただの演し物芸でしかないのだ。「もちろんいつも観客しだいというところはある。」そして彼は次のように言ったという「しかしおれには、おれの演し物芸を見ている観客の方がおれの演劇上演を見にきている観客よりはるかに好ましい」。というのも彼の演し物芸の観客は、何が自分を驚嘆させたのかを即刻理解するけれど、彼の演劇上演の観客にはそれが全然分からないからだ。「演劇の観客はしょっちゅう幻滅しているが、演し物芸の観客は決して幻滅しない。」それなのに演劇を上演していたい、どちらかといえば自分には演し物芸の方が向いているにもかかわらずだ。「演劇の観客も演し物芸の観客とまったく同じようにこちらを仕合わせにはしてくれない」と彼は言った「演し物芸の観客はいつもありのままの自分でいるが、演劇の観客はありのままの自分であったためしはなく、いつもそうあるべきでない自分であり、自分でないものになりたがる……」演し物芸の観客は、自分たちがいかに愚かであるかということに気づかないほど愚かではないが、演劇の観客はいつも愚かさにおいてまさっている。「たいていの役者はしかしひどく愚かなため、観客がどれほど愚かかということに全然気づかない。というのも概して役者の方が観客よりも愚かだからだが、しかし観客もまたつねに限りなく愚かなのだ。」それならなぜ彼はもう演し物芸をやらないのか、画家は彼からそれを聞いてみたかった。「演し物芸それ自体は満足をもたらさないが」と無宿者は言ったそうだ「芝居それ自体は満足させてくれるからだ」。ちなみに彼自身も、なぜ自分がいま「演し物芸を演じる」代わりに、好んで「芝居屋」になっているのか、よく分からない。目下のところ彼は、どっちもやっていない。「でもまた必ず自分の演し物芸をやるつもりだ！」と彼は言ったそうだ「そしたらパリ中がまたおれの足下に跪くだろう！」それから彼は画家に駅へ下りるいちばんの近道を尋ねたそうだ。「切り通しを通るのがいい」と画家は彼に言った。それから「私は知っておきたいのだが、いくつぐらいになると演し物芸ではもう満足できなくなるのかね」。無宿者は長考することなく答えた「それは演し物芸を演じる人間ごとに異なる。しかし演し物芸をマスターするより早く、もうそれに満足できなくなるケースもけっこう多い」と彼は言ったそうだ。画家は無宿者を切り通しの途中まで送っていこうと申し出た。「ここの道ならよく知ってる」と彼は答えたそうだ。「足を滑らせて溝に落ちたら、脚の骨を折る。ついてきなさい。」別れを告げる前に、画家は彼に尋ねた「おまえさんに私相手のあんな狼藉を働かせたのはいったい何だったんだね」。――「狼藉」と無宿者は訊いたそうだ。「おれがあんたのまえで死んだふりをしたことを言っているのか。死んだふりをするのはおれの情熱さ。情熱、それだけだ。」そう言うと彼はふっつり姿を消した。「彼は演し物芸人だけあってすごく敏捷だった」と画家は言った。「移動劇団の座長を名乗るあんな男に遭遇するなんて思いも寄らなかった。それともきみは私がこの話をこしらえたと思っているのかね。」私は、それはほんとうにあったことだと思う。

## 第二二日

昨夜ぼくは、画家が想定していたあることは事実だったたと裏付ける恐ろしい発見をした。宿の中が静まりかえってから数時間たったとき、ぼくの窓の下に突然皮剝人の声が聞こえた。ぼくの隣室には客が入っていて、明日の朝発つ予定だったが、ぼくは、皮剝人が女将の部屋の窓辺で立てた騒音を隣室の客が聞いて、目を覚ましたのだろうと考えた。というのも彼が起きる音が壁越しに聞こえたからだ。だが隣室はまた静まった。ぼくは窓辺へ行って、実際に皮剝人の姿を目にしたのだ。女将は彼のために自室の窓を開け、彼を部屋の中へ引っ張り上げた。皮剝人は、雪の山の上に置いておいたリュックサックを部屋の中から力強い動作ですくい上げた。ぼくは、彼が動物の死体をリュックサックに入れているような気がした。リュックサックの中にひょっとして動物の死体が入っているのではないかという疑いに安息を奪われたぼくは、下へ降りていって女将の部屋のドアのところで聞き耳を立てることにしようと決めた。そうすればたぶん、とぼくは考えた、女将が皮剝人と交わす話から、リュックサックの中に動物の死体が入っているというぼくの推測を裏付ける何か、あるいはリュックサックの中には動物の死体は入っていないということがはっきりしてぼくを安心させる何かを聞き出すことができるだろう。なぜぼくがそれを知りたくなったのかはよく分からない。皮剝人が動物の死体を背負って歩き回っていることは、特別なことではない。それが彼の仕事なのだ。ぼくは急いでズボンを穿きチョッキをひっかけて、階下へ行った。ぼくは慎重でなければならなかった。画家は寝ていた。みんな寝ていた。実際に皮剝人が女将と話すのが聞こえてきた。四つ辻の所で、と彼は言った、以前彼とも女将とも親しい知り合いだった男に引き留められ、ここへは人を訪ねるためにやって来たというその男から、もと来た場所へ列車で帰るための切符代を貸してくれと頼まれた。男は有り金を全部飲んでしまった。皮剝人はほんとにいいところへ顔を出したのだ。「こんな夜中に」と女将は言った。「たぶん彼は上の酒場に行っていたんだろう」と皮剝人は言った。ぼくはいきなりドアが開くのではないかと心配になった。そうしたらふたりはそこにいるぼくを発見するだろう。女将は言った「あの男はじゃあまたこのあたりをうろつき回っているのかい！」すると皮剝人は言った「いや、もうここへは来ない」。借りた金は郵便で送り返すそうだ。「あの男が返してよこすもんか！」と女将が言った。「あの男にかぎってそれはないよ。あの男この村へ何をしに来たんだろう。」それは分からないが、と皮剝人は言った、男というのは、夜中にふと昔縁のあった場所を訪ねてみようという気を起こすものだよ。「あの男がすべての元凶なんだ」と女将が言った。「あの人はあの男に犯罪者にされたんだよ。」女将があの人と言ったのは自分の亭主のことだ。「あの男はもう学校の頃にあの人を悪の道に誘い込んだ。あたしに合わせる顔があるもんか。」それから彼女は突然皮剝人に持ってくるはずのものを持ってきたかと尋ねた。「ああ」と彼は言い、ぼくはドアの向こうで獣の死体が床の上にドシンと落ちるのを聞いた。「なんてきれいな犬だろう」と女将が言った。ぼくは驚愕した。すぐにさばくことにする、と彼女は言った。それからぼくはふたりが台所に入っていく足音を聞いた。ぼくはすぐに自分の部屋に引き返した。しかし寝つくことができなかった。いま、彼女が犬の肉を料理していることが分かった、とぼくは考えた。画家はそう言っていた。彼は正しかったのだ。

次の朝ぼくには犬の死体の一件が夢に見ただけのことだったかどうか判然としなくなっていた。いやそれはない、ぼくは確かにこの耳で聞いたのだ。ぼくはそれを思い出すたびに胸がむかむかしてきたが、それでも同時に、繰り返し夢の中の出来事のように思えてくるその一件については決して口外しまいと心に決めた。もしぼくが画家にこのことの報告をしたなら、彼はきっと得たりやおうと言うところだろう。ぼくが、皮剝人がぼくの部屋の窓の下で立てた物音に目を覚まして窓辺へ行ったということから始めて、昨夜の体験の一部始終とぼくがその際に感じたことを逐一話したなら、それは彼にとって、女将がすでにいつも犬や馬の肉を料理していたという推測のみならず、多くのことの裏付けになるはずだ。皮剝人はことほどさようにときどき女将のところへ獣の死体を持ち込んでいるのだ。おそらく病死した豚の肉も入っているだろう。もうとっくに胸のむかむかは収まっていた。いずれにせよこれからは女将のこしらえる肉料理はよく見ることにしよう。挽肉料理を食べるのはもうやめるし、ソーセージもミックスグリルもやめる。皿に大きな肉の塊を盛った料理なら簡単に豚か牛か仔牛か判定できる。もしぼくがだれかに観察したことを報告したらそれこそとんでもないことになるだろう。おそらく女将は、皮剝人がリュックサックに入れて持ってくる肉に二束三文の代金しか払っていないだろう。あるいはそっちの方が信憑性が高いと思うのだが、彼にはびた一文払っていないのではないか。要するに彼女は考えられる限り安上がりな肉の納入業者を愛人にしていることになる。画家はすでにずっと、女将が奇妙なくらい少ししか肉屋で肉を買っていないことに気づいていた。これでその謎が解けたことになる。ぼくはどんなことがあっても画家には昨夜の体験の話はしない。振り返ってみると、ぼくには自分がこの一夜ですっかり変わってしまったように思われる。いままでに一度でも夜その元がはっきり無害なものと知れる物音で起き出して窓辺まで近寄ったことがあっただろうか。その上にぼくは服まで着て階下へ下りていったのだ！　実際ぼくは女将の部屋の戸口で聞き耳を立てていた狂人にしかありえないような危険を冒したのだ！　そして寝室のドアで聞き耳を立てていたのだ。夢の中ならそうしたことを正常な人間がやってもおかしくなるところを見つかる恐怖を感じていた。夢の中では何でもありうる――のは分かっているが、それは夢ではなかったのだ。午前中ずっとぼくは取り乱していて、画家も、村へ向かう途上それから墓地へ上がっていく途上で、ぼくのその状態に気づいたが、無宿人の話というぼくの内面にも「襲いかかってきた果てしなくエキセントリックな出来事」がぼくを混乱させていたのではなく、それはたんなる取るに足りない理由だった――すべては犬の死体の話に帰着したのだ。ぼくは昼、食事にいっさい手をつけることができなかった。ぼくはグラス一杯のビールを飲んだだけだった。画家がどこか具合でも悪いのかと尋ねた。「いいえ」とぼくは言った「どこも悪くありません」。

「われわれはどんどん下りていき、下賤な者たちの中へ潜り込み」と画家は言った「さらに下へ下りて、彼らよりはるか深いところへ下りていく。私が言っているのは真実だ。人間の繊細な部分に私はいつも反感を覚えてきた。私は繊細さをかなぐり捨てずにはいられない。私は繊細さに接触することができない。いままでの人生を通じて、私はときおり下賤で薄汚れた世界へ下りていった。私はいつも、自分はそこの人間だと感じた。そうだ私はいつも下にとどまったのだ。そして下賤な世界は、きみにも知っておいてもらわなければならないが、下賤でなく、薄汚れた世界は薄汚れてはいない。少なくとも下賤な世界はほかの世界ほど下賤ではなく薄汚れてもいないのだ。その上に、きみにも知っておいてもらわなければならないが、貧困とつまはじきにあった者たちへの私の偏愛が加わるのだ。というのも私には、貧しかったとき、そして薄汚れた世界を歩き回り、自分自身も薄汚れていたときの自分こそ価値のある存在だと思われたからだ……だがこれは自分にしか聞かせない話だ……」。彼は言った「一本の木を思い浮かべてみてくれ。その木はもう一度実をつけると期待されているのだが、もはや実を結ぶことがないために幻滅をもたらす。」人生とはほとんどすべてがそういう幻滅である。「どこを向いても、そういう二度と実を結ばない木ばかりだ。」人類とは不毛さである。「この世の唯一の不毛。人類は何の役にも立たない。人類は加工を施すこともできない。煮て食うこともできない。おのれ自身以外の何ものの材料にもならないのだ。」画家は、ペシミストというなにやら滑稽な存在であるが、それ以上にずっと恐ろしい何かでもある。だがこの観念の背後にもまたなにやら滑稽なものが潜んでいる。「脳髄はあることを言い、脳髄以外の肉体も何かを言う」と画家が言う「そしてつねに、脳髄も脳髄以外の肉体も欲していない何かが起こる」。彼は自らの殻から出て世界を経巡り、すべてを経巡った後に自分自身のもとへ帰還した。「私には分かるが、この私自身の中にあるものは、世界よりもはるかに深い。」自分自身を閉め出す技を、彼はしばしば、目を開けてから目を閉じるまでのわずかな時間しか使わずに成功させた。「最初に抱いたあまりに多くの畏怖の念に、やがてあまりに多くの憎悪と嫌悪が取って代わった。最初は都市を知りたいという欲望にとりつかれたが、後にはそれらの都市を忘れ去る能力への欲求が生まれた。人間がドブネズミのように道路清掃夫のスコップでなぎ倒された。人間にかかずらいすぎたためにこちらの命まで危うくなった。」異常なほどの関心の対象となったのが「研究、研究の理想、友情の理想、その後に研究の理想、研究、友情の理想、そして友情からの解放」だった。何年もの間こうしたいっさいは、「苦難を監視すること」にほかならなかった。永遠にわたる失望が瞬時に襲ってきた。錯覚が常態化すると、人間は自分自身の舞台でしかなくなってしまう。彼は昔不思議な力を秘めた言葉をボールのように受け止めることができた。最初の言葉は「創造」、次が「化学」と「嘲り」、そして「本能」、「絵画」、最後が「殺人」だった。人間の破滅が子供のときに見た夢だった。すべてがそこに含まれていた。父と母は、本能と感情と悪魔に発する不幸で無責任で取り返しのつかない行動の見本だった。「冬には苦痛が雪になって降ってくるんだよ、いいかね。」小鳥は美しい声で鳴きながら苦痛を運んでくる。「弱者には、自分を守る法律はない。」

女将は、農家が火事に遭ったとき落ちてきた屋根の束柱に当たって死んだ主婦の葬儀に参列した人数の多さに驚いていた。ありとあらゆる場所、恐ろしく遠くの谷筋からも親族や知り合いやただの珍しがりがやって来た。葬列の長さはたいへんなもので、墓地に入りきらなかった。大勢が葬礼の間、墓地の前の坂か教会の前の広場で待っていなくてはならなかった。それほど多くの花や花輪を目にしたのは生まれて初めてだった。女将はとりわけ妻を喪った農夫に関心があったのだが、彼の顔を見て、かつて彼の家で働いたことのある女将が彼と二言三言話を交わすことができたのは、すでに葬儀がすべて終了した後のことだった。「あの人は以前よりずっと恰幅がよくなった」と彼女は言った。彼の周りには大勢の親族がたむろしていたので、彼女は引き下がらなければならなかった。それでも彼女は葬儀の後の会食に招待された。会食は一軒だけでは全員を収容できなかったから、同時に三軒の食堂で開かれることになった。食事はそういう会食では経験したことがないほど素晴らしいものが振舞われた。楽団が、直前に墓地で葬送行進曲を演奏した後、すぐに村の広場で陽気な曲を演奏し始めたが、「広場は喪服を着た人の群れで真っ黒だった」。墓地ではすべての墓が踏みにじられた。それほどの人が、主婦の墓を覗き込もうと殺到したからだが、結局みな一枚の板切れしか見ることはできなかった。「Sの墓地はヴェングの墓地の少なくとも三倍はある」と彼女は言った。もちろんヴェングからもたくさんの人、とくに「お大尽たち」が葬儀に参列した。彼女は黒いコートでなく、灰色のコートしか身につけていなかったので最初は気が引けてならなかったが、いつの間にかそのことを忘れていた。「黒以外のコートを着ていたのは私だけだった。」棺が墓の中に降ろされるとき、大晦日のように爆音花火が打ち上げられた。司祭と村長がスピーチをしたが、彼女にはひと言も聞き取れなかった。女将の娘たちは黒衣の人たちの間を縫って暴かれた墓穴の縁まで進み、故人の親族に混じったが、女将はそのせいで墓を立ち去る前にいくつもの怒りの目を向けられることになった。会食は、すべてが食べ尽くされ飲み干される午前五時まで延々と続けられた。女将はしかし午後の一一時に家路に就いた。「あたしもかなり酔っていた」と彼女は言った。皮剝人が彼女を自分の橇で家まで送った。ぼくはふたりが帰ったのを聞いていた。皮剝人が女将を降ろすのと、彼女が彼を引き留めようとするが、しかし彼が立ち去ったのを。昨晩のうちに女将は造花の花束を買いに駅へ下りて行ったが、その花束を彼女は、すでにみなが立ち去った後で、故人の棺の上に投げたのだった。彼女がいちばん関心を持ったのは食事で、それは食堂の亭主たちが自分たちのレシピ通り調理したものだった。あそこの司祭は踊りも踊ったし、相当下品な言葉もはばからず口にしていたので、女将はどうして司祭という「教会の要職にある立派な人」にそんな振る舞いができるのか不思議だった。

「人間には杖か」とシュトラウホは言った「看守が携えている警棒を持って臨むしかない」。彼はぼくにもっとしっかりした靴を穿くように勧めた。彼は実は、ぼくが毎日この靴のような「贅沢品」を穿いているのを目にするのが耐えがたいのだ。ぼくはしかしもっとしっかりした靴など持っていない。ぼくはそもそも靴はいま穿いている冬用のブーツと家に置いてきた踝まで届かない夏用の靴の二足しか持っていない。「ここではすべてがつねに何の前触れもなしにいきなり始まるんだ」と画家が言った。「突然、前頭洞が凍りそうな寒さがやってくる。ここではものごとの様相があたかも棍棒の一打を受けたように、突然がらっと変わる。」いますぐ雪が降るとは思えないが、恐ろしい凍てがやってくるだろう。彼はあらゆるもの、あらゆる植物、あらゆる事物から、寒気が準備を整えているのを見て取ることができる。「ものすごい凍てだ。木や石を見ればそれがやってくるのが分かる。獣の鳴き声を聞けば、それが近づいてくるのが聞こえるのだ。」そしてある日が来て、すべてが凍結し、「死に絶える。まさにいまここにあるこの世界がだ。空気までが硬直し、雪片が宙を舞う」。数年前のこと、彼がしばらくここと同様魅力を感じていたチロル州のとある宿を出、彼のいわゆる「澄明な土地」に向かって歩いていたとき、突然彼のステッキが凍死した豚に刺さった。彼は豚を駆りたてようと思ったのだが、ステッキはまるで豚が雪だるまであるかのように突き刺さったままだった。ステッキを引き抜くとき、豚がキュキュッという音を立て、胸がむかついた。「凍てはすべてを蝕む」と画家が言った「木も人間も家畜も、木や人間や家畜の中にあるものも何もかもを。血は、どんなに早く流れていても、滞る。凍死した人間は、古いパンの塊のようにほぐしてぼろぼろにできる」。彼は言った「きみは、このあたりの人間がこの寒さでも、コートを着ないことに気づいたかね。少なくともここ、このあたりでは着ない。平地では着るが、ここでは着ない。低山地帯では着るが、高山地帯では着ない。男たちは上着の襟を開けたままにしているし、女たちは胸の開いた民族衣装を着て山から下りてくる。マイナス三〇度になってもだ」。凍ては人間たちを、小屋の中の家畜のように、一個の鍋または一冊の本の周りに呼び集める。「凍てとはもっとも洞察力を研ぎ澄まされた自然状態だ」と画家は言った。学校の生徒たちはたいがい岩が張り出したところまで行くと急いで回れ右をするが、凍死するのが恐いのだ。しばしば学校は凍てのために閉鎖される。自分が言い始めた文を最後まで言い終えることができずに文の途中で死んでしまう人間もでてくる。助けを呼ぶ叫びの途中で。すると星が、空に打ち込まれた釘のように瞬きはじめる。「脳髄の中で悟性の鐘を臼砲のごとくに打ち鳴らす空気の成分。」

ぼくはいままでに手足のどこかが凍傷にかかったことがあるか、彼は知りたがった。「凍ての爪痕を身体に残した男は多い。」――「いいえ」とぼくは答えた。「戦地では、きみも知っておかなければいけないが、男たちは足先から下肢へかけて、そして耳の先端から付け根へかけて凍傷にかかったものだ。いつも同じ場所を巡り続ける考え、何千年も隔たった状況、あるいは少なくともある美しい思い出を通じれば、自らの内部に暖かさを、ときには暑熱を生み出すこともできるのだが、残念ながら成果をあげる程度までは達しない。ロシアからの冬の退却行の間胸中に熱い郷愁を燃やし続けた兵士たちだが、結局その郷愁は何の役にも立たなかった。」彼は言った「そういう凍てた日々がやってくると、私はベッドに座って、私の部屋の窓ガラスに氷の結晶が描き出す茨の蔓、つまり私が思うに自然という内的世界への絶望がやってのける芸術創造の領域に由来するもろもろの現象の周りに次々に生まれてはそれらを押しつぶしていく形象から、あれらの真理、すなわち私が信ずるに数十万数百万の規模でわれわれの生の下に潜んでいて、われわれの世界の下にあるもうひとつの世界、われわれの内部ではまだ認識されていないもうひとつの宇宙をたんに暗示するにとどまらない真理を読み取る試みに没頭するのだ」。

それから彼は池の真ん中から突き出ている折れた木の下半分の前で言った「みんなはデスマスクの人生を生きている。実際に生きたことのある者は、みんな一度はデスマスクをはずしたことがあるが、みんなは生きているのではなく、いま言ったようにデスマスクの人生を送っているにすぎない」。今日、本物の人間はもう存在していない。いるのは本物の人間のデスマスクだけだ。全体が身の毛もよだつほど恐ろしいのは、それがとてつもない「理性的人体切断」にほかならない上に、われわれに「もっとも身近な者」の脳髄の中で継続するためだ。「本物の人生になることが不可能な見かけだけの人生。とっくに死んでいる都市、やはりとっくに死んでいる山、獣、鳥、水も、水の中の生き物もそう。われわれのデスマスクの鏡映だ。デスマスクの仮面舞踏会だ」と彼は言った。ぼくが「デスマスクの仮面舞踏会」など信じられない、と言うと彼は興奮におちいった。「そうだ、若者は信じようとしない」と彼は答えて言った。「世界全体がデスマスクの仮面舞踏会にほかならないのに。」もちろん世界の展開を見ればの話だし、世界以外の展開を見ても同じ結論になる。「星辰の影響、天体の存在は問題提起とは関係ない。」彼は言った「私がきみに伝えているのは、論理の下に反省を進める高度に知的な内容だ」。何なのだ、それは。「把握できないもの、考えられもしないもの、ありそうにもないもの、われわれが受け継いできたようなほんとうにあるものではないもの、〈方法的に扱う〉ことのできないもの、パスカルにも存在せず、デカルトにも存在しないもの。人間にとっての無。豚にとっての無。もしもその法外なものがある頭の中で発展可能なら、われわれはどこへ行き着くのか」と彼は言った。「理解しがたいのが人生だ。それ以外ではない。それがときおり人間の中で形態を結び、鳥の大群のように空に舞い上がって、あたり一帯を暗くするのだ。その理解しがたいものが奇跡だ。理解できない世界が奇跡の世界で、理解された世界はせいぜい不思議な世界にすぎない。」知への一歩は、不思議から遠ざかる一歩である。「研究はしかしその逆を主張する。しかしどの研究もほかのすべての研究についてつねに逆のことを主張するのが通例だ。」そしてすべてはそれほど単純ではない。しかし「科学は嘘をつく。それが科学の原理なのだ。科学は破壊を敢行し、誇大妄想と不思議を可能にする。科学は、自分のために定められたある時点で、自らの殻を破って出ていこうとする。それが科学を先へ進める力だ。それはわれわれが力を貸すに値することだ。」人間は、科学が、いつか人間のもとへ帰ってくるために出ていこうとしているときに、けっしてその邪魔をしてはならない。彼は言った「科学がおのれの目的を達するときは、デスマスクがまたもとの人間に戻るときでもある」。

夏のレストランの庭には見るからに自分こそ「世界の中心と思いこんでいるらしい人間たちがよくやってくる。彼らはまっすぐにもっとも陰になった隅のテーブル（いまの季節なら暖炉の裏側のテーブルに当たるだろう！）を目指して進むが、そのテーブルが偶然だろうけれど彼らの予約席になっている。自分を世界の中心と思い込んでいる頭脳の中ではどんなことが進行しているのだろう。何百万ものの中心が浮かんでは消える！　それが世界だ。それだけのことだ。ありふれたものが希有なものとひとつのテーブルを囲んで座り、ビールを飲んだりスクランブルエッグを食べたりしている。チェスやトランプに興じている。すべての個別的なありふれたものとすべての個別的な希有のもの、それが世界を構成する。しかしありふれたものとは何だ。希有なものとは何なのだ。人間は、夏の暑さの中では、冬の寒さの中でと同様、ふだんより無力なため、ふだんより抑制がきかなくなる。彼らは縄の端を引っ張るが、縄の反対の端を引っ張っているのは世界、〈私の世界〉だ。彼らは、あそこには世界がある、ないしそこには自分たちがいると信じている。というわけで昂然と頭をもたげている彼らには、自分たちは自分たちがそうであると信じているところのもの、すなわち世界の中心だと思えるのである。〈自分が死ねば、世界は死ぬ〉というのが彼らの見解だ」。彼、すなわち画家には、人間は「謎めいたものに近接する、といってもただ近接するだけだが、わけありの怪物」だと思えてならない。夏のレストランの庭が見せてくれるその情景は、人間のもっとも愚かな計略を看破することを可能にする。「人間の世界を看破する。世界を看破する。作戦は要るのかって。凡俗が王者のように昂然と頭をもたげているところにそんなものが必要なものか！　出来心から柔和を装った残酷が、高名を極め純粋の極致に達した無類のものという風を吹かしながら近づいてくる。グラス一杯のビールへの想念が、なんと最大の誇大妄想、すなわち世界は我なりという考えに至り着く！　世界は私が始まるところで始まる。そしてそこで終わる。世界は私同様に粗悪だ。同様に良くもある。より良いことはない、なぜなら私が……私同様問題はない。飲むのが好き。食べるのが好き。一〇〇分の一の何たるかが分からないが、それは私が一〇〇分の一の何たるかが分からないからだ。有名かって。イエスでありノーである。あまり多く、とは私が持っている知識より多くを世界に伝えることは不可能だ。なぜならそうなれば私が病にかかるだろうから。やる気はない。それが牛肉だけ、ローストビーフだけの食事制限を強いられた世界だ。人間が到達できるのは、彼が世界は動いていると信ずるその範囲でしかない。人間の深淵が世界の深淵でもある。世界の敗北は人間の敗北でもある。夏のレストランの庭では、世界は世界の飢えと渇きに局限され狭くなっている。個々人の。たったひとりの個人の飢えと渇きにだ。〈ビールを頼む〉とは世界がビールを欲しているということである。世界がビールを飲み、時がたつとまた世界の喉が渇いてくる。」

女たちは河流であり、その岸は到達不可能で、夜には溺死者の叫びがあたりに響き渡ることがまれではない。「結婚による共棲は、いいかね、結婚の終わりまで延々と続く不当な拷問を意味するようになる。ふたりの人間の状況が岩石の積層のように耐え難いまでに複雑に入り組んでしまったなら、黒が突然黒でなくなり、子供がもはや仕合わせな授かり物でなくなったなら、すべてがあべこべになってしまったなら、いいかね、貧困がまるで違った様相を呈し、富が次の恐ろしい錯覚に先立つ錯覚になってしまったならだが。」共棲はやがて、夫婦が無言で覗き込む澱んだ池に変わってしまう。ふたりとも数と数字に破壊される。恥辱と倦怠に満たされた頭脳、それが男女双方にとっての結婚だ。「入るのは教会の扉からだが、出てくるのは娼家の扉からだ。実際にそこには鏡があって、何もかもが残酷なまでにくっきりと、死を命ずる合図のように映し出される。」そしてすべては暗黙の取り決めに従って進行している。なぜだろう。いくつもの白昼夢が突然現実化し、推測が苦い真実に変わる。夢の中で受けた打撃が、突然後頭部に痛みを生じさせる。記憶が巡っているのは、旅と、そこからの全然孤独と呼ぶに当たらなかった孤独への帰還だ。大都市のど真ん中で突然、もう消えて無くなって久しいと信じられてきたつむじ風が起こる。しかし木を揺すること、木を揺すって熟し切った果実を落とすことはもう不可能だ。そうだ、もうできない。向こうずねに向かって迫ってくる一匹の犬に眠りを破られ、苦い思いだけが残る。あそこでは足場の上に左官職人がしゃがんでいて、こちらでは鉄道員らしい男が時計を眺めているが、もう相当疲れているからだ。あっちではひとりの男が屋根の上の高いところを、窓ガラスを抱えて歩いている……運搬用のベルトを肩から下げた引っ越し業者の助手たちは箱や机をとても見事に扱うことができる、と考えているうちにとてつもない不幸の感覚に襲われる。そして世界のありかは、まるで子供を置き去りに愛人の後を追って家を出る母親よろしくほっぽり出したままにした自分本来の演し物から何マイルも隔たったところだ。シュトラウホは言った「真理は、頭のおかしくなった園芸家のようにキャベツを引き抜いて置きっぱなしにする。躁状態なのだ」。夫が妻と連れだって、工場が並び彼の飯の種の炭鉱がある町外れを、女の子の手を引きながら果てしない不幸の中を歩いている。そしてときどき彼の頭に、たとえば幾千もの人間がズックの布のように酷使され使い捨ての憂き目に遭う、というような言葉が浮かんでは消えるのだと思う。そして彼には「足し算された」とか「引き算された」とか「突き落とされた」とか「打ちのめされた」というような単語が思い浮かぶ。そして妻は、どこを向いても、痛めつけられた顔しか目に入らない。娘の顔にできた疥癬はもちろん見える。自分が望むものなど、もう夢のまた夢でしかない。いっしょに歩むことが、もろともに倒れて死ぬ、あるいは一家心中を遂げるという意味を帯びるまでは、いっしょに歩むのだ。「そのときはこの子もいっしょに。」そして夫は、まずは飛び込みから試してみよう、と言う。鉄道の土手の上から。何歩かで足りる。そうだ。しかしいつも無慈悲さが割って入り、よけいな邪魔立てをする。そんなに穏やかに屋根の上がきらきら光っているのは、暖かな春風が吹いているからかもしれないが、しかし結局は終わりの始まりにすぎないのだ。そしてぎしぎしと意地の悪そうな音で軋っている木のなんと黒いことか。にもかかわらずすべては進行し続ける。だれも何も言わない。そのせいですべてがもっとひどいことになる。子供がベッドに寝かされると、その後ですべてがまたひどく恐ろしいものに変わる。他者の隣でベッドに横たわる者の頭に、これほど恐ろしいものなら——隣に寝ている者の顔の上を意地悪な火の粉が飛び回る——ほんとうかもしれないという考えが浮かぶ。ほんとうでないにしても、痛みの元であることは確かだ。

## 行ったり来たり

ぼくが言いたいのは、今日は行ったり来たりの一日だったということだ。

ぼくたちは落葉松林を抜けて村へ行き、そこから向かいの大きな森を目指していた。ぼくが前を歩いた。画家はぼくの後をついてきたが、ぼくはずっと彼がぼくに向かってきて、後ろから襲いかかるのではないかという気がしていた。そのとき自分が何を考えていたかはもう思い出せないが、ぼくはもはや不安を、より正確には不安の想念をぼくの中から追い払うことができなかったのである。ぼくはときどき彼から発せられる言葉を聞いたが、完全に理解不可能であり、彼が私に何かを尋ねたときも、答えることができなかった。というのも彼はむしろ自分自身に向けて問いを発していたからである。彼はぼくをしかりつけた「私がきみに何かを訊いているときは、立ち止まったらどうなんだ！」ぼくは立ち止まった。「来たまえ！」と彼は命令した。突然ぼくは（その口調から、ぼくはすぐにこれはぼくにしかできない発見だということが分かったのだが）彼と兄の下級医が似ていることを発見したのだ。彼は言った「空気は唯一の正しい良心だ、分かるかね」。ぼくは答えた「意味が分かりません」。——「空気は、と私は言っているのだ、唯一の正しい知だ！」と彼は繰り返した。ぼくは相変わらず理解できなかったが、相槌を打っておいた。彼は言った「空気の身振り、分かるかね、偉大な空気の身振り。夢の流す大いなる不安の汗、それが空気なのだ」。ぼくは彼に、それは実際偉大な考えだ、と言った。それは、ぼくの見るところでは、その上に思想詩でもある。ぼくは彼の言った内容はあらゆる記憶を取り集めたものの中でももっとも高度なる可能性であり、そういう高度なる可能性のひとつだと考える、と。「詩はだめだ！」と彼は言った。「きみが理解しているような詩は問題にならない。世界が理解している詩、詩を引きずり降ろすような読者が理解しているような詩はだめだ。そう、そういう詩はだめなのだ。私が考えている詩は、それとはまったくの別物だ。きみがそっちの詩を考えているのなら、きみは正しい。だったら私はきみを抱擁しなければならない！」ぼくは言った「あなたの詩とはどういうものなのでしょう」。――「私の詩は私の詩ではない。しかしきみが私の詩のことを言っているのなら、いいかね、私にはそれを説明することはできないと告白するしかない。いいかね、唯一の詩であり、それゆえ唯一の真実である私の詩、私が空気へのその帰属を認め、空気からその存在を感じている、空気そのものであるとともにまさに唯一の真理かつ唯一の知である私の詩は、つねにすべてがその詩の所有であるところの思考の中心でしか生み出されない。この詩は瞬間的である。そういうわけでそれは非在なのだ。これが私の詩だ。」――「そうなのか」とぼくは言った「それがあなたの詩なんですね」。ぼくは彼の言ったことをさっぱり理解していなかった。「行こう」と彼は言った「寒い。凍てが私の脳髄の中枢を蝕んでいる。きみに、凍てがすでにどのくらい私の脳髄を蝕んだか、分かってもらえればいいんだが。この貪欲な凍てには血まみれのセルロースが備わっているにちがいない。脳髄が備わっているにちがいない。凍ては、そこから何かが生じてくるものであれば何にでもなることができるのだ。いいかね」と彼は言った「脳髄、つまり頭と頭の中の脳髄は、信じがたいほど責任能力を欠いたディレッタンティズム、致命的ディレッタンティズムだ。そう、私が言いたいのはそれだ。力は侵食されている。凍てが、力、人間の力、すべてにまさる分別の筋力を侵食しているのだ。私の脳髄の中に、何十億年も前から続き、愚かにもすべてを喰い物にする物見遊山気分の凍てが侵入してくる。凍てが襲ってくるのだ……そういまは」と彼は言った「もう〈内々の〉という見出し語は姿を消した。それはもうなくなった。あるのは凍てへの抑えがたい嫌悪だけだ。私は凍てを見、凍てを記述し、凍てに命令できるが、凍ては私の息の根を止めるのだ……」。

村で彼は屠畜場の中を覗き込んだ。彼は言った「寒さは大いなる非真理のひとつ、あらゆる非真理のうちの最大のものであり、従ってあらゆる真理の総和である。真理とはつねに命を奪うプロセスだということを、知っておかなければならない。真理は下へ連れ行くもの、下を教示するものであり、真理はつねにひとつの深淵である。虚偽は上行であり、高みであるが、虚偽はただ、真理が死であるのとは異なって、死ではない、ただ虚偽は深淵ではない。しかし虚偽は非真理でもない、分かるかね。大いなる欠陥は外からはやってこず、驚くまいことか何百万年も前からわれわれの中にい座っているのだ……」彼は開け放たれた屠畜場の中を覗き込みながら言った「ここできみが目にしているのは紛うかたなく、切り裂かれたもの、切り落とされたものだ。ここにはまだもちろん叫びが残っている、もちろんだ！　耳を澄ませたら、まだ叫びが聞こえるはずだ。きみにはまだ叫びが聞こえる、叫びを発した器は死んで、とっくに切り刻まれ、細かく砕かれ、ばらばらに引き裂かれてしまったにもかかわらずだ。声帯はすでにつぶされてしまったが、声はまだ残っているのだ！　声帯はすでに打ち裂かれ、打ち砕かれ切り刻まれたにもかかわらず、叫びはまだ残っているのを確認することは、恐ろしい経験だ。叫びはいまだにとどまっている。声帯のすべて、世界の声帯のすべて、あらゆる世界の声帯のすべて、あらゆる表象能力、あらゆる存在の声帯のすべてが、打ち砕かれ切り刻まれて死んでいるのに、叫びは消えずに、いつまでも残っている。叫びは打ち砕かれも切り刻まれもしない。叫びは唯一永遠で、唯一果てしがなく、唯一根絶やしにされず、唯一永続する……人間と非人間についての、人間の見解についての、大いなる人間の沈黙についての教え、そして大いなる存在の大いなる記憶の記録についての教えは、屠畜場をモデルに手ほどきすればいい！　就学義務のある子供たちは、暖かく暖房された教室でなくまずは屠畜場へ連れていくことだ。私は、世界について、そして世界の血なまぐさい現状についての知識は屠畜場でこそ少し身につけられると考えている。われわれの教員諸氏はわれわれの屠畜場で授業すべきなのだ。本から読み上げるのでなく、棍棒を振りまわし、斧を振り下ろし、包丁で刻むのだ……読書の授業は役に立たない本の行を追ってするのでなく、はらわたをほぐしながら行うのがよい……ネクタルという言葉はつとにはるかな昔、血という言葉に取って代わった……いいかね」と画家は言った「屠畜場こそ哲学の基礎を教えるに唯一相応しい教場なのだ。屠畜場は、教室であり講義室でもある。唯一の知恵は屠畜場の知恵だ！　唯一の書物は屠畜場の書物だ！　唯一の真理は屠畜場の真理だ！　私は、非真理、真理、虚偽を組み合わせた屠畜場初級義務課程を、知へ誘われる新人たちに課したいと考えているのだ。世界の知は屠畜場の知でないがために浅はかだ。屠畜場は徹底した根底的哲学の可能性を切り開いてくれる」。われわれはもう屠畜場の中まで入り込んでいた。「もう行こう」と画家が言った「血の臭いが私の中で尋常でない動きを始めた、軸のぶれない唯一のものである血の臭いが。行こう、そうしないと私は精神の新しい発展の可能性を私の思考する身体から無理矢理引き抜かなければならないことになるが、私にはその体力はない」。彼は急に大股で歩き始めて、言った「動物は人間のために血を流し、そのことを知っている。しかし人間は動物のために血を流すことはなく、そのことを知ってもいない。人間は不完全にしか動物になれないが、動物は完全に人間でありうる。私の言っていることが分かるかね、一方は他方に対する釣り合いを欠き、一方は他方に対しておそろしいほど晦渋なのだ」。

## 第二三日

「この宿は私には耐え難い、それはきみに分かってもらわなくてはならない」と彼は言った。「しかしその嫌な宿にわが身をさらしたい、自分に敵対的な態度を取るものにこの身をさらしたいと本能的に思うところが私にはある。何かが腐っていると、その臭いをずっと嗅いでいられる。人間の体臭ならいつまでも嗅いでいたいのだ。分かるかね。」彼は「最後の最後まで忌み嫌うしかない」自分の周りの世界と接触する試みをずっと絶やさずにきた。自分が憎んでいるものの近辺を離れないことが、彼の最初からの努力目標であり、「犬が人間の脚の間をうろつくように、意味もなく、自分の印象に身を委ねているのだった」。当然そうしていれば犬のように足蹴を喰らった。「そうしたものだ」と彼は言った。「つねにありとあらゆる人間の間で溺れるが、しかし死にはしない。人間がいるところなら、快楽は必要なだけにじみ出てくる！」つねに彼は自分に言い聞かせていた「撲殺や殺人や自殺からはぎりぎりまで接近しても最後には身をかわせ！　そのスリルに私は気が狂いそうだった。」労務者たちがスープをスプーンで掬う音は、彼にとって「遠くから聞こえる意味を伴わない鈍い鐘の音だ」。宿へ足を踏み入れるとき、彼は必ず嫌悪感を覚える。しかしそれから彼は「自分自身をはるかに超えた高さまで」頭をもたげ、「自分の身体を、太洋を行く船に見立てて不毛な人間たちの海原へ出て行くのだ。私はスポーツマンであるかのように得々と自分が受けた傷を点検する」と彼は言った。「私は吊した肉の壁の間に座るように腰を下ろす。とても暖かい。すると耐えがたかったものが身体への恵みに変わる。」彼はその後自分もほかの人間たちと同じようになれると信じるのだが、やはりそうはなれない。彼は、自分は目立たない存在だと信じるが、そうすることでますますみなの間での異物になってしまう。「どれほど大きなパンの塊が彼らのスープの中で泳いでいるか、よく見てごらん。あれが私には世界の滅亡のイメージと重なるのだが、それは偶然ではない。大きなヴィジョンはきわめて微細な観察の上に成り立つものなんだ、いいかい。」

「きみは至るところで煩わされる」と画家は言った「どこへ行っても、みんなが躍起になってだれかを煩わせようとしているようにみえる。本能が、すべての間を縫って野火のように走り回る。私に目をつけているのだ。目を覚ますともう煩わしいことが待っている。本当に恐ろしいのはそれだ。衣装箪笥を開けるともうまた煩わしいことに出会う。洗顔して服を着るのも煩わしいことだ。服を着なければならないことも！　朝食を摂らなければならないことも！　きみが通りへ出て行くことは、最大の煩わしさに身を投げ出すことを意味する。自分を守ることなどできるものか。周りに殴りかかっても、何の役にも立たない。加えた打撃は何百倍にもなって我が身に返ってくる。それでは表の通りとは何なのか。煩わしい蛇行ないし上昇ないし下降のことだ。それなら広場はどうなのだ。広場とは徒党を組んだ煩わしさだ。そしてそうした一切はきみの中にあるのであって、きみからずっと遠くのどこかにあるわけではないのだ、いいかね！　そしてありとあらゆるものにばかげた目的が定められている！　そしてきみは何ひとつあてにすることができない。人生は救助の叫びの繰り返しからなり、終わろうとしない思考の歩みがしばしば、職人たちや買い物袋を下げた単純な女たちといった仕合わせな者たちとすれちがう、いいかね！　女たちの頭は子供を授かることでいっぱいだ。女たちは妊娠に対する病的欲求にとりつかれているのだろうか。煩わしさが行き着くところまで行くと、頭のてっぺんで両手を組むしか為すすべがなくなる。人間に対する庇護は皆無なのだ。問いを発すると、事態はますます悪化してしまう。緊急事態にあっては、問いかけることで懲らしめを一時的に避けることができるかもしれないが、それから逃れられるわけではない。見かけのよい誠実そうな顔が突然罠だと分かり、うららかな春景色が悪疫の蔓延する土地の眺めに一変する。気づいたときにはすでにあまりに多くの毒気を吸い込んでしまっていて、もはや逃れるすべはない。いかなる救済手段もない、いいかね、何をもってしても助かりようはなく、『芸術』も『狂乱』も何の役にも立たないのだ。睡眠不足は緩和に役立つかもしれないが、鈍磨に結びつかなければの話だ。いいかね、私は、かつてあれであった、これであったという想念からはなれられないのだが、それが煩わしいのだ。宿を目にするのが煩わしい。自分を見るのも、きみを見るのも煩わしい。なぜならあそこで私はある役割を演じているからだが、それが煩わしいのだ。しかし足蹴を喰らわすような仕打ちは共有される外界の発明品にとどまらない。それだけではないのだ。そして闇はしばしば盛大な儀式であり、病める美の行進が目のくらみそうに尊大な闇の中を練り歩く……私はまったく単純に自分が出来すぎであるがゆえに苦しんでいる、それはきみに知っておいてもらわなければならない。自然からの異議申し立てゆえに、自分とはまるで無縁な道義ゆえに苦しんでいるのだ。私はいつでも貧乏くじを引く。」

「そして絶対的鈍重さと、狂人にしか胸襟を開かないまったく測り知れない地域への私の人生行路の最終的没入とのこの交替劇……にもかかわらず私は一度も泣き言や不平はもらさなかった、と断っておかなければならない……もっとも絶望的な状況も、私は執拗な撃退の試みによって打開することができた。ときにはそうした状況から健康状態に帰り着くことにも成功した。いまではもうそういう解決がありうるとは思っていない。そんなことを試みたら私は背後から襲われて落命しそうだ。宿は暗く、人間たちはあそこでは自分たちの発する恐ろしい熱の中を自分に没頭しながらうろつきまわるのだが、その様子は神秘的で、彼らが命を落とすことがありうるとは思えない。一方宿の外ではもっと暗鬱な状況が支配している。宿の中が寝静まると、あらゆる方角から押し寄せる敵意の強度が増してくる。私は、この世ならぬものの影響が働いているわけでは全然ないと考えている。もしきみに、いいかね、私の病気をうつしてしまっているとしたら恐ろしいことだが、私がいかにきみを必要としているかと感じると、それも同じくらいに恐ろしいのだ……。

そして私は、いいかね、人間をコントロールする名人であり、いままでずっと最小限に切り詰めた生活を送ることができていたから……すまないが、私についてどう考えているか言ってくれないか、つまり本音を聞かせてほしい、私を苦しい滑稽な状況にほっぽりださないでほしいのだ……きみは別の道を歩むことができるし、私はきみを自分のものにしたいとは思わない、きみが私のことでいらいらするのは本意ではない……痛みが、きみに知っておいてもらわなければならないが、私の頭の中に巣喰う痛みが、私の耳たぶを膝まで引きずり下ろすのだ。」

「悲劇」は必ずしも悲劇的とはかぎらず、必ずしも悲劇的と受け取られるともかぎらない。「それがいつも悲劇であることに変わりはないのだが……悲劇は世界を興奮させない。悲劇的なものなど存在しないのだ。」滑稽なものこそ「ほかのすべてを圧する強烈な力を振るう」。滑稽なものの中に「悲劇があるのであって、われわれはそこに向かって、ランプも持たずに暗い坑道の中へのように突き進むのだ」。滑稽なものの中には絶望が潜む。「まるで」とシュトラウホは言った「恐ろしいものこそが真実だというかのようだ」。彼はステッキを落とした。私はさっと身をかがめて、それを拾い上げた。「すべてはそのたびごと違う形でわれわれの注意を引く。たとえば凍ては」と画家は言った「ある者にとっては霜焼けを、別の者にとっては夏の小都市を意味する……そして最終的に、凍ては、われわれも知っての通り、世界帝国の没落をも意味しうる」。彼はゲートルを巻くのがいちばん効率的だと思っている。だから彼は言う「なぜみなはもうゲートルを巻かなくなってしまったのだろう。もうどこでもゲートルを買うことができなくなってしまった。あつらえるには時間と金といらない神経の消耗が必要になる」。何を手に入れるのも彼にとってはそれと同じ問題であり、だから結局新しいものは手に入れずじまいになってしまう。「悲劇の中にさらに途方もない悲劇を求めなければならないのは、途方もないことだ。」彼は言う「不安状況とは何だろう。ある不安状況とは、自分が精確に分かっていることが近づいてくることなのか、あるいは精確には分かっていない、それゆえに恐ろしいことが迫ってくることなのか」。「途方もない」という言葉は彼が使うとひどくうつろに響く。何度か彼はぼくの後ろで「病的」という言葉を発しもした。「途方もない悲惨とは、途方もない仕合わせのことではないのか。脳髄内部の結合組織の途方もない傷つきやすさは……」人間は「人間という事実の内部から出られない」そして「実際、執達吏と、執達吏を恐れている人間、そして執達吏以外になろうと思っていない人間しか存在しない……」そして「天は、われわれが全然何も知らないことを知ったなら、鳥肌立つことだろう。不気味さとは何かだと。不気味さとは毎夜岩壁のすき間に巣喰う多次元の闇のことだ」。それから彼が立ち止まって急に大声で笑い始めると、あるいは今日のようにいきなりぼくの背中にステッキを押し当てて「窪地へ向かって歩くんだ。さあ早く！」と言い始めると、とたんに何もかもが不気味になる。そしてぼくは、前方一〇歩にもみたないところに突然宿の灯を見つけて、感謝したい気分になる。

明日、自分の橇の下敷きになって死んだ丸太引きの葬儀が執り行われる。女将は彼の遺族から死亡通知を受け取った。ここでは死者が出たことは、玄関の戸口に貼られる死亡通知で公にされる。死者が地元の人間の場合死亡通知は全戸に配られるから、いまは不幸な事故の犠牲になった農家の主婦と圧死した丸太引きの死亡通知をすべての家の戸口で見ることができるのである。それは数センチ幅の黒い縁取りのある大きな紙だ。そこには故人がいつ生まれ、いつ死んだかが記載されている。だれの子供として生まれ、だれを後に遺したか。どこに葬られるか、どこで故人のためのミサが行われるか。故人の職業も記される。親族は全員がフルネームで載っている。丸太引きの亡骸はもう何日も前からシャットザイテの両親の家に安置されていた。女将は今回も朝いちばんで身仕舞いをすませ、故人の両親を見舞うために、切り通しを通って対岸のシャットザイテへ向かった。事故の犠牲者は婚約していて、三週間後に婚礼が行われるはずであった。そのための準備はすべて整っていた。葬儀の準備だけはそうはいかなかったから、許嫁《いいなずけ》はいま大慌てでそれまでとはまったく違う行動をとりはじめたところだ。彼女は昼も夜も婚約者のベッドの前に跪いている。祈りつづけ、食事は摂っていない。女将は両親と話をした。「あんなに健康な若者だったのに」と彼女は言った。故人の両親は女将に昼までは残ってくれと頼んだが、彼女はすでに一〇時には戻って、食事の用意をしなければならなかった。死者の口の端からおびただしい血が流れ出したらしい、と彼女は言った。「血は止まって、完全な茶色をしていた。」「死んで自室に母親が自分用にこしらえ刺繡をほどこした帷子を纏って寝かされているのはひとり息子ではなかったから」死別の苦痛は耐えられないほどひどくはないようだ。「もしもったひとりの子供に先立たれていたら、ふた親も死ぬしかない」と丸太引きの母親は言ったそうだ。彼の年頃の男には珍しく若者は明るく「そしてわきまえがあった」。そのうえだれも読まないような本まで読んでいた。許嫁はこのあたりの娘たちのだれよりも器量よしだ。父親は、息子が伐採の現場にもう一度上ってゆくのを禁止したのだが、彼は言うことを聞かなかった。いま父親はそのことを悔やんでも悔やみきれない思いでいる。「何が何でも行かさないようにしなければならなかった」というのが父親の言葉だった。丸太引きは二二歳で終わった。自分より年下の人間が死ぬと、ひどい衝撃を受ける。なぜだろう。両親は息子を白い棺で葬るか黒い棺にするか考えた末に、黒い棺にすることに決めた。最後は即決だった。息子が生きて家に帰ってきていたら食事に使った食器がまだテーブルに置かれていた。女将は言う「明日は農家の主婦の葬儀のときみたいな大人数にはならないと思う」。

## 第二四日

若い丸太引きの葬儀にも大勢の参列者が集まった。女将はいい場所を得て、葬儀の間中暴かれた墓のすぐ前に立って、泣き続けた。「私はお葬式に出ると」と彼女は言った「いつも泣かずにいられなくなるの」。丸太引きの棺はかつての学校友達四人によって運ばれた。司祭は丸太引きの「短かったけれど神に嘉《よみ》された人生」について語った。許嫁は二組の両親に挟まれて、母親たちと同じようにべールをつけて立っていた。みなは開いた墓の傍らを通り、聖水の刷毛を振ったが、画家とぼくだけは適当な距離を置いて墓地の塀際を動かなかった。親族の者たちがわれわれの方へ向かって歩き出す前に、われわれは前方の階段を通って墓地から出、村の広場の片隅に陣取った。楽隊が行進曲を演奏した。田舎の葬儀はいつもそうだが、まったく静かに進行することはまずありえないのだ。葬儀が続いている間もすでに食堂の窓と戸口から食器の音が聞こえてきていたが、葬儀の後の会食の準備が進んでいるのだった。ビール樽に注ぎ口が打ち込まれた。モモ肉ハムの大きな塊から厚皮が剥がされると き蒸気がもくもく立ちのぼった。ぼくは、わが家のあるLでも葬儀の進行は似たようなもんだ、と考えていた。おそらくLの方が、より裕福だからすべてがもっと派手だと思う。そのときぼくが思い浮かべたのは、哀れな貧乏人が死んだケースだ。救貧院の収容者のだれか、下の工事現場のだれか、あるいは鉄道員住宅のだれかが。それが「よそ者」だったら。ぼくはそれも目にしたことがある。もし目にしていなかったとしても、想像するのは難しいことではない。その場合、死亡通知は費用が出ないので印刷されず、すべてはひっそり進められる。まず急いで松材の棺にスティンが塗られ、死人はベッドから棺に移されて、棺が釘で閉ざされる。こういう死者を棺の蓋をふさがずにどこかに安置するということはまず考えられない。どこへ安置すればいいのだ。救貧院か。鉄道員宿舎か。発電所工事現場の社員食堂か。それともセルロース工場の大事務室か。そうではない、司祭への通知が行われる前に――そもそもその通知がなされるとした場合だが、というのも司祭のことなどだれも考えないこともまれではないからで、なぜそんなことが必要なのかというわけだ――棺の蓋は釘付けされ、そして皮剝人が規則通り二メートル二〇センチの穴を掘り、そして棺は朝七時に、たまたま手すきな数人の人間が参列する場合をのぞけば、寺男と皮剝人のふたりだけによって、穴まで引いていかれ、中へ降ろされた後で、穴はすぐに埋められるのだ。そういうわけだから下の労務者は、自分の葬儀には犬一匹ついてこないと覚悟しておかなければならない。れっきとした労働災害に当たる事故が起きた場合は別で、その場合には作業員の一部が参列し、技師が何かを語ることになる。しかしだれかが自分だけで仕事と関係なく死んだ場合は、だれもその死者のことは気にかけない。もし彼に妻がいたとしても、彼女はやってこない。寒すぎるか、子供があまりの病身だからだ。そしてなぜわざわざ葬儀に参列する必要がある。「盛大な葬儀だった」と画家は帰り道に言った。「不思議なことに、丸太引きと最後の言葉を交わしたのはこの私だった。だれもそのことを知らない。」ぼくは寒気《さむけ》に襲われた。

葬儀の間に、ぼくは皮剝人が四つ辻で、とはつまり落葉松林から来る道が川へ下る道と分岐するところで出会った男のことを思い出していた。ぼくは、その男は宿の亭主とまったく同じ状況に置かれている人間だと思う。たぶん彼ももう何度も刑務所に入ったことだろう。子供の頃からないがしろにされ、たぶん両親を亡くしていて、優等生たちからいじめられ、職人の親方たちからこき使われ、酒場の亭主たちからさえばか扱いされる。女将が彼とどういう関係にあるのかは不明だ。疑いないのは彼女が彼のことをかなりよく知っていることだ。皮剝人がこの男について述べたことのすべてに女将がどう反応したかを考えると、女将は彼のことを「愛したことがあった」にちがいない。皮剝人は、突然現れたその男にとって命取りになる恐れのある「復讐行為」について言及していなかったか。男は皮剝人から金を借りただけのことだ。というのも彼はかなりの信憑性をもって、就いたばかりの職について語っていたからだ。それは三〇キロほど川を遡ったところの鉄道線路沿いにある鋳物工場の職についいてだった。男がひどい服を着ていたのが皮剝人の注意を引いていた。皮剝人の言葉から推し量るに、男はどうやら独身らしかった。もういままでに一〇〇回以上職場を変えていた。戦争で銃創を負い、何年もベッドに放り込まれたままだった。「あの男はじゃあまたこのあたりをうろつき回っているのかい！」と女将は言い、また「あの人はあの男に犯罪者にされたんだよ」とも言ったのだった。ずいぶんと厳しい糾弾の言葉だ。ぼくは、墓地が、黒い人波で埋め尽くされ、画家とぼくのふたりが塀に押しつけられていた間に、「あらゆる扉を叩くがどこにも入れてもらえず」ついに飲んだくれてモグラのように街道から追い払われるひとりの男を視野に入れていた。ぼくは、尋ねようと思えば、画家に、亭主と女将と皮剝人の間にさらに四人目の男が存在するのではないかと尋ねてみることもできるのだ。そうしたらたぶん画家は、そうだあの男こそが、これら四人の人物が生殺与奪をかけて争う羽目におちいっている事態の主役だと教えてくれるだろう。いいや、だがぼくはそんなことを聞くわけにいかない。それにたぶん画家は「すべてがその男のせいであって」だから「ここに顔出しできるはずのない」男について何も知らないかもしれない。画家はぼくを出口の方へ押して行ったあと、ステッキでぼくをつつき下の村の広場へ向かわせた。「私はたったいまパスカルの一節について考えていたところだ」と彼は言った『われわれの本性は動きの中にあるが、死は完全な静止である』という一節だ」。彼は言った「この一節に囚われた後では、何をしても私は混乱から脱けられない」。いま葬儀の参列者が墓地から下りてきていたが、画家はもうしばらく村の広場にとどまっていたがった。彼は、楽隊が予告していた「曲をもう数曲」聴きたいのだった。今日はとても寒いので、われわれは足が凍傷にかからないよう、しっかり足踏みをしていなければならなかった。「死者に音楽で別れを告げるのは、実にいい習慣だ。葬式の後の宴会で盛り上がって死者を忘れるのも悪くはない。」楽隊が演奏し、小臼砲の爆音が空気をつんざいた。

そのときぼくの頭に浮かんだのは、リュックサックに犬の死骸を入れた皮剝人だった。あの不思議な夜のぼくの振る舞いも常軌を逸していた。あれからの何日かぼくは自分の取った行動を解き明かそうと努めてきた。ぼくは、そう、想像も付かない興奮状態に陥っていたのだ。いまでは自分でもほとんど想像すらできなくなっていた。すべては終わったことだが、あの通りだったことは分かっていて、この宿の食事に対するむかつきもまだ身体の中に残っている。実際にあの翌朝は、犬の毛皮の臭いが空気に染みついていた。ぼくは、女将が墓地に行くのを知っていたので、台所と食料貯蔵室に行ってみた。珍しくそこは施錠されていなかったが、何も見つからなかった。何もかもきれいに片付けられ、しばらくなかったほどきれいになっていた。彼女は肉と皮を地下室に持っていったな、とぼくは考えた。女将は地下室には鍵を掛けていた。女将は地下室の鍵は、画家も言うように、いつも肌身につけているのだ。地下室に何がどう散らばって置かれているかを考えると、また吐き気がこみ上げてきた。だがそのとき画家がぼくを呼ぶ声がして、ぼくはいつものように彼の前方数歩のところを、村の方向へ、それから墓地の方向へ歩いた。至るところから墓地へ向かう人びとが見えた。みな農家の者たちだ。ぼくが観察したところでは、男たちは、外套は着ないで、粗いウール地の上下揃いの服またはズボンと上着だけを身につけていた。いっぱいに人を乗せた橇が一台われわれを追い越していった。女将は皮剝人とどのような演技をし、皮剝人は女将とどのような演技をしているのだろうか、とぼくは考えていた。ぼくは画家に言った「皮剝人はいったいいくつなんでしょう」。ぼくは彼の年恰好が想像できなかったのだ。「彼は男盛りではないかな」と画家は言った。「男盛り」とぼくは鸚鵡返しに言い、「男盛り」が意味するのは何だろうかと自問した。男盛りとはいつのことなのか。いつわれわれは男盛りを迎えるのか。「彼は四〇くらいですかね」とぼくは尋ねた。「そう、四〇かもしれないな」と画家は言った。「きみは何で皮剝人に興味があるのかね。」ぼくはそのとき急に、画家に皮剝人はいくつだろうと尋ねることを思いついたのだが、なぜだかは分からない。「突然何かを思いつくってこと、ありますよね」とぼくは言った。「私が丸太引きと口をきいた最後の人間だとは、ほんとに奇妙なことだ」と画家は言った。「彼はふだんと変わらぬ顔をしていた。あれほど大勢の人間が葬儀に集まるとはな。ランプが彼の真上にあったせいで、彼の穿いていたブーツがやけにきらきら光っていた。もう何時間も前から暗くなっていたのだ。」

葬儀の間中ぼくは何度も、寝室の床の上をゴトゴト引きずられる犬の死骸の立てる音を思い出していた。

ぼくのばかげた発言に刺激された画家は、帰り道、また国家と政府と中立について語り始めた。国家とはプラトンが構想した通りのものであって、そうでなければ国家とは呼べない。「国家は存在しない。国家などありえないのだ。いまだかつて国家が存在したことはない。」われわれの国はといえば、それは、国家でない（「もはや国家ではない！」）という点を除いても、当然ながらヒョウやトラやライオンのようなよい餌を与えられうなり声をたてる美しい野獣のみが衆目を集める「大動物園の片隅でひいひい鳴いているちっぽけなアカゲザル」のごとき滑稽な存在である。うなり声だけが大事にされ、ひいひい鳴く声は滑稽でしかない。重要視されるのは「大きなうなり声だけだ！ ひいひい鳴く声はうなり声にかき消される！ 大きなうなり声がひいひい鳴く声をかき消すのだ！」わが国の大統領は「消費組合の店長」であり、わが国の首相は「ナッシュマルクトで客を引くポン引きだ」。国民は屠畜場の所長か指物師の親方か愚かそうにぶくぶく太った僧服の坊主のいずれかを、死人の身ぐるみを剝ぐ者か死人の身ぐるみを剝ぐ者の代理人のいずれかを選ぶ選択肢しか持っていない。「わが国の民主主義」は最大のペテンだ！　わが国は、ヨーロッパの胃の中に、まるで「心神耗弱に陥っている間に呑み込まれた内反足」でもあるかのように消化されぬままとどまっている。「われわれのダンスまでが死んだ、われわれのダンスも歌も死んでしまった！　すべては偽物だ！　すべてはもはやがらくたにすぎない。いっさいは滑稽で壊滅的ながらくたの掃きだめと化したのだ！　国家を名乗るのは国家的恥辱だ！　いいかね、ひいひい鳴く声は大きなうなり声を前にしたらぐうの音も出せないのだ！　すべてはもはやひいひい鳴く声でしかない！　いっさいが滑稽で卑劣で社会を脅かすひいひい鳴く声になりさがったのだ！　愚かさと誇大妄想がいまでは手をつなぎ、ひいひい鳴くふたり組になったのだ、いいかね、手をつないで踊りながら深淵へ落ちていくひいひい鳴くふたり組、愚かで気障なもったいぶり、きみにも分かってもらわなければいけない、背筋が寒くなるひいひい鳴く声の気障なもったいぶりのひどさを！」

「すべては野蛮なキッチュだ。そう」と画家は言った「国家そのものが愚かな上に、国民の質もひどく悪い。わが国は滑稽だ。それなのに自分たちは高度に音楽的だと自負している。小市民的不道徳……あまりにもひどすぎる。社会の脂ぎった上層と国民一般にひろまる愚鈍化……われわれは絶対的荒廃の段階に達している。わが国は」と彼は言った「ヨーロッパのあいまい宿かつ娼窟だが、海外での評判だけは際だって高い。」

彼の不幸とは何だったのか、それを彼が突然十全に意識したのは、「きみには知っておいてもらわなければならないが、ある日のことで、その日付はきみに教えようと思えば教えることができるし、その日に私が付き合った人間たちの名前も挙げようと思えば挙げることができるが、みな都会人それも大都市の人間で、一国一城の主ばかり、たとえばひとつの生活圏を築き上げた工場の経営者や、都心のよくはやっている画廊のオーナーや、発明を成し遂げ大きな財を成した大立者や、あるいはなぜなのか何の謂われがあってかは知らずまたそんなことは気にもしないし知ろうという気を起こしもしないたんなる幸運児たちだが、私がだんだんと私を破壊しにかかる恐ろしく退屈で、いやでたまらない、そして次第に劣化していく交際をつづけていたのはそういう人間たちだった。私は幾夜も徹してこういう人間たちの家にとどまり、山のような写真を見せられたが、彼らは脳髄にしこたま貯め込んだ汚い冗談を私の前でぶちまけ、そして私は笑わなくてはならず、実際に笑いもし、酒を飲み、笑い、しばしば床で眠り、起きてはまた芸術について言挙げしなければならず、そんな私はひどく惨めたらしく、それが彼らを惹きつけたらしかった、つまり私の全身に現れていた惨めさが彼らには魅力的に映り、彼らは私をあちこちへ同道し、私を彼らの生活と決定的に一体化しようとしたのだが、ついにそのとき、あの瞬間が訪れ、私はその日のうちにやめなければいけないと悟ったのだ、引き返してはならぬと、なぜなら引き返すことはありえなかったからだ。私はやめた、あっさりとやめたのであり、この人間たちと彼らの習慣と彼らの所有物と彼らの考えからはるか離れたところ、私の世界と適合しない彼らの世界からはるか離れたところへ、私ひとりだけで異なる次元への移動を開始したのだった。私は一時間後には、自分がもうどこにも属していないこと、たったいま逃げ出してきたばかりのところとは完全に無縁であり、自分がやって来たところとも、またどこなのかも分からないままいま向かおうとしているところとも無縁だということをはっきり理解したのだ。私はまるで、追っ手の手に落ちぬことだけを考えてむやみやたらに走り回る脱獄囚のようだったのだ……」。彼の不幸は、もはやどこにも属さず、「もはや完全に無一物になった」ことだった。

「いいかね」と彼は言った「きみが突然通りに出て、ある無意味なものから次の無意味なものへ向かって歩いているとしよう、どの通りもすべて黒く、そして人間たちは黒くて陰鬱にすごいスピードで漂っていて、そしてきみと同じように寄る辺なくきみの傍らを通り過ぎてゆく……きみがある広場に立つと、すべてが黒く、突然すべての内も外もが黒く、どこから見ても黒く攪拌されているようなのだが、攪拌しているものの正体は分からないまま、すべてが破壊されている……きみはたぶんここかしこで物体を認めるが、どれもが破壊され引き裂かれ破砕されている、きみは初めてきみのステッキで身を支えている、いままできみはそのステッキを人間や犬を打ち据えるための打撃用具としてしか使ったことがなかったが、いまはそれで身を支え、鉛の上を漂うように流されている、そしてきみはここかしこに新しい黒い色を認める……人間たちには、それが近づきつつある春なのかそれともその終わりなのか、知るよしがない……いくつもの百貨店の巨大な広告の文字が、至るところで徒党を組み、あたかも革命分子のように徒党を組んできみに迫ってきては、自然と被造物が頼みの綱とすがるきみの中で破壊のかぎりを尽くす、それでもきみは前にもまして絶望的な状況の中で前進を試みる……きみは人間を見ると必ず彼らに呼びかけ、四方八方からの影響でたえずぴりぴりしているこの環境下で恥じらうことなく彼らを驚かす……そしてきみは上着のボタンをかけ、そして心身ともに緊張の極みに達したきみの頭は、あちこちにぶつかりはしないか……ハンドバッグやステッキに、幾千ものハンドバッグやステッキにぶつかるのではないかと恐れる……きみはずっと自分が上の方から落ちてきたと考えているが、ほかの者たちはずっときみが下から這い上がってきたと考える、そして吐き気を催しているきみはどうやって切り抜けたらいいか分からない……この人間の群れは、精確に前進する時計の針に駆り立てられている……きみは公園のベンチに逃げ場を求めるが、そこにはもうきみより賢い者たちが座っている。彼らはすでに早朝からあらゆるベンチめがけて突進し、そこで大判の本を開いて読み、大きな包み紙から取り出した食べ物を食べているのだ……そのときみは公務員の悲惨な状況と老齢年金の下劣さをはっきり意識する……そしてきみは自分の頭を自分の両膝で挟みつけることでなんとか沈没を免れようとする……そしてきみは、世界がきみ自身の頭痛の中、想像上の痙攣と空気の恐ろしい暴力行使の中で身をよじるのを耳で聞く……きみの部屋の中ではきみの思い出の断片がきみを脅かすが、そこではあの信じがたいほど恐ろしい力をはらんだ黒いものの正体は鳥なのだ……この恐ろしい非常事態、きみには知っておいてもらわなければならないが、世界の非道と世界の狂気のこの綜合、きみは突然わけも分からぬままその中へ、想定可能なあらゆる人生の過程をきみに背負わせようとする事態の中へ投げ入れられている……警官と野菜売りの屋台が一丸となって、まるできみを滅ぼそうとするかのような勢いできみに向かってくる……民衆の声……私はすでに子供の頃民衆の声こそ私の脳髄を破壊するプロセスだと感じとっていた……民衆が、私の耳道を陰で塞ぐ……これらすべての印象に加えて、きみには知っておいてもらわなければならないが、フェーンの吹く日にはステッキが地面に触れるたびに脳天に穴が開くくらいの打撃を喰らう。恍惚的に刻まれる拍子からたえず拷問を宣告されているかのようなのだ……」いまでは頻繁に自殺という言葉が出る。彼の語るほとんどすべての文にそれが出てくる。彼が親指を伸ばすと、そこには渾身の力がこもるが、彼はその親指で、自分自身と周りの人びとを、まるで家具の上に止まっているコガネムシを思い切り押しつぶすように、圧殺するのだ。

「私にはもう自分の使い道がない」と彼は言う。「私の陳腐さだけだ。世界の陳腐さ。陳腐さに反吐が出る。」彼の足下の床は「いつもすでに取り払われていた。私の目覚めは私の就寝のごとく陳腐だ。私の見る夢までが陳腐だ。そして私にだって、陳腐な夢以外の夢を見たいという気持ちはあっていいはずだ。私の見る悪夢は、私が子供のときに見た悪夢だ。それを老人になっても見なければならないとは、ぞっとする話だ。楽しめるわけがない。いつもより高次の驚きの中へ歩み入るばかり、いいかね、それもたったひとりでだ。私はこの左手できみを摑んでいて、この右手では私のステッキを握っている。このふたつがまだ私を支えていてくれる。きみは私に腹を立ててはいないだろうね。私の元々のコンセプトだったものを、きみには知っておいてもらわなければならないが、私はもう思い出すことができない……そして次にそれ以外の全世界の判断力のなさも……才能だけで切り抜けるなどということはもともと無理だったのだ……一人前の人間が自分に異議ばかり唱えている。そういうことなのだろうか……私は自分を理解しようと骨折りもしたのだ、いいかね、そして分かったのは、なにもかもが下り坂で、そしてずっと以前からそうだったということだ。脳髄の筋力のありふれた消耗だ。そして私が注意を払っているのは、私自身の発言の裏に潜む自分でも気がつかないニュアンスだが、それはときおり強力な他者の思考の流れによって分断されることがある」。ぼくは、こういう観察を行うよりも、ちぎれた腸を縫い合わせる方が簡単だと思う。ぼくはそうしようと思えば観察記録を最後まで読み通すことができるが、そうしたら恐い思いをするだろう。彼が「すべては黒い」と言うときの口調ときたら！　すべてはほかのだれかでなく自分だけに向けられた言葉なのだ。まるでみなは耳栓をつけているると思っているかのような振る舞いだ。彼がいつもポケットに入れている靴ふき用の布で靴の汚れを拭うのも、また愛読書のパスカルでもってすべてを証明しようと試みるのも、そして実際は何ひとつ証明などできないと知っているのも同様の振る舞いだ。「何のメリットもない」と彼は言う。そのとき食堂からもう半ばゆであがった肉の匂いが漂ってきてぼくたちを迎える。

筏に乗り合わせた知らない人間と、身体が接するほど間近にいながら少しも親しくなることなく、数年間ともに漂流を続けるということはありうる。「われわれの周りに広がる闇は、やがてすべてが終わった後にわれわれ自身の内部で石化する闇とたぶん同等のものであることがまれではないはずだ。われわれの血液は大理石の内部を走る筋模様と同じように石化する。」静けさがその害毒で空間を満たしており、昼も夜も四六時中「静けさゆえの死」が後を絶たない。シュトラウホは言う、彼はある日自分がまったくの別人だったことを悟ったとしても驚かないだろう、と。「自然に対する」と彼は言う「病的態度が原因で、私は全然私の中へ立ち入れなかったことを確認すること。それは可能なのではないか」。彼は、少年時代のある仕合わせなときについて語り始めたのだが、すぐまたそれを次のコメントで断ち切ったのである。「われわれを生き返らせてくれる細い水の流れは、嵐が来なければ生じなかったのではないか。」人間は就眠前に泡立つ波頭を見つめるが、「理由があるわけでも、何かを考えているわけでもなく、まだ夢の中に踏み込んでもいない。青春はそれ自体がメッセージだ。その後に来るものは無意味で、製造方法以外の何ものでもない」。しかしそれについて泣き言を言うのはまた惨めなことだ。それに惨めさは老いを生む。老いとは惨めさだ。「いずれにせよ老いは功績ではない、まして勝利では全然ない。」かつて滞在したすべての土地、「ますます増え続ける土地」から合成されたある土地で目覚めることは大いにありうる。

画家は最近数週間首都で、役所巡りばかりしていたが、自分に関係する書類の記載事項をチェックするのが目的だった。「私は多くの箇所を訂正して欲しかったのだが」と彼は言った「しかし役所はそれを拒んだばかりか、私を追い出したのだ」と彼は言った。「人間はいったいどれほどおびただしい数字に自分の人生を結びつければ気がすむのか」と彼は言った。われわれはそんな風に土砂降りの雨から逃れたはいいが、結局その雨に巻き込まれ、目的も意味もなく海へ向かって流されるのである。

ぼくはふと、どういう経緯でシュヴァルツァッハの研修医になったかを思い出した。ホンジッヒがぼくにそのポストの存在を教えてくれたのだった。手術室でだ。あそこに小さすぎもせず大きすぎもしない、何でも揃った病院がある。主任医師、下級医、ほかにも数人の医師たちと、尼僧の看護師たちがいる。所在地は鉄道が交差する地点で、主要道路の交差点でもある。交通事故の患者が多く、ほかには肺の手術で有名。夏も冬もいつでも満杯の病院だ。周辺ではスケートやスキーなどのスポーツができる。医者としても人間としてもいい人が多い。賄いは無料だし、宿舎の部屋は静かだ。町には取り得はなく、高山地帯のどの町もそうだが、周りを山に囲まれている。町は急に北へ向きを変えたばかりの川のほとりにあり、谷はまだすっかり暗く閉ざされてはいない。シュヴァルツァッハを思い浮かべてみる。あそこには何があるか。家並み、貸別荘、教会。そして病院だ。二軒の美容院が競争している。ひとつの滝が町を分断している。ヴェングでもそうだが、たくさんの妊婦の姿を見る。あそこには産業がないので、労働者は少ない。しかし鉄道に勤める者と郵便局に勤める者は多い。鉄道員レスリング、鉄道員射的、鉄道員スキージャンプ、鉄道員水泳の競技が常時行われている。木樵や肉屋や酪農家の若い衆たちが演じる、ペルヒタ夫人に率いられた恐ろしい仮面をつけ角を生やし髪ぼうぼうの怪物たち、鼻や耳がねじ曲がり長い牙をはやした化け物たち、舌をちょん切られた亡霊たちの行列が、沿道の観衆に襲いかかり、老人たちを突き倒し、子供たちを殴り倒すが、数百年の歴史を有する伝統行事だということで、裁判沙汰にはならない。激しい雷雨とそれが引き起こす山崩れのせいでしょっちゅう町の様子が変わる。どの家の中もいつ変わることもない空虚さに支配されている。喉元までボタンを閉めた黒い上着姿の男たちばかりがあちこちに立ったり座ったりして滝を覗き込み、四六時中妻たちの不作法を罵っている。朝早くに「荒くれた」労務者たちがやってくる。耳をつんざくような轟音が響き、窓を閉めるしかなくなる……劇団もやってくる。空気は湿気ていて、子供たちは佝僂《くる》病にかかっている。みなが肋膜か気管支を病んでいる。だれもなぜだか分からないのだが、水がこの町の多くの病気の原因になっている。しかし牛乳は、上の牧草地から直接運ばれてくるので、新鮮で脂肪分に富んでいる。

## 第二五日

**家畜泥棒**

「……あそこで私は信じがたい発見をしたのだ」と画家が言った「発見者に即、打撃を与えずにおかない発見のひとつだ。きみは想像してくれなければいけないが、今日私の疲労はすでにこの時間に頂点に達していて、私はたえず転落しそうになり、溺れ死ぬのではないかと意識するたびに、何かにしがみついた。私はあそこでひどく無力な印象を与えたに違いない。私は叫び声を上げもしたし、私の服の袖まで引き裂きもした。見てくれ！」と彼は言い、ぼくに上着の袖を見せたが、確かにぼくが見たところ、袖は引き裂かれている上に、袖の布地の大きな一片が欠けてなくなっているのだった。彼はいま大急ぎで歩き始め、女将なら袖のこの部分をほかの布で掛け接ぎしてくれるだろう、と言った──「このあたりでよく使われる粗いウール地で」と彼は言った──そして突然ぼくを捕まえ、溝の中に突き落とした。ぼくはその溝を全然見ていなかった。雪は深く、ぼくが膝のあたりまで雪に埋もれて立っていたのは、水を流す溝の中だった。ぼくがすぐに気づいたのは、ぼくがバランスを崩して、画家もいっしょに溝の中へ引きずり込んだことだった。ぼくたちふたりがなんとか「下半身の禁固」から身を解き放ったとき、画家は「冷たい水が靴の中まで侵入してきた」と言った。そして「想像してみてくれ、人間はこんな状態で身動きせずにいると、みるみる下から上に向かって進む凍傷の餌食となる。それこそ人間に牙を剝く無慈悲さの点で揺るぎない極寒の筆舌に尽くしがたい恐ろしさというものだ」。彼はしかしこの滑稽な突発事でもって彼のいわゆる信じがたい発見に水を差されたくなかったし、ぼくはぼくで彼の注意をそこからそらせようとしていたのだが（いまこうして散歩を台無しにしてしまったぼくたちは、画家の言葉に従えば「寒さがわれわれの中に病を呼び覚ます前に」きっともう暖房が効いているはずの宿に引き返さなければならなかったのだが、画家はその前にこうも言っていた「ひょっとすると、女将は私を裏切って全然暖房をしていないかもしれない。彼女は私を裏切り、私が宿に戻る直前にならないと暖房をしないが、それは私が女将と交わした申し合わせに違反する。これは完全に私に対する敵対行為だ。女将はいつも私が帰ってくると彼女の予想する時間にならないと暖房しないから、私の部屋は全然暖かくない。私の部屋はそもそも全然暖かかったためしがない。だからのべつ火をくべていなければならない。この宿はすべての部屋が寒い。分かるかね、恐ろしく寒い非人間的な部屋ばかりだ」と）、彼は私を再度自分の方に引き寄せた。「私はあの信じがたい発見の話を始めたところだった」と彼は言った「私は、いいかね、切り通しから出たところで、突然、川が赤い色に染まっているのを見たのだ。私は、特異な現象だ、特異な自然現象だと考えた！しかし私がその直後に見たのは血だった！そして私は考えた、これは血だ、確かに、これは血だぞ、と。私は自分の目を信じられなかったが、小川全体が血で満たされていたのだ！私はいますぐ小川を走って遡りたいという気持ちと衝動を覚えてよかったところだし、もちろんそういう義務感に駆られてもいいところだった、というのは私が見たのは明らかに犯罪の結果、私がすぐ気づいたところでは、人間が犯した犯罪の結果だったからだ、〈奇妙な駆り立てられるようなリズムで流れる血〉が私の目の前で神経を破壊するような光景を繰り広げる。私は小川を遡りたかったのだが、しかしそれができないのは分かるだろう、私はそのとき瞬間的に苦境に置かれていたのだ、犯罪がどのように進行したかを、すべてはっきり分かっていたし、また目にしてもいて、そうだ、目にしてもいて、ただしこの上のどのあたりで起こったのか、わずか一〇〇歩も隔たっていないところで起こったのかもしれない（犯罪の現場までの隔たりは大きいはずがなかった）、出血の量は、これはきみにも知っておいてもらわなければならないが、おびただしく（一級の演し物だ）、白く降り積もった雪の中を流れる血で真っ赤に染まった小川は、黒い木の枝、あたりを荒廃させる込み入った黒い木の枝に引っかき傷をつけられている……これらはみな数秒のうちに得た印象にすぎなかった。私は叫びたかった。しかし叫ばなかった。私の小川を遡る試みは最初から挫折することに決まっていた、というのも私は克服不可能という恐ろしい考えに闘いを挑んでいたにもかかわらず、滑稽な状況に引きずり下ろされてしまったからだ。きみもこういう事態はきっと分かっているだろうが、ある道を進もうと思うのに、一歩も足を踏み出すことができない、脳は合図を出している、脳は身体に対する鞭の一撃だが、身体があらゆる指令へのかたくなな拒絶を示す……私はしかしあることを思いついた。私は何歩か切り通しの中へ後じさってから、匍匐した。きみは知っておいてくれなければならないが、実際に腹ばいになり小川の近くへ匍匐前進したのだ。私があの発見をした現場の上一〇〇歩ほどのところだったかもしれない、自分が匍ってきた跡を振り返った私は、そこに一匹の獣を見た！　怪物を見た！　尾鰭の屈辱を見た！　私はあまりに衰弱しきっていたので、立ち上がって、藪をこぎ、小川まで行き着くことなどできそうになかった。しかしいまきみに話したことを可能にするものすごい力が湧き起こった。ここのもっと上の方、憐れむべき鮮血の源で犯罪が進行中だという考えが、私に自分でも信じられないほどの超人間的力を与えたのだ。そして」と画家は言った「突然私はある物音を聞いた。自然な物音とはほど遠い、ナイフが畳まれるときのようなパチンという音、刃先のチャリンという音、何度も突き刺す音、何かがドスンと落ちる音を。私は雪の中に身をかがめ、前に一度きみに話したように、頭をぐるぐる回しながら、両肩に摩擦熱を伝えるようにしていた。すべて無意識にしたことだ。突然私の聴覚が冴え渡った。私は何かを擦る音と大きな石が川原の砂利の上に落ちる音を聞いた。巨大なミズザゼンの葉が折れる音がした。私がだれかに観察されていると感じ始めてから、物音はだんだん小さくなった。ついに私は三度か四度川を渡る足音を聞いた。私は即座に男たちだと思った。密漁者と思ったのだが、その想像はばかげてもいた。それでも私はやはり密漁者だと考えて、私の隠れ場から這い出した。私は、私の発見が真実にもとづいていたこと、私の色彩感覚が誤っていなかったこと、この小川の流れが私の脳の描き出した赤い血の流れだけでなく、転覆させられた私の思考の内なる幻想の集団謀反の根底的現れだけにとどまらず、この小川の光景は手の込んだ幻覚や、不幸な人間の連想にもとづくものでは全然なく、事実であるということ、一撃ごとに雷鳴によってかき消される稲妻のごとき事実だということを確信できることを喜んだのだ。川岸まで匍ってきた私がいま目にしたのは、恐ろしく滑稽なことに、数頭の雌牛の頭と尻尾とばらばらに散らばった骨だった。いま屠られたばかりの牛の柔らかさと暖かさがまだ空中に立ち籠めていた、というか寒さと虚無に暖かさと虚無が対峙していたのだ。雪の白いキャンバスに描き出された恐怖の嘔吐感、反復不可能な画像、天国と地獄に嚙み砕かれ切り刻まれた人間性剝奪の解剖図。すでに言ったように、一幅の画像にすぎないが、背景には、対岸ですでに追っ手の手の届かぬところへ逃れたが、まだずっと逃走中の犯罪者たちの姿がある」。——「牛泥棒ですね」とぼくは言った。「あれは賤しい家畜泥棒だ。男も女もいた。たぶん近隣の集落の者たちだろう。肉の切れ端、血痕、骨と軟骨と腸の間に男たちと女たちのものとおぼしき足跡が入り乱れていた。スカーフが一枚落ちていたのを、証拠として拾ってきた」と画家は言った。腰のあたりまでずぶ濡れで凍えていたぼくは画家とふたりで宿を目指して歩いたが、突然霧がすべてを閉ざし、「ぼんやりした世界の輪郭しか」見えなくなったため、宿もぼくたちの視界から消えていた。画家は言った「私はこの画像に〈畜殺〉という題をつけたいと思っているのだが、この画像が私に観察を要求した瞬間、すべてがこの画像の中に入り込んでしまった。畜殺者たちの逃亡の痕跡ははっきり見えていた。彼らが盗んだ牛たちの駆り立てられた跡も見えた。星座の闇も、殺戮をこととする賤しいプロレタリア第一主義も目に映った。あの大地の雪の上に〈無防備〉という文字が、きみには知っておいてもらわなければならないが、下品な暗号で書かれているのが見え、そして空にはくっきりと〈下賤〉という文字が浮かんでいるのが見えた。奇妙なことがあった。というのも、切り落とされた牛の身体の各部位からまだ命が失せていない間から、私はここで数百万もの異なる形を取って進行することになる死後硬直に関心を持ったのだ。私は身をかがめて、手を血に押し当て、血を雪と混ぜ合わせた。私は赤い雪つぶてを投げた！　赤い雪つぶてを投げたのだ！　きみにはそれを知っておいてもらわなければならない。最初のうち、私は意図的に、奇妙なことにすべて閉じられていた大きな目をこじ開けて、あの大きくて穏やかな目を直視することを避けた。私は、すべての獣が人間に寄せる同情に身を委ねたいという誘惑にもはや逆らえなくなるまでは、避けていたのだが、ついに牛の目のひとつを、あの静止し、冷たくなり、血の失せてしまった巨大な世界のひとつをこじ開けたのだった。盗人たちは」と画家は言った「精密な計画に従って動いていた。すべては、私以外の人間がまだ目撃したことのない、きわめて近づきにくい場所、おそらくこれ以上近づきにくい場所はないというほどの場所で実行されたのだ。盗人たちは、あの付近の精確な土地勘の持ち主に違いない。私は自分が目撃したことをまだ届け出ていない。私はもちろん駐在警官のところへ行って、彼に詳しく報告しなければならない。ひょっとしてこの出来事はもう知れ渡っているのかもしれない。なぜなら私が後で見たところでは、切り通しは血だらけだったからだ。駐在警官は切り通しを通る。教会へ行く人たちも切り通しを通る。みなはきっと血を見たはずだ。ある箇所でしかし、血すなわち血痕は、きみには知っておいてもらわなければならないが、分岐して犯罪現場に下りていく。盗人たちはありとあらゆる畜殺用具で身を固めていたにちがいない。だから私はナイフが閉じられる音やハンマーと槌が振り下ろされる音や急に中断された鋸を挽く音を聞いたのだ。私の立てた物音を聞きつけたのだ。肉が何かに詰め込まれた。小川に向かって走って行く音がした。川を渡る音、あっという間に向こう岸に渡り着き、安全な森の中に身を隠した。私はたとえ何かしたくても何も手出しできなかった。私の体調では、だれであれ私のような体調の人間にはこうした場合にできることは皆無だ。そういう人間は逃げるしか、遁走するしか、血を見たり犯行の音を聞いたりしたら身を翻すしか、すべがないのだ。理解しがたいのは、なぜ犯行現場が私をたんに惹きつけたばかりでなく、自然の恐怖でがんじがらめにし、私を呪縛できたかということだ。私は、すでに言った通り、まるで獣のようにそこへ餌っていったのだ。いいかね、私はあの現場とあの画像から木偶《でく》のように操られていたのだ。あたりに切り刻まれた獣の暖かい軀の臭いが、まるでそこがガラスの吊鐘の内側であるかのように立ち籠めていた」と画家は言った。「そして次はあの完全な静けさだ、私はもし自分の顔に雪をすり込んでいなかったなら、あの静けさの中で窒息していただろう。雌牛が三頭か四頭関わっているはずだ、と私は考えた、雌牛が三頭か四頭関わっていなければおかしい、と私は考えた、私は三個の尻尾を見た、三個の尻尾を私は見たのだ。そして私はそれと対をなす三つの頭を見た。しかし雌牛は四頭でなければならない、と私は考えた。私は説明が付かず、ずっと四頭の雌牛のことばかり考えつづけた。仔牛の小さな頭が藪の中に転がっていた、半ば水に浸かり、もう血は抜けていた。ということは雌牛が三頭と仔牛が一頭だったのだ。だから尻尾が三個だったわけだ。」

宿で画家はぼくに、現場で見つけたスカーフを見せた。彼が、今日は正午なのにあたりを領していた暗闇の中でなにやら血にまみれたものをコートのポケットからつまみ出してぼくに見せたのは、われわれがまさにドアを通って中に入るときだった。ぼくが玄関のドアの細いガラス窓から入ってくるわずかな光にあてて見ると、それはスカーフだと分かった。「恐ろしい証拠の品だ」と画家は言った「そうだろう、犠牲は人間だといとも簡単に思いこんでしまうところだ。しかしそれは、と私は思うのだが、そんなに恐ろしいものではない、というのもこれを見ても笑うことはできないし、まして爆笑などできないからだ。私はああいう恐ろしい仕方で切り刻まれた牛を見たときに爆笑したのだ、ひどい爆笑だった。これがどういうことか分かるかね。恐ろしいことは、爆笑を伴わずにいない、ということなのだ！」ぼくたちは食堂へ行き、そこから台所へ行った。台所ではコートと上着を脱いだが、その前にまず靴を脱いだ。ズボンも脱ぎ、ついには女将がそうしろと言い、画家も反対しないようだったので、下着のパンツも脱いだ。画家は女将に、ちぎれた袖の布地を補って、きちんと縫い合わせるように頼んだ。ぼくたちはふたりとも顔を壁に向けて立っていたが、その間に女将がぼくたちの部屋に、新しい乾いた下着と靴下とズボンを取りに行った。背後の熱い暖炉から来る暖かな空気が私に人心地を取り戻させてくれた。「女将はこの出来事を利用していま急いで私の部屋の暖房を入れているんだ」と画家は言った「というのも前にも言ったように、彼女は暖房していなかったからだ。彼女はわれわれがもう帰ってきたのでびっくりしていた。彼女はしかし私を出し抜いたのだ」と彼は言った。「なんで私は彼女の命令に従うようなばかな真似をして台所で服を脱ぎ、彼女の前でこんな滑稽な姿をさらしているのか。きみは、こんな風に壁を向いて立っているのが滑稽だと思わないのかね。この恥さらしなばかげた状況は、まるでしかめ面をしながら銃殺に処せられるようなものだ。処刑だぞ、これは！」と画家は大声を上げた。彼はこのときコートを下半身と脚に巻きつけると、言った「雌牛の一件だが口外は無用に願いたい。私もだれにも話さないようにする。こういう厄介だが人を興奮させるような事件に関してうっかり証言をしようものなら信じがたいほどのいとうべき根掘り葉掘りの追及に身をさらすことになってしまう。私はそれだけは御免被る。だから、きみももうこのことに関してはひと言も洩らさないようにしてくれ。だれが相手でもだ。わずかにほのめかすだけでもだめだ」。それから彼は言った「いまは殺戮の陰謀を企むのに打ってつけの季節だ。農場は降雪の単調さで麻痺させられた状態だ。悪党どもが家畜小屋の錠を取り外し、家畜が鳴き声を立てないように口を縛る。空気は夜、家畜の尻を叩く杖の音で切り裂かれる」。

彼は着替えを終えると玄関ホールに座って、ぼくに愛読書のパスカルを読んで聞かせた。パスカルのテーマはつねに「全体的不幸」だと画家は言ったが、ぼくには彼の言っている意味が分からなかった。つねに「唯一の粗野な行い」だ。画家は言った「破壊をもたらすものは計算に入れておかなければならない」。そして「死はすべてを卑劣なものにしてしまう」。彼は、自分は旅に出てとある思想都市で列車を降り、旅を中断する、自分にはひとつの目的があるが、その目的は「到着を許容せず、到着を許容できないのだ」と言った。ぼくは自室に戻ると、壁に跳ね返って身に突きささるくらいの大声で「もう耐えられない！」とひとり言を言った。ぼくは横になった。ヘンリー・ジェームズをぱらぱらめくったがこの作家のことは何も考えられなかった。行ったり来たりした。もう一度横になった。ぼくは目の前に開かれていたその本の中ほどの恥知らずな一文に無性に腹が立った。ぼくはその本を床に投げつけた。すべてがひどく臭い、とぼくは思った。突然すべてが悪臭をはなち始め、何をほんの少し想像しても、どんなに遠く隔たったものを想像してもみな悪臭をはなった。そこでぼくは階下へ下り、特別テーブルにひとりで座った。みなはすごい食欲で食べていて、画家もぼくの胸が悪くなるほどの旺盛な食欲を見せていた。ぼくは何も食べることができず、スープも残すしかなかった。画家が部屋に引き上げた後で、台所へ行ったぼくは、もうだいぶ前から女将と皮剝人の間で続いていたにちがいない議論に急に加わることになってしまった。裕福な人たちと狩の催しを巡る話だった。彼らは年に三、四回広範囲に散開し、犬をけしかける。鹿などの肩胛を狙っておびただしい銃弾が発射され、猟が終わると高級なバックルやベルトや耳覆いやゲートルの片方が森の中や河原の石の上に落ちているのが見つかることが多い。ときどきだが、いかにも勢力家然とした男たちが（画家の言葉を借りれば名望家ということになるが）いきなり「世界中で最も薄汚れた一帯」を支配下に置くのである。あの金持ちたちの正体は何だろう、とふたりは尋ね合っていた。しかし埒が明きそうになかった。そして挙げ句の果てにふたりは彼らの富を憎まざるをえなくなったのだが、さもないと初めからその富からはじきだされることになるからだ。そのときぼくは、昨日画家が言った「貧しさにできることは富をじっと見つめることだけだ」という言葉を思い出した。皮剝人はときどきそういう狩りの催しの手伝いに駆り出されるということだ。いくつもの旧家や蒼古たる歴史を誇る名門の家が「ときどき誇大妄想的に結託し、銃弾で自然を傷つけるのだ」。画家は昨晩、狩猟を「月並みな人間符号付きの神的理性」と名付けていた。ぼくは皮剝人に「クラムで狩りをした」ことがあるか尋ねた。クラムはとくに珍重される猟場だと皮剝人は言った。あそこは昔から狼の吠え声で有名な場所だったそうだ。ぼくは猟を兼ねたハイキングの楽しさを思い出した。子供の頃からぼくは何度も大物狩りにも小物狩りにも参加していた。「狩りは、動物と人間、人間と動物、人間と人間、動物と動物という世界を二分する勢力の間で唯一相手の不幸を喜ぶ気持ちから自由でいられる状態なのだ」とぼくの父がかつて言ったことがある。画家を避けるため、ぼくはできるだけ足音を立てずに部屋に戻ろうとした。彼はしかしいち早くぼくの足音を聞きつけていて、「来たまえ！」という厳しい命令の言葉でぼくを自分の部屋へ引き入れた。ぼくはほとんど漆黒の闇の中に立っていた。「この壁を触ってみたまえ」と画家は言った「この壁の間で凍え死ななければならないとは、とんでもなく馬鹿げた話だ。座りなさい！」彼はぼくをむりやり椅子に座らせた。「なにごとも元来は無言だし」と彼は言った「忌まわしいくらい無言な上、論拠という魔法にかけられたように小心なのだ」。彼はぼくを引き留めておきたがっていた。ぼくはそう感じていた。彼から発する気配には、まるでぼくにむりやり自分のコートを着せ、絶対脱げないようにそのボタンをはめてしまおうと目論んでいるようなところがあった。しかしその苦しい状況のさなかに彼は言った「出て行きたまえ！　出て行きたまえ！　出て行けと言っているんだ！」。そして彼はぼくをドアから追い出した。「人間をあてにするのは間違いだ。だれかをあてにするのは大きな間違いなのだ。私はいつもこの間違いを犯してきた。いつも私はあらゆる間違いの中でももっともひどいこの間違いをおかしてきた。いつも私は人間をあてにしてきたのだ！」と彼は言った。ぼくはもう耐えられなくなって、走って階下におり、宿の外に出た。新鮮な空気に触れたぼくは、やがて自制心を取り戻した。ぼくは、まるで自分が画家の、まるで自分がシュトラウホの、まるで自分があの人間の意のままにされているような感覚に捕らわれた。「そうだ、そうだ」とぼくは言った。そしてぼくは墓地へ走って行った。その道すがらぼくはずっとひとつのことだけを考えつづけていたため、何も目に入らなかった。ぼくが考えていたのは、画家の所有物にされてしまった、という一事だった。彼はぼくを自分の画像の中、自分の表象世界の中へむりやり連れ込んだのだ。単純にして脆弱な彼の観察者であるこのぼくを。ぼくは突然自分が禁固刑に処せられていると感じた。しかしこの想像も、とぼくは考えた、画家の想像にほかならないのだ。ぼくはもはやぼくではない。違う、違う、ぼくはもはやぼくではない、とぼくは考えた。このことがぼくを半狂乱に陥れた。この蛮行は突然硬度を増し、そこへぼくがもろに頭をぶつけたのだ。しかしこの比較もぼくの脳髄の中の歪められた思考も、そしてぼくが考え、ぼくが眺め、ぼくが口に出し、ぼくが酷評するいっさいは、シュトラウホから出たものではないのか。午後になってぼくは昼寝をしようとしてみたが、だめだった。ぼくは、なすすべなくシュトラウホの言葉と見解の、彼が体現する「虚弱」と「不条理」の手玉に取られている自分に気づいた。ぼくは、この人間口移しの切れ切れの言葉しか口にしない自分を見いだしたのだ。夕闇が迫り、シュトラウホと企てた徒歩行進が終わろうとする刻限が来てようやく、ぼくは彼から離れることができた。まるで死の岸辺を離れる小舟のごとくに。こうしたことがすべてばかげたことでないかどうか、ぼくには分からない。ぼくがいま書いているのがばかげたものであることは間違いない。というのもぼくはこれを深夜、「暗闇の底なしの無知」に乗じて書いているのだから。

そうこうするうちに当然だが牛泥棒と牛殺しはみなの知るところとなった。皮剝人は小川のほとりへ行き、牛の残骸を袋詰めにして運び去らなければならなかった。彼は市長の馬橇で現場へ向かった、ぼくも同乗しようと思えばできたのだが、やっぱりそうしたくなくなった、それにもし行ったにしても多くを見ることはできなかっただろう、というのもとっくにまた雪が降り始めていたからだ。皮剝人は頭から角を折り、その折った角と尻尾を持って返ってきた。彼が話したことは画家の話と全然別だったけれど、彼の話は、ふたりがこの一件について語ったことすべてが真実であることを裏付けるものだった。

人びとはかなり腹を立てていた。最近雌牛が盗まれ、どこかの川の畔で殺される事件が頻発していたからである。「たぶん雌牛が三頭と仔牛が一頭だったんじゃないか」と画家が食堂で言った。皮剝人は彼を見て、どうしてそれを知っているのかと尋ねた、彼、つまり皮剝人以外にそれを知っている者はいないはずだ。「ただそうではないかと思っただけだ」と画家は言った「思っただけだ」。それから彼は皮剝人に言った「そう、あんたはあの現場で角を六本、尻尾を三つ、頭を四つ見つけたんではなかったかな」。「確かに」と皮剝人は言った、その通りではあるけれど、自分はそれをだれにも話していないし、数を挙げたこともない。「いやあんたはきっとそれを話したに違いない」と画家は言った。皮剝人は、狐につままれたようだった。

夜更けまで牛泥棒の話が続いた。画家はぼくを相手にその話をもう一度最初から蒸し返したが、ぼくは二度目に聞くいま突然それを聞かされるのがいやになった、いやでたまらなくなった。吐き気がこみ上げてきそうになったのだ。画家はその話を、恐ろしくも究めがたい彼の感情からするとまさに持って来いなその話を楽しんでいるという感じがしていた。女将はすぐに牛の尻尾を調理し、みなは昼からむかつくこともなくテールスープにありついた。ぼくもそのスープを口にしたがむかつきはしなかった。犬にゆでたての骨をたくさんくれてやったと皮剝人が言った。みなは「泥棒のお蔭でありつけた」スープのことでさんざん笑った。みな笑いすぎてスープをほとんど口に入れられなくなるほどだった。しかし彼らはきれいに食べた。完全に食べ尽くした。画家は食べ終わると、黙り込んだ。大いなる秘密を守っているかのように見えた。そしてもちろん彼はこの出来事についてほかのだれよりもよく知っていたのだ。しかし彼は自分の決心を守り続けた。そして自分が泥棒たちの立てる音を聞き、それどころかたぶん彼らが森の中に姿を消すのを見たということは、だれにも話さなかった。彼が以前ぼくに語ったところでは「黒いものが入り交じって走り、向こう側の岸を肉の袋がひきずられて行った」のである。彼自身その印象が真実にもとづくものか、空想に由来するものか、はっきり分かっていなかった。「空想だけではなかった」と彼は言った。最近よく似た家畜泥棒がいくつも起きているという話になった。しかしそれらの「家畜泥棒」については何の手がかりも、ほんのわずかな手がかりも得られていない。「今回の牛泥棒だって何の噂も伝わってはこないだろう」とみなは言った。「その通りだ」と画家が言った。「雪があらゆる手がかりをぬぐい去ってしまう。盗人どもは雪を当て込んでいる。雪が彼らの犯罪を掩護するのだ。」戻ってきてテーブルについたばかりの技師が、昼食時にもしかすると牛泥棒を突き止めることができるかもしれない何かを発見した、と言った。彼は「痕跡」という言葉を使った。ところが二時間後にはその痕跡は跡形もなく消えていたそうだ。昼食時にはすでに「確かな手がかりと言えそうなものはもう全然残っていなかった」。

## 第二六日

「私は一晩中部屋の床の上に横たわっていた、きみには知っておいてもらわなければならない。私以外の人間だったら大声を出しているか、壁を叩いて知らせたことだろう。下から這い上がってくる寒さがあれほどひどくなければよかったのだが」と画家は言った「恐ろしい寒さが下から這い上がってきた。私は凍えている。というのも私の頭が身体からすべてを取り去るからだ。実際は寒くはないのだが、私は凍えている。私は好きなだけ毛布や布団を掛けることができるが、それでも私は凍えているのだ。そうするうちに私の頭がまたひどく肥大し、むくむく膨れあがった。すべては一種の半睡状態の中で進行した。巨大な頭が息を吸うと私の胸をほとんど押しつぶしそうになった。太ももはものすごく冷たく、手で触れると、すでに壊死しているように感じられた。これは知っておいてもらわなくてはならないが、私はいつも下肢と足先を外側へ広げるように動かして暖を取っていたのだが……このときはそれができなくなっていて、身体を温める方法がまったくなくなってしまった……朝まで待っていなくてはならないのか、と私は自問し、目をつむった。しかし目をつむるのはそれだけで私の生存への苦痛を伴う刃《やいば》のひと刺しなのだ。そして目を開けるのは！　私はだれもそういう開け方をしないくらいゆっくり目を開け、同じくらいゆっくり目を閉じる。目と口と耳は私の場合きわめて敏感なのだ。どれもとても大きいので、きわめて大きな苦痛を引き起こしもする。私の脛骨と鎖骨は非常に薄い皮に覆われているだけだ。なので神経は支えにできるものが何もない状態だ。時間の経過はどんどん緩慢になっていて、夜を乗り越えるのが私には難しくなる一方だ。私は愛読書のパスカルももう読むことができなくなっている。一語も。夜を耐えやすくするための方策をもう何ひとつ思いつくことができなくなるときがまもなくやってくるだろう。私の頭は言うに及ばず、身体中に、押してみて耐えがたい痛みを感じずに済む箇所はもうひとつもない。ということは何をやっても結果は変わらないということだ。不断に続く頭痛に加えて、足をどこかに降ろすときや、手を何かの上に置くときに感じる痛みが加わる。手や足で何に触れるかどこを触れるかに関係なく、痛みを、苦痛を覚えるのだ。その上さらに思考が始まるたびに私の頭蓋の内壁ががんがん叩かれ、私がひとつの画像から次の画像に移るごとに、頭がばらばらに砕け散るのではないかと思えてくる。思考の絶えざる打撃が続けば、私は狂わざるをえないだろう。きみも考えてくれなければいけないが、私ほどの自制心を持っている者はいない。私が見るすべてのものが私に苦痛を与えずにいない。私が見つめるすべての色彩が。浮かび上がるすべての思い出が、何もかもが、何もかもがだ。いかなる事柄ももはやその根底を覗き込むことはできない、そんなことをすれば私はたちどころに消し去られるか狂気の淵に沈められることだろう。そうなれば私のすべてが狂い、私は呪われた獣であるほかなくなるのだ、分かるかね！　私はもう境界を越えてしまったのだ……」

「私は自分の頭が」と画家は言った「私の身体で、私の身体が私の頭だという気がしている。両脚を、いいかね、夜おずおずとボートのオールのように動かしているんだ……まるでこの頭が有毒ガスで満たされているようで、だれかが私の頭を先の尖ったもので突き刺してくれたならそれほど楽になれることはないと思えてくる……だがその後では私の頭はやっぱり固形の物質からできていて、粉々に割れてしまうと思えてくる……私は固い物や尖った物が恐くてならない。滑稽だとは分かっているのだが……まるで私の左目の上に大きな腫瘍が垂れ下がっているような気がする。私の鼻の巨大な穴は有史以前の動物の吸気孔に匹敵する。私は自分の鼻が無数の吸盤からできているような気がしている。これらの吸盤のひとつひとつを使って私は、そして私の探求者としての本性は下降が可能だ……肺は、知っておいてもらわなければならないが、もはや本能的には働いていない。私はつねに、肺が引き裂かれるのではないかと恐れているのだ。肺はしかし私にいかなる痛みを感じさせることもない唯一の器官だ。私が恐れるのは、いいかね、肺の空洞のひとつが突然圧力に耐えられなくなり、連鎖反応を引き起こすことだ……身体内部の性質についてのこうした知識……私は私の内なる器官のひとつひとつを解釈し、感じることができる……どの器官も私にとっては一個の確定した概念であり、すでに完結して久しい一個の痛みである……そして途方もないもの……肝臓、脾臓、腎臓、この三つの責め苦だ、分かるかね……それにきみにはもう詳しく述べた頭の責め苦が加わる。頭の責め苦と身体の責め苦が交互に、知っておいてもらわなければならないが、たがいに一歩も譲らぬ勢いで、きみには知っておいてもらわなければならない、それに加えて責め苦の隠された全領域が、精神の責め苦とそしてどこかを支配する魂の責め苦が参戦するのだ。私はそうしようと思えば私の頭を数百万個の構成要素へと分解して、その法則を探求することができる、この破壊装置を！　私の苦痛という絢爛たる領域は、地平線を持たず、きみには知っておいてもらわなければならないが、知覚能力をまったく持たず、無力さを持たない……」。彼は言う「私は確乎たる目論見を立てている人間にすがりつく。相手にとっては精神的拷問だろうが」。

それからこうも言う「最良の資質とか、最良の前提条件とか、そういういっさいが破綻してしまう、いいかね、絶対的沈黙に異を唱えるいっさいがだ。そして私はきみに実に注目すべき性格特徴を見いだしている……きみは人の話に耳を傾けることもできる。私に関して言うと、私は信じがたいほどの硬度の持ち主だ。みなが思っている通り、泣いたり笑ったりとは無縁の人間なのだ。その通り。言うまでもなく、きみの年齢には最大の危険が潜んでいる。つまり自分自身から万事を生みだし、次にそれを無に帰せしめる能力という危険。というのもきみは、すべての人間同様、きみにとっての好機がいつ到来するかを知らないからだ。おのれの好機がいつ訪れるかを知る者はいない、それが問題なのだ！……いつ急速に下降するか、あるいは上昇するか、だれも知らない……いつ惰性の無気力な暮らしに堕ちるかも。ほとんどの人間は三〇歳で性に溺れる。それから先はもう三度の飯にありつくことにのみ汲々とした人生を送るだけだ。私は、きみがものを言うとき、ときどき驚くべき知性を、明晰さへの透徹した感性を、そして高度の次元に根ざす哲学的傾向をそこに見る。だがまさにそれこそが命取りなのだ。」

「それは雪が降る音かもしれないし、鳥が舗石に落ちる音かもしれない、それが実際に何の音かは無数の可能性の中から突き止めなければならない……そしてしばしば何千年も前の匂いが急に立ちのぼっただけということもあるのだ……きみもきっと、数十年忘れていたイメージを突然眼前に思い浮かべることがあるはずだ……きみは眼前に一本の木を見、一枚の窓を見るが、実際には一本の木も一枚の窓も見てはおらず、見ているのはひとつの町とひとつの国と一本の川とひとりの人間だ。彼は目を覚まし、死にかけていて、でもきみに手を差し出し、その手できみに平手打ちを食らわす……その通りではないかね。これが私にずっとつきまとっている問いなのだ。私のステッキの立てる音、神父の話し声、あるいは皮剝人がリュックサックを持ち上げる音……これらの問いについての探求は永遠に続けようと思えば続けられるのだが、しかしこれらの問い自体は恐ろしいほど非人間的で無作法な領域へ、きみには知っておいてもらわなければならないが、宗教的領域へと、しかし宗教そのものとは正反対の領域へと展開していく……宗教の正反対の領域だ、いいかね、私の木、私のステッキ、私の肺、私の心臓、私の寡黙、私の慎重、私の奇形……進歩はいっさいの誇大妄想をますます亢進させる。私の脳髄の中はというと、そこは進歩が生じうる唯一の場所であるのに、何ひとつ進歩しないのだ、いいかね……たぶんそれが私を最終的なものへ踏み切らせずにいるのだ！　私の本性の精確な標識は、そう、私の人格が不当な扱いを受けていることだ。きみは奇妙だと、そして不快だと思うだろうが、でもそうなのだ。原因と結果が私にあっては同じ意味を持っている。学問はいいかね、私はまったく関わりを持たずにきたし、生涯学問からは身を守ってきたが、もしも関わっていたら私の本性は痛めつけられていただろう……私はもちろん、自分の過去のかなり鮮明な画像にたいしきわめてはっきりした感傷的偏愛を抱いているがゆえに、不利を被っている。そしてさらにもうひとつ、他人の不幸を喜ぶ気持ちだ！　過去がもっぱら他人の不幸を喜ぶ気持ちからのみ構成されているというのは熟考してみるべきこと、一般的探求に値することであろう。身を支えることのできる手がかりはどこにもなく、あてどなくさすらうばかり……そういうことなのか。」彼は言う「突然私の頭が食堂にいる者たち、常連席についている者たち全員を、皮剝人も駐在警官も技師も女将も女将の娘たちも、壁に押しつけた。夢の中でだ、いいかね。私の頭が一気に食堂より大きくなって、何もかもを押しつぶした。あらゆる方向に強固で致命的な打撃が加えられ、ごく小さな凸凹の中までくまなく衝撃が伝わった。結果は恐ろしいものだった。しかし私の頭には食堂を吹き飛ばすだけの力はなかった。私の顔の上を、私の頭が急激に消し去り押し潰した人間たちの体液が流れていた。物と人間が粥状に入り混じった。物と人間たちの思いも。思いもだ！　私の目が暗くなった。私の涙が粥と混ざり合ったが、私は身動きができなかった。食堂の片隅の窓とビールカウンターの間に私の小さな身体はむりやりに詰め込まれたもののかろうじてすき間を見いだしていた。私はだがそこではもはや呼吸ができなかった。唇の上のこの甘ったるい味！　私は粥が口の中に入ってくるのを防ごうと頑張ったが、うまくいかなかった。私の舌には粥を押し止める力は残っていたらしいが、味は侵入してきた。私は息ができなかった。私の耳は天井にぺしゃんこに押しつけられていたので、いいかね、何も聞こえなかった。何もかもがあまりに急に起こったので、私はだれにも、きみにも技師にも女将にも皮剝人にも警告することができなかった。私にとってはそれが最大の不幸だった。私は涙を流した。なぜなら私は全員を殺してしまったからだ。私の頭は宿を吹き飛ばそうと試みた、というのもそのままでは窒息する恐れがあったからだ。頭は壁を押すことはできたが、空気は入ってこなかった。亀裂は生じず、壁がゴムのようにしなった。そのときだ、私が発狂したのは。すると突然頭が元の大きさに縮んで、押しつぶされていた人間と物の粥が、きみには知っておいてもらわなければならないが、何枚かの固い大きな板になって床に落ちてきた……そして突然それらの板が元の人間や物に戻ったのだ。みなは自分の席に着いていて飲んだり食べたり注文したり支払いをすませたりしていたのだ、いいかね。そして女将の娘たちは何事もなかったかのように、長いすを跨いで歩いていた。私は疲れ果てて目を覚ますと、毛布が掛かっていなかったことに気づいた。私は起き上がって、ベッドにきちんと入り直し、しっかり毛布を被った。覚醒と就眠の合間に、私はきわめて興味深い、しかしとても苦痛に充ちた発見をした。つまり女将が私の部屋の中に立っていて、私の部屋の真ん中に立っている一本の木から黒い小鳥の群れを追い払っているのだった。女将が手を叩くと鳥の群れが飛び立ち、あたりが真っ暗になった……私も立ち上がり、冷たい足浴を試してみた。すると実際にこの足浴で気分が楽になった。いずれにせよもう夢は見なかったのだ。たぶん私がベッドに静かに座って、パスカルをぱらぱらめくっていたからだと思う。たぶん。」

## 高さと深さと状況についての発言

「きみに指摘しておかなければならないのは」と画家は言った「一歩先へ歩いただけで考えがガラッと変わり、一歩先へ歩いただけで存在の有り様もガラッと変わるということだ。人倫も同じ、問いも同じ、注意を払わないのも同じ、変わらぬ印象、変わらぬ原因、しかし結果だけが恐ろしいくらいガラッと変わっている……私の言いたいことをきみに分かってもらうのは容易じゃない。私は一本の木に向かって語ることもできるし、一個のシルエットに向かって語ることだってできる。私は実際一個のシルエットに、そう一個のシルエットに向かって、そして狂気に至るまで伸長可能な一個の概念に向かって語っている。しかしきみはつねに耳ざといタイプの人間だ。きみに指摘しておきたいのは、「血の失せた風景」という概念をたぐり寄せ、それをぐいとたぐり寄せて、その概念を風船のように膨らませる、巨大な風船のように、類いまれな肺活量で、巨大な宇宙全体の肺活量でもって膨らませるなら、われわれの表象界の影の面の外を動き回ることが可能になるということだ……私はいまこれ以上ないくらい型破りな寒さに向かい合っているのだが、思考にとってこの寒さは真実にして急性のもの、哀れを催すほどに滑稽なものである……私が口にしてきたことは、思ったよりもはるかに脇道にそれた邪道、人間を卑劣きわまりないやり方で滅ぼす邪道だ。しかしきみに聞いてほしいのは、私がここで貫徹しようとしているのは『私の記憶の過冷却』だということだ。それは「探求可能性の枠外」のプロセスだとあえて言わせてもらうが、私は、自分自身を自分自身の内部へ連れ込むことで気をそらし、私自身から邪魔されずにいたい、と言いたいのだ！　私は、私の脳髄が、世界への親縁関係から注意をそらし、私から注意をそらし、私に私自身を消去することを可能にした発明の悪意から注意をそらす、と言いたいのだ……漆黒の闇の中にあっては、不可解さのみが説得力を持っているのだ、分かるかね、私はきみをある魅惑的な比喩に対置したいのだ、一匹の犬を果てしない大洋のまっただ中に放置するように、一羽の鳥を地中に放置するように、ひとりの人間を彼の記憶の中に放置するようにだ。その結果、記憶は高さではなくなり、深さでもなくなり、高さと深さは状況に比して滑稽になり、破局的なものが慈悲深いものに比して滑稽になる……だが私はこの私の概念ゆえにやがて姿を消さざるをえず、この概念ゆえに燃え尽きざるをえない。私はつねに自分はいつか燃え尽きると想像してきた、いとわしいことではあるが自業自得ゆえに燃え尽きざるをえないというのがつねに個人的名声の私の場合における密かな状況なのだった……私が死を先延ばしにするなら、と私はつねに考えてきた、私が取り違えられることを先延ばしにするなら……私が私の理念を先延ばしにするなら……分かるかね！　……私は旅の用意をして世間を欺き……スーツケースを詰めて世間を欺き……無数の列車に乗って世間を欺き……私が到着する場所から世間の注意をそらす……というのも末期《まつご》とはもはや腐臭を放つ人間が催させる吐き気でしかないからだ……そして末期は難破船状態でもあるのだが、私はあの最後のばかげた陰険な付帯条件付き性交、すなわち私の残り少ない生存を悪魔的で狙い過《あやま》たぬ謀略へと劣化させる拷問を甘んじて受け入れなければならないのだ。私は死のことは考えない」と画家は言った「私は名声のことは全然考えない……私は猥褻行為のことは皆目考えないし、放心という猥褻行為のことも考えない」。

## 峡谷

「脳髄が突然機械でしかなくなり、数時間、数日間、否、数週間前から自らが打たれさいなまれてきた過程を、ハンマーを打ち鳴らしながら忠実に再現し始める。ひとつの語が、首尾一貫した語群の雪崩、語の構成物という街区全体を深みへ向かって転げ落とす動きを引き起こすが、ごくわずかな脱落も許容しない、というより許容することができない。あたかも目に見えない、少なくとも人間には近づきがたいひとりの侏儒のごとき独裁者が、何もかもを、それに対しては匙を投げ出すよりないすさまじい破壊的轟音とともに動き出させるメカニズムのスイッチを入れたかのようだ……。」画家は話し続けた「きみはこの宇宙のもっとも美しい色彩、とりわけさまざまなニュアンスの水色と全展開する肉色を施された峡谷を想像してみなければならない。その峡谷の中へひとりの人間が入っていく、命令されて入っていくのだ。きみは彼にきみのやりたいように、スーツケースを持たせても、帽子を被せてもいいいし、まったくきみがそうする必要を感じ、内的な倫理観がそう促すなら、彼にきつめの服を着せてもいい。というのも夢とはそういうものだからだ。もっともそれは私がきみに押しつけたいと思っている私の想像には反するのだが。私が考えるのは、幻想的なものを背中に背負った、自分の属する社会に幻滅した人間だ。というのもその社会は、あらゆる社会階層からかけ離れたことに、並外れた記憶力を持ち、堂々と私用できる概念を駆使できるその人間を末期へと追いこみ、もはや上昇も縮小もかなわぬ状態で破滅させることを虎視眈々と狙っているのだから……きみはその人間を、彼をきみと私のために生み出した私といっしょに、峡谷の中に追い込むのだ。きみは彼をしかりつけ、彼に平手打ちを食わせ、彼を単純化して、彼を木々のざわめきだと、岩の崩落だと、不安の歯ぎしりだと想像する。そうすればきみは彼に親しみを覚えられるのだ。きみは、最初は度肝を抜く役どころを演じるが、彼に死の覚悟を固めさせることを通じて徐々に彼の不安を取り除いてやるのだ。その人間は別れのときが近いことに気づいているけれど、もはや抵抗はしない……痛みをほんとうには感じることができなくなっていることと、きみの策略が、彼を寝かしつける……つまりわれわれはいまひとりの人間を地獄行きの道へと送り出した、彼を創り出しそして送り出したわけだ。まさに奪創世の第七日目、奪創世の最後にして最終日と呼びうる日に……きみには想像してもらわなければならないが、空気だけがまだ残っていて、この人間の中にあるほかのすべてはもはや滑稽で突飛なもの、すなわち無へと解消された脳髄の後をのこのこついてゆく感情でしかない……この人間は、まだ相変わらず彼をこの世につなぎ止める拠りどころ、たとえば母や父、いくつかの町や学問の演習、手仕事のイメージ、われわれがいかなる学問からも切り離されたものと考えがちな動物的下部脳に由来する未開の人食い慣習等を保持しつづけているかもしれない……このとき私にはある名前が思い浮かぶ。憐れむべき名前、完全に匂いを欠いた名前、自分の墓所の上、コンクリート製の墓所の上を浮遊するいわゆる墓地向きの名前だ……その名前に思い当たったかね。恐ろしさの中でも最たるものであるその名前が分かったかね。私には、きみが私の存在の四分の一を構成する啓発の働きのおかげで（ちなみに私の存在の四分の一は啓発の概念、四分の一は嫌悪の概念、四分の一は衰弱の概念、四分の一はもはや無し及びいまだ無しの概念である）齟齬の快楽を手に入れたことが分かっている。これは完全に私の意に適うことであるとともに、私が発明した人物の意に適うことでもある。その人物をわれわれは教師と呼ぶことにしようではないか。私は、教師は発明される人物に打ってつけだと考える。この教師も従ってそうやって発明された人物だ……それゆえこの教師は峡谷の中へ歩み入り、彼の目的地である校舎に到着する。しかし校舎とは何だろう。それはそこにおいて何かが教えられる建物であるが、その何かが何であるかはまだだれにも分かっておらず、まだ分かることもできない……私はこれ以上先へは進まないことにするが、私が言っておくべきは、その教師が、もはや何ひとつ学ぶことは不可能であり、すべては無知であり、すべては末期に達しており、すべては始まりの段階である等々を承知していることである。彼は荷ほどきをする、自分のトランクの荷ほどきをするのだ。きみにはその様子が思い浮かぶかね」。私は言った「ええはっきり思い浮かびます」。――「この様子を覚えておいてくれないかね。教師が自分のトランクの荷ほどきをする。彼は学校の中が寒いのに気づく。暖房する。自分の本の整理をする。担任する教室を見つける。突然自分が授業をする生徒たちの――きみは生徒たちのことを考えたかね。――いいかね、彼には自分が授業をする生徒たちの名前が分かる。彼は自分に向かって、私は自分の頭の中に蔵書を入れておきたい！　と言う。きみはそんなことが可能だと考えたことがあるかね。いいかね、教師は過去のことを考える、というか彼には過去のことしか考えられない、なぜなら彼は過去の中に身を置いてしか考えることができないからだ。そもそも人間には不思議な点は何もない」と画家は言った。「脳髄は、敢行しようと目論む突進の可能性を信じているが、脳髄には突進はできない。肉は違う。肉は、脳髄には拒まれている突進から成り立っているのだ……教師が峡谷へ行けと、明瞭な分かりやすい形、意味ありげでなく、頭を小突くような形で命じられたこと……そして彼がそこで果てることについて、きみは何と言うだろう……彼は、事態がすでにどこへ向かって進みはじめたかも、また自分が峡谷の中へ入っていくことを承諾したのも分かっているのだが、それでもまだ授業と、授業のやり方について考えている。私は教師なのだから、と思っているのかもしれない……きみにはまだ教師が見えているかね。私が技巧を駆使して追い込んだ状況下の教師が。私が自家薬籠中のものにしている出口なしの状況――というのも私は出口なしの絶望的状況の正反対の人間だからだ――に置かれた彼が。きみには彼が見えているんだね、動物的なものから動物的なものへと至る道の途上のこの二元的存在が……私はこの教師をいまさらどうすべきかという問いを立てることはしない、いまとなってはもう問うことはしない……冬なので、私は、雪を、聖なる冬の聖なる雪を降らせ、大地を雪で覆い、峡谷を雪で塞ぎ、校舎を雪に埋めることを心から確信しているし、繊細に無力化を進め、この教師の中のすべてを不可能なものにし、彼の血の循環を止め、彼の脳髄を氷点と絶対的冷凍範囲に封じ込めることに楽しみを感じている……きみがまだ教師が彼のトランクを荷ほどきしたところにいるなら……まだ彼がストーブの前にいるのを見ているなら……向こう岸の狩猟館へ向かう道の途上に、そうなのだ、私はまだ凍てが到来する前に世俗的な楽しみの要素を取り入れた司祭館をあえて想像してみたのだ……いいかね、いま教師は彼自身の災いの元となる空想の世界に閉じこもり、徐々に自分の思考によって自己の殻の中、『途切れなき雪』の概念の中へ閉じ込められていっている……このような事態の進行を『物語』と呼ぶことのないよう注意すべきだ」と画家は言った。「いいかね、私はいま、降ってくる雪の中、むらなく降りしきる雪の中にいる。外界、すなわち外界についてのわれわれの概念は、その概念が鬼神的特徴を帯びるよう強いられる程度に応じて軟らかくなる……悪魔的静けさは、脳髄の集中が最高度に鼓舞され、あらゆる感情が反復不可能なまでに亢進させられると、脳髄の集中を無効化する……いま私には分かりすぎるくらい分かるが」と画家は言った「きみは、もしこの教師に関して私と同様の行動を取ることが可能だったなら、私とは全然別の行動を取っていただろう。きみなら彼を、牧歌的で温和な雰囲気、日常的な一日の進行、青春特有の繊細さ、損傷を被った悪徳、損傷を被った悲哀、損傷を被った末期と退場の表象の中へ組み入れていただろう、それが青春を特徴づけるのだし、青春がそれを可能にするのだから。しかしきみは彼を、老年を特徴づける大いなる悪徳や大いなる悲哀や大いなる末期と退場の表象の中へ組み入れることはしなかったはずだ……きみはあの教師をきみの卑劣な嘘の中に閉じ込め、彼を、言ってみれば、単純に生きていかせようとしただろう！　私はしかし教師を生かしてはおかないし、私には彼を生かしておくことは許されず、彼を生かしておくことはできない。私の教師がこの先生きていくことはない。彼は生きていなかったのだし、生きていてはならないのだ。私には教師の生存は禁じられ、かつ拒まれている。私は彼を殺さなければならず、彼に恐ろしい死を、第二の死を遂げさせなければならない、というのも私にとって教師はとっくに死んでいたからだ……いま私には降りしきる雪と木の幹が罅割れる音が……突然襲い来る氷河期と砕け散る人間たちの憂鬱の立てる音が聞こえる……いま私の目の前には死の結晶の恐ろしい光景が広がっているが、教師はその中へ入っていかなければならないのだ。——私には、彼の存在が消去される運命に対して哀れにもこの期に及んでなお幾度も抗い、彼の頭が死の拘禁要請に抵抗するのが……彼の足が突然言うことを聞かなくなり、この人間のすべてが、もはやそうならざるをえないのだが、全然言うことを聞かなくなるのが見え……この人間、すなわちこの教師が消えてゆくのが、彼が死んだのが見える……教師は死んだ……いま、いいかね」と画家は言った「私はまた自分のために自分の世界を創り出すのだ。いま私はまた創世の第一日目、創世の第二日目に位置を占め、有用な創世の日々の表象の中にいる……教師は私の模範的状況の空気の中に解消されており、教師は答えの無さと『顔の無さ』の中へ解消されている。教師は知的戦慄の恐ろしい魔法の、荒々しく頭をもたげる動物的知性主義の犠牲になったのだ……きみは」と画家は言った「私がきみのために試みた教師の詳しい状況描写についてこられただろうか、ごく細かな細部の描写に至るまでついてくることができたのだろうか」。私は答えなかった。「いいかね」と画家は言った「脳髄すなわち思考中枢は、小さなごく小さなもっとも小さな戦慄が行う発明、大きな発明のみを享受して……発情期の鹿のような鳴き声をたてることができ……自分のために太古の世界を、ある太古の世界、氷河時代、下位区分の強力な石器時代を生み出すことができるのだ……始まりはあるごく小さな何の役にも立たない個別ケース、突然こちらの言いなりになるある取るに足りない個人だ……神聖冒瀆の観念と神聖冒瀆の首尾一貫性から発して神聖冒瀆そのものへと至りつく……自分の犠牲者を地面に横たわらせ、その上に雪を積もらせ、朽ち果てさせ、無に帰する動物のように無に帰させる。ちなみにその動物とはかつて自分自身だと思い込んだのと同じものだ……分かるかね。人生とは、純粋で澄み切ったもっとも暗い結晶性の絶望だ……そこすなわち人間の望みの絶たれた場所へは、唯一雪と氷に閉ざされた道が通じているだけだが、われわれはそこを目指して歩いて行かなければならない、分別の不貞を経由して」。

ぼくは、この「恐ろしいできごと」に不明瞭な点が入りこまないよう、不明瞭な点が入りこむのを自分にもまたこれを読む人にも許容せずにすむよう、否、絶対に許容しないよう、この試みの冒頭の一文に注意を喚起しておきたい。とはつまり、ぼくは用心のためにもう一度、いま思うにぼくが画家の脳髄の勝手放題なやり方を真似て彼の引き写しをしたにすぎない「不幸な脱線」の再現の冒頭の文「脳髄が突然機械でしかなくなり……」から始めることにする。ぼくはひどく疲れていて、すぐに横にならなければならず、これ以上一語を書くことも、今日はもうただの一語を書くことも諦めなければならない。まさに今日は書き続ける理由、語と「概念」と「度外視」を駆使してひたすら書き続ける理由が山ほどあるというのに……ぼくはひどく疲れている、信じがたいくらい疲れている……

## 下級医シュトラウホに宛てたぼくの手紙

### 第一通

尊敬するシュトラウホ先生

　私は実際、ご令弟の生活に体系的に接近することに成功いたしました。ただ自分でもびっくりするほどの向こう見ずと不正直を伴わないわけにはゆきませんでした。この最初の何日間かに私は比較的容易にご令弟に近づくことができました。というか実際のところご令弟の方が私にそうするよう強いたというのが実状に近いのです。私はこのことを取り分けての幸運とみなすことが許されると思っています。というのもまさに先生が、ご令弟は完全に孤立していて私はひょっとすると近づけないだろうとご心配なさっていたからです。ですから、突然傍若無人と言いたくなるような態度で自分の病歴を打ち明ける人物を前にしたときの私の驚きは大きかったのです。ここで私はすぐに付け加えておかなくてはなりませんが、私がここヴェングで、ご令弟の人格に接する中で、そして私にはそう思えるのですがご令弟を思うように扱いかつご令弟に思うように扱われているここの環境で遭遇した事態全体は、私はそれに屈しはしませんけれど私に法外な魅力で働きかけてきます。私は、明解かつ合理的な理性に従う方針を自分に課しており、先生から委託された領域においてもこれを遵守することができています（私は先生と最後にシュヴァルツァッハで話し合った内容を実行することが義務だと考えております）が、これからもそれは可能でありまたそれは自明なことと信じております。私はいま、あらゆる関連においてここでの私の行動に関する私たちの取り決めを守る所存であり、従って私が誤った前提条件の下でこの仕事に取りかかったという印象が生じることはありえないということを強調しておきたいと思います。私は最初の瞬間からこの事例の医学的な面は度外視しようと努め、意識的にいわば純粋な知覚的次元においてはご令弟の自然に即した独特な人格に関わる「行動複合」のみを問題にすることにしました。私は、と自分では信じているのですが、すでに私の学問的な——医学的な、ではありません！　——探求方法を見いだしました。発見に至るひとつの道、並行し、入り組み、上下に重なって走り、相互に対応し合う直感可能性の道を。私はこの道が役に立つ結果をもたらすものと期待しています。唯一の問題は、ご令弟が私の時間をフルに要求なさるという点でして、そのために私には（そしてこれだけでは完全に不十分なのですが）夜しか、私のノートを作成し、あらかじめ計画していたことですが、彼の外界と内界の雰囲気的なものを書き留め、実際の彼と私が彼から得た印象を、さまざまなまだ十分とは言えない視点や、「鋭かったり鈍かったりする視角」から付き合わせ、このケースがつねに要求する二重観点の遠近法の要求を満たし、いわば——私の見るところでは、信じがたいほどに不安定でときに「責任能力の欠如した」文書にもとづいてご令弟と対峙するための時間が持てないのです。このきわめて現象学的でそれ自身の中へと回収されてしまう挫折と対峙し、その挫折を秩序へともたらし、その秩序の中で秩序との対立へともたらすための時間が。それゆえ私は昼にメモしておいたことを夜書くのです。私は、ご令弟に関しては、実際、いま私を鷲づかみにして離さない幻想的奈落人間という概念が当てはまると思っています。私の思考は目下この概念を通ってその「目的地」へと向かっているのです。問題は、ご令弟の不均衡状態の中へどこまで入り込むことが可能かということです。いま明らかなのは、先生が私からもはや、多かれ少なかれご令弟の表面構造を近似的に暗示するだけの、この表面構造ならびにその下に存在している（おそらくは闇の中に隠れている）流れとその対流（諸変化）を超え出ることはない、そして簡潔な外観を重視する仮報告以上のものを期待なさってはいないということです。そしてそれを私はここでつけているこのノートをもとに作成してお手元にお届けしたいと考えている次第です。完全に誤った道へと導かれたため、私の見るところでは、もはやほかの方向へ導くことは不可能だというしかない、恐ろしく不安定な欠損状態についての仮報告です。私は、いかなる理由からかはさておき先生が私に課してくださったこの課題が、特別のご厚意にもとづくもの、すでにいま私が見るところでも、ますます本来の医師としての在り方に近づいていっている私の人生と私の発展全体の重要な節目になるとみなすことが許されると思っております。私に判断できる限りにおいて、この課題は私にとって多くの観点からして予測不可能な意味をもっています。しかし、私が早くもいま先生の前に感謝を捧げる研修医として登場したとしたら、それは時宜をわきまえない行為となりましょう。なぜならまだ何も決定されてはおらず、いかなる方向への最初の一歩もまだ踏み出されてはいないのですから……そしてこの課題はまだ全然現実の最初の規範的段階に達してもおりません。私は承諾しましたものの、どうかヴェングから定期的に郵便がお手元に届くとは期待なさらないでください。

## 第二通

尊敬するシュトラウホ先生

先生は私に、ショック療法とは何か、狂気と精神異常をこのふたつの概念の中心点が揺らぎ出すまで対決させるとはどういうことかを教えてくださいました。私は、ご令弟が当地で堪え忍んでいるのはそれについて先生が少しお触れになった不協和をもたらすのとは別種のこのショック療法である、と言うほかありません。それは医術とは無縁の、精神に障害を受けた自然がかかる自主性を欠いた対向―病なのですが、これに対してはつねに信ずるに値しない、人間にうんざりしている対向者が反撥します。「それは人間であってもよく」と先生は一度おっしゃいました「徹頭徹尾数千年の末端に位置している」と。この一文が先生の口から出たものでなかったなら、私はご令弟が生み出したものと考えていたはずです。彼はのべつこのような言葉を発しているのです。このショック療法がヴェングであり、それは先生が几帳面に晦冥《かいめい》だと呼ばれた、精神と身体の展開としての治癒は全然目指さないが治癒としての精神と身体の展開の治癒そのものを目指す悪魔的療法のひとつなのです。これはコルツがその著作の中で記述している「内向する爆発性の破壊という療法」でもあります。ヴェングはショックなのです。ご令弟にとって当然これは情け容赦もない頭脳破壊的で過剰な方法適用ですが、先生ご自身はこれを私たちが先生のお部屋で過ごしたある夕べに「個人内部における洪積層の崩壊」とお呼びになりました。私が思うに、このケースは極端なくらい無責任に――すべてに対して無責任に――(並みの枠内で入り交じるようにそそのかされうる遺伝素質から発する)残酷な病原体へと還元補正された病であり、もはやその興奮から、その概念から、その存在から脱することができないのです。内なる遺伝継承病と呼ぶわけにはいかないでしょうか。私は、次第に自分が確認してきたことに従い、もはやいかなる見解も主張しません。というのも私はすべてを「見解のエネルギー」と呼ぼうとは思わないからです。先生は今年ごいっしょした散歩の途上「血の連関は突然修復不可能になる」とおっしゃったことを覚えていらっしゃいますか。ご令弟は、それを特定することがいま重要なのに忘れられているある方向から（そして突然すべての方向からのように見えるのですが）やってきて、そういう状況におかれているのだと、私は信じています。「私の頭は、私がもはや接近できないところへ、行ってしまったかもしれない」と彼は今日言いました。断っておかなければなりませんが、いまのように、ご令弟が中断し、私の見るところでは、「その場に放り出した」事実構成を分かりやすく説明することが求められている場合、せいぜい私にできるのは自主性を欠くことになるにしても精密さを重んじることだけです。私はご令弟に関して言えば、いまが接近のときなのです。しかし開かれたドアという多数の可能性が早くも私を疲れさせています。そして私は突然、そう思えるのですが、先生からどんな場合にも要請されている出来事の直線性を守ること、そしてそもそも脳髄に関わる事柄そのものに取り組むことがもはやできなくなっています。脳髄は私が思うにいまは「卑俗な見解のなさ」に固執しているようです。こんなことを書くと先生は不信感を抱かれるかもしれませんが、私はときどきご令弟と同様神秘主義の中を、「理性に相応しい明澄性を奪われた前学問的思考であるおよそ何の役にも立たない神秘主義」の中を動き回っています。私にとってついこの間までずっと、いかがわしいまでに晦冥だと見えていた、先生のお用いになる概念が一挙に開かれたのを確認できたことは、大いに刺激的です。もはや歩き回ることだけが重要であり、大胆な思考を妨げるものは無視すればよいという気にさえなります。いましかし私は言っておかなければなりませんが、医学的思考は、というのも先生のお考えは医学的思考だからですが、ご令弟の思考の正反対であり、後者は、ご令弟がご自分で言われるように、「本来の機能を持たない非道徳的な中間領域思考」なのです。ところでここではご令弟の魔神的《デモーニッシュ》なところも単純なところも結局同じ目的地へ至る道を歩んでいる、というか、ご令弟の言葉を借りるならば「人間ならざる獣のごとくに祭り上げられた」いっさいが死へ至る道を歩んでいるのです。でもこれらはすべて、離形からも、信ずる力からも、先生がいつもそれのみが有効であるべきだとおっしゃっておられる平行性からも遠く隔たっています。ご令弟の心に先生との接触が断たれていること以上に重くのしかかっていることはありません。ここでブラザーコンプレックスを持ち出すのは単純すぎるでしょう。ブラザーコンプレックスはファザーコンプレックスの対角線状の対立物ですが、後者は今日では見通すことが可能な領域と見なされています。ある発見を私は先生にすでに今日のうちにお伝えしないわけにいきません。それはご令弟がどうやら話をかけ声でさえぎられること、彼のいわゆる「ヤジの聯隊」を我慢できないらしいということです。それが「首尾一貫性に執着する脳髄の内実をたえず一般的混乱に陥れるから」だそうです。私の思考と、徹底して思考に根ざしている私の感情、私が思うに先生が望んでおられる状況が、ご令弟の全状態に侵入しています。しかし何らかの認識について語るのはまったく場違いでしょう。私は言っておかなければなりませんが、いかなる推測もすぐに無意味さへと追いやられてしまい、そこで把握可能なものはそれ自身果てしなく人間嫌いの自負心の強い崩壊生成物のように感じられるのです。すべてが即座に局所的なものになってしまいます。私は分かりやすさを心がけていますが、自分がこの思考に通じていないことは分かっています。私はまるで自分の推測に支配されているような気がしています。にもかかわらず私は、私の印象を根拠に言わせていただければ、時が熟せば先生のお役に立てるだろうと信じています。私はひょっとしてすでに、ひとりの注意深い、嘘と虚偽（日常の領域では、私は法学部の学生だと称しています）と野蛮な卑屈に立脚し、柔順であることを強制された速記者なのです。そうです、この特殊なケースにおいては、何もかもが私にとって考える種になります。色、匂い、凍て――そしてすべての中でそして至るところで進行中の、前代未聞の概念拡張能力を有するこの寒気は、限りなく大きな意味を、繰り返し最大の意味を帯びるのです。私は、細部に立ち入ること、先生にこの気候学的に見て興味のある（まさに個人の洪積層の崩壊です）、気候学的臨床的全容のディテールに亘る報告を行うことを控えています。また書簡によって、私の観察機能に関するさまざまの不気味な法的見解に触れることを自分に禁じています。私は、ご令弟は絶望的状況に置かれているという先生の見解を変更する可能性はないと考えています。正常化（治癒）は信じていません。私が確認しているのは、彼の状態は目に見えて悪化しているということです。

## 第三通

尊敬するシュトラウホ先生！

ご令弟は実際、自分は同時にいくつもの存在の主であると思い込む誤謬、ならびに自分は予測不可能な移行をもくろむこれらの同時的存在から、彼自身「自分という事件の想像もつかない素材」と見なしているこれらの存在から抑圧されていると思い込む、自分でも恐怖を覚えざるをえない誤謬の中で生きているのです。彼は「慢性的自己卑下のこらしめ」について、そして「不正確な思考に無理強いされる鳥瞰主義の哲学」について語ります。このことからもちろん彼の素質と彼の成長と彼の不毛さの磁性の特質が解き明かされます。この不毛さを彼の考える意味においてですが、非人間的基本権の下す決定として理解することが、彼の生を可能にするのと同様——彼の死をも可能にするのです。

私は、ご令弟は原則としてもっぱらふたつの決定的な生の領域からのみですが「たえず拒絶的な生成の途上にある」ことを観察しています。すなわち政治的領域と、先生が「関係夢」と呼んでおられるものの領域からです。これらふたつの生は完全に流動的に、固定して動かない決定の幾何学全体を通過して動き、同じ自明性をもって、先生が「すべてと関連する無」とお呼びになっている運動状態にある内部空間の中を動きます。私はここで、ご令弟の人物の中に、政治的人間を夢と、単純に夢見る人間を政治的と解釈し、この両者はいつまでもたがいに責任を負い合っているとみる考え方の大いなる例を見いだしています。先生ご自身もかつて、『夢見る人間と政治的人間』というタイトルのご本をお書きになるつもりだとおっしゃっておられました。先生はご令弟を例にお取りになればそうした現象についてのご自身のご見解をまとめるための調査をこの上なく素晴らしくかつ無条件になさることがおできになります。そうしてできあがるご著書は、考えとしても完璧であると思える、否、完璧そのものである知覚の鏡像となることでしょう。私には、ご令弟にきわめて範例的に具現されているひとりの人間における夢と政治的なものの関係は、男性性、すべての性的事象における男性性を驚くべき卑劣な仕方で例示しているように思われます。そのような人間の夢は昼も夜も知らず、政治的なものも知りませんが、それはそのような人間の政治的なものが昼も夜も知らず、問題となる夢的なものを知らないのと同じです。そしてこのすべてに境界がなく、そもそもここでは境界線を引こうなどと一度も考えられたことがないのです。夢と政治的なものがふたつながらに、そのような人間の中にあって、それ自体としてまた全体に対してどうあるかに応じて、この上なく密やかに境界線引きが行われ、完璧に人間的なバランスが生み出されます。さて私が言わせていただきたいのは、政治的であると同程度に夢見がちな人間を私たちは完璧性にもっとも近い人間に分類して差しつかえなく、そういう人間だけがその本性からしてあらゆる分類から逃れざるをえず、分類に抵抗せざるをえないということであり、それこそまがいようのない人間だということです！　しかし人間にとっての極致の瞬間といっていい（とはいえ始まりもなければ終わりもないのですが）このような「崇高な二位一体」においては、解消の病はやがてたんに生硬かつ解明的であるばかりでなく、こうしたすべての長所をそなえた存在によってつねに新たに遂行される、「すべての没落を束ねた」歩みにもなるのです。ご令弟は実際「すべての没落を束ねた存在」になっておられます。

もう一度、私がそこでのみご令弟のような人間の可能性を認めることのできる唯一の点、すなわち彼の中の政治的なものと夢的なもの（夢）へ話を戻すなら、彼の政治的なものは彼の日常的なものであってもいいし、彼の夢的なもの（夢）も同様です。私は政治的なものをご令弟の存在の夜、夢的なものを彼の昼と呼びたいと思います。彼自身の昼と夜にはしかし境界がありません。したがって彼の夜には昼がなく、彼の昼には夜がないのです。でも政治的人間とは何でしょう。夢的な人間、夢見る人間とは何でしょう。しかしどうやらご令弟の中で、というかご令弟の身に、人間崩壊という下方へ引き下ろす過激な力の致命的停止と呼んでおきたいことが生じたようなのです。私たちはいっしょに長い散歩をしています。森から森へ、窪地から窪地へ。寒さゆえに長いことじっと、外で動かずにいることはできませんが、考えの歩みの中でも同じで、考えている途中に立ち止まることはできないのです。ご令弟も私も、考えを止めたとたんに凍死し、そのような考えの歩みの中で、恐怖のあまり寒さの中で立ち止まるようそそのかされた獣のように野垂れ死ぬしかなくなってしまうのです。当地では「寒さへいざなう恐ろしいそそのかしが」進行中なのです。私はいまご令弟の言葉を、彼の上役に雇用された通信員として平静に引用していますが、この通信員にとって「世界記憶の行文は一行一行が苦渋に満ちて」います。今日、ご令弟は「私の脳髄は組み版に回された」と言いました。まったく信じがたい発言です。彼が「私の脳髄全体が組み直されることになった」と言った、と想像するほかありません。彼は一度だけ、たったの一度だけ先生について言及しました。そのとき彼を閉ざす闇の中のもっとも暗い箇所のひとつが姿を現したのですが、彼はそこへ向けておそらくときどき「分別を失うまで涙にくれる」のです。ご令弟はメキシコで暮らしておられる先生のご令妹とは奇妙に脈絡を欠いた仕方で結びついています。彼は何かを口に出すことにものすごい抵抗を覚える一方で、たえずすべてを口にしなければいられない人間たちのひとりなのです。こういう人たちは自分たちの思考の流れを結紮するのですが、しかしいつも意味もなく縛るので役に立ちません。自殺に等しいとうとうたる弁舌に流される彼らは、自らを真に憎悪します。なぜなら彼らの意に反しての近親相姦と解すべき感情世界が日々彼らを打ちのめすからです。私が申し上げたいのは、どうかご令弟の言葉を聞き届けて差し上げてください、ということです。

## 第四通

尊敬するシュトラウホ先生、

ご令弟をたえずある手厳しさからもうひとつのより激しい手厳しさ（彼に対するより激しい手厳しさ）へと追いやっているのは、うわべの恐怖の下で支配しているごく普通の恐怖である、と言わざるをえません。人びとはご令弟との出会いを避けるようになっています。私もいま、疲労困憊してしまったため、彼を避けていますが、私の疲労困憊は先生にご報告することもかなわぬ程度に達していて、私としては彼を避けるしかないのですが、しかし私には彼を避けることはできません。私は彼の手に落ちてしまったからです。すみません！　ご令弟は彼自身の弱さを言葉の形で私の中に、まるでスライド写真を映写機に挿入するようにさっと差し入れてきます。するとその映写機が、この恐怖をつねに向かい合わせに存在している私自身と（彼自身）の壁の上に映し出すのです。先生は当然もっとご令弟についてお知りになりたいと思っておられるでしょう。私も自分に及ぶ限りの努力はさせていただきます。先生はご令弟が話す東洋の言語について何かご存じでしょうか。彼の「アジア的な」性質については。彼の代用教員時代についてはどうでしょう。これらはご令弟のまさにしくじられた存在の大いなる部分を占める不羈独立の晦冥な箇所なのです。彼はすでに子供のときに攻撃を受けていました。それも先生、あなたからの攻撃です。先生は大いなる意味を帯びます。体系的であることからはほど遠いことは承知で、私は、彼が今日になってもなお彼の背後のドアが閉められることに子供じみた恐怖を感じている、ということを指摘しておきたいと思います。彼いわく、自分は「幾世代もの眠りを奪われた者たちのために」苦しみを背負ってやっているのだそうです！　彼の思考世界はすでにいつでも「墓地を舞台に」展開されてきましたし、「いつでも墓地を目指して」いました。お分かりになれますでしょうか。彼の音楽との関係や、国家、警察、秩序への反感も興味深いものです。彼は意味不明なまでに歪められた答えから元の問いを復元することに異常な情熱を燃やします。いつも「路上で起こった戦慄すべき事故」が、そしてはるか昔に起きた「陰惨な家族内の悲劇的出来事」が彼の頭にこびりついて離れません。かと思うとサーカスやレビューや、すべての常軌をはずれたものへ偏愛を示します。彼は「自分の支配する戯《ざ》れ事の王国」について語ります。先生は、一度もご令弟に接近しようという試みをなさらなかったのでしょうか。策を施すことも。先生は医師でいらっしゃるのですから、愚考するに、先生にとってご令弟と接触することはますます重要になっていったはずです。それとも先生は、私が恐れていることとですが、ご令弟と一度も接触しておられないのではないでしょうか。彼は昼の間は夜から立ち直り、夜になると昼から立ち直ります。つねにポケットにパスカルの『パンセ』を入れています。私は、ご令弟から危険な目に遭わされるようなことはないと信じてきました。ところがいま私は彼の執拗に進行しつつある病に捉えられたと感じています。どんな病なのでしょうか。ご令弟は、世界と彼の周辺と彼の内部が暗くなっていくと自分で信ずる度合いに応じて、自分も暗くなってゆきます。「世界とは光の段階的減少である」と彼は言います。そして今晩口にしたのは「私の中ではすべてが乾いた河床のように干上がっている。私の中のすべてが干上がった血流のようだ」という言葉でした。私には狂気という概念がもうひとつはっきりせず、一般に使われている意味でしか使えませんから、ご令弟が狂人だと言うことはできません。彼は狂人ではないのです！（気が触れているのでしょうか。）いいえ気が触れているわけでもありません。彼の脳髄の中で騒音を立てているのは「死への共鳴」なのです。今日私は、彼が素裸でベッドに腰を下ろし、自分の身体にすっかり気を取られているのを目撃しました。

先生は、私がこれほど長いこと手紙を差し上げなかったので、私が義務を果たしていないとお思いになっているかもしれません。あるいは、私が先生のお金を、当地で休養するために使っているとお考えかもしれません！　しかし結局私はいま突然この地での滞在を恐ろしい懲らしめと、言葉の二重の意味における懲らしめと感じ始めています。私はご令弟の考えによって貫き通されている、というのが事実です。すべてに対する彼の非難によっても。まだ彼の病気には感染していません。滑稽さに貫き通されているのです。彼は私に「宇宙の奇形によって生み出された地表の奇形」を見せてくれました。私にもいま現在すべてが暗くされています。先生はお許しくださらなければなりませんが、この手紙を私は慌てふためいた状態で書いていますが、私にはこの事態に対する責任はありません。もうだいぶ遅い時間になっています。しかし私は先生に、先生が子供の頃ご令弟に加えた罰について一度じっくりお考えいただくようお願いしておきたいと思います。先生が先生の子供時代と青年時代にご令弟におつきになった「子供特有の嘘」についてもです。私には、この契約が一三ないし一四日後に中断できるものかどうか判断が付きません。

先生はこれまで私の手紙にお返事をくださらなかったので、私は、先生が私に満足なさっておられなくても、現状を変えようと思ってはおられず、私にすぐ帰ってこいとお命じになるおつもりもないものと考えさせていただきます。すぐに帰ったのでは何の意味もない無駄骨折りになってしまいます。もちろん私はシュヴァルツァッハで規則に適った研修生活を続けようと考えております……

## 第五通

尊敬するシュトラウホ先生、

医学は晦冥で、道は暗がりばかりですが、私は目下私の「無防備な頭」を道連れに私たちの学問の迷宮をさまよっています。私はこの学問をあらゆる学問のうちでも栄光に満ちた学問、私たちの学問と対照的に似非《えせ》学問でしかないほかのすべての学問を恐怖で抑えこむ学問と呼んでおきたいと思っています。私たちの学問もまた純粋な予備段階の学問であるのですが。私はこの学問の知識の全容を想像できません、おそらく私たちは私たちの思考の外に出てそのあらゆる推測される変化の有り様を感じ取ることしかできないのではないでしょうか。医学とは、迷信とおそらく密接に関わる、方法的にたがいに嚙み合った晦冥さの連続であり、おそらくとっくに埋没しさった世界の幾何学への果敢な切り込みなのです。その際セルロースや肉といった破棄されうる有機体の下部の循環可能性は、おそらく唯一の自然や自然の対応物や境界なき晦冥さを前にますます無意味なものになってゆきます。私たちの学問は、そこからすべてが発し、また発せねばならぬものですが、至高の哲学も含めたすべてが、医学の中にすべての根拠をおき、そして医学があるがために存在しているのです。私は幻想へと反転可能な思考の親縁性ゆえにご令弟にますます深い結びつきを感じているのですが、ここで彼の言葉を引いておきます「病の学問があらゆる学問の中でもっとも詩的である」。

先生に、熟慮に値すると思われるご令弟の言葉をここでいくつかお伝えしておきたいと思います。私にはもちろん事を体系的に進めることはできません。それは私には不可能です。ここに述べられているのは私も実際に我が身で体験している局面です。わけてもご令弟は今日次のように言われました「悲劇はあらゆる悲劇と関連する」。それからこうも「価値は無価値であり、無価値の悲運は自分自身の世界も世界全体もともに無価値であることだ」。ご令弟がこの言葉を発せられたのは今日比較的長い失神状態から目覚めた後のことで、私は彼が自室に横たわっているのを発見し、先生もご想像なさる通り最初はひどくびっくりしました。というのも一瞬心臓死かと思ったからです。彼は「すべてがほとんど黒一色だ」と言いました。自分は「悪魔の原状況である窒素」の中を動いている、と。夜に彼は言いました「大地も、世界も、皮下出血を起こしている」。普通ではありません。彼はずっと「すべての生活の下においても上においても彼自身の生活の最低基準にとうてい及ばないような生活を」してきたのです。

そうです、もし一夜にして器官とは何かが解明できたならどんなに素晴らしいでしょう。しかしおそらく先生はすでに頭の中で、私にとっては救いようのない混乱状態の手術の概念をすっきり整理しておられるのではないでしょうか。私たちの学問はそれを知ってはいるのですが、しかしそれ、すなわち「どこもかしこも見かけだ！」という原理に従って動いてはいないのです。

一度でもいいからご令弟の「創作ノート」を手に取ることができればと願っています。先生は彼が何年、何十年も前から自分の携わる諸事万端を書き留めてきたその「創作ノート」の存在についてご存じでしたか。私はここでは手がかりとなることをメモしているだけですが、それだけでも私には突然同情すべき突飛な思いつきに思えてくるのです。今日私たちは、私たちのどちらが相手を泣かすことに成功するかというゲームをしました！（このゲームは、いま私には分かっていますが、先生がご令弟とよくなさったのだとか。）負けたのはご令弟でした。

## 第六通

尊敬するシュトラウホ先生！

自殺は母胎の専管事項だと、先生は前に確認なさいました、自殺の現実化は自殺者が生まれてくる瞬間に始まるのだ、と。ご令弟が今日まで体験なさってこられたことはすべて、そうした「御しがたい自殺」のなせる業だったのです。ご令弟という人物を構成するすべてを殺し尽くすことが追い求められてきたのです。

こうした根底、こうした「耳をつんざく一般的状況」に向けて、ご令弟はいまその上になお「自殺の操作法」、つまり、私たちが知っている生涯に亘る苦痛の連続の後、自分に決着をつける手立てについて語るのです。個々人の自殺は何千年もの時間をかけて準備されてきたプロセスの現実化だとする考えの大胆さには手の打ちようがありません。ご令弟は（いまほとんど眠ることができずにいます！）母性とは自殺性のことにすぎない、と言います。人間（自分の理性を最大限痛めつける形で自分自身に引きつけて言うと）を生むということは、（一義的には）父親の、（二義的には）母親の、自分たちの所産である子供を絶えざる自殺の引き金としてこの世に送り出す決断であり、「新たな自殺をすでに決行してしまったという」予兆的感覚に突然襲われることなのだ、と。

## 第二七日

「ものすごい恐怖心が、きみには知っておいてもらわなければならないが、ずっと私に自殺を思いとどまらせてきた。そうするうちに暗闇から熟慮が浮かび上がってきて、それが私自身との交流となり、私自身の刻印の刻まれた常態となった。それは私の人間本性が確信するところであり、精神とその内的世界の発展が至り着いたとてつもない状態である……そう、私はこれまでずっと自殺をしりぞけることができた。限りない幻滅、暴力沙汰、犯罪、遺伝的素質の無数の事例、あの非人間的困難を……きみには知っておいてもらわなければならないが、私はほかのすべての人間同様、法則が存在しないも同然の……物事を観察する可能性を断たれた……この困難な世界の中で、ほとんど自分自身とだけ交流してきた……私は何事にも関心を持たずにいることのできない人間、きみには知っておいてもらわなければならないが、決断と矛盾と恐怖の男なのだ……」

（ぼくの記憶の中に収められた）画家シュトラウホに関する資料は膨大なものだ。ぼくが可能な限り書き留めた資料もしかりである。ぼくはたぶん報告をまとめることができるだろう。しかしひとりの人間について説明するのは、ある動物の状態について説明するようなわけにはいかない。ぼくの任務は教材作成である。シュトラウホ本人にはそれはなんの役にも立たないだろう。なぜか。下級医はぼくを問いつめることだろう。ぼくは彼に向かって言葉を並べ立てることができるし、画家の足の動きを具体的に描写することだってできる。ぼくはいま、シュトラウホがなぜヴェングにやって来たのかを説明できる。なぜ彼がウィーンにけりをつけたのか。なぜ彼が自分の絵を燃やしたのか。なぜ彼は憎悪するのか。森の中へ走っていくのか。眠らないのか。なぜかを！　ぼくは言うことができる、彼が何を言い、それをどのように言い、なぜそれが狂気と嫌悪の間で波打つのかを。ぼくは言うことができる、彼が女将と出会うときに何を感じ、リュックサックを背負った皮剥人と出会うときに何を感じるかを。ぼくには、なぜ彼が少なからぬことを無視するか、具体的には何を無視するかが分かる、彼の中で何がたえず進行しているか、この画家シュトラウホとはだれなのか、このたえず迫害されている、自分を役立たずだと思っている人間、書類上はひとりの兄とひとりの妹その他の係累がいることになっているが、実際はいつも孤独であり、ぼくの報告を読む人が想像するよりはるかに悲惨な形で孤独だった人間はだれなのかが分かる。彼は、冬の大都市の家で家主とそのせっかちな家族から追い回される蝿のごとくに、そしてもし彼らがこの蝿に追い回されていると感じ、いらいらさせられていると感じ、法外な仕方で攻撃されていると感じ、家の中で結束して暗黙のうちにこの蝿に、この畜生に、彼らが陶酔状態でいう言葉によれば、彼らの家の空気を汚し一日の仕事を終えた後の安息を台無しにする怪物に、蝿とは何か、そのなかで、大都市の冬の室内の蝿の中で何が進行しているかを知りもせずに、とどめを刺そうと決めたならば最後には壁の上で叩き潰される蝿のごとくに孤独なのだ。

ぼくは画家シュトラウホを観察し、彼を待ち伏せ、この任務がそうすることを要求したからだが、彼を騙し、ぼくの質問責めで頭をおかしくさせ、というか前にもまして頭をおかしくさせ、そしてその上にぼくの沈黙によって彼の頭、それもあんなに用心している後頭部に痛棒を喰らわせたのだ。ぼくは彼をぼくの若さによって煩わせた。ぼくの計画によって。ぼくのかかえる不安によって。ぼくの無能力によって。ぼくのむら気によって。ぼくは、死とは何か、生とは何か、すべては何かを知らぬまま、死について語り……為すことすべてを、それが何か知らぬままに為し、そうだ、そうやって彼に彼自身の破滅を、その上になおぼくの破滅までを押しつけるのだ。破滅。さらにぼくは今日、さまざまな死に方を解き明かそうと試みて、彼を漆黒の闇の中へ追いやったのだ。「自殺は私の本性だ、ときみには知っておいてもらわなければならない」と彼は言う。そしてステッキで空を打つのだが、まるでもはや怪物でもなくなった怪物が空を打つようで、その空の中にはもはや天国は存在せず、まして地獄は全然存在していないのだ。彼が打ちすえる空はたんなる空であってそれ以外のなにものでもなく、ぼくの見るところでは四大のひとつでもない。

「われわれはいつか家に戻り、それが年貢の納め時だと悟って、年老いそして死ぬ。ある日、万事が終わる、たとえ命はそれから後生き長らえても。死は最終的なもので、すべての美、仕合わせ、仕合わせでありえたもの、富、そしていっさいがそれを潮目にわれわれの手の届かぬものとなる。」画家はぼくにでなく、自分にそう言いきかせる。ぼくたちは円を描くように歩き、思いに沈んでいたので、予期していたわけでなく突然思いがけず村の広場にさしかかったのだが、そこで彼は言った「恐ろしい、犬の吠え声だ！　私は子供の頃からずっと犬の吠え声がいやでたまらなかった。そしてずっと、犬に噛まれ、狂犬病で死ぬ恐怖を持ち続けてきた。すでに私の通学路が、犬の吠え声でずたずたにされた呪われた道だった！　いいかね、私は一再ならず心臓痙攣を起こしたのだ。犬はわれわれに跳びかかり、恐ろしい前足の強打でわれわれを引き倒す。犬の飼い主は彼らにもその飼い犬にも何もしていない人間に向かって犬をけしかける。そうなるときみもひどいかみ傷を負うことになる！　あのがさつな肉の塊にまともに襲いかかられたら、きみは殺されかねない！　大型犬だ……」と画家は言った「グレートデンやシェパード！　一歩歩くごとに吠え声が追いかけてくる！　私は犬が嫌いだ！きみには知っておいてもらわなければならないが、私の妹は一度旅館の飼い犬に太ももの肉を噛みちぎられたことがある。宿の亭主からはひと言の謝罪の言葉もなかった。せめて動顚ぐらいすればいいものを！　……畜生に噛みつかれたばかりに、きみのそれまでの努力がすべて水の泡となるのだ！ときには犬はコートのポケットを引きちぎるだけだ！　だが耳の聞こえない中年の男が背後から犬に襲われると、おそらくそれから何日かたって初めて心臓卒中に見舞われるのだ！　私がこの広場にさしかかるたびに、犬どもが私に近づいてくるので、私は奴らを静かにさせるために、何度かステッキを振りかざさなければならない。このステッキがなければ、私はもうこの世にいないだろう！」ぼくたちが墓地を通り抜けたとき、画家は言った「農民の葬儀は儀式そのものだ。死者はきれいに洗われ、亜麻布にくるまれて棺台に安置されるが、その後で布から出されて晴れ着を着せられる」。死者の足元でみなは定められた何百年もの由緒のある祈禱を次々に捧げる。代わる代わる死者の兄弟が、姉妹が、次に両親が、祖父母が、子供たちが、孫たちが祈る。あるいはほかの親戚のものが祈る。彼らは、だれも意味の分からない中世から伝わるテキストの聖歌を歌う。ラテン語の聖歌もだ。家中に死者の写真が掛けられている。死者の写真以外の持ち物は整理され、それをもらうことになっている者の名前を記した札がつけられている。みなが、死者はそこへ戻っていったと信ずる天国での取りなしを死者に頼む。みなが死者に問いを発し、死者から答えを受け取る。みなが死者に聖水をふりかけ、「死者の名をまるで聖人の名のように崇めるのだ」。

ぼくの頭の中を何もかもがぐるぐる巡っている。興行師たち、常軌を逸した無宿者と彼の移動式の劇場、犬の死体、葬儀、女将の振る舞い、遠くの刑務所に入っている女将の亭主。亭主は犬のように見張られ、臓物料理と薄いスープにありつくためにあくせく働くが、彼が木靴とズック製の囚人服に慣れることはけっしてないだろう。藁布団と手錠はひょっとして彼にとって避難所なのかもしれないが。寒さがぼくの頭を刺し貫き、ほとんどぼくの正気を失わせた。気の狂ったような午前、ブラスバンドの演奏に引き裂かれ、ビールとベーコンと晴れ着がその奇妙な人間の臭いでぼくの感覚を麻痺させていた。ぼくの頭の中を昨夜の出来事がよぎった。ぼくは、すべてがいかに互いから遠ざかっているか、遠ざかってはいられないのに、遠ざかっている、ふだんは遠ざかっているけれど、それも結局たいしたことではない、と考えていた。今日は凍てのピークだった、そこでぼくは病院にぼくの冬のコートを送ってほしい、という手紙を書いた。コートなしだと凍死しそうだ。コルツの本も頼んだ。というのもぼくはここを引き上げることは考えていないからだ。いま立ち去るわけにはいかない。いつも同じ道だ。それがロープのように締めつけてきて、ぼくの考えを痛めつける。書きかけたぼくの兄宛の手紙と、もうすぐ読み終わるヘンリー・ジェームズがいまそこの机の上に載っている。外はますます凍てついていているにちがいない。いきなりあたりが寒くそして暗くなった。画家があえぎながら部屋へ上っていくのが聞こえると、ぼくは胸が悪くなってくる。いまぼくは、画家についてまじめに考え始めなければならない。なぜならぼくは、報告書をまとめなければならないからだ。ぼくには彼がいくつなのかはっきりしない。彼の歩き方は何を物語るのだろう。彼の立ち上がり方、彼の腰の降ろし方は。彼は何を言い、それをどのように言うか！　そしてぼくは。ぼくのいまの彼への立ち位置は。とりわけぼくは嘘つきだ。昨日彼はぼくを鋭い目つきで見つめて言った「法学専攻だときみは言った、本当かね」。そしてぼくは言った「ええ、法学です」。それから沈黙が支配した。谷間は暗く、空気は押し戻しようもなく澱んでいた。それから雪が落ちてきた。そしてぼくは森の北側斜面の方向から銃声を聞いた。しかしぼくが宿へ向かってひとりで帰る道すがら耳にした銃声と銃声の間の音は交尾を誘う鹿の鳴き声であるはずはなかった。「世界は収縮し私の心の中へ納まってしまった」と彼は言った。彼の心は存在しているのか。ぼくがいまのような雑なことを書き殴っていれば、心の冷たい人間ということになるだろう。義務だ。ぼくはこうしなければならないから、やっていられるだけのことだ。ぼくが画家と交わしているのは対話だろうか。おそらくそうではないだろう。手がかり。すべてに彼の兄が言っていた病的傾向が、そして「おそろしい距離」が認められる。だれに責任があるのだろうか。いまではぼくには、彼の生涯のうちのもっとも重要な期間がどれとどれであったかがある程度分かっている。しかしその知識でもって何かを始められるわけではない。いつもぼくと彼の間にきわめておびただしい雪が降り積もるのだ。ぼくの頭の中に、彼がベッドに座り、自分の身体をじっと眺めている様子が浮かぶ。彼が夢見る様子が。彼に「まさに好敵手として向かい合う」病が。ぼくは昨日彼が鉄道員と話すのを聞いていたが、ひどい思いをさせられた。彼は何ひとつ理解せず、何ひとつ理解することのできない相手の方に、いつも理があると言い張ったのだ。彼はいまだれに対しても相手に理があるとする。彼が口にするすべては、相手の理を認めるということだ。そして実際、彼はずっと無力であり続けてきたのだ。

彼は言う、自分はどの年齢のときも、自分を虐待してかかる世間から十分な距離を取ってきた。しばしばはるか昔の状況が、祖母の家での午後のコーヒータイムや祖父の農家の鶏の鳴き声と結びついた匂いに呼び覚まされて不意に蘇ってきた。かと思うと、世間知らずの女性客のたむろする大都市のケーキ店の匂いのこともある。「三歳のときに経験した瞬間が三〇歳のときに再び巡ってくる。」そして彼はいまそれらの瞬間を異なる恐怖の異なる条件の下に眺めることになる。小学二年生のときの宿題と結びついているとある並木道の木々の思い出が彼の心に冷水を浴びせる。彼の子供時代のある時期に、朝起きなければならなかったり夜眠らなければならなかったりしたことや、算数の問題を解くことともに含まれていた教会へ通うことと結びついている並木道の木々の思い出もだ。香煙と「グロリア」賛歌と司祭が近所の木工職人にこしらえさせることのできたマドンナの木造彫刻が生み出すあの魔力。歩くことを覚え口答えすることを覚えた頃。敬虔な夕べの祈りを唱えた頃。「宿で何かある言葉が発せられると」と画家は言った「その言葉が私を二〇年前の私に変えてしまうことがある」。そしてそれから「だれしもつねに同じ人間でいるわけではない」。何度もの退却、そして忘れられ、また中断されたところから再開される、森の中や教会や校庭での根底的体験。町と田舎が彼にとっては両親と祖父母の気まぐれに応じて交替し、政治の気まぐれに応じて彼と、彼の思考は世界を経巡ってきた。いま振り返るならばまさに右往左往したことになる。「何もかもが内部から掘り崩された」と彼は言う。「私は、嘔吐するのが当たり前なところで、嘔吐するしかないものも食べることができたが、他方で王女たちですらびっくりするほど見事な作法を守って食べる技巧も身につけた。」至高の役割も最低の役割も演じてきた。「私はいつだって変奏の天才だった。」彼は「目立たずにすむ術にかけては人後に落ちない。私は威風堂々と歩きおごそかに食べることにも、包み紙から手づかみで喰らうことにも通じている」。でもそれがたんなる演技であったことはない。「私はあくまでも包装紙から喰らわなければならない人間で、おごそかに食べることもあるが、どちらかと言えば包装紙から喰らわなければならない人間だ……」子供時代は、学校と病院に占められている。就職の面談が、両親と祖父母の絶望以外の終わり方をしたためしはなかった。ときおり後見人のところへ追いやられることがあった。彼は「かつてないほど」金を必要とした瞬間、破産による支払い不能宣告を受け取った。ある仕事に就いたとたん、たくさんの仕事を次々に引き受ける羽目になった。「私はこの上ない汚れ仕事をこなした。」あちこちに潜り込み、大学へ、何度も何度も大学へ潜り込む試みを続けた。すべからく失敗に終わる。何週間もベッドで安静にしていなければならなかった。建物の壁を伝い歩くが、ひもじさのあまり心を決めることはできない。兄と妹は彼らだけの秘密の世界へ引きこもってしまった。祖父母の死、父母の死。退却。工場があらゆる考えの遮断スイッチになる。

「私はときどき」と画家は言った「夜中に起きる。そう、きみも知っているように、私は眠らないのだ。この頭のことを想像してみてほしい。私はなんとかベッドから起き出すと、まず腕を、次に脚をゆっくり手で触り、ゆっくり動かすことから始めるのだが、それがなかなか容易ではない。すぐには身体の平衡が取れないからだ。この頭のせいで、きみには知っておいてもらわなければならないが、起きるとすぐ、平衡障害に見舞われるのだ。だからいきなり起き上がらないよう用心が必要だ。私は完全な裸で立って、耳を澄まし、物音を聞こうとするが、どうやら外には何ひとつ動くものがないようであり、宿の中でも動くものの気配はなく、まるで人類が死に絶えてしまったかのようだ。鳥たちはたぶん枝に止まっているのだろう、あの黒い冬の鳥たち、しかし鳥たちは身じろぎしない。窓の間近に歩み寄り外をじっと長いこと眺めていると、鳥たちが止まっているのが見えてくる、腹の膨らんだ、鳴くことのできない鳥たち。私には、それがどういう種類の鳥なのか見当が付かないが、いつも同じ鳥であることは分かる。私は何度か部屋の中を行ったり来たりして、歩く緊張によって頭に過度の痛みが呼び覚まされないか、試してみる。きみには、呼吸をしながら歩くとひどい痛みが起こる人間であることが何を意味するか、分かるかね。私は慎重に机の前に座り、メモを取り始める、私を捉えて放さないすべてのことについてのメモだ。しかし作業は捗らない。三つか四つの単語を記したところで私は中断せざるをえなくなる……もちろん何かを書きたいと思っている者にとって、それは恐るべき事態だ……たったいま得たばかりの、間違いなく素晴らしいと確信していた着想が、かき消えてしまうのだ。きみには知っておいてもらわなければならないが、夜が地獄の責め苦である私は、それを切り詰めるために、自分の身体の観察を励行している。つまり鏡の前に座って自分を眺めるのだ。適切な問いをいつもただ飲みくだすことなどできるわけがない。というわけで私はいまただひたすら観察することに長い時間を費やしているのだ。それが私の手中にある唯一の慰めだ。苦しみは和らぎ、頭も騒乱を起こさずにいるし、熱も興奮も極端に亢進しない。私は夜と、恐ろしい絶望を乗り越える。きみには知っておいてもらわなければならないが、その絶望は、私が指の爪でひっかき傷を残す壁に痕をとどめている。いいかね」と画家は言った「私の爪はぼろぼろだ。私の頭から発するのは、想像を絶する痛みであって、言葉ではとうてい言いあらわすことはできない。」

シュヴァルツァッハに戻ったぼくは、「デモクラーティッシャー・フォルクスブラット」紙に載った以下の記事を読んだ「ヴェング村でW市出身の無職G・シュトラウホさんが先週木曜日から行方不明になっている。警察も加わった行方不明者の捜索活動は激しい降雪のため打ち切られざるをえなくなった。」

同じ日の夜、ぼくは研修を終え、首都へ戻る旅路に就いた。そこでぼくは医学の勉強を続けたのだ。

# 訳者後書き

本書は、トーマス・ベルンハルト（一九三一～一九八九年）の長編小説第一作 *Frost*（一九六三年）の全訳である。テクストはズーアカンプ社刊の著作集第一巻（Thomas Bernhard, Werke Band 1, Suhrkamp Verlag 2003）によった。

私は本作をこれまでいろいろな機会に『霜』という名前で紹介してきたが、今回の訳出に当たって『凍』というタイトルに変更したことをまずお断りしておく。たとえば「この旅館にはしばしばひどい寒気が流れ込むが、そういうとき窓を閉めるのを忘れたら、みなひとたまりもなく凍え死ぬ。『夢の表象すら凍え死ぬのだ』」（本書二九頁）のような箇所からも明らかなように、『霜』としたのではこの作品に充満している厳寒の気に対応できないと考えたためである。

＊

ベルンハルトは『私のもらった文学賞』の中の「自由ハンザ都市ブレーメン文学賞」の章に「五年の間何も書かなかった私が、一九六二年にウィーンで一年かけて長編小説『凍』を書き上げた……」（みすず書房　二〇一四年、拙訳三一頁）と記している。ベルンハルトに限らず作家の自伝的言説はあまり真に受けない方がよい場合が多いが、彼のこの言葉も真実はその半ばまでといってよい。彼はこの小説の中に一九五〇年代後半を通じて書きためた草稿を投入したのであって、その意味では執筆に少なくとも五、六年の歳月が費やされたのである。ベルンハルトは一九六二年一月一五日に彼が「かけがえのない人」と呼んでいた三五歳年上の伴侶ヘートヴィヒ・シュタヴィアニチェクに宛ててザルツブルクから「今晩のうちにも新しい散文作品に着手する」と書き、その数日後には「上々の気分」で仕事中だと書き送っている。この頃、それまで書きためてきた断章群を長編小説という有機体へまとめあげる構想がインスピレーションのように彼をとらえたのは確かだと思われる。表紙に一九五七年という年号と成立の場所が記されたタイプ草稿「シュヴァルツァッハ―ザンクト・ファイト」は、『凍』成立史のもっとも古い段階に属するものだが、それは詩行の記された頁の裏に散文がタイプされているなどベルンハルトが詩人から小説家へ移行する過程の記録でもある。一九六〇年のタイプ草稿「ウイーン、ザルツブルク、ザンクト・ファイト」になると『凍』に直接つながる記述が多数含まれてくる。著作集第一巻の編者はこれらの草稿群を「石切場」と呼ぶ。ベルンハルトが『凍』という石造りの建物を建てるに先だってその建材となる言葉の岩塊を生み出したというのである。

彼が「ウイーンで一年かけて」作品を仕上げたというのも正確でない。彼は一九六二年二月に、一九四九年から五一年にかけて入院し死線をさまよった結核療養所グラーフェンホーフのあるザンクト・ファイトに滞在して執筆に集中したが、当時すぐ近くのシュヴァルツァッハの病院には異父弟のペーター・ファービアンが研修医として勤めていた。三月末から五月初めまでヘートヴィヒ・シュタヴィアニチェクといっしょにユーゴスラヴィアとイタリアに旅行して執筆を中断、五月半ばから再び執筆にかかるが、その後六月にアフリカへの途上国援助機関の派遣員に応募するなど小説執筆に腰の据わらないところを見せていた。七月にルクセンブルクで開かれた詩人会議に出席し、そこで旧知の友人ヴィーラント・シュミートに出会う。シュミートとは五〇年代半ばにウィーンで知り合って親交を結んだのだが、後に高名な美術評論家となる彼はこのときはまだインゼル出版社の編集者であり、ベルンハルトはシュミートに四週間以内にいま書いている長編小説を仕上げると約束した。その約束に縛られたこともあってか、例年になく暑い八月、ウィーンのヘートヴィヒの家で執筆に集中した結果、小説の目鼻立ちが整ってくる。とはいえこの段階ではまだ画家と研修医のペアの姿はなく、銀行を退職した年金生活者の法学博士と鉄道局職員で鉄道員の組合誌に文章を寄せているライヒトレービヒという名の男が組み合わせられていた。タイトルも『指令』ないし『氷河期』という仮題がつけられていた。しかし九月の半ばには原稿をインゼル出版社に送ることができ、九月末にはフランクフルトの出版社を訪ねて出版契約を交わすところまでこぎ着けた。ここから刊行までの経緯は「ブレーメン文学賞」に駒落としのフィルムのような描写がある。「『凍』の原稿を当時インゼル出版社の編集者だった友人に送ったところ、三日とおかず採用が決まったのはいいが、その仕事は完成しておらず、そんな不完全な形で世に出すわけにいかないということに気づいた。私はフランクフルトの……安宿の一つで、『凍』を全部書き直した……毎朝五時起きで……昼までに五ページ、八ページ、時には一〇ページ書き、その原稿を持ってインゼル出版社の新しい担当編集者のところへ走ってゆき、彼女とそれを小説のどこに挿入すべきか話し合った。あの本全体を私はフランクフルトでの数週間ですっかり書き換え、おそらく捨てたページは一〇〇をくだらなかったが、そうして初めて完成稿と認めることができ、印刷に回すことのできるものになったと思ったのである。」翌年三月ベルンハルトは『凍』の校正刷りを携えてポーランドに旅行する。「何週間も美しく刺激的で不気味な町ワルシャワを歩き回りながら、校正刷りに目を通した」とある。この校正刷りの段階でも大きな手直しがなされている。ちなみに『凍』というタイトルは、ベルンハルトが当初自作の詩集につけることを考えていたものだが、その詩集は出版のめどが立たなかったため急遽この長編小説に転用されることになったのである。『凍』は一九六三年五月中旬にインゼル出版社から刊行された。以上を見るだけでも、これが一箇所で一気呵成に書かれたのではなく、地理的にも広大な空間を経巡りながら複雑な経過をたどって生み出されたことがわかるだろう。

＊＊

オーストリアのそれまでほとんど無名の詩人だったトーマス・ベルンハルトがドイツの名門出版社インゼルからこの小説を刊行してデビューしたときの衝撃は、まるで空から隕石が降ってきたときのようだったらしい。ドイツ語圏の主要紙はこぞってこの本の書評を掲げた。未知の作家トーマス・ベルンハルトのなみなみならぬ言語能力は高く評価するものの、内容に関してはどう向き合ってよいか分からず当惑せざるをえないというのが、ほとんどの評者の反応だった。たとえばドイッチェ・ツァイトゥング紙のH・フィンクの評はその典型である。「『凍』は疑いなく天才を示すデビュー作だ。この若い作家の散文テクストは彼の未来を確信させるに足りる。しかしこの人間の未来は私たちがここで体験したとおり暗澹たるものだ。」ベルンハルトが愛した祖父ヨハネス・フロイムビヒラー（一八八一〜一九四九年）の作家仲間だったカール・ツックマイアー（一八九六〜一九七七年）がベルンハルトの長編第一作に長文の書評を寄せ、絶賛に近い形で取り上げたが、それは例外だった。この小説には「私たちがまだ知らなかったこと、これまでの経験や文学上の先例と比較することすらできないもの、そしてビュヒナーの語った人間という〈深淵〉への新しい視角を切り開くものが表現されている」（『ツァイト』紙、一九六三年）。ベルンハルト自身は自分の小説家デビューを回顧して次のように述べている。「『ツックマイアーの数ページに及ぶ書評が『ツァイト』紙に載ったことを嬉しく思った。しかし、いたたまれないような賛辞から悪意に満ちたこき下ろしに至る、きわめて強烈かつ完全に相対立する書評の大嵐が通り過ぎたとたんに、私は突然打ちのめされ、恐ろしい絶望の淵へ落ちたも同然の状態になった。」彼自身の主観的受け止めの如何にかかわらず、ベルンハルトはこの作品で作家としての地位を不動のものとし、数々の文学賞を受賞したのだった。

＊＊＊

私は、『凍』を一応最後まで訳し終えた今年の五月、作品の舞台となったポンガウ地方のヴェングを訪れた。ベルンハルトがデフォルメの専門家であることは百も承知だが、彼の文学の原風景ともいえるザンクト・ファイトのグラーフェンホーフ結核療養所とヴェングの位置関係を確かめておきたかったのだ。今ではヴェングにはレストランのあるようなホテルは一軒もなく、近くのゴルデックのホテルは、精神分析関係の学会が開かれていてすべて満杯になっていたため、しかたなくシュヴァルツァッハに宿を取った。シュヴァルツァッハは交通の要衝である。ドイツのシュトゥットガルトからウルム、ミュンヘン、そしてオーストリアのザルツブルク、フィラッハを経由してクラーゲンフルトまで行く列車が一日に一本あるのだが、それがここシュヴァルツァッハに停まる。南北方向に走る幹線である。それと西のインスブルックと東のグラーツを結ぶ幹線が交差する。駅、血管系と精神科の二つの病院、ビアホールの付属する醸造所、そしてザルツァッハ川沿いに少し上流方向に遡ったところにある発電所以外に何もない殺風景な田舎町だが、小説では研修医と外科医シュトラウホの住む場所であると同時にその発電所の建設が行われていることも含め重要な舞台になっている。谷底にあるシュヴァルツァッハの町を建物の一階だとすると、その二階部分に自伝五部作中の『寒さ』の舞台でもあるザンクト・ファイトが位置している。展望のない谷底のシュヴァルツァッハからは想像がつかないが、南方にアルプスへの眺望の開けた空気浴に適した高原が開けているのだ。ザンクト・ファイトは高原の東隅に位置している。抗生物質のない当時は零下二〇度以下になる真冬でも毛布一枚にくるまって寒気に晒されながら新鮮な空気を吸うことだけが結核患者の生き残る道とされていたのだった。ザンクト・ファイトにはベルンハルトが毎週歌っていた合唱隊席のある、そして彼がそこでヘートヴィヒ・シュタヴィアニチェクと運命的な出会いを果たした同名の美しい教会もある。ザンクト・ファイトの病院内の遊歩道や病院から教会へ通じる町内の道が「トーマス・ベルンハルトの散歩道」として整備されていたのにはびっくりした。

うかつにも全然知らなかったのだが、ザンクト・ファイト教会付属墓地には、『凍』の画家シュトラウホのモデルとなった人物の墓があった。ということは一九六二年ザンクト・ファイト滞在中に知り合ったこの絵描きとシュヴァルツァッハ病院の研修医だった弟ペーター・ファービアンをモデルとして小説の主要人物が最終的に確定したのであろう。

さてヴェングはこの高原をザンクト・ファイトから直線距離で六キロほど西へ行ったところにある。北方は岩壁に遮られていて展望はきかない。南側も低い山に遮られていて小さな盆地のようになっている。小説の主要な舞台となる旅館もそのモデルとなる女将ともどもいまは跡形もない。ザンクト・アナという礼拝堂といったほうがいいような小さな教会が中心部の四つ辻に立っているだけで他には何もない集落である。夏の避暑のためのこのあたりとしては大きなホテルがあったが、まだ廃墟にはなっていないもののすでに閉じられカーテンも取り払われていた。初夏なのにまだ蚊の大群もおらず、犬の吠え声も聞こえなかった。冬の厳寒期にヴェングがどういう景色に変わるかは分からない。それにしても、ベルンハルトの誇張する筆がデモーニッシュな風景を作りだしたことはよく分かった。

小説の冒頭で研修医は列車に乗ってヴェングにやってくるが、これもベルンハルト一流の詐術だ。シュヴァルツァッハとヴェングは徒歩でも到達可能なところにあるからである。その二つの場所にいる兄弟が何十年も顔を合わせていないというのはありえないことではないか不自然だろう。二つの場所の距離を拡大するために、研修医は画家を観察する任務の開始前にウィーンあるいはザルツブルクに戻って出直してこざるをえなかったのではないか。しかしそれもこれも訳者のこだわりに過ぎず、作品を味わう上では関係のない些事を述べたにすぎない。

＊＊＊＊

この翻訳は、若いベルンハルト研究者飯島雄太郎さんの精力的な働きかけによって可能になった。彼の呼びかけに答えて刊行を引き受けてくださった河出書房新社の阿部晴政さんは、遅れがちの訳出を暖かく待ってくださった。妻のイゾルデは、何度も翻訳を投げ出したくなった私を励まし、多くの質問にドイツ人にも晦渋な箇所だと答えて勇気づけてくれた。この三人に心からの感謝を申し上げる。

ノルトライン゠ヴェストファーレン州がオランダ国境近くのシュトラーレンで運営するヨーロッパ翻訳者の家 Europäisches Übersetzer-Kollegium は、二〇一六年、二〇一七年と二度にわたって私を招待し、理想的な環境で翻訳に打ち込む事を可能にしてくださった。ウィーンのオーストリア文学協会 Österreichische Gesellschaft für Literatur も今年六月私をウィーンへ招き、最終段階でのチェックができるようとりはからってくださった。ここに記して感謝させていただく。

二〇一八年一一月　ドイツ、ウンメンドルフにて

池田信雄

Thomas Bernhard: *Frost*（1963）

**池田信雄**（いけだ・のぶお）
1947年生まれ。ドイツ文学者。訳書、ベルンハルト『消去』『私のもらった文学賞』（共にみすず書房）、『座長ブルスコン』『ヘルデンプラッツ』（共に論創社）、『ノヴァーリス全集』（共訳、沖積舎）など。

**凍**《いて》

2019年1月30日　初版発行
2019年3月10日　2刷発行

著者　トーマス・ベルンハルト
訳者　池田信雄
装幀　ミルキィ・イソベ
発行者　小野寺優
発行所　株式会社河出書房新社
〒151-0051 東京都渋谷区千駄ヶ谷 2-32-2
電話 03-3404-1201（営業） 03-3404-8611（編集）
http://www.kawade.co.jp/
組版　KAWADE DTP WORKS
印刷　モリモト印刷株式会社
製本　小泉製本株式会社



Printed in Japan　ISBN978-4-309-20763-6